»Jeder ist der,
dem er nicht entrinnen kann.«
Hans Kudszus

KAPITEL 1

Der erste Schlag galt ihr selbst. Ebenso der zweite und der dritte. Bäuchlings lag Isabel auf ihrem Bett. Ihre Locken breiteten einen hellbraunen Fächer über Schultern und Kopfkissen und ließen ihr Gesicht mit den aufgequollenen Augenlidern nur erahnen. Mit ihren Händen malträtierte sie heftig das Kopfkissen. Ihre Apathie war plötzlich wieder in Zorn umgeschlagen, und jeder ihrer Faustschläge zeugte von Wut und tiefer Verzweiflung.

Seit Tagen hatte Isabel das Bett nicht mehr verlassen. Nicht einmal zum Duschen hatte sie es geschafft. Ein einziges Mal hatte sie es versucht, und als die ersten Wassertropfen auf sie niedergeprasselt waren, durchlebte sie erneut die Minuten, in denen sie um ihr Leben kämpfen musste: Sie sah die Wassermassen, die durch die offene Tür des Boots die Kajüte fluteten, sie in die Knie zwangen, hörte den ohrenbetäubenden Lärm. Sie empfand wieder den Schmerz, den sie gespürt hatte, als die spitzen Glassplitter der Fensterscheibe, die sie zuvor eingeschlagen hatte, ihre Haut ritzten. Die Silhouette eines muskulösen Mannes erschien unscharf vor ihren Augen. Carl! Carl, der die aus den Regalen purzelnden Flaschen und Gläser, die auf ihn zustürzten, nicht abwehrte, sondern mit weit geöffneten Glotzaugen sitzen blieb wie ein hypnotisiertes Kaninchen, selbst als ihm das Wasser bis zur Brust reichte.

Das aus dem Duschkopf herabstürzende Wasser hatte gedröhnt in ihren Ohren und in ihrem Innern eine solche Panik verursacht, dass Isabel schreiend zurück ins Schlafzimmer gelaufen war und zitternd und schluchzend in die Kissen sank.

Thomas war, aufgeschreckt durch ihre orientierungslosen Schritte, sofort aus seinem Zimmer geeilt, um zu sehen, was passiert war. Geduldig hatte er ihr die heiße Stirn abgetupft und ein weiteres Glas kalten Tee serviert. Kopfschüttelnd hatte er akzeptiert, dass sie keinen Arzt bei sich wollte.

In der Nacht nach dem Unglück war Isabel psychisch und physisch zusammengebrochen. Noch bevor sie erfahren hatte, dass die Rettungstaucher schnell zur Stelle waren, Carl gefunden und unverzüglich im Boot mit der Wiederbelebung begonnen hatten. Bevor sie gewusst hatte, dass an Land bereits der Hubschrauber und eine Notärztin auf den Verunglückten gewartet und ihn sofort in die beste aller infrage kommenden Kliniken nach Allensbach transportiert hatten, wo schon ein Heer von Spezialisten auf ihn wartete. Das hatte sie erst einen Tag später von ihrem Kollegen Markus Proll erfahren. Er hatte sie in einer Minute am Telefon erreicht, als sie gerade nicht wie im Delirium vor sich hindämmerte. Isabel wollte sich nicht ausdenken, was passiert wäre, hätte Thomas das Gespräch angenommen. Thomas, der nicht ahnte, was tatsächlich geschehen war.

Nun lag Polizeidirektor Carl W. Dangelmann auf der Intensivstation der neurologischen Akutklinik im Koma, und Isabel gab sich die Schuld daran. Sie, Polizeihauptkommissarin Isabel Böhmer, hatte versagt. Sie hatte sich gehen lassen, hatte den offensichtlichen Begierden von Carl, ihrem Vorgesetzten, nachgegeben. Wäre sie nicht so schwach und triebhaft gewesen, hätte sie sich nicht bereitwillig verführen lassen, wäre es nie zu dieser verhängnisvollen Affäre gekommen. Erneut traktierten ihre Fäuste das Kissen, erneut versuchte sie, ihrer Wut und Hoffnungslosigkeit auf diese Weise Luft zu verschaffen, um wieder freier atmen zu können, und zermarterte ihr Gehirn: Warum hatte sie das Unglück überlebt? Wie einfach wäre es, wenn sie in die Tiefen des Bodensees getrudelt und nie mehr aufgetaucht wäre. Dann müsste sie nicht hier liegen, in diesem Zimmer, mit ihrem schlechten Gewissen Thomas gegenüber. Thomas, der nichts von dem Verhältnis mit ihrem Chef wusste und der sie seit Tagen umsorgte. Thomas, ihr sanfter Bücherwurm, der, nur um sie nicht vollends zu verlieren, an den Bodensee gezogen war. Wie sollte er wissen, dass es schon zu spät war, dass sie ihn bereits betrogen hatte. Warum hatte sie die Kontrolle über ihren Körper verloren und sich auf dieses Abenteuer eingelassen? Warum ausgerechnet mit ihrem Vorgesetzten? Warum, warum, warum? So viele Fragen, auf die Isabel keine Antworten wusste und die sie Stunde um Stunde quälten.

Die erste Begegnung mit Carl W. Dangelmann, den seine Mitarbeiter hinter vorgehaltener Hand nur »CaWe« nannten, weil er großen Wert auf die Abkürzung seines zweiten Vornamens mit dem Anfangsbuchstaben und einem Punkt legte, hatte sich in Isabels Herz eingebrannt. Das war gerade einmal fünf Monate her. Im April hatte sie ihre neue Stelle bei der Wasserschutzpolizei in Friedrichshafen angetreten. Sie erinnerte sich an das überbordende Glücksgefühl in ihr, nun an ihrem geliebten Bodensee arbeiten und leben zu können. Sie erinnerte sich an diesen Frühlingsmorgen, an dem Tulpen und Osterglocken in den frisch ausgepflanzten Uferanlagen um die Wette blühten und dufteten, an dem alle Zeichen auf Neubeginn und Freiheit standen.

Sie erinnerte sich, wie der Dienststellenleiter sie zu sich gerufen und überschwänglich begrüßt hatte. Wie er selbstzufrieden seinen Einsatz für sie und ihre Versetzung betont hatte, weil er eine Frau im Führungsteam der Wasserschutzpolizei Friedrichshafen haben wollte. Vom ersten Augenblick an war Isabel fasziniert von seiner Ausstrahlung, seinem Charme, seinen stechend klaren hellblauen Augen, seiner samtenen Stimme. Etwas an seinem Auftreten verunsicherte sie zwar, doch sie ignorierte die mahnende Stimme in ihrem Innern. Beflügelt wischte ihr entflammter Körper ihre Gewissensbisse weg.

Isabel gestand sich ein, dass Carl ihr zu Beginn ihrer Beziehung gutgetan hatte. Durch ihn hatte sie ihren Neuanfang am Bodensee wie einen taumelnden Rausch und besonders intensiv erleben dürfen. Das war am Anfang, als sie seinen wahren Charakter noch nicht erkannt hatte. Sein Werben hatte ihr geschmeichelt, jede ihrer Zellen hatte es begierig eingeatmet. Seine Stimme hatte sie eingehüllt wie eine warme Wolldecke. Seine Worte hatte sie regelrecht aufgesaugt, hatte tagelang von seinen Komplimenten gelebt. Die körperliche Nähe, die leidenschaftliche Intimität hatte sie in völlig neue, unbekannte Sphären katapultiert. Sie hatte die Frau in sich wieder gespürt, sich lebendig und begehrenswert, attraktiv, ja unwiderstehlich gefühlt.

Diese Sinnesreize hatte sie bei Thomas schon seit längerem vermisst. Thomas, ihr Freund, der noch in Tübingen geblieben war, um sein Philosophiestudium abzuschließen und mit dem Doktortitel zu krönen. Thomas, dem seine philosophischen Studien und seine toten Vorbilder im Laufe der Zeit wichtiger geworden waren als sie, seine äußerst lebendige Partnerin. Thomas, für den es selbstverständlich war, dass sie ihn, den ach so brillanten Geisteswissenschaftler, versorgte und mit den profanen Dingen des Alltags verschonte. Genauso, wie seine Mutter es zuvor getan hatte. Thomas, der sich alle Zeit der Welt lassen konnte mit Studium und Promotion, weil seine Eltern – Annerose und Rechtsanwalt Doktor Hubertus von Harnsfeld – ihren einzigen Sohn finanziell äußerst großzügig unterstützten.

Auch was die Beziehung zu Thomas betraf, quälten Isabel nun starke Schuldgefühle. Ruhelos drehte sie sich um und starrte an die Decke. Sie hatte die Defizite gespürt, hatte darunter gelitten. Warum hatte sie nicht rechtzeitig ein klärendes Gespräch gesucht? Warum hatte sie nicht aufbegehrt? Warum hatte sie Thomas nicht schon lange gesagt, dass es so nicht weitergehen konnte? Hatten nicht ihre unerfüllten Bedürfnisse, die ins Leere gelaufenen Bitten nach Aufmerksamkeit und Zärtlichkeit sie erst schwach werden lassen – im Angesicht von Carls bestechenden Reizen, dem Blick in seine blauen Augen … Carl war ihr erschienen als der Ausweg aus einer langjährigen Beziehung mit starren Rollen, wenig Fantasie und zunehmender Distanz. Er gab ihr das Gefühl, endlich ihre Sexualität wieder selbstbestimmt ausleben zu können, Befriedigung zu erfahren, ein Abenteuer zu erleben, fernab ihres einstudierten Frauenbildes. Vielleicht wollte sie einfach frei sein, das brave Mädchen, das sie 32 Jahre lang gewesen war, hinter sich lassen. Doch was hatte sie sich davon versprochen?

Mit nicht enden wollenden Warums dämmerte Isabel vor sich hin. Dazu spukten die Fetzen eines Gedichts von Ulla Hahn in ihrem Kopf herum … *Mit Haut und Haar* … Damals, im Gymnasium, hatte sie es auswendig vortragen müssen und lustlos an der Interpretation gebastelt. Die Zeilen erschienen ihr unverständlich und übertrieben. Beim Umzug von Tübingen nach Friedrichshafen war ihr der Gedichtband »Herz über Kopf« wieder in die Hände gefallen, wie auch immer. In den vergangenen Monaten fühlte sie sich von dem Buch magisch angezogen. Wusste ihr Unterbewusstsein etwa, dass sie gerade eine Phase des Wandels durchlebte? Sie ihrem Kopf nicht länger gestatten wollte, allzeit über ihr Herz zu dominieren? Isabel hatte immer wieder in dem Band geblättert und »Mit Haut und Haar« hatte sie mehr und mehr beschäftigt:

Ich zog dich aus der Senke deiner Jahre
und tauchte dich in meinen Sommer ein
… Du wendetest mich um.
Du branntest mir dein Zeichen
mit sanftem Feuer in das dünne Fell.
Da ließ ich von mir ab. Und schnell
begann ich vor mir selbst zurückzuweichen …
Anfangs blieb noch Erinnern
ein schöner Überrest der nach mir rief …
Da aber war ich schon in deinem Innern
vor mir verborgen. Du verbargst mich tief
Bis ich ganz in dir aufgegangen war:
Da spucktest du mich aus mit Haut und Haar.

Nicht alle Zeilen der Dichterin waren noch präsent in Isabels Gehirn. Doch jedes poetische Wort, diese in wenigen Sätzen erzählte, tragisch endende Liebesgeschichte erschien Isabel als die ihrige. Ulla Hahn hatte in den Zeilen exakt das getroffen, was am Ende der Beziehung in ihr vorging. Es kam ihr vor, als hätte die Autorin ihre Zeit mit Carl vorhergesehen: Warum war ich so dumm und habe nicht auf die Warnung aus der Jugendzeit gehört? Naiv und leichtsinnig habe ich angenommen, in diesem lustvollen Spiel Erfüllung zu finden. Ich bin nicht nur Thomas, ich bin auch mir selbst untreu geworden, vor allem mir selbst. Ich habe meine Werte und Prinzipien über Bord geworfen, mich selbst vergessen und verloren, nur um ein Abenteuer zu erleben. Nur um des Kribbelns willen, das mich jedes Mal überfiel, sobald ich Carls Blicke und seine körperliche Nähe gespürt hab. Carl hat mich vereinnahmt, von mir und meinem Körper vollkommen Besitz ergriffen – mit Haut und Haar. Bereitwillig habe ich mich ihm hingegeben, voller Lust und eigenem Verlangen, bin ganz aufgegangen in ihm. Erst nachdem er mich geködert hatte, blickte ich mehr und mehr hinter seine Maske: Er fing an, sein wahres Gesicht zu zeigen. Auch mir gegenüber begann er, sich kalt, unberechenbar und respektlos zu verhalten, genauso, wie ich ihn seinen Mitarbeiterinnen und Mitarbeitern gegenüber unzählige Male erlebt habe. All das habe ich beobachtet, zwar mehr und mehr erschrocken, doch habe ich nicht gewagt, Carl damit zu konfrontieren. Auch mir fehlten, genauso wie den anderen, die nötige Kraft und der Mut, mich ihm zu widersetzen und mich zu wehren. Mit dieser grauenvollen Erkenntnis döste Isabel ein …

Das Boot, es schaukelt hin und her … hin und her … Im selben Rhythmus spürt die Frau das Vor und Zurück … vor und zurück zwischen ihren Oberschenkeln. Wollust und Sinnesrausch sind stärker, lassen den Schmerz, den die harten Regalbretter am Rücken auslösen, vergessen. Ein plötzlicher Ruck reißt das Liebespaar auseinander. Der Mann rutscht seitwärts ab. Die Frau, nackt, schreit auf, verliert das Gleichgewicht und landet auf dem Fußboden, wird nassgespritzt. Teller, Gläser, Taschen, Schuhe – was nicht gesichert ist, fliegt durch den Raum. Mit einem Mal braust Wasser, überall. Wo kommt es her? Die Frau blickt auf. Ein schäumender Schwall schießt zur Kabinentür herein. Die Frau drückt sich hoch, will die Tür schließen, doch ein noch gewaltigerer Wasserstrahl quillt herein und drückt den Eingang weiter auf. Innerhalb weniger Minuten füllt sich der Raum mit dem kalten Nass. Wieder stößt die Frau einen Schrei aus, blickt zu dem Mann. Gerade eben war er ihr noch ganz nahe gewesen. Er sitzt da wie versteinert und starrt sie aus weit aufgerissenen Augen an, großen blauen Panikaugen. »Carl«, schreit die Frau, »komm! Wir müssen hier raus!« Er rührt sich nicht. Sie will nur noch weg. Weg von ihm, weg aus diesem engen Raum, raus aus den Wassermassen. Die haben ihren Busen erreicht. Fasziniert beobachtet sie für einen kurzen Moment ihre erregten Brustwarzen. Das Wasser hebt beide Brüste hoch, sie schwimmen. Das Wasser reicht dem Mann jetzt bis zum Hals, drückt seinen Körper hoch. Die Frau weiß, sie müssen raus, sofort. Der Mann? Immer noch regungslos. Seine Augen sind in dunklen Löchern versunken. Sie erschaudert. Also doch! Tiefenangst! Von ihm kann sie keine Unterstützung erwarten. Sie atmet schwer, schaut sich um, wuchtet den Feuerlöscher aus seiner Halterung, schlägt mit ihm gegen die Fensterscheibe. Wieder und wieder haut sie gegen das Glas. Endlich zerbirst die Scheibe. Glassplitter trudeln in Zeitlupe in die

Tiefe. Die Reste bricht die Frau mit bloßer Hand aus. Sie hievt sich mit ihren Armen hoch, will durch das Loch nach oben, wendet sich nochmals um, dem Mann zu. Sie schreit noch einmal: »Carl! Komm!« Seine Augen – ein einziger stummer Hilferuf. Die Frau lässt sich wieder hinunterfallen, schwimmt zurück zu ihm, packt den Mann am Oberarm. Er versucht, sich mit einem Schlag aus dem Griff zu befreien, trifft ins Leere. Der zweite Hieb trifft die Frau an der Brust. Sie wehrt sich, nimmt ihn in den Schwitzkasten, schiebt seinen Körper nach oben und drückt ihn durch die Öffnung. Quält sich anschließend selbst durch. Messerscharfe Glassplitter, in der Fassung verblieben, schneiden in ihre Haut. Endlich draußen. Der Mann entgleitet ihr. Sie öffnet ihre Lippen, schreit, doch das Wasser erstickt jeden Laut, dringt in ihren Mund. Sie kämpft sich an die Oberfläche, schreit weiter …

Als der Schrei an Isabels Ohr drang, wachte sie schweißgebadet auf. Sie schlug sich die Hände vors feuchte Gesicht. Dann rieb sie sich die Augen und schob die Haarsträhnen zurück, die auf Stirn, Wangen und Hals klebten. Tränen liefen über ihre Wangen. Es war nur ein Traum. Gottlob auch diesmal nur der Albtraum, der sie seit dem Unglück immer wieder heimsuchte. Isabel setzte sich halb auf und betrachtete den schlafenden Thomas neben ihr. Er schlief den Schlaf des Gerechten. Ach, Thomas, wenn du wüsstest …

Noch benommen, erhob sich Isabel und taumelte ins Bad. Sie stützte die Arme auf das Waschbecken, betrachtete im fahlen Schein der Straßenlampe ihr Gesicht und stieß einen Seufzer aus. Sie tappte in die Küche, griff sich ein Glas, das neben der Spüle stand, öffnete den Wasserhahn und zuckte zusammen, als der Strahl mit großem Druck die Stille des Raums durchbrach. Einem Reflex folgend, drückte sie den Hahn schnell wieder zu. Mit dem halbvollen Glas stellte sie sich vor das Fenster und blickte in die Nacht hinaus. Wann würde das endlich aufhören? Sie leerte das Glas in einem Zug, schlich zurück ins Schlafzimmer und stieg wieder in ihr Bett. Verfolgt von den Bildern im Kopf, wälzte sie sich hin und her, bis sie erneut in einen unruhigen Schlaf fiel.

Isabel wusste nicht, wie viele Stunden inzwischen vergangen waren, als sie durch ein Geräusch hochschreckte. Ihr Handy klingelte. Sie griff zum Nachttisch und tippte den Punkt auf dem Display an. Markus Proll, der Kollege, mit dem Isabel das Dienstzimmer in der Station der Wasserschutzpolizei ebenso teilte wie die Vorliebe für Studentenfutter, meldete sich und fragte besorgt: »Wie geht's unserem Küken heute?«

»Hallo, Markus, geht so, ist noch flügellahm«, hauchte Isabel ins Telefon und ließ sich zurück ins Bett fallen.

»Kann ich etwas Gutes tun für dich, Isabel?«, fragte er. »Kann ich dir ein paar Äpfelchen bringen? Ich habe geerntet, und die schmecken super gut. Du weißt ja: An apple a day keeps the doctor away!«

»Alles Fake«, flüsterte Isabel und seufzte. »Du willst also wissen, wann ich wiederkomme?«

»Bingo, liebe Kollegin! Dein Scharfsinn ist ungebrochen!«, stellte Markus zufrieden fest. »Also, wann stehst du wieder auf der Matte, ähm, auf der Wache?«

Ein kleines Lächeln umspielte Isabels Mund. Mit einem Mal merkte sie, dass ihr der Kollege fehlte, seine ehrliche, direkte und unkomplizierte Art, die neckenden Gespräche voll Leichtigkeit und schlichtem Humor. Und auch ihre Arbeit bei der Wasserschutzpolizei vermisste sie. Noch etwas verschlafen stammelte sie: »Du, ich weiß nicht, kann dir nichts versprechen. Ich komme, sobald ich kann.«

»Versprochen? Wir brauchen dich hier!«, appellierte er, um Isabel aus ihrer Lethargie zu kippen.

»Versprochen!« Isabel legte das Handy zurück. Jetzt erst beachtete sie den Zettel auf dem Nachttisch mit Thomas' ebenmäßiger Handschrift: ›Bin in der Uni Konstanz. Seminartag. Bis später. Thomas.‹

Isabel fiel erneut in die Kissen und starrte minutenlang an die Decke. Dann gab sie sich einen Ruck: Genug gelitten, das Leben muss weitergehen, hämmerte sie sich ein. Ich werde jetzt das Bett verlassen. Jetzt sofort! Sie warf die Bettdecke zurück, schwang sich auf, setzte einen Fuß nach dem anderen auf den Boden, wollte sich hochstemmen, ein Gedankenblitz ließ sie auf die Bettkante zurücksinken. Sie überlegte. Sie musste Carl sehen, würde mit dem Zug nach Allensbach fahren. Ja, genau das würde sie tun, und zwar so schnell wie möglich. Sie griff nochmals nach ihrem Handy und suchte auf der Homepage nach Verbindungen. Es gab mehrere. Wenn sie sich beeilte, könnte sie den nächsten Zug erreichen.

Entschlossen erhob sie sich und zog den Rollladen hoch. Sie kniff die Augen zusammen, das gleißende Licht der Sommersonne schmerzte. Sie widerstand dem kurzen Impuls, die Augen wieder zu schließen und sich erneut auf das Bett zu werfen. Stattdessen tappte sie ins Bad, zog ihren Schlafanzug aus, warf ihn über den Rand der Badewanne. Diesmal lass ich mich nicht unterkriegen, sagte sie sich und stellte sich in die Duschkabine, ließ das Wasser laufen. In dem Moment, als das Nass auf Isabel niederprasselte, überfiel sie ein Schwindelgefühl und ihr Körper fing zu beben an. Mit zitternder Hand gelang es ihr, den Hebel zurückzuschieben, bevor sie an den Fliesen hinunter auf den Boden rutschte. Sie hörte ihr Herz gegen ihre Rippen hämmern. Wasser, diese Kraft, das Rauschen … wieder flogen Erinnerungen an ihrem inneren Auge vorbei und drohten ihr Hirn zu sprengen. Wasser, strömendes Wasser … wieder so unerträglich wie damals …

Isabel wollte fliehen, musste raus aus dieser Enge. Sie zog sich an den Armaturen hoch, kletterte mühsam aus der Duschkabine und ließ sich auf den Teppich sinken. So blieb sie liegen, bis Gänsehaut ihren ganzen Körper bedeckte und sie fröstelte. Dann setzte sie sich halb auf, griff nach einem Handtuch und frottierte ihre Haut, bis sie warm und gerötet war. Nackt ließ sich Isabel auf dem Rand der Badewanne nieder, atmete Sekunden, Minuten, ohne jedes Zeitgefühl, immer regelmäßiger. Als sie sich erholt hatte, formte ihr Gehirn erste klare Gedanken: Es gab kein Zurück mehr, nur das Vorwärts zählte. Mechanisch griff Isabel zum Waschlappen, mit dem festen Willen, sich den Schweiß der vergangenen Tage und auch die quälenden Schuldgefühle abzuwaschen. Wenn duschen nicht möglich ist, dann eben anders, dachte sie und richtete sich auf. Sie befeuchtete den Frotteehandschuh, gab Seife darauf und wusch sich von Kopf bis Fuß. Anschließend putzte sie sich die Zähne, bürstete ihre Locken, schlüpfte in Jeans, T-Shirt und Sandalen, schnappte ihren Rucksack und verließ auf wackeligen Beinen die Wohnung.

KAPITEL 2

Draußen vor der Tür hob Isabel ihr Gesicht der Sonne entgegen. Für einen Moment schloss sie die lichtentwöhnten Augen. Amseln zwitscherten in den Ästen der Buche über ihr und auch das Motorengeräusch eines Rasenmähers drang an ihr Ohr. Sie breitete ihre Arme aus und sog die Morgenluft tief in ihre Lunge. Eine Nachbarin blickte verwundert zu ihr herüber. Sie wässerte gerade mit dem Gartenschlauch die Salatpflanzen in ihren Beeten. Gebannt blickte Isabel auf den Wasserstrahl, hielt kurz die Luft an, verdrängte die Erinnerung und lief los in Richtung Bahnhof. Sie beobachtete Spatzen, die sich um Brotkrümel stritten, die zwischen den Tischchen des Stehimbisses auf dem Gehweg lagen. Die Autoschlange kämpfte sich lärmend und stinkend durch die Straßen wie eh und je. Die Menschen eilten hektisch wie immer vorbei, ohne Isabel zu beachten. Und doch hatte sich etwas verändert: Zum ersten Mal seit Tagen knurrte Isabels Magen, sie verspürte Hunger. In einer Bäckerei kaufte sie sich gewohnheitsmäßig, ohne viel überlegen zu müssen, zwei Brezeln und einen Kaffee und erreichte in letzter Minute ihren Zug.

Stickige Luft empfing Isabel im fast menschenleeren Abteil. Sie setzte sich auf einen Platz am Fenster. Sie verzog das Gesicht, als der erste Schluck Kaffee bitter ihre Kehle hinunterrann. Auch der zweite schmeckte ihr nicht und jeder weitere ekelte sie regelrecht an. Die Brezeln verspeiste sie dagegen mit gutem Appetit.

Isabel schaute zwar zum Fenster hinaus, nahm aber die geliebte Landschaft kaum wahr, die draußen vorbeizog. Auf einem Verkehrsschild las sie das Wort ›Konstanz‹, und in diesem Moment fiel ihr ein, sie hatte versäumt, Thomas eine Nachricht zu hinterlassen, falls er vor ihr zurück sein sollte. Sie holte ihr Handy und tippte: »Hab's geschafft. Bin aufgestanden, musste raus.« Dahinter setzte sie ein Emoticon mit hochgerecktem Daumen und ein Smiley. Sie dachte an Thomas. In der Zeit, als er allein in Tübingen geblieben war, musste er gemerkt haben, was Isabel auch zu seinem Wohlbefinden beigetragen hatte. Er begann, sie zu vermissen. Der Zufall wollte es, dass ein Professor seine große Wohnung in Friedrichshafen aufgab und Thomas anbot. So war er Isabel an den Bodensee gefolgt. Obwohl sie sich damals schon auf Carl eingelassen hatte, schaffte sie es nicht, Thomas die Wahrheit zu sagen. Sie gab ihre kleine Wohnung auf und zog wieder mit Thomas zusammen, was ihre Situation nicht einfacher machte. Sie musste immer neue Lügen erfinden, um mit Carl zusammen sein zu können, hasste sich mit jedem Mal mehr für ihre Schwäche und nahm sich wieder und wieder vor, dem Dreiecksverhältnis ein Ende zu setzen.

Kauend öffnete Isabel nun den Müllbehälter, um die Reste ihrer Mahlzeit zu entsorgen. Da entdeckte sie eine zerknitterte Zeitung. Das Foto eines Motorboots weckte ihre Neugier. Das Boot kam ihr bekannt vor. Mit spitzen Fingern fischte Isabel die Zeitung aus dem Behälter heraus, schnippte die Verpackung eines Müsliriegels weg und strich das Blatt mit beiden Händen glatt. Die fette Schlagzeile über dem Bild sprang ihr regelrecht entgegen:

Motorjacht sinkt vor Friedrichshafen

Der letzte Bissen blieb Isabel beinahe im Hals stecken, ihr Herz schlug schneller. Ihr Blick wanderte hoch zum Datum der Seite: 24. August. Die Zeitung war also schon ein paar Tage alt. 24. August! Der Tag nach dem Unglück, schoss es ihr durch den Kopf. Unter dem Foto der »Amareno« las Isabel die Bildunterschrift:

Das soll die gekenterte Motorjacht sein.

Isabels Augen flogen nun über den Text:

Vor Friedrichshafen ist gestern Nachmittag eine Motorjacht überrollt, gekentert und anschließend gesunken. Wassersportler hatten das 9,70 Meter lange und 3,20 Meter breite Schiff in Konstanz gechartert. Nach unbestätigten Informationen soll das Boot Schlagseite bekommen haben, weil sich zu viele der elf Personen auf einer Seite aufgehalten haben. Bei einem Kurvenmanöver soll dann das Unglück passiert sein. Neun der elf Besatzungsmitglieder kamen fast unversehrt davon. Sie retteten sich durch einen Sprung ins Wasser. Zwei Personen – dem Vernehmen nach ein Mann und eine Frau – hatten sich unter Deck befunden. Sie mussten Fensterscheiben zertrümmern, um sich aus dem sinkenden Schiff zu befreien. Einer der beiden Personen gelang es nicht, aus eigener Kraft an die Oberfläche zu schwimmen. Sie wurde mit in die Tiefe gerissen, konnte aber von Tauchern geborgen werden. In lebensbedrohlichem Zustand musste sie in eine Klinik eingeliefert werden. Die zweite Person erlitt offensichtlich nur leichtere Verletzungen. Die anderen Passagiere kamen mit einem Schock davon. Eine vorbeifahrende

Segeljacht hatte das Unglück beobachtet, einen Notruf abgesetzt und zehn Personen an Bord genommen. Wie es tatsächlich zu dem Unfall kommen konnte, ist noch nicht abschließend geklärt. Nach unbestätigten Angaben sollen die Verunglückten selbst Polizisten gewesen sein. Die Ermittlungen dauern an.

Isabel ließ das Blatt sinken, ihre Hände zitterten. Sie hatte es kaum geschafft, den Artikel zu Ende zu lesen. Ihre Augen brannten, auf einmal tauchten Sterne auf, und sie merkte, wie Übelkeit in ihr hochstieg. So fühlt sich das also an, wenn man selbst betroffen ist. *Die zweite Person erlitt offensichtlich nur leichtere Verletzungen* ... Offensichtlich, was ist schon offensichtlich, fragte sie sich und sackte in ihrem Sitz zusammen.

Eine Frau, die gerade den Gang entlangkam, hatte den Zwischenfall beobachtet und eilte sofort zu Isabel. Sie tätschelte ihr die Wange, und als Isabel die Augen öffnete, kramte sie eine Plastikflasche mit Mineralwasser aus ihrer Tasche, schraubte den Verschluss ab, bot sie Isabel an und sagte: »Trinket Sie erst mal einen Schluck.«

Das kalte Wasser rann wohltuend Isabels Kehle hinunter, und sie hauchte: »Danke, das tut gut.«

»Sie send ohnmächtig worde! Was ist los mit Ihne?«, fragte nun die Frau in alemannischem Dialekt.

»Es ... geht schon wieder«, stieß Isabel hervor. »War nur eine kleine Kreislaufschwäche.«

Die freundliche Fremde half Isabel, sich wieder aufzurichten. »Ich hab wohl zu wenig getrunken«, fügte Isabel hinzu.

»Sie könnet die Flasch gern behalte. Ich steig sowieso gleich aus«, sagte die Frau und erhob sich.

»Vielen Dank. Das ist sehr nett von Ihnen«, antwortete Isabel höflich und nahm einen weiteren Schluck. Schnell erholte sie sich und starrte wieder zum Fenster hinaus. Was würde sie am Ziel erwarten? In welchem Zustand würde sie Carl antreffen? War er inzwischen wieder bei Bewusstsein? In ihrem Kopf jagte ein banger Gedanke den anderen. Den Umstieg in Radolfzell schaffte Isabel ohne Probleme, und in Allensbach verließ sie pünktlich den Zug.

KAPITEL 3

Isabel entschied sich, nicht den Bus zur Klinik zu nehmen, sondern zu Fuß zu gehen. Der kurze Marsch würde ihr guttun und helfen, ihre innere Anspannung zu mildern. Sie erreichte das weitläufige Klinikareal und schritt auf dem gepflasterten Weg zum Eingangsgebäude. Dabei nahm sie kaum die Blumenpracht in den großen Betontrögen wahr, die den Weg säumten.

Fast geräuschlos schoben sich die Glastüren am Eingang zurück, und mit klopfendem Herzen betrat Isabel das Gebäude. Am Empfang erkundigte sie sich nach der Intensivstation. Eine junge Frau erklärte ihr freundlich den Weg und bat sie, sich am Pflegestützpunkt der Station zu melden. Isabel bedankte sich und folgte mit hämmerndem Herzen den Schildern. Sie führten einen Flur entlang, vorbei an Arztbüros und Therapieräumen, der

Isabel endlos erschien und vor einer weiteren Schiebetür aus Glas endete. Diese war offensichtlich mit Code gesichert. Isabel trat einen weiteren Schritt auf sie zu und sie öffnete sich wie von Geisterhand. Isabel war unschlüssig, ob sie eintreten sollte, dann schlüpfte sie, einem spontanen Impuls folgend, kurzerhand hinein. Das Blut in ihren Adern pulsierte, als sie sich umschaute. Der Pflegestützpunkt war nicht besetzt, und so ging sie einfach weiter. Eine Schwester mit einem Tablett voller medizinischer Instrumente eilte aus einem Zimmer heraus. Die Tür blieb einen Spaltbreit offen. Schritte näherten sich und wie von einer höheren Macht geleitet, huschte Isabel rasch in das Zimmer hinein. Einen Augenblick lang hielt sie den Atem an und blieb bewegungslos stehen. Ihr Herz hämmerte, und jede Faser ihres Körpers war zum Zerreißen gespannt. Vorsichtig schaute sie sich um. Zwei Betten standen im Raum und beide waren belegt. Neben jedem befanden sich mehrere Beatmungs- und Überwachungsgeräte. Überall blinkte, piepste und surrte es.

Gerade hatte sich Isabel vom ersten Schrecken erholt, da überfiel sie der nächste. In dem Bett unmittelbar vor ihr entdeckte sie einen grauen Haarschopf. Diese Locken kannte sie. Carl! Blitzschnell schlug sie die Hand vor den Mund, als verböte sie sich selbst, den Namen auszusprechen. Ihr Herz schlug noch heftiger. Zögernd setzte sie einen Fuß vor den anderen und trat näher an das Bett heran. Lautlos glitt ihr Rucksack auf den Boden. Carl, er war es zweifelsfrei. Seinen Körper konnte Isabel unter einem weißen Laken nur erahnen. Mehrere Kabel und Schläuche verbanden ihn mit piepsenden Apparaten. Bildschirme zeichneten mit farbigen Linien Pulsfrequenz, Blutdruck und weitere Werte auf.

Isabels Herz krampfte sich zusammen, als sie Carl so liegen sah: blass und bar jedes Lebenszeichens. Energielos, abhängig, machtlos, ausgeliefert – der Zustand, der ihm am meisten verhasst war. »Carl«, flüsterte Isabel nun doch mit erstickter Stimme. Und nochmals voller Mitleid: »Carl.«

Immer noch starrte Isabel auf Carl, als sie plötzlich ein Schluchzen vernahm. Erstaunt drehte sie den Kopf. Am Nebenbett saß eine Frau, in sich zusammengesunken, und kramte in ihrer Handtasche. Isabel hatte die Frau bisher noch gar nicht bemerkt. »Guten Tag«, flüsterte sie ihr zu, denn sie traute sich nicht, laut zu reden.

Die Frau zückte ein Taschentuch, schnäuzte sich und blickte aus rotgeweinten Augen zu Isabel auf. Ein leises »Grüß Gott« kam über ihre bebenden Lippen. Bevor sie weiterreden konnte, betrat ein Mann in weißem Kittel den Raum. Er grüßte die beiden Frauen knapp und blieb vor Carls Bett stehen. Kurz musterte er Isabel und fragte: »Sind Sie eine nahe Verwandte?«

Isabel trat einen Schritt zur Seite. Der Kloß in ihrem Hals verhinderte eine Antwort. Sie faltete ihre Hände und nickte heftig.

»Doktor Held. Ich bin der Anästhesist«, stellte sich der Arzt vor, während er bereits zu den Geräten blickte und die Zahlenreihen auf dem Monitor kontrollierte. »Noch keine Reaktion, aber das will nichts heißen.«

Wieder zu Isabel gewandt, fuhr er fort: »Wir tun unser Möglichstes. Wir wissen nie genau, was ein Patient in welchem Stadium mitkriegt, und ebenso wenig, wie weit der Patient weg ist.«

Isabel blickte den Mediziner flehend an. Der vertiefte sich in seine Unterlagen und sagte: »Der Patient hat eine schwere Pneumonie, das Lungengewebe ist geschädigt.«

Nach einer Pause fügte er in zuversichtlichem Ton hinzu: »Eigentlich hat der Patient gute Chancen. Er ist unterkühlt gerettet worden und wir haben im MRT kein Hirnödem entdeckt.«

Obwohl ihn sein Beruf wahrscheinlich täglich mit solchen Befunden konfrontierte, klang aus seiner Stimme Mitgefühl. Jetzt gelang es Isabel nicht mehr, ihre Tränen zurückzuhalten, und sie ließ ihnen freien Lauf.

Doktor Held fuhr sich durch die Haare, um mit dem unerwarteten Gefühlsausbruch besser umgehen zu können. Er räusperte sich und sagte: »Also jetzt lassen Sie mal den Kopf nicht hängen, junge Frau. Es sieht gar nicht so schlecht aus. Wir haben den Patienten in ein künstliches Koma versetzt, um den Erhalt der lebenswichtigen Funktionen besser steuern zu können.«

Ein hoffnungsfrohes Blitzen in ihren Augen verriet dem Mediziner, dass Isabel verstanden hatte. Nach einer kurzen Pause, in der Doktor Held nochmals seine Akte studierte, redete er weiter: »Der Mann ist noch relativ jung, wie es aussieht topfit, und er hat keine Vorerkrankungen. Der kann das schaffen. Wir tun jedenfalls, was wir können. Das verspreche ich Ihnen.«

Nach diesen Worten klappte er die Akte zu, warf einen kurzen Blick auf den anderen Patienten, schenkte der Frau neben dem Bett ein Lächeln und verließ das Zimmer.

Es war mucksmäuschenstill im Raum, nur das regelmäßige Piepsen der Überwachungsgeräte war zu hören. Isabel schaute zu der Frau hinüber. Sie saß auf ihrem Stuhl, drückte ein Taschentuch vor den Mund, weinte lautlos und starrte auf den Mann im Bett vor ihr. Isabel fiel nichts ein, was sie der Frau sagen könnte, und sie trat wieder einen Schritt näher an Carls Bett. Sie nahm allen Mut zusammen, mit zitternden Fingern hob sie das dünne Laken an und suchte nach Carls Hand. Ein Schauer schüttelte Isabel, als sie seine kalten Finger ertastete. Wie die Hand eines Toten, durchzuckte es sie. Nur kurz drückte Isabel die Hand und zog die ihrige dann schnell zurück. In Carls bleichem Gesicht erkannte sie nicht den Anflug einer Reaktion.

Isabel konnte es kaum ertragen, Carl so hilflos daliegen zu sehen, und zermarterte ihr Gehirn mit Selbstvorwürfen: Hätte sie doch bloß seinem Werben gleich zu Anfang, als sie ihren Dienst am See angetreten hatte, nicht nachgegeben. Wäre sie nicht schwach geworden, sondern sich und ihren Werten treu geblieben, er würde nicht hier liegen und leiden …

Sie fixierte seine geschlossenen Lider. Jedoch war es schließlich er, Carl, der sie verführt, der sie umgewendet hatte. Wieder geisterten einzelne Wörter des Gedichts der Lyrikerin durch ihr Gehirn: … *Du wendetest mich um … schnell begann ich vor mir selbst zurückzuweichen … Bis ich ganz in dir aufgegangen war: Da spucktest du mich aus mit Haut und Haar …*

Wie oft hatte Isabel ihren Treuebruch schon in den Wochen vor dem Unglück bereut, hatte das Verhältnis beenden wollen. Sie war zu inkonsequent gewesen, obwohl ihre Leidenschaft bereits bröckelte. Jetzt war es zu spät für diese Erkenntnis, und das Schuldgefühl schnürte Isabel die Brust zusammen. Außerdem empfand sie die Situation, an Carls Bett zu stehen und nichts tun zu können, mehr und mehr als beklemmend. Plötzlich betrat eine Krankenschwester das Zimmer.

»Ah, hallo«, sagte die Schwester in resolutem Ton, als sie Isabel bemerkte. Mit einer Hand drehte sie routiniert an den kleinen Kunststoffrädern der Infusionsflaschen, so dass die Tropfen schneller strömten. Dabei murmelte sie, ohne Isabel nochmals anzusehen: »Der Patient liegt in tiefem Koma. Mal sehen, ob da wieder was kommt. Machet Sie sich keine große Hoffnung. Der Mann war so lang hypoxisch. Allerdings … man weiß ja nie.«

Isabel zuckte zusammen, als die Worte an ihr Ohr drangen, und starrte die Schwester von der Seite an. Wie konnte jemand nur so wenig einfühlsam sein? Sie öffnete ihren Mund, wollte einwenden, Doktor Held habe eine viel positivere Diagnose gestellt, aber die Schwester schritt schon zum nächsten Bett, rüttelte dort kurz an einem Schlauch des Patienten und marschierte wieder zur Tür hinaus. Isabel sah ihr nach und dachte: Wahrscheinlich arbeitet sie schon lange auf der Intensivstation und sieht hier jeden Tag Elend und Leid. Bestimmt härtet das ab. Dann blickte sie wieder in Carls Gesicht. Seine Züge hatten sich nicht verändert. Kleine Fältchen zogen sich von den Augenwinkeln zum Haaransatz. Die Haare klebten am Kopf. An seinem Kinn das Grübchen. Wie oft hatte sie einen Finger hineingelegt, es mit der Zunge geleckt und danach mit geschlossenen Augen seine vollen Lippen gesucht. Jetzt waren sie blutleer und blass. Isabel horchte in sich hinein, spürte keinerlei Erregung aufkommen. Stattdessen meldete sich ihr Verstand: Ob Carl wohl eine Patientenverfügung hatte? Wer würde im Fall des Falles entscheiden, ob die Ärzte die Geräte abschalten durften? Isabel tastete instinktiv nach dem kleinen Ledermäppchen in der Außentasche ihres Rucksacks. Hatte Carl einen Organspenderausweis? Bestimmt nicht. Über so etwas hatte sich

Carl sicherlich nie Gedanken gemacht. Hätte er sich doch bloß seine Tiefenangst eingestehen können. Hätte er ihr oder seinem Stellvertreter oder seiner Sekretärin, hätte er irgendjemandem seine Schwäche anvertraut, er läge nicht hier. Niemals wären die Kollegen auf die Idee gekommen, als Geburtstagsüberraschung für ihn ein Boot zu chartern, hätten sie von seinem Problem gewusst. Die Schuld lag nicht allein bei ihr.

Isabel seufzte. Wirre Gedanken schwirrten weiter durch ihre Sinne. Wieder vernahm sie die leise Stimme der Frau am zweiten Bett: »Fünf Tage ist das erst her. Das ist noch keine Zeit. Das Schicksal spielt manchmal ganz anders, als das medizinische Personal denkt.« Um Isabel zu trösten, fügte sie an: »Der Mensch denkt, und Gott schlägt die Hände über dem Kopf zusammen.«

Ein Lächeln umspielte Isabels Mund, als sie sich der Frau zuwandte. Sie schätzte ihr Alter um die 50 Jahre. Sie saß am Bett eines Mannes, so viel konnte Isabel trotz des Kopfverbands erkennen. Auch er hing an mehreren Kabeln und Schläuchen, auch er bewegte sich nicht. Isabel sagte: »Danke. Hoffentlich haben Sie recht. Und Sie … warum sind Sie hier?«

»Mein Sohn hatte einen Motorradunfall. Er liegt schon seit drei Wochen im Koma«, schniefte die Frau. »Aber ich geb die Hoffnung nicht auf. Ich vertraue auf Gott und bete jeden Tag.«

Isabel betrachtete den bandagierten Kopf. Nur die Monitore mit ihren verschiedenen Kurven und das regelmäßige Fiepen zeigten an, dass der Mann lebte. Sie ist voller Gottvertrauen, so wie meine Mutter, erinnerte sich Isabel. Diese Zuversicht hatte ihrer Mutter geholfen, hatte sie manche Stürme des Lebens überstehen lassen. Nur über den Tod ihres Mannes, Isabels Vater, hatte ihr Glaube sie nicht hinwegtrösten können.

Isabel spürte das Bedürfnis, der Frau Mut zuzusprechen. Sie ging zu ihr, legte die Hand auf ihre Schulter und sagte leise: »Ihr Beten hilft bestimmt … ganz bestimmt hilft es.«

Die Frau griff mit ihren beiden Händen nach Isabels Hand, hielt sie fest umklammert und sah flehend zu ihr auf: »Ja, gell, der liebe Gott kann mir meinen Rolf doch nicht einfach nehmen. Das darf er doch nicht!«

Isabel war von dem Kontakt zu überrascht, um etwas sagen zu können. Es war das erste Mal seit Tagen, dass sie die Haut eines anderen Menschen berührte. Sie lächelte der Frau zu und schüttelte nur den Kopf. Dann entzog sie der Frau ihre Hand, trat ein paar Schritte zurück und stellte sich wieder an Carls Bett, diesmal an das Fußende. Von dieser Position aus erschien sein Antlitz noch schmaler und farbloser. Aus dem weißen Laken stachen die schwarzen Nasenlöcher mit den Schläuchen furchterregend hervor. Mit einem Mal glaubte Isabel, keine Luft mehr zu bekommen, überhaupt nicht mehr atmen zu können in dem Zimmer. Sie schnappte ihren Rucksack, warf nochmals einen Blick auf die Frau und verließ mit schnellen Schritten den Raum. Möglichst rasch wollte sie alles hinter sich lassen: Carl und die Klinik und Allensbach und ihre Vergangenheit …

Schon lief Isabel wieder auf die Glastür zu, die die Intensivstation von dem langen Flur trennte. Diesmal öffnete sich die Tür nicht automatisch wie beim Eintreten, und Isabel stieß mit dem Kopf gegen das Glas. Ein leises »Aua!« kam ihr über die Lippen und sie drückte eine Hand gegen die schmerzende Stirn. Wie soll ich bloß hinauskommen? Mit Grausen dachte sie daran, hier drinnen eingesperrt zu sein. Da entdeckte sie an der Wand auf der rechten Seite einen Türöffner. Sie drückte ihn, doch nichts geschah, der Ausgang blieb verschlossen. Jetzt erst bemerkte Isabel unter dem Türöffner ein Kästchen mit Zahlen und Zeichen. Die Tür war also mit einem Code gesichert. Während sie noch ratlos die Nummern fixierte, näherte sich auf der anderen Seite ein junger Mann. Die Tür öffnete sich. Er kam herein und nickte Isabel freundlich zu. Sie nutzte blitzschnell die Chance, um hinauszuhuschen und die Station zu verlassen.

Geschafft! Draußen atmete sie erst einmal tief ein, hielt den Atem an, um anschließend lange auszuatmen. Kurz blickte sie zurück und eilte dann den Flur entlang zum Ausgang. Beinahe hätte sie den Karren einer Raumpflegerin umgestoßen, und erst als Isabel im Freien war, stoppte sie. Voller Dankbarkeit streckte sie das Gesicht der Sonne entgegen. Sie schloss die Augen und sog die warme, klare Luft ein. Ein blumiger Duft strömte in ihre Nase und belebte ihre Sinne. Sie, Isabel, atmete aus eigener Kraft. Sie konnte gehen, sich bewegen, rennen, denken, sprechen, fühlen, konnte essen, riechen, hören, sehen … Isabel öffnete die Augen wieder, nahm endlich die Blumenpracht um sich herum wahr. Sie sah den Bienen, Hummeln und Wespen zu, die sich an den bunten Blüten labten. Sie genoss das laue Lüftchen, das über ihr Gesicht strich und die Blätter der exakt zurechtgeschnittenen Bäume rascheln ließ. Sie lebte. Sie durfte die Schönheit um sich herum wahrnehmen. Sie hatte die Chance, noch einmal ganz neu anzufangen, sie konnte in ein neues Leben starten. Dieses Bewusstsein beflügelte Isabel, gab ihr neue Kraft und neuen Mut. Sie spürte ihren wiedererwachten Lebenswillen in jede Zelle ihres Körpers vordringen. Doch zuallererst wollte sie eines: ihre Freundin Lena treffen, und zwar sofort. Nichts liegt näher, als gleich ins nahe Konstanz zu fahren, dachte sie.

KAPITEL 4

Isabel saß im Bus von Allensbach nach Konstanz und blickte über den See, der zu ihrer Rechten vorbeizog. Das große Wasser machte ihr nicht mehr Angst, vielmehr sorgte die natürliche Weite dafür, dass ihr Innerstes sich beruhigen und ihr Herz wieder weit werden konnte.

Am Abend nach dem Unglück war Isabel nicht zu Thomas nach Hause gegangen. Entgegen dem Rat der Rettungssanitäter, sich im Krankenhaus untersuchen zu lassen, hatte sie, durcheinander wie sie war, die Katamaranfähre bestiegen und war von Friedrichshafen nach Konstanz zu ihrer Freundin gefahren. Im Nachhinein wunderte sie sich selbst, dass sie damals ein Boot ohne Hemmungen hatte besteigen können. Später war ihr klar geworden, dass sie zu der Zeit in völligem Schockzustand funktionierte. Panik und Angstzustände kamen erst hinterher.

Lena hatte sie aufgenommen, ohne lange zu fragen, und zu Bett gebracht. Thomas hatte sie nur eine kurze Nachricht über WhatsApp geschickt. Eine Nacht und einen halben Tag lang hatte die Freundin bei ihr ausgeharrt, ihr zugehört, sie in den Arm genommen und erst losgelassen, als die Weinkrämpfe aufgehört und die Tränen versiegt waren. Lena, die ohnehin von der Affäre mit Carl wusste, hatte Isabel alles erzählen können. Nur ihr. Am nächsten Tag hatte Lena sie nach Friedrichshafen zurückgebracht und dem völlig ahnungslosen Thomas übergeben.

Lena staunte, als Isabel nun unangemeldet in ihrer Praxis auftauchte: »Du bist wieder auf den Beinen? Und hier in Konstanz? Warum hast du nicht gesagt, dass du kommst?«, begrüßte sie die Freundin.

»Hab mich ganz spontan entschlossen. Hast du überhaupt Zeit?«, fragte Isabel.

»Bald. Lass dich erst mal umarmen.« Dicht an Isabels Ohr flüsterte Lena: »Ich bin gerade mitten in einem Patientengespräch. Wenn das Telefonat beendet ist, haben wir Zeit, bis ich Ben aus der Kita holen muss.« Sagte es und schielte hinüber in ihr Behandlungszimmer. Dann drückte sie die Freundin von sich und fügte hinzu: »Setz dich einen Moment und nimm dir was zu trinken.« Damit verschwand Lena noch einmal im Zimmer nebenan.

Was würde ich bloß machen ohne Lena, dachte Isabel in einem Anflug von Verzweiflung. Sie kannte Lena länger als jeden anderen Menschen auf der Welt – abgesehen von ihrer Schwester Katharina, die allerdings vor Jahren den Kontakt zu ihr abgebrochen hatte. Ihrer Schwester war Isabels Beamtendasein zu spießig. Sie wusste nicht einmal, wo Katharina sich gerade aufhielt, ob sie noch studierte oder ins Berufsleben eingetreten war. Und doch verdankte Isabel ihrer Schwester, dass sie seinerzeit Thomas kennengelernt hatte, als sie Katharina in Freiburg besucht hatte.

Bis Isabel bei Thomas eingezogen war, hatte sie in Tübingen lange Zeit eine Wohnung mit Lena geteilt. Obwohl Lena einige Jahre älter war – in wenigen Tagen erreichte sie das Schwabenalter – verband sie eine innige Freundschaft. Diese Verbindung war so stark, dass sie auch die räumliche Distanz, die durch Lenas Umzug nach Konstanz entstand, unbeschadet überdauert hatte. Lena war ihr vorausgeeilt: Sie hatte die berufliche Chance, in Konstanz in eine Praxis von Psychotherapeuten einzusteigen, auch genutzt, um sich in aller Freundschaft vom Vater ihres Sohnes Ben zu trennen. Damit hatte Lena geschafft, was sie selbst bis zum heutigen Tag nicht hinbekam: Mutig hatte sie diese Entscheidung getroffen, und dafür bewunderte Isabel sie. Ben war, neben Lenas Berufstätigkeit und Isabels Schichtdienst, der Grund, warum sie sich nicht mehr wie früher einfach mal spontan trafen und sich gemeinsam eine Nacht um die Ohren schlugen.

Isabel hatte jahrelang die Praxisräume nicht mehr betreten und schaute sich um. Den Ficus benjamini kannte sie schon aus Tübingen. Seine Blätter streiften inzwischen die Zimmerdecke. Bilder mit Sinnsprüchen und Alltagsweisheiten an den hellgelb gestrichenen Wänden verliehen dem Wartezimmer wohltuende Wärme. Isabel ging von einer Tafel zur anderen und überflog die Zeilen: ›Probleme, die man konsequent ignoriert, verschwinden nur, um Verstärkung zu holen‹, stand da neben einem Vogel Strauß, der seinen Kopf in den Sand steckte. Aha, dachte Isabel und las den nächsten Text, bei dem der Betrachter durch ein Schlüsselloch schaute: ›Halte durch, liebes Herz. Es regelt sich gerade alles neu.‹ Isabel schmunzelte und dachte: Wenn es damit getan wäre … Ihre Augen wanderten weiter. Mitten in einem roten Herz stand: ›Mach es dir zur Aufgabe, dich gut um dich selbst zu kümmern.‹ Das hörte sich alles richtig an, wenn es doch auch so einfach einzuhalten wäre …

Isabel setzte sich mit einem Seufzer auf einen Stuhl und kramte die Zeitung aus ihrem Rucksack, die sie im Zug eingesteckt hatte. Ein weiteres Mal überflog sie die Zeilen, und wieder beschleunigte sich ihr Herzschlag merklich:

… Zwei Personen – dem Vernehmen nach ein Mann und eine Frau – hatten sich unter Deck befunden. Sie mussten Fensterscheiben zertrümmern, um sich

aus dem sinkenden Schiff zu befreien. Einer der beiden Personen gelang es nicht, aus eigener Kraft an die Oberfläche zu schwimmen. Sie wurde mit in die Tiefe gerissen, konnte aber …

Da kam Lena zurück und unterbrach Isabels Lektüre mit den Worten: »Ich freu mich so, dass du wieder auf die Beine gekommen bist, und das aus eigener Kraft. Ich dachte schon, du versinkst in deiner Trübseligkeit bis zum Sankt Nimmerleinstag und ich muss dich raushieven.«

Isabel hob die Augenbrauen und sagte erstaunt: »Hey, so spricht keine Therapeutin!«

»Nein, eine Therapeutin nicht, aber eine beste Freundin«, erwiderte Lena und zwinkerte ihr zu. »Und die wäre demnächst gekommen und hätte dir in den Hintern getreten, wärst du nicht freiwillig aus dem Bett gestiegen!«

Isabel lächelte und sagte mit gespielter Empörung: »Da habe ich ja noch mal Glück gehabt, du brutales Wesen, du!«

»Komm, wir gönnen uns jetzt einen schönen Eiskaffee«, sagte Lena, streifte ihr T-Shirt mit dem Emblem der Praxis ab und zog sich eine Bluse über.

»Oh ja, den hab ich verdient«, pflichtete Isabel bei, steckte den Zeitungsbericht ein und fügte an: »Ich war in Allensbach in der Klinik, bei Carl, auf der Intensivstation.«

Lena richtete gerade ihre Handtasche und blickte überrascht auf: »Wie? Du warst in Allensbach? Bist einfach in die Intensivstation rein? Ich habe mich schon gewundert, warum du hier so überraschend reinschneist.«

Isabel nickte, und die Worte sprudelten förmlich aus ihrem Mund: »Ja, ich war bei Carl. Er liegt im künstlichen Koma. Die Atmosphäre dort war echt schlimm. Auch ich bin mir richtig ausgeliefert vorgekommen. Nur Maschinen um mich herum, und überall piepst und blinkt es.« Noch immer lief ein Schauder über Isabels Rücken, wenn sie zurückdachte. Ihre Augen suchten Lenas, als sie fortfuhr: »Noch viel schlimmer ist: Mit dem Menschen, den du besuchen willst, kannst du gar nicht reden, der liegt da wie tot. Aus Verzweiflung suchst du Kontakt zu anderen Angehörigen, die in derselben Situation sind. Es war grausam.« Isabel schmiegte sich an Lena, die näher gekommen war und die Freundin an sich drückte.

»Das war bestimmt ein schwerer Gang«, sagte Lena und strich ihr über den Rücken.

Isabel hob den Kopf, blickte in Lenas Augen und sagte: »Unbeschreiblich schwer … und furchtbar … ich möchte da auch nie mehr hin.«

Lena legte eine Hand auf Isabels Arm und beteuerte: »Das kann ich gut verstehen. Das möchte niemand, der eine Wahl hat. Das war eine starke Leistung von dir, find ich ganz prima, dass du diesen Schritt gewagt hast.«

»Danke, dass du das sagst, Lena. Und danke, dass du für mich da bist.«

»Und jetzt lass uns gehen. Unser Eiskaffee wartet«, sagte Lena und nahm ihre Handtasche.

Isabel grinste: »Aber bitte mit Sahne!«

Auch Thomas staunte, als er kurz nach Isabel nach Hause kam und sie in der Küche fand, wo sie am Tisch saß und Gurke und Paprika für das Abendessen schnippelte.

»Hallo, Isabel, da bist du! Ich habe dich im Bett vermutet. Es geht dir also besser. Du bist auferstanden von den Toten!«, versuchte er zu scherzen und stellte eine Tüte mit Einkäufen auf den Tisch.

Isabel hob den Kopf und lächelte ihm zu: »Ja, lieber Thomas, nicht aufgefahren in den Himmel – noch nicht.«

Dann schnippelte sie weiter, als gäbe es nichts Wichtigeres zu tun. Thomas setzte sich ihr gegenüber und überlegte, wie er ein Gespräch beginnen sollte, damit sich Isabel ihm endlich öffnete. Seit dem Unglück mit ihren Kollegen hatte sie Tag und Nacht apathisch im Bett verbracht. Für ihn war es nicht neu, dass Isabel gelegentlich bei ihrer Freundin übernachtete. Ungewöhnlich war allerdings, dass Lena sie am nächsten Tag heimgebracht hatte, und das in einem Zustand, der ihn ahnen ließ, dass sie Schreckliches durchgemacht haben musste. Bisher war Isabel kaum ansprechbar gewesen. Mehr als das, was er den Medien entnehmen konnte, hatte Thomas aus ihr nicht herausbekommen. Nun schaute er ihren geübten Handgriffen zu und fragte: »Isabel, ich habe mir echt Sorgen gemacht um dich. Möchtest du mir nicht endlich sagen, was passiert ist?«

Isabel legte das Messer beiseite: »Bitte nicht jetzt, Thomas. Ich brauche Zeit. Es geht auch schon wieder.« Um seinem Blick nicht länger standhalten zu müssen, arbeitete sie nach einer kurzen Pause eifrig weiter und streifte das Gemüse in eine Schüssel.

»Dein Rucksack steht im Flur. Du warst außer Haus?«, fragte Thomas weiter.

Isabel nickte.

»Warst du bei deiner Ärztin?«

Isabel schüttelte den Kopf.

Thomas fasste an seine Brille. Wie konnte er sie nur aus der Reserve locken? Er fragte: »Denkst du, du kannst bald wieder zur Arbeit gehen?«

Isabel zuckte mit den Schultern.

Thomas ließ nicht locker: »Isabel, bitte. Was ist los mit dir? Du willst es mir nicht sagen, habe ich recht?«, bohrte er weiter.

Isabel überlegte. Würde Thomas sie verstehen können, wenn sie ihm alles beichtete? Alles, auch die Affäre mit ihrem Chef? Wie würde er reagieren? Würde er ausflippen und toben? Wohl kaum. Schreien oder weinen? Schon eher. Nein, das könnte sie im Moment nicht ertragen. Sie entschloss sich, Thomas nun direkt anzusehen, und sagte: »Thomas, ich fühle mich noch nicht stark genug, um darüber zu reden. Und ich will dich auch nicht noch mehr belasten, nicht jetzt. Bitte versteh mich.«

Thomas hielt ihrem Blick stand. Er mochte ihre rehbraunen Augen, und das Flackern darin war ihm nicht entgangen. Erneut rückte er seine Brille zurecht und seufzte: »Ja nun, verstehen kann ich es zwar nicht, Isabel, aber ich muss es wohl akzeptieren.«

Damit stand er auf, nahm Brot, Käse, Roastbeef und die Sachen, die er sonst eingekauft hatte, aus der Tasche und stellte sie in den Kühlschrank. Dann drehte er sich wieder Isabel zu, die schweigend weitergeschnippelt hatte, und sagte: »Es ist schon ein großer Fortschritt, dass du wenigstens das Bett verlassen konntest. Wenn ich es geahnt hätte, hätte ich nicht schon in der Mensa gegessen.«

Da war sie wieder, diese Kühle in Thomas' Benehmen und in seinen Worten, die Isabels Herz wie einen Eispanzer umschloss. Sie legte das Messer beiseite und sagte: »Du hättest ja auch mal etwas für mich kochen können – eine Kleinigkeit, einen Salat, eine Suppe oder so etwas. Auf die Idee kommst du wohl nicht?« Kaum waren die Worte über ihre Lippen gekommen, taten sie Isabel auch schon leid. Sie wusste, sie verhielt sich Thomas gegenüber ungerecht. Schließlich hatte er sie in den Tagen, als es ihr schlecht ging, liebevoll umsorgt. Er hatte ihr Getränke und kühlende Tücher ans Bett gebracht. Wonach sie sich am meisten gesehnt hatte, nämlich, dass er sie in den Arm genommen hätte, das hatte er nicht versucht. Nicht ein einziges Mal. Obwohl: Hätte sie seine Berührung überhaupt zulassen können? Hätte sie ihn von sich geschoben? Das fragte sich Isabel jetzt. Mit den Antworten war sie sich selbst nicht sicher. Warum war sie innerlich so zerrissen? Warum waren ihre Gefühle für ihn so widersprüchlich? Warum war alles so kompliziert geworden? Warum konnte sie sich einfach nicht mehr richtig wohlfühlen in seiner Gegenwart? Was hatte sie für Carl empfänglich gemacht?

Sie rückte ihren Stuhl zurück, stand auf und flüsterte: »Entschuldige bitte. Hab's nicht so gemeint.« Sie hob ihre Hände und wollte Thomas umarmen. Doch er schob sie von sich und sah sie verständnislos an. Ihre Reaktion hatte ihn verletzt, und er zerbrach sich den Kopf, was er gerade falsch gemacht hatte. Schließlich seufzte er: »Ja nun, ich konnte nicht ahnen, dass es dir heute besser geht. Die letzten Tage wolltest du nichts und hast jegliche Nahrung verweigert.« Mit diesen Worten griff er nach einer Flasche Wasser, fügte hinzu: »Jedenfalls tut es gut, dich hier in der Küche sitzen zu sehen«, und zog sich in sein Zimmer zurück. Hier könnte er das Gespräch nochmals Revue passieren lassen und analysieren. Er fragte sich, ob er seine Mutter anrufen sollte. Vielleicht wusste Annerose Rat. Immerhin war sie auch eine Frau.

Isabel sah ihm nach. Als die Tür hinter ihm ins Schloss fiel, vergrub sie ihren Kopf in den Händen. Warum merkte Thomas nicht, was ihr fehlte? Warum konnte er ihr nicht das geben, was sie brauchte? Und warum schaffte sie es nicht, ihm zu sagen, was sie in ihrer Beziehung vermisste?

KAPITEL 5

Mit dem ersten Klingelton des Weckers stand Isabel am nächsten Morgen auf, ging ins Bad, wusch sich und schlüpfte rasch in ihre Kleider. Sie beeilte sich, denn sie befürchtete selbst, dass sie es sich anders überlegen könnte. Statt zum Dienst zu gehen, könnte sie sich weiterhin mit der Bettdecke über dem Kopf verkriechen und von der Außenwelt abschirmen, um nichts sehen und nichts hören zu müssen und bestenfalls nichts fühlen zu müssen. Doch diesen Impulsen wollte Isabel nicht länger nachgeben. Mit aller Willenskraft wollte sie versuchen, zu sich selbst zurückzufinden, und die Rückkehr an ihren Arbeitsplatz würde ihr Halt geben. Sie verließ hastig die Wohnung, ohne Thomas zu wecken und ohne sich von ihm zu verabschieden. Als er nach stundenlanger Lektüre am späten Abend ins Schlafzimmer geschlichen kam, hatte sie sich schlafend gestellt, um dem Gute-Nacht-Kuss zu entgehen.

Als Isabel ihr Fahrrad aufschließen wollte, bemerkte sie, dass sie ihren Schlüsselbund vergessen hatte. Mist, dachte sie, aber nochmals nach oben gehen, kommt nicht infrage. Dann werde ich heute eben den Bus nehmen. Und schon lief sie die wenigen Meter zur Haltestelle.

Von den Menschen, die an den wenigen Stationen bis zur Dienststelle ein- und ausstiegen, nahm Isabel keine Notiz, ebenso wenig von den vorbeiziehenden Gebäuden. Ihre Gedanken kreisten um das bevorstehende Wiedersehen mit den Kollegen. Wie würden sie ihr gegenübertreten? Hatte doch deren übermütiges Schaukeln das Schiff in extreme Schieflage und letztendlich zum Kentern gebracht – und damit Carl Dangelmann und sie in Lebensgefahr. Erneut bildete sich auf Isabels Haut eine Gänsehaut, als sie an die schrecklichen Minuten unter Wasser zurückdachte.

Mit gemischten Gefühlen schritt sie durch die zu dieser morgendlichen Stunde fast menschenleere Fußgängerzone auf das Gebäude der Wasserschutzpolizeistation Friedrichshafen zu. Als sie den See erblickte, hoben sich ihre Mundwinkel zu einem leisen Lächeln. Sie kniff die Augen zusammen, denn die Wasserfläche glitzerte bereits im Sonnenlicht. Vor den Thurgauer Bergen am Ufer gegenüber zog noch der morgendliche Dunst sein hellgraues Band.

Es kam Isabel vor, als wären Wochen vergangen, seit sie zum letzten Mal hier gewesen war. Dabei lagen nur wenige Tage dazwischen. Und erst fünf Monate war es her, seit sie zum ersten Mal vor der blauen Metalltür stand, um ihren Dienst anzutreten. Damals pochte ihr Herzen vor Aufregung und Freude mindestens so heftig wie jetzt. Doch nun mischten sich Scham, Furcht und das schlechte Gewissen. Dieser Gefühlscocktail drohte von ihr Besitz zu ergreifen, ihr wurde übel. Sie holte tief Luft und zwang sich, an die positiven Seiten der Entwicklung zu denken: Mein Traum hat sich erfüllt, ich bin von Tübingen zur Wasserschutzpolizei an den Bodensee versetzt worden. Ich liebe meine Arbeit. Doch so vieles hat sich seither verändert und mein Leben durcheinandergewirbelt.

Da auch der Schlüssel zu dieser Tür in der Wohnung lag, musste Isabel wie an ihrem ersten Tag den Klingelknopf drücken. Sie hielt den Atem an. Wie damals öffnete ihr auch heute Frieder Kahle. Isabel mochte den dienstältesten Kollegen, hatte ihn vom ersten Arbeitstag an besonders ins Herz geschlossen, weil er sie an ihren verstorbenen Vater erinnerte. Frieder Kahle blieb verdutzt stehen, als er Isabel sah, und sein ohnehin gerötetes Gesicht legte noch an Farbe zu. Keine humorvolle Begrüßung, wie sonst üblich, kam aus seinem Mund. Nur ein einziges Wort presste er zwischen zusammengekniffenen Lippen hervor: »Entschuldige.« Und schon eilte er mit gesenktem Kopf an ihr vorbei.

Isabel spürte, wie sehr Frieder sich Vorwürfe machte für das, was passiert war. Aber auch Isabel schämte sich, und ihre Wangen wurden heiß. Frieder, ebenso wie alle anderen, wussten nun von ihrem Verhältnis mit dem Chef. Bestimmt hatte es sich auch bei den Kollegen der anderen Schicht und in den weiteren Dienststellen wie ein Lauffeuer verbreitet. Da gab es nichts mehr zu beschönigen, gar nichts. Bei Frieder war es Isabel besonders peinlich, obwohl er selbst gern den Voyeur und Filou gab und kein Unschuldslamm war. Das hatte sie bei manchen Einsätzen mit ihm erlebt. Boote, auf denen sich Pärchen im Adams- beziehungsweise Evaskostüm sonnten, überprüfte er besonders gern und intensiv.

Frieder und die anderen Kollegen hatten von ihrem ersten Tag an über den enormen Verschleiß des Chefs an schönen Frauen gelästert. Sie hätte gewarnt sein müssen, doch sie hatte immer nur lächelnd zugehört. Und dann war auch sie dem Charme von Carl W. Dangelmann und seiner unfassbar erotisch-männlichen Ausstrahlung erlegen. Die dunkle Seite seines Charakters und sein übersteigertes Selbstbewusstsein, ja seinen Narzissmus, hatte sie am eigenen Leib erst zu spüren bekommen, als es zu spät war. Im Gegensatz zu den meisten Kollegen, insbesondere dem jungen Timo Fessele, hatte Carl sich ihr gegenüber nämlich lange Zeit nicht herablassend, gemein und jähzornig verhalten.

Isabel zog energisch den Haargummi fester um ihren Pferdeschwanz. Jetzt gab es nur eines: Sie musste dazu stehen, was sie getan hatte, schließlich war sie erwachsen. Worauf sie sich eingelassen hatte, konnte nicht mehr rückgängig und ungeschehen gemacht werden. Sei stark, bleib ruhig, hämmerte sie sich mit jeder Treppenstufe ein, die sie auf dem Weg zu ihrem Büro nahm.

Oben angekommen, wurde ihre gerade beschworene Selbstsicherheit sogleich auf die Probe gestellt. Im Flur kam ihr Timo entgegen. Ihn hatte das Geschehen besonders getroffen. Er mochte Isabel sehr, war sogar heftig verliebt in sie. Isabel mochte Timo auch, wenngleich sie für ihn nur kollegiale Gefühle empfand. Bisher hatte sie seine unbeholfenen Annäherungsversuche eher amüsiert registriert und ihm nie irgendwelche Hoffnungen gemacht. Timo war überhaupt nicht ihr Typ. Und Timo wiederum war viel zu schüchtern und hatte sich nie getraut, Isabel seine Liebe zu gestehen. Erst am Tag des Unglücks war seine Hoffnung, die schöne Kollegin für sich gewinnen zu können, bis in die Grundfesten erschüttert worden. Timos Augen flackerten, als er nun Isabel erblickte, und seine helle Gesichtshaut färbte sich dunkelrot bis zum Ansatz seiner blonden Stoppelhaare. »Hey, Isabel. Wieder an Bord«, presste er hervor. Dann senkte auch er seinen Kopf und drückte sich an ihr vorbei in sein Büro.

Obwohl Isabel gar nicht nach Späßen zumute war, rief sie ihm nach: »Aye, aye, Käpt'n.« Die Seemannssprache war ihr einfach über die Lippen gerutscht. Sie dachte: Armer Kerl, für dich muss eine Welt zusammengebrochen sein. Isabel wünschte, sie hätte Timo nicht auf diese Art das Herz brechen müssen. Ausgerechnet mit dem ihm so verhassten Chef, von dem er sich auch im Dienst ständig demütigen lassen musste.

Vor ihrem Zimmer hob Isabel den Kopf, zerrte nochmals ihren Haargummi zurecht, drückte die Türklinke und ging entschlossen hinein. Ihr Kollege Markus Proll saß hinter seinem Computer, vor sich einen Berg von Papieren, den Kopf in die Hände gestützt.

Seit der Polizeidirektor im Krankenhaus war, wusste er oft nicht, wo ihm der Kopf stand. Er musste, zusätzlich zu seiner Arbeit, stellvertretend die Dienststelle der Wasserschutzpolizei Friedrichshafen leiten, zu der auch der Polizeiposten im 15 Kilometer entfernten Langenargen gehörte. Als nun Isabel das gemeinsame Zimmer betrat, blickte Markus auf. Er erhob sich sofort, kam ohne ein Wort auf sie zu und nahm sie einfach in die Arme. Dann sagte er: »Ich freue mich, dass du wieder da bist, Isabel. Und es tut mir so leid, dass das passiert ist.«

Isabel merkte, wie sich ihr Körper bis hinauf zum Nacken versteifte. Sie schluckte die Erinnerung, die erneut hochkommen wollte, hinunter. Da Isabel nichts sagte, versuchte Markus, sich unbeholfen zu rechtfertigen: »Die Kollegen brachten das Boot so leichtsinnig zum Schaukeln, die beugten sich so weit über die Reling, um einen Blick auf euch da unten erhaschen zu können. Du hättest ihre zotigen Witze hören sollen … Ich dachte, wenn ich Gas gebe, kommen die zur Vernunft und hören auf, aber das war offensichtlich das Verkehrteste, was ich tun konnte …«

Bei seinen Worten erfasste Isabel ein Schaudern. Offensichtlich hatte sie sich doch zu viel zugemutet. Markus bemerkte es und drückte sie noch fester an sich.

»Danke für dein Mitgefühl, Markus. Ich weiß, dass du das nicht wolltest, keiner wollte das«, brachte Isabel nun mit zitternder Stimme hervor. Sie richtete sich auf, schaute ihrem Kollegen in die Augen und fragte: »Du hast schon vor dem Unglück alles gewusst von Carl und mir, nicht wahr?«

Markus strich ihr über Schultern und Rücken und sagte noch einmal: »Du bist wieder hier, Isabel. Das allein zählt. Es ist nicht deine Schuld, wie alles gekommen ist. CaWe allein ist verantwortlich für das, was er tut.«

Obwohl Isabel nie ein Wort darüber verloren hatte, hatte Markus geahnt, dass der Chef sich Isabel genommen hatte wie so viele andere vor ihr. Er hatte es bereits befürchtet, als er Isabel zum ersten Mal gesehen hatte. Ihre natürliche Schönheit, die Make-up nicht nötig hatte, ihr herzliches und offenes Wesen, ihre Unschuld beeindruckten auch ihn. Er arbeitete gern und gut mit Isabel zusammen. Immer mal wieder hatte er versucht, sie durch die Blume vor den Absichten des Chefs zu warnen. Aber er wusste, dass Gefühle und Triebe stärker sein können als der Verstand. Das hatte er nicht nur in der theoretischen Ausbildung gelernt, die polizeiliche Praxis konfrontierte ihn beinahe täglich mit den Abgründen menschlichen Handelns.

Isabel löste sich aus seiner Umarmung und betonte: »Es war nicht nur sein Fehler, ich hätte es wissen müssen.« Sie setzte sich an ihren Schreibtisch und fügte hinzu: »Hoffentlich wacht Carl bald auf.«

Isabel wusste, auf Markus konnte sie sich verlassen, er war eine ehrliche Haut. Doch mit welchen Augen würden die anderen Kollegen sie betrachten, jetzt, nachdem sie sich zu einer weiteren Kerbe im Bett des Chefs hatte machen lassen? Angstvoll fragte sie sich: Werden sie lästern und tuscheln hinter meinem Rücken? Werden sie mich auch künftig als verlässliche Polizistin und pflichtbewusste Stellvertreterin des Schichtleiters akzeptieren? Wie wird sich Frieder verhalten, mein väterlicher Ratgeber und »Bärenführer«, der mir die Abläufe bei der Wasserschutzpolizei erklärt hat? Er hatte sie wie eine Tochter behandelt. »Mädle, du bist ja geradezu süchtig nach Recht und Gerechtigkeit. Das ist die beste Voraussetzung für eine gute Polizistin«, hatte er sie einmal gelobt. Mit Sicherheit war er nun enttäuscht. Würde er sie verurteilen, ablehnen? Aus der kurzen Begegnung vorhin am Empfang war sie nicht schlau geworden. Dann machte sich Isabel noch einmal klar: Die Kollegen hatten sich auf dem Boot verhalten wie pubertierende Flegel. Das Unglück wäre nicht passiert ohne deren blödsinnige Neugierde und kindische Stichelei.

Isabel holte die Worte in ihr Bewusstsein, die Lena ihr nach einem freundschaftlichen therapeutischen Gespräch mit auf den Weg gegeben hatte: »Was passiert ist, ist passiert, und du willst stark sein. Also musst du lernen, dir solche Sachen nicht so zu Herzen zu nehmen, vieles an dir abprallen zu lassen. Leg dir eine Echsenhaut zu. Das Denken der anderen kannst du ohnehin nicht beeinflussen.« Damit drückte sie den Einschaltknopf ihres Computers. Würde sie da schon ein Shitstorm erwarten?

Auch Markus hatte sich wieder seinen Unterlagen zugewandt und sagte nun: »Selbst wenn CaWe aus dem Koma wieder aufwacht, weiß niemand, was danach sein wird.«

Daran wagte Isabel gar nicht zu denken, vorerst zumindest nicht. Sie überlegte, ob sie Markus von ihrem Besuch am Vortag in der Klinik erzählen sollte, entschied sich dann, es zunächst für sich zu behalten, und begann, ihre elektronische Post zu sichten. Sie war fest entschlossen, sich nun mit aller Kraft in die Arbeit zu stürzen, um wenigstens das wiedergutzumachen, und fragte: »Viel liegen geblieben die letzten Tage, Markus?«

»Das auch. Ich konnte aber einiges abarbeiten«, antwortete Markus. »Meine Frau und meine Jungs haben sich schon beschwert, weil ich deswegen unsere gemeinsame Radtour gecancelt habe.«

»Oh, tut mir leid.«

Markus schmunzelte: »Das muss es nicht. Meine Familie ist ohne mich nach Konstanz rüber. Die haben es sich gutgehen lassen, sind mal wieder ins SEA LIFE und haben gebummelt. Und ich konnte wenigstens abends noch eine Runde mit meinem Bike drehen.« Er schwenkte einen Packen Papiere und wechselte den Tonfall: »Die Kollegen der Kripo, der Schorsch und der Mehmet, waren übrigens auch schon da und haben uns zum Hergang des Unglücks befragt. Die haben uns ganz schön auf Trab gehalten.«

Isabel hob überrascht den Kopf, sah Markus an und fragte: »Schorsch und Mehmet, sagtest du? Also ermittelt die Kripo von nebenan?«

Markus nickte und sagte: »Ja, Gott sei Dank sind unsere Kollegen an dem Fall dran und nicht gleich die von der nächsthöheren Dienststelle oder die Konstanzer. Da bin ich echt froh drüber. Unsere Nachbarn lassen wenigstens mit sich reden.«

»Wie ist denn der aktuelle Sachstand?«, fragte Isabel vorsichtig und merkte, wie ihr der Schweiß aus allen Poren drang.

Markus hatte sich wieder seiner Akte zugewandt und antwortete, ohne aufzusehen: »Die beiden haben alle, die auf dem Boot waren, befragt – als Zeugen.«

»Als Zeugen? Nicht als Beschuldigte?«, wunderte sich Isabel. Ungeachtet ihrer Affäre war ursächlich für den Untergang des Schiffes immerhin die zu einseitige Gewichtsverteilung und das heftige Wippen der Kollegen. Mit einem Schreibblock fächerte sie sich Luft zu, um Hals und Nacken zu kühlen.

»Nein, und als Zeugen waren wir zur Aussage verpflichtet«, sagte Markus, und seine Stimme klang ziemlich genervt. »Wir alle haben dieselben Angaben zum Sachverhalt gemacht, so wie wir es nach dem Unfall besprochen haben. Wenigstens das hat funktioniert.«

Isabel überlegte, und ihr Herz schlug heftiger: »Dann kommen die bestimmt bald auch auf mich zu.«

»Du hast es erfasst. Sie haben den Fragebogen für deine Stellungnahme hiergelassen. Da ist er«, sagte Markus und reichte ihr das Papier über den Schreibtisch. »Ausfüllen musst du ihn selbst.«

Isabel erhob sich, griff nach dem Fragebogen, und schon während sie das Fenster öffnete, überflog sie die Fragen. »Ich halte mich natürlich ebenfalls an das, was ihr ausgesagt habt. Was habt ihr denn erzählt?«, fragte Isabel bang.

»Wir haben angegeben, dass wir, alle Kollegen aus unserer Schicht, mit dem Chef einen Bootsausflug unternommen haben – nicht dienstlich, sondern rein privat, einfach so, aus Spaß an der Freude. Wir haben fröhlich gefeiert, und alle haben Alkohol getrunken, der Bootsführer selbstredend nicht.«

Isabel runzelte die Stirn: »Der Bootsführer warst du, oder? Obwohl *ich* das Boot gechartert habe?« Sie erinnerte sich an den Tag, als sie mit Lena und Ben mit dem Vermieter in Konstanz verhandelt und den Deal festgemacht hatte.

Markus nickte und fuhr fort: »Ja, ich war im kritischen Moment ja auch am Steuer. Es war sehr schwül und heiß an diesem Tag, und alle wollten ins Wasser und schwimmen gehen. Du bist in die Kabine runter, um dich umzuziehen. Der Polizeidirektor folgte dir nach unten. Wir, also die Kollegen, sind oben auf der Flybridge zusammengestanden, haben weiter getrunken und geschunkelt und Witze gerissen. Zu viele standen auf derselben Seite. Die haben sich leichtsinnigerweise über die Reling rausgehängt und gemerkt, dass sie so das Schiff zum Schaukeln bringen können. Ich habe Kreise gezogen und einfach im falschen Moment Gas gegeben. Durch das Gewell hat das Schiff Schlagseite bekommen. Der Kahn hat sich auf die Seite geneigt, und weil der Schwerpunkt zu weit oben war, konnte es sich schlichtweg nicht mehr aufrichten. Dann hat sich die Kajütentür geöffnet, und Wasser drang herein. Das Innere ist rasend schnell vollgelaufen und das Boot schließlich abgesoffen.«

Isabel hatte gebannt zugehört, nickte nun nachdenklich und murmelte: »So war's ja wohl.« Markus griff in seine Tüte Studentenfutter, schob sich ein paar Nüsse in den Mund und resümierte kauend: »Die Kollegen von der Kripo haben Verständnis gezeigt. Die kennen diese Art von Booten ja auch. Die wissen so gut wie wir, dass so formstabile Schiffe wie die »Amareno« eigentlich für Flüsse und Kanäle gebaut sind. Für Seen sind die Boote eher nicht geeignet und für den Bodensee schon gar nicht. Bei Sturm und Wellen haben die einen ungünstigen Schwerpunkt. Wenn man in Freizeit- und Feierstimmung ist, denkt man da nur nicht dran.«

»Gibst du mir bitte etwas ab von deiner Nervennahrung«, fragte Isabel, »hab sie nötig!« Damit griff sie ebenfalls in die Tüte, und kauend hörte sie Markus sagen: »Der Frieder hat mal erzählt, vor ein paar Jahren sei auf dem Bodensee schon mal ein Boot dieser Bauart gekentert und gesunken. Mit Bestattern aus ganz Deutschland an Bord.«

»Mit Bestattern? Die werden täglich mit dem Tod anderer Leute konfrontiert, und dann geraten die hier selber in Not?«, wunderte sich Isabel. »Klingt irgendwie makaber. Hattest du mit dem Fall zu tun?«

»Nur am Rande. Wenn ich mich recht erinnere, war das im Juni 2011. Die Schiffbrüchigen sind damals, wie wir auch, von einem Segelboot aufgenommen und gerettet worden«, wusste Markus. »Da gibt's sogar ein Buch drüber, hat meine Frau mal im Urlaub gelesen.«

»Echt? Ein Buch über unser Unglück zu schreiben wird diesmal hoffentlich niemandem einfallen!«, wandte Isabel ein.

Markus spottete: »Mir bestimmt nicht. Ich bin ja schon froh, wenn ich meine Berichte und Protokolle halbwegs fehlerfrei hinkriege.«

Isabel ging auf seinen lockeren Ton ein und frotzelte: »Stell dein Licht bloß nicht unter den Scheffel. Wenn du die Presseleute richtig anfütterst, beißt vielleicht von denen jemand an.«

»Das fehlte gerade noch, das mach ich sicher nicht«, stöhnte Markus. »Ich bin froh, dass sich keiner von denen in die Geschichte verbissen hat und eine tolle Story wittert. Bis jetzt wenigstens nicht, da haben wir Glück – Glück im Unglück, wie man so sagt.«

Isabel begann, den Fragebogen der Kriminalpolizei auszufüllen. Markus beobachtete sie und bekräftigte: »Wie gesagt, wir wurden als Zeugen vernommen. Keiner hat von seinem Zeugnisverweigerungsrecht Gebrauch gemacht, und keiner hat einen Anwalt verlangt.«

»Du auch nicht?«, fragte Isabel und schaute kurz auf, um sich zu vergewissern.

»Bisher nicht. Mal abwarten. Als Bootsführer bekomme ich wahrscheinlich eine Strafe und eventuell auch ein Disziplinarverfahren an den Hals«, mutmaßte Markus und fuhr sich mit einer Hand über seinen Dreitagebart.

Markus und ein Disziplinarverfahren? Isabel erschrak. Auch das wäre zumindest teilweise ihre Schuld. »Oje, ich hoffe nicht, dass du bestraft wirst für den Leichtsinn der anderen.«

»Zerbrich dir bitte darüber nicht auch noch den Kopf. Die werden mir meinen schon nicht abreißen. Haben mich ja nicht mal vom Dienst suspendiert – bisher!«

»Na hör mal, wer sollte den Laden denn am Laufen halten, wenn nicht du?«, fragte Isabel und schob sich ein paar getrocknete Beeren in den Mund.

»Dass CaWe, als Chef, wegen einem Verhältnis mit einer Untergebenen nicht belangt wird, hat er lange vor der Affäre mit dir geklärt«, sagte Markus nachdenklich und fügte an: »Weißt du, Isabel, du bist nicht die erste Mitarbeiterin, mit der CaWe sein Spiel trieb. Noch vor einigen Jahren wäre das offiziell nicht geduldet worden, das Referat ›Recht und Sicherheit‹ hätte etwas dagegen gehabt.«

Isabel nickte: »Ich weiß, lieber Kollege. Anders wäre es nur, wenn ich behaupten würde, dass mein Chef mich sexuell belästigt hat. Aber so war es ja nicht«, gestand sie etwas leiser.

»Und keiner der Kollegen reklamiert, dass er durch euer Verhältnis in irgendeiner Weise benachteiligt wurde oder du dadurch bevorzugt wurdest. Deshalb dürfte das kein Problem sein. CaWes Weste ist sauber«, sagte Markus und fügte an: »Wenn er wieder den Dienst antreten kann.«

KAPITEL 6

An einem dieser windigen und regennassen Septembertage, die das baldige Ende des Sommers am See ankündigten, setzte sich Isabel im Fahrgastraum des Katamarans in einen Sessel und schaute zum Fenster hinaus. Der Bodensee hatte seine einzigartige Farbpalette gegen tristes Grau in allen denkbaren Stufen eingetauscht. Ein dunkles Wolkenband hing schwer über dem Schweizer Ufer. Viele kleine Schaumkronen auf dem Wasser jagten wie eine Horde wildgewordener Schwäne hintereinander zum Ufer. Ein einzelnes Segelboot schaukelte unter Motor dem Hafen von Bottighofen entgegen. Die Segel hatte der Skipper längst eingeholt. In gelber Regenkleidung umfasste er das Steuerrad und trotzte dem Nass von allen Seiten.

Bald würde die Fähre Konstanz erreichen. Eigentlich hatte Isabel gar nicht fahren wollen. Erstens verursachte der Gedanke, bei diesem Wetter aufs Wasser zu gehen, Bauchgrimmen und zweitens war ihr überhaupt nicht nach Feiern zumute. Bang dachte sie an die vielen Leute, die oberflächlichen Gespräche, die fremden Gesichter – aber wenigstens wollte sie Lena zu deren 40. Geburtstag gratulieren. Sie konnte sich nicht vorstellen, wie sie die vergangenen Tage ohne die Freundin überstanden hätte.

Im geschützten Konstanzer Bundesbahnhafen war von dem Sturm auf dem See draußen fast nichts zu spüren. Als der Katamaran anlegte, regnete es immer noch. Isabel zog die Kapuze ihres Anoraks über die Haare und drückte die Rosen, die sie für Lena gekauft hatte, an sich. Dann reihte sie sich ein in den nicht enden wollenden Lindwurm von bunten Regenschirmen, der sich von der Mole zur Hafenstraße und in die Fußgängerzone schlängelte. Der Sturm zerrte an den Schirmen und trieb neben gelbbraunen Blättern Plastik-, Bäckertüten und Einweg-Getränkebecher vor sich her. Die Herbstblumen, die solches Wetter gewöhnt waren, hatten ihre Blüten geschlossen. Kein Vogelgezwitscher war zu hören. Windböen heulten und rauschten durch die Gassen, rüttelten an den Ketten der festgebundenen Tische und der gestapelten Stühle der Straßencafés. Isabel bog in eine Seitengasse ab und marschierte weiter durch die Altstadt zu Lenas Wohnung.

Durchnässt kam sie an, und als Lena öffnete, fielen sich die Freundinnen in die Arme. »Schön, dass du es geschafft hast zu kommen. Gut gemacht, meine Liebe.« Mit ihren Worten spielte Lena auf Isabels Stimmung noch vor wenigen Stunden an. Isabel hatte Lena telefonisch gratuliert und gesagt, dass sie nicht zu ihrer Feier kommen könne, weil der Blues sie mal wieder niederdrücke. Isabel hatte Lenas Enttäuschung gespürt und sich gezwungen, aufzustehen und die Fahrt auf sich zu nehmen. Nun sagte sie lächelnd: »Lena, du warst so oft für mich da in letzter Zeit, da musste ich mich einfach aufraffen.«

»Ich freu mich, dass dir das gelungen ist. Die Abwechslung wird dir bestimmt guttun.«

»Mal sehen«, antworte Isabel wenig überzeugt und folgte Lena zögernd. Im Wohnzimmer und in der Küche drängten sich befreundete Mütter, Mitarbeiterinnen und Kolleginnen von Lena. Stimmengewirr und lautes Lachen empfing die beiden.

»Meine lieben Frauen, hört bitte mal her. Das ist Isabel, meine beste Freundin. Wir kennen uns schon seit unseren gemeinsamen Tübinger Tagen. Wir haben lange in einer WG zusammengewohnt. Schon damals waren wir *das* Dreamteam und unzertrennlich. Wir haben uns geschworen, Freunde fürs Leben zu bleiben.« Lena machte eine kurze Pause und lachte Isabel an. »Nun hat Isabel es ohne mich in Tübingen nicht mehr ausgehalten und ist im Frühjahr auch an den Bodensee gezogen.«

»Willkommen!«, tönte es gleichzeitig aus mehreren Kehlen, und die Frauen klatschten in die Hände. Als es wieder ruhig wurde, verkündete Lena: »Hauptkommissarin Isabel arbeitet bei der Wasserschutzpolizei in Friedrichshafen, also nehmt euch in Acht!« Dann drückte sie Isabel ein Glas Prosecco in die Hand, griff nach ihrem eigenen und rief fröhlich in die Runde: »Lasst uns auf unsere Freundschaft trinken mit dem Trinkspruch, mit dem Isabel und ich seit Jahren anstoßen: In dubio Prosecco! Prost!«

Alle lachten, prosteten sich zu und begannen, wieder durcheinanderzuquatschen. Isabel beteiligte sich nur wenig an den Gesprächen, auf Fragen antwortete sie meist einsilbig. Sie lehnte bereits einige Minuten an einer Wand – einen freien Sitzplatz hatte sie nicht ergattern können –, als sich Lenas Mitbewohnerin Natalia zu ihr gesellte. Die hat mir gerade noch gefehlt, schoss es Isabel in den Sinn. Sie konnte Natalia nicht besonders gut leiden und hatte Lena schon gefragt, wie sie es mit einer dermaßen oberflächlichen und nur auf Äußerlichkeiten bedachten Person überhaupt aushielt. Da plapperte Natalia auch schon los: »Na, Isabel, wie geht's dir denn so? Lena hat erzählt, was passiert ist, und ich hab's auch im Radio gehört.«

Beim Klang ihrer Stimme richteten sich sämtliche Härchen in Isabels Nacken auf. »Es geht so, liebe Natalia. Hast du etwas anderes erwartet?« Isabel schaute kampfeslustig direkt in Natalias kunstvoll bewimperte und geschminkte

Augen. Sie verspürte wenig Lust, dieser Plaudertante Einzelheiten preiszugeben. Doch Natalia gab nicht so schnell auf, sie musterte Isabel neugierig, schürzte ihre vollen Lippen und sagte: »Du siehst ein bisschen mitgenommen aus, Isabel. Vielleicht solltest du dir etwas Schönes gönnen. Ich kenne einen tollen Salon, da kannst du dich wieder aufmöbeln lassen.«

»Danke, Natalia, das ist nichts für mich«, sagte Isabel und nippte an ihrem Prosecco.

»Ach, ich dachte ja nur, du hättest es …«

Bevor Natalia ihren Satz zu Ende sprechen konnte, kam Lena und sagte: »Natalia, du hast doch sicher nichts dagegen, wenn ich dir Isabel kurz entführe.« Schon packte sie Isabel am Arm und zog sie mit sich fort. Dankbar blickte Isabel die Freundin an. »Danke. Du, ich kann das gerade noch weniger als sonst! Für so ein Gelaber hab ich momentan überhaupt keinen Nerv.«

»Das habe ich mir gedacht, als ich euch zwei gesehen hab. Darum bin ich ja gekommen. Setz dich hierher zu meinen Kolleginnen und zu meiner Yogalehrerin«, sagte Lena und drückte Isabel auf das Sofa neben eine Frau mit tiefschwarzen langen Haaren und buntem Baumwollkleid. Die Frau unterbrach ihr Gespräch, senkte lächelnd ihren Kopf und fixierte Isabel aus dunkel umrandeten Augen. Dann faltete sie ihre Hände vor der Brust und begrüßte die Neue mit: »Namasté.«

Isabel lächelte zurück, und da sie nicht wusste, ob sie auf den Gruß mit einem »Ohm« antworten sollte, entschied sie sich für ein freundliches Nicken. Für die Yogini schien das in Ordnung zu sein und die Sache damit erledigt. Sie wandte sich wieder den anderen Frauen der Runde zu und schwärmte weiter von ihrer Reise nach Sri Lanka zu ihrem spirituellen Meister. Isabel lauschte der Unterhaltung ohne besonderes Interesse. Am liebsten hätte sie sich wieder davongeschlichen, doch Lena zuliebe hielt sie tapfer durch.

Irgendwann kamen die Frauen auf das Schiffsunglück vor Friedrichshafen zu sprechen, über das auch die Konstanzer Zeitungen berichtet hatten. Eine von Lenas Kolleginnen wandte sich an Isabel und fragte: »Bist du die Freundin von Lena, die mit auf dem Boot war? Lena hat da mal etwas erzählt.«

Isabel war mit ihren Gedanken gerade bei Thomas und damit weit weg gewesen und zuckte nun zusammen. »Ähm, ja«, antwortete sie widerwillig, strich sich eine Locke aus dem Gesicht, nahm einen Schluck und drehte das Glas in ihren Händen.

»Was, echt? Du warst bei dem Unglück dabei? Krass!« Die Besucherin, die bisher Isabel gegenübergesessen war, sprang sofort auf und griff nach ihrer Handtasche.

»Cool! Erzähl doch mal«, rief eine andere, und Isabel wäre am liebsten im Erdboden versunken. Die Neugier dieser Frauen zu befriedigen war das Letzte, wonach Isabel der Sinn stand.

»Das muss ich gleich in meine Story posten. Darf ich ein Foto von dir machen?« Die Frau hatte inzwischen ihr Smartphone gefunden und hielt es Isabel vors Gesicht.

»Lass das!«, sagte Isabel scharf, hob ihren Arm, und für einen Moment sah es aus, als würde sie ihr das Handy aus den Händen schlagen. Doch Isabel fuhr nur mit ihrer Hand über ihr Gesicht und wischte die Schweißtropfen ab, die sich gebildet hatten. Oder waren es Tränen? Egal. Isabel merkte, wie sich ein Panzer um ihr Innerstes legte und sie langsam erstarrte. Genau vor solchen

Situationen hatte sie sich gefürchtet. Sie senkte ihre Hand wieder, umklammerte ihr Glas und begann plötzlich zu zittern. Trotz Dröhnen in ihrem Kopf hörte sie ein Knirschen. Das Glas zerbarst in ihren Händen, etwas Warmes rann zwischen ihren Fingern hindurch. Wie durch einen Schleier registrierte sie, dass Lena auf sie zustürzte. Sie senkte den Kopf und betrachtete ihre Hände. Alles rot, blutrot. Ihr Blut. Dann sank sie auf dem Sofa zusammen. Alles war mit einem Mal wieder da: das Wasser, das Rauschen, der Kampf, Carl, der Schmerz in ihrer Lunge …

Es war mucksmäuschenstill geworden im Zimmer. Erschrockene Gesichter starrten auf Isabel und Lena. »Isabel, hörst du mich?«, rief Lena, packte die Freundin an den Schultern und schüttelte sie. Nun tätschelte sie Isabels Wangen und rief noch einmal: »Isabel! Hörst du mich?« Als sie keine Antwort bekam, nahm sie ein Wasserglas, das halb voll auf dem Tisch stand, und schüttete es Isabel schwungvoll ins Gesicht. Dann schlug sie kräftiger auf Isabels Wangen … abwechselnd rechts und links.

In dem Moment öffnete Isabel die Augen und sagte: »Hey, du tust mir weh.« Sie richtete sich auf, fuhr sich mit einer Hand über Stirn und Gesicht und zwang sich zu einem Lächeln. Sie schüttelte ihre Locken und verkündete in die Runde: »Alles okay, Mädels. Sorry, war nur ein kleiner Schwächeanfall.«

»Du hast dich geschnitten«, sagte Lena und zeigte auf Isabels blutende Finger. »Komm mit ins Bad, da ist Verbandszeug.« Damit zog sie Isabel hoch und verließ mit ihr das Zimmer. Zurück blieben überraschte, teils besorgte und teils auch enttäuschte Gesichter.

»Es tut mir so leid, Lena. Nun hab ich dir auch noch

deine Geburtstagsparty vermasselt. Ich hätte nicht kommen dürfen, niemals ...«, jammerte Isabel.

»Hör bloß auf mit dem Quatsch und halt still, du Schusseltante, du.« Vorsichtig tupfte Lena die Schnittwunden an Isabels Händen ab. »Halb so schlimm, hat im ersten Moment böser ausgesehen, als es ist.« Mit einer Pinzette entfernte sie einen winzigen Glassplitter aus der Handfläche, besprühte die Wunde mit Desinfektionslösung und klebte ein Pflaster darauf. Weitere kleine Streifen klebte sie um Isabels Finger. »Sodale. Das hätten wir. Du kannst deinem Pascha bestellen: Die nächsten Tage wird's nix mit Spülen«, scherzte Lena und drückte die Freundin an sich.

»Danke, Lena, aber du tust Thomas unrecht. Er hat sich schwer gebessert während der vergangenen Tage. Er hat sich um mich gekümmert, war richtig aufmerksam, hat ständig nach mir geschaut, mir zu trinken gebracht, sogar Essen eingekauft«, stammelte Isabel.

»Na, dann hat das Ganze wenigstens etwas Positives, wurde auch allerhöchste Zeit.«

Schulter an Schulter und Kopf an Kopf saßen die Freundinnen schweigend auf dem Rand der Badewanne, als plötzlich die Tür aufsprang und Lenas sechsjähriger Sohn Ben hereinstürmte, die Kinder der anderen Mütter im Schlepptau. Mit zornrotem Gesicht sagte er: »Mama, der Tim hat ›Arschloch‹ zu mir gesagt!«

»Stimmt ja gar nicht!«, widersprach der Junge, der offensichtlich Tim hieß.

»Doch, hast du!«, schrie Ben und streckte dem Jungen die Zunge heraus. Dann wandte er sich wieder seiner Mutter zu und klagte: »Außerdem hab ich Hunger.«

»Paul hat auch Hunger«, pflichtete ihm ein kleinerer Junge bei.

»Ludwig hat Durst!«, meldete ein Junge, dessen untere Gesichtshälfte braun verschmiert war, und schob sich ein Stück Schokolade in den Mund.

»Boris mag Burger!«

So schallte es munter durcheinander, und unwillkürlich musste Isabel lächeln. Lena erhob sich, setzte ihre Strenge-Mama-Miene auf und verkündete: »So, hier erst mal alle Hände waschen! Gleich gibt's Essen.« Zu Isabel gewandt, sagte sie seufzend: »Jetzt wird's ernst. Wenn die kleinen Plagegeister hungrig sind, kennen sie kein Pardon.« Mit Blick auf Isabels nassen und blutverschmierten Pullover fügte sie hinzu: »Dein Pulli hat was abbekommen. Nimm dir einen sauberen aus meinem Schrank, du weißt ja, wo die sind.«

Isabel sah Lena dankbar an. »Lieb von dir, danke, Lena, mach ich. Aber du, ich hab überhaupt keinen Bock auf weitere Fragen und schon gar nicht auf Small Talk. Ich verdrück mich und geh gar nicht mehr rein. Kannst du mir das verzeihen?«

»Da gibt's nichts zu verzeihen. Ich versteh dich«, sagte Lena, während sie die Reste der Heftpflaster in den Mülleimer räumte und Pinzette und Schere in Sicherheit brachte. Dann sah sie Isabel an. »Am liebsten würde ich mit dir allein weiterfeiern. Mit dir durch Klubs und Kneipen ziehen wie früher. Auch mir gehen die Mädels heut irgendwie auf die Nerven.«

Erleichtert atmete Isabel auf, schlang ihre Arme um Lena und sagte: »Ich melde mich wieder. Und entschuldige bitte die Unruhe und den Aufruhr, die ich in deine Bude gebracht habe. Ich wollte wirklich nicht so viel Aufmerksamkeit auf mich ziehen, wo doch heute dein Geburtstag ist. Und natürlich nochmals danke für alles, Lena.«

Als Isabel vor die Tür trat, nahm sie erst mal einen tiefen Atemzug, presste die Luft hörbar aus und hob prüfend die Hand. Von den Bäumen und Dächern tropfte zwar noch das Wasser, aber der Regen hatte aufgehört. Sie blickte auf die Uhr. Ihr blieb genügend Zeit bis zur Abfahrt des nächsten Katamarans. Sie schlenderte durch die Gassen der Altstadt Richtung Hafen und fand sich plötzlich vor dem Konzilsgebäude wieder. Hier, wo vor 600 Jahren Kardinäle einen neuen Papst gewählt hatten, der die Spaltung der abendländischen Christenheit beenden sollte, hatte vor einem Vierteljahr die Affäre mit Carl begonnen. Geschickt hatte er den gemeinsamen Ausflug nach Konstanz eingefädelt. Er hatte darauf bestanden, dass sie ihn zu einer Tagung begleitete, und auf dem Nachhauseweg war es dann geschehen. Eine heiße Welle durchflutete Isabels Körper. Die Erinnerung an die wilden Minuten zwischen den Rebstöcken loderte auf in ihr. Würde Carl inzwischen reagieren, wenn sie ihn ansprechen oder berühren würde, fragte sie sich, als sie sich der Seeseite des massiven Gebäudes näherte.

Auf der Terrasse wischten korrekt gekleidete Kellner bereits Tische und Stühle für kommende Gäste trocken. Isabel blieb stehen, ließ den Blick schweifen und fixierte dann die »Imperia«, die sich langsam um die eigene Achse drehte. Schon interessant, dass die spärlich bekleidete Schöne auf der ältesten Pegelmessstation Baden-Württembergs steht und dort auch heute noch der Konstanzer Pegel gemessen wird, den wir Wasserschützer täglich verfolgen, dachte Isabel. Der Künstler Peter Lenk hat nicht gegeizt und sie mit weiblicher Sinnlichkeit überreich ausgestattet. Gerade zeigte die knapp zehn Meter hohe Statue Isabel ihren üppigen Betonbusen, und sie erinnerte sich, wie völlig nüchtern und offensichtlich unbeeindruckt von ihren Reizen Thomas ihr das neue Wahrzeichen der Stadt erklärt hatte: »Die weibliche Figur mit der Narrenkappe soll eine Kurtisane darstellen und eine satirische Anspielung auf das Konstanzer Konzil sein«, dozierte er damals. »Imperia war die Geliebte von weltlichen und kirchlichen Würdenträgern. Die zwei nackten Winzlinge, die sie auf ihren Händen trägt, stellen Papst und Kaiser dar.«

Seinerzeit hatte Isabel ihm scherzhaft geraten, statt Philosoph lieber Stadtführer zu werden. Denn der belesene Thomas wusste außerdem, dass der Bildhauer die Gestalt nach einem literarischen Vorbild seines Lieblingsdichters Balzac geschaffen hatte. Balzacs Roman »La belle Imperia« erzählte von einer Kurtisane, die während des Konzils als mächtige Geliebte triebgesteuerte Würdenträger um den Finger gewickelt und zu lächerlichen Witzfiguren degradiert hatte. Isabel war beeindruckt, hatte sich seine Sätze eingeprägt und später Lena erzählt. Köstlich amüsiert hatten sie sich damals.

Während Isabel wieder fasziniert die Drehbewegung der neun Meter hohen Edelprostituierten verfolgte, holte sie sich die Symbolik erneut ins Gedächtnis. Mächtige Männer als lächerliche Zwerge, vollständig ausgeliefert ihren Trieben, Spielbälle in den Händen einer Frau. Maßlos übertrieben dargestellt zwar, und doch könnte ein wahrer Kern darin stecken: Die Frau ist es, die groß und stark und souverän und mächtig ist, sie beherrscht ihre Libido. Darüber lohnte es sich nachzudenken …

Bevor Isabel sich abwandte, um zur Anlegestelle des Katamarans zu gehen, zwinkerte sie der Imperia verschwörerisch zu: Die Frau ist die Siegerin, die Meisterin ihrer Triebe. Du machst mir Mut, du Wundersame. Auch ich kann wieder zur Herrin meines Schicksals werden.

KAPITEL 7

»Die Presseleute haken nach, die geben sich nicht so einfach zufrieden!« Mit diesen Worten stürmte Markus zur Tür herein und knallte ein Bündel Papiere auf den Schreibtisch. Dann marschierte er zum Fenster, riss einen Flügel auf und atmete ein paarmal tief durch. Seit der Polizeidirektor im Krankenhaus lag, belasteten ihn die Chefsachen zusätzlich. Außerdem machten die Kollegen der Kripo Druck. Sie hatten jeden, der mit auf dem Boot war, ein weiteres Mal einzeln befragt. Und jetzt auch noch die Presseanfragen …

Isabels Finger, die gerade noch über die Tasten ihres Computers geflogen waren, um ein Protokoll zu tippen, hielten inne. Sie hob den Kopf, presste die Lippen zusammen und schaute ihren Kollegen ratlos an.

Markus schloss das Fenster wieder und verschwand hinter seinem Bildschirm. Er schob sich eine Handvoll Nüsse in den Mund und sagte: »Die wittern nun wohl doch *die* Story und wollen ein großes Ding draus machen. Das hat mir gerade noch gefehlt!«

»Mal ganz ehrlich, es ist ja auch nicht alltäglich, und die Häfler freuen sich eben über außergewöhnliche News. Dann können sie sich an den Stammtischen wieder ihre Mäuler zerreißen. Außerdem sind unsere Freunde von der Presse ja nicht blöd. Es ist nun mal nicht sehr wahrscheinlich, dass so ein großes Motorboot bei ruhigem See einfach untergeht. Du würdest an ihrer Stelle auch stutzig werden«, mutmaßte Isabel.

»Wahrscheinlich hast du recht«, stimmte Markus ihr kauend zu und strich sich mit der Hand über seinen Dreitagebart. »Und so ein kleines Skandälchen ist doch immer gut. Wenn ich wenigstens CaWe fragen könnte, wie er die Sache handhaben würde.« Er beobachtete Isabel, die zusammengezuckt war, als sie den Namen hörte, und fügte hinzu: »Bisher haben unsere Kollegen dichtgehalten, keiner ist ausgeschert. An denen knabbert das eigene schlechte Gewissen.«

Die hätten erst recht mit Konsequenzen zu rechnen. Wenn die nicht nachgeholfen hätten, wäre das Boot nicht gekippt und vollgelaufen, dachte Isabel, und schlagartig wurde ihr auch bewusst: Wenn Carl nicht bald aufwachte oder wenn ihm gesundheitliche Beeinträchtigungen blieben, konnte die Sache schlimm ausgehen für die Kollegen. Das wäre gravierender und nachhaltiger als ein Verhältnis des in der Stadt bekannten und angesehenen Polizeidirektors mit einer Untergebenen. Doch sie verkniff sich ihren Kommentar und nickte nur.

In diesem Augenblick betrat Timo das Büro. Das Gesicht des jungen Kollegen war puterrot bis unter die blonden Haarspitzen. In einer Hand hielt er mehrere Blätter Papier und wedelte damit vor Markus' Kopf herum. »Habt ihr schon gesehen, im Internet kursieren wilde Spekulationen über den Unfallhergang!«, stieß er hervor.

Aha, daher wehte der Wind! Wahrscheinlich ist das der Grund, warum die Presse den Fall nochmals aufgreifen will, schoss es Markus durch den Sinn. Missmutig brummte er: »Will ich gar nicht wissen.«

Timo schob ihm die Papiere trotzdem zu, zeigte mit dem Finger auf eine Stelle, die er bereits gelb markiert hatte, und zitierte: »Da steht: *Ich frage mich, wie man so einen Kahn umschmeißen kann. Kann mir nicht vorstellen, dass es nur an der falschen Belastung lag.*«

»Ich will's nicht hören!«, betonte Markus noch einmal einen Ton schärfer als zuvor. Doch Timo war nicht zu bremsen: »Und hier: *An diesem Tag hatten wir ruhiges Wetter und so gut wie keine Wellen. Da ist was oberfaul …*«

Isabel erhob sich und ging vor ihrem Schreibtisch auf und ab, dass ihr Pferdeschwanz im Takt ihrer Schritte von einer Seite auf die andere wippte. In ihrem Bauch krampfte sich etwas zusammen, und unwillkürlich legte sie eine Hand auf den Gürtel. Mit klopfendem Herzen verfolgte sie den Disput der Kollegen.

»Hör endlich auf, ich gebe nichts auf den Scheiß! Und siehst du nicht, wie Isabel leidet?«, fuhr Markus Timo an und fegte mit einer schnellen Handbewegung die Blätter vom Tisch.

Timo erschrak. Jähzorn und Wutausbrüche kannte er von Carl W. Dangelmann und litt unter ihnen mehr als jeder andere hier. Dienstgruppenleiter Markus Proll dagegen hatte er bisher als ausgeglichen und freundlich erlebt. Änderte sich das Verhalten mit der Funktion? Dann wollte er nie Chef werden.

Timo verbrachte viele Stunden am PC und im Internet. Er schenkte den oftmals polemischen Kommentaren der teils anonymen User große Aufmerksamkeit und konnte nicht begreifen, warum Markus die Beiträge ignorierte. »Sorry«, stotterte er kleinlaut, »ich dachte, das ist wichtig und interessiert euch.« Er sammelte die Papiere vom Boden auf, hielt kurz inne und warf sie dann in den Papierkorb.

Inzwischen hatte sich Markus wieder beruhigt und sagte: »Timo, bitte entschuldige, aber für so was hab ich grad absolut keinen Nerv. Die Pressefuzzis haben die Kommentare bestimmt auch gelesen und wollen jetzt ein

Interview.« Er stand auf, schaute Isabel und Timo fragend an und überlegte laut: »Was sag ich denen bloß?«

Timo ging ein Licht auf: Er erkannte, dass er gar nicht der Grund für Markus' Aggressivität gewesen war, also sagte erleichtert und ein wenig boshaft: »CaWe hätte damit kein Problem! Wenn die Presseleute anklopften, lief er immer zu Höchstform auf. Gut ankommen, irgendein Zeugs säuseln und schleimen, das hatte der drauf! Was das betrifft, hättest du von CaWe jede Menge lernen können.« Zu seinen Worten nickte Timo bekräftigend, machte auf dem Absatz kehrt und verließ den Raum. Seit Timo über den Chef wusste, was er ohne das Unglück nie erfahren hätte, war seine Heidenangst vor ihm wie weggeblasen. Er lebte förmlich auf.

Isabel war bei Timos Sätzen zusammengesunken und kritzelte mit gesenktem Kopf auf ihrer Schreibtischunterlage herum. Warum hatte Timo in der Vergangenheitsform von Carl gesprochen? Rechnete er nicht mehr mit seiner Rückkehr in den Dienst? Kannte er Carls Zustand? Sie dachte zurück an ihren Besuch in der Akutneurologie in Allensbach, und ihr Magen krampfte sich erneut zusammen. Carls Tiefenangst, die er sich selbst nicht eingestanden hatte, war der Grund dafür, dass er es nicht aus eigener Kraft an die Wasseroberfläche geschafft hat, hämmerte Isabel sich ein, und doch fühlte sie sich wieder einmal schuldig: Wenn sie nochmals zu ihm hinuntergetaucht wäre, vielleicht hätten sie es gemeinsam geschafft. Wenn sie ihn, statt ihn loszulassen, fester gepackt hätte, als er begann, um sich zu schlagen, vielleicht … Wenn, wenn, wenn … Ach, sie hätte sich niemals auf diese Affäre einlassen dürfen.

Markus riss sie aus ihren Gedanken. »Weißt du was, Isabel, ich sag denen gar nix. Ich verweise auf die laufenden Ermittlungen, basta!«, beschloss er und griff zum Telefonhörer.

Kurze Zeit später, Markus war auf dem Weg zu den Kollegen der Kriminalpolizei nebenan, trieb sein schlechtes Gewissen Timo erneut in Isabels Zimmer. Er blieb vor ihrem Schreibtisch stehen, fuhr sich mit den Fingern durch seine Stoppelhaare und sagte: »Du, Isabel, vorhin … mein Verhalten, das war richtig blöd. Entschuldige.«

»Ist schon okay, Timo. Markus ist nicht nachtragend, und ich bin es auch nicht. Wir sind gerade alle ein bisschen durch den Wind«, sagte Isabel und blickte zu Timo auf.

Timo fuhr zögernd fort: »Seit ich weiß, dass CaWe unter Tiefenangst leidet und er mit seinem arroganten Verhalten Schwäche und Unsicherheit überspielen wollte, habe ich fast Mitleid mit ihm, Isabel. Ist CaWe nicht eigentlich eine ganz arme Sau?«

Isabel nagte an ihrer Unterlippe und sagte schließlich: »Ich war bei ihm, hab ihn in der Klinik besucht.«

Erstaunt fragte Timo: »Und? Wie geht es ihm?«

Isabels Blick wanderte zum Fenster hinaus. Sie antwortete: »Carl hängt an Schläuchen, ist völlig angewiesen auf Ärzte und Geräte, die Atmung und Herzschlag kontrollieren. Gut, dass er das gar nicht mitbekommt.«

»Da tut er mir wirklich leid. Ich möchte nicht tauschen mit ihm.« Timo trat nervös von einem Bein auf das andere und schaute Isabel durchdringend an.

Isabel hatte das Gefühl, dass ihren jungen Kollegen noch etwas ganz anderes bewegte, und fragte: »Du hast etwas auf dem Herzen, stimmt's?«

»Ja, ich wollte …«, stammelte er, »… ich wollte dich fragen, ob du nach Dienstschluss schon was vorhast.«

»Nein, warum?«, fragte Isabel gedehnt. Sie wusste nicht, worauf Timo hinauswollte.

»Dann … würde ich dich gerne auf ein Bier einladen, wegen vorhin, einfach so«, sagte Timo.

»Das brauchst du nicht, Timo. Aber ich komme gern mit«, sagte Isabel erleichtert. »Das Wetter ist ja richtig schön. Doch ich mache heute erst Feierabend, wenn ich diesen Bericht fertig habe. Danach hab ich nämlich wirklich eine Belohnung verdient.«

KAPITEL 8

Die wärmenden Strahlen der Septembersonne hatten nochmals viele Menschen auf die Promenade und in die Gastgärten gelockt, und so waren die Bänke und Tische des »Wirtshaus am See« fast alle besetzt. Isabel und Timo hielten Ausschau nach einem freien Tisch. Kaum hatten sie Platz genommen, eilte schon eine Kellnerin in grünem Dirndl und Bluse mit großzügigem Oktoberfestausschnitt auf sie zu. Ihre braunen Haare ruhten, zu einem dicken Zopf geflochten, auf ihrer linken Brust. Sie baute ihre stattliche Erscheinung vor Timo auf, zückte erwartungsvoll Stift und Orderman und fragte mit gewinnendem Lächeln: »Was darf's denn sein?«

Als sie nicht sofort eine Antwort erhielt, zwinkerte sie Timo zu und fügte keck an: »Da haben Sie sich aber eine schöne Frau ausgesucht.«

Augenblicklich zog in Timos Gesicht dunkelrote Farbe auf. Seine Augen begannen zu leuchten. Vollkommen perplex schaute er Isabel an und blickte dann zur Kellnerin auf. Er war viel zu verdattert, um auch nur einen Ton herausbringen zu können, und fuhr sich verlegen über seine Stoppelhaare. Zwar stotterte er ein paar Silben, doch keine der beiden Frauen konnte diese verstehen.

Isabel grinste und antwortete an seiner Stelle: »Ein Weizenbier, alkoholfrei, bitte.« Mit Blick auf Timo, der nun nickte, fügte sie hinzu: »Und für meinen *Kollegen* auch.«

Die Kellnerin bewegte ihren Stift über das kleine Display und schien kein bisschen verunsichert. Sie bestätigte, machte auf dem Absatz kehrt und eilte mit fliegenden Röcken zum Tresen.

Isabel raunte Timo zu: »Nimm das nicht so ernst, Timo. Den Spruch sagt sie bestimmt zu jedem. Dann freuen sich die Männer und geben großzügig Trinkgeld.«

Hüftschwingend näherte sich die Bedienung wieder und stellte zwei Krüge auf den Tisch. Gebannt starrte Timo auf die dunkle Ritze zwischen ihren Brüsten. Sie schenkte Timo einen weiteren Blick und wünschte mit samtiger Stimme: »Zum Wohl.«

Isabel registrierte belustigt das Geschehen, bedankte sich und beschloss, auf den angeschlagenen Ton einzusteigen. Sie schaute zu der Kellnerin auf und sagte: »Mit dieser Stimme sollten Sie beim Radio arbeiten.«

Schlagfertig antwortete die Angesprochene: »Das hab ich schon probiert, aber da wird man nicht braun bei der Arbeit!«

Ihre beiden Gäste grinsten. Timo beobachtete sie, als sie weitere Gäste bediente. Bald hatte er seine Sprache wiedergefunden und bekannte: »So redegewandt möchte ich mal sein. Prost, Isabel.«

»Prost, Timo«, sagte Isabel, und lächelnd fügte sie hinzu: »Bist du wieder im Lot?«

Timo fühlte sich ertappt. Das Rot in seinem Gesicht leuchtete erneut auf, doch er lächelte zurück.

»Vorhin, bei Markus' Reaktion, blieb dir mal kurz die Spucke weg, stimmt's?«, fragte Isabel.

»Ja, wenn der Markus auch anfängt, mich zu mobben, bin ich die längste Zeit hier gewesen. Das lass ich mir nicht noch mal gefallen, auch von ihm nicht!«, antwortete Timo in einem Ton, den Isabel noch nie von ihm gehört hatte.

Sie beruhigte ihn: »Timo, du weißt doch, der Markus ist sonst nicht so. Der ist gerade nur total gestresst und urlaubsreif. Er hat ja auch den ganzen Sommer über keinen Tag freinehmen können.«

»Wir auch nicht! Das gibt ihm nicht das Recht, mich so runterlaufen zu lassen.«

Isabel und Timo erhoben nochmals ihre Krüge. Drei lange Signaltöne drangen an ihre Ohren, und sie schauten zur »MS Baden« hinüber. Das älteste Fahrgastschiff der Weißen Flotte passierte gerade die Hafeneinfahrt und steuerte auf den Anlegesteg zu.

»Guck mal, wie viele Radfahrer und Touristen die »Baden« ausspuckt. Unglaublich, was in so einen Schiffsbauch alles reinpasst«, wunderte sich Isabel, während sie das bunte Völkchen beobachtete, das sich über die Gangway zum Steg schob. Ihre Blicke wanderten weiter zum Aussichtsturm nebenan. Die Strahlen der Abendsonne brachen sich an dem dunklen Stahlgerippe. Die Menschen, die die Treppen hoch- und herunterstiegen, wirkten auf die Entfernung winzig wie Ameisen ebenso wie die vielen

Besucher, die von der Aussichtsplattform oben den Sonnenuntergang betrachten wollten.

Timo beobachtete an einem der Nebentische ein junges asiatisches Paar. Er gab Isabel ein Zeichen, und gemeinsam verfolgten sie amüsiert die Szene: Vor dem Paar standen zwei Teller mit Schweinshaxen und Sauerkraut, dazu zwei Maß Bier. Isabel schmunzelte, als die zierliche Frau den mächtigen Knochen aus der Hand legte und den Krug aus schwerem Steingut anheben wollte. Es gelang ihr nicht. Sie musste den Maßkrug mit beiden Händen umfassen, um ihn überhaupt zum Mund führen zu können.

Auch Timo griente, doch ihn beschäftigte mittlerweile etwas anderes: Er zerbrach sich den Kopf, wie er es anstellen könnte, Isabel zu einem Segelausflug auf dem Boot seiner Eltern zu gewinnen. Er wusste seit ihrem Törn im Sommer, dass Isabel genauso gut und auch genauso gern segelte wie er. Ob sie wohl nach allem, was vorgefallen war, noch genug Vertrauen zu ihm haben würde, um mitzukommen? Er nahm seinen ganzen Mut zusammen und fragte: »Isabel, mein Vater hat sich schon einen Krantermin geben lassen, um sein Segelboot aus dem Wasser zu nehmen. Bevor die ›Xie‹ ins Winterlager kommt, könnten wir beide nochmals segeln gehen. Was meinst du? Hast du Lust?«

Isabel zögerte. Seit dem Unglück hatte sie außer dem Katamaran kein Boot mehr betreten, nicht einmal ein Polizeiboot. Was, wenn sie von einer weiteren Panikattacke überfallen würde? Auf Wasser reagierten ihr Körper und ihr Kopf nach wie vor unberechenbar. Auf jeden Fall müsste sie mit Lena die Situation vorher durchspielen. Mit Unterstützung der erfahrenen Psychotherapeutin würde sie sich eher auf schwankende Schiffsplanken trauen.

Timos Finger wanderten unruhig den Bierkrug auf und ab, während er auf Isabels Antwort wartete. Endlich sagte sie: »Grundsätzlich gern, du weißt, wie sehr ich segeln liebe, aber … und das hat nichts mit dir zu tun …«, sie machte eine Pause und ihr Blick wanderte auf die Wasserfläche, »ich hab's seit dem Unglück nicht mehr so mit Booten. Ich war auch nicht mehr auf Bootsstreife. Das einzige Boot, auf das ich inzwischen einen Fuß gesetzt hab, ist der Katamaran.« Isabel sah die Enttäuschung in Timos Gesicht und fügte hinzu: »Wann ist denn der Termin?«

»In ein paar Wochen, hab gar nicht so richtig zugehört«, antwortete Timo, »um den 20. Oktober herum.«

»Dann haben wir ja noch etwas Zeit. Darf ich das kurzfristig entscheiden, wenn mal eine leichte Brise lockt so wie heute?«, fragte Isabel.

Erleichtert nickte Timo. »Klar! Sag's mir dann eben. Ich hab nach Dienstschluss selten etwas vor. Wir können auch jederzeit abbrechen und in den Hafen zurückfahren, wenn's dir nicht gutgeht.«

In diesem Moment vernahmen sie einen lauten, anhaltenden Schrei. Gleichzeitig mit den anderen Gästen und den Spaziergängern auf der Promenade wandten auch Isabel und Timo ihre Köpfe in die Richtung, aus der der Schrei gekommen war. Sie sahen gerade noch, wie ein Mensch aus über 20 Metern vom Moleturm ins Wasser stürzte. Bei seinem Aufprall spritzte es meterhoch. Ein Raunen ging durch die Menschenmenge.

»Ach du Scheiße, ist der lebensmüde?«, schrie Timo. Zwei der massiven Holzbänke kippten krachend um, als Timo und Isabel gleichzeitig aufsprangen und auf die Mole hinausrannten. Dort angekommen, kämpften sie sich durch die Gaffenden zum Geländer vor und sahen den Körper eines Mannes, der nun mit dem Gesicht nach unten auf der Wasserfläche trieb. Ohne lange zu überlegen, drückte Timo Isabel sein Handy in die Hand, schwang sich über das Geländer und sprang ins Wasser.

Rund um den Turm war es nur wenige Meter tief. Isabel hielt die Luft an, fror und schwitzte gleichzeitig. Im Moment hätte sie es nicht über sich gebracht, in den See zu springen. Vielmehr stand sie wie angewurzelt. In ihrem Kopf drehte sich alles. Es gelang ihr gerade noch, die Nummer 112 anzurufen. Dann krallte sie sich mit beiden Händen am Geländer fest, um nicht umzukippen.

Timo hatte inzwischen den Mann im Wasser erreicht, drehte ihn auf den Rücken und griff mit einem Arm um seinen Oberkörper. Suchend blickte er um sich, entdeckte aber rund um den Turm keine Möglichkeit, hochzuklettern. Dort wo Uferpromenade und Mole im rechten Winkel aufeinandertrafen, hatte sich eine kleine Sand- und Kiesbank gebildet. Es würde ihm nichts anderes übrigbleiben, er musste den Mann dorthin schleppen. Er griff fester zu und schwamm los. Dutzende von Schaulustigen, die sich am Geländer der Mole und entlang der Uferpromenade drängten, erwarteten die beiden, um das Geschehen aus nächster Nähe beobachten zu können. Unter Schubsen und Drängen richteten sie ihre Handys auf die beiden Männer. Keuchend kam Timo an und versuchte sofort, den Mann wiederzubeleben.

Isabel war ebenfalls zur Promenade zurückgeeilt. Sie schaute zu den beiden hinunter, traute sich aber nicht, über das Geländer zu steigen. Was sollte sie da unten auch tun? Sie atmete erleichtert auf, als sie das immer lauter werdende Martinshorn vernahm. Ein Rettungswagen näherte sich mit Blaulicht, gefolgt vom Wagen mit dem Notarzt. Zwei

Rettungssanitäter stiegen aus. Isabel winkte ihnen zu und erklärte in knappen Worten, was vorgefallen war. Arzt und Sanitäter bahnten sich einen Weg durch die zwischenzeitlich beachtlich angewachsene Menschenmenge und schlüpften unter dem Geländer hindurch hinunter ans Ufer.

Einer der Sanitäter gab Timo ein Zeichen und setzte an seiner Stelle die Beatmung fort. Froh, die Hilfe den Fachleuten überlassen zu können, ließ sich Timo erschöpft an die Mauer sinken. Bereits wenige Minuten später konnte der Gerettete auf einer Liege abtransportiert werden. Sein Zustand war stabil, aber er hatte das Bewusstsein noch nicht wiedererlangt.

KAPITEL 9

Am folgenden Morgen erwachte Isabel schweißgebadet. Im Traum war sie es gewesen, die einen Selbstmörder aus dem Bodensee ziehen wollte, der sie aber mit sich in die Tiefe riss. So hatte sie ein weiteres Mal den eigenen Unfall durchleiden müssen. Mit dröhnendem Kopf und matten Gliedern richtete Isabel sich auf und stellte fest, dass das Bett neben ihr leer war.

Sie fand Thomas in der Küche, wo er bereits am Kaffeeautomaten hantierte. »Guten Morgen. Du bist schon wach?«, fragte sie und rieb sich schlaftrunken die Augen. Auch jetzt, nachdem sie nach dem Unfall wieder zu einem einigermaßen geregelten Tagesablauf zurückgefunden hatte, räumte Thomas schon mal den Tisch ab und befüllte die Spülmaschine. Isabel runzelte die Stirn und verfolgte seine Bewegungen. Sie überlegte, ob seine Liebe zu ihr neu erwacht war oder ob eher Mitleid ihren Lebensgefährten motivierte. Letzteres war etwas, was sie keinesfalls haben wollte. Von niemandem, am allerwenigsten von Thomas. Ein klärendes Gespräch hatte sie bisher nicht gesucht, viel zu sehr war sie mit sich selbst beschäftigt gewesen. Und auch jetzt fühlte sie sich dazu nicht fit genug.

Thomas drehte sich ihr zu und antwortete: »Guten Morgen, Isabel. Ich habe gedacht, heute mach ich einmal das Frühstück.«

»Okay, dann geh ich erst mal ins Bad.« Mit diesen Worten machte Isabel kehrt und verließ die Küche. Normalerweise liebte sie den Duft von frisch gebrühtem Kaffee, doch an diesem Morgen verursachte er bei ihr ein Unwohlsein, das sie nicht definieren konnte. Sie warf einen flüchtigen Blick auf ihr Spiegelbild, nur um festzustellen, dass die dunklen Ringe um die Augen noch dunkler waren als tags zuvor. Um ihren Kreislauf auch ohne Dusche in Schwung zu bringen, tauchte sie einen Waschlappen in kaltes Wasser und rieb ihren Körper ab. Als sie wieder die Küche betrat, fragte Thomas: »Magst du Müsli?«

»Hm, ich weiß nicht. Erst mal ein Glas Wasser und dann ’nen Kaffee«, antwortete Isabel, rümpfte die Nase und ließ sich auf einen Stuhl sinken. Die Hand, mit der sie gerade ihre Locken zurückgeschoben hatte, wanderte zu ihrem Bauch. Etwas krümmte sich gerade da unten zusammen. Nichts Ungewöhnliches in den Tagen, bevor ihre Monatsblutung einsetzte. Sie stöhnte leise.

»Was ist los, Isabel? Alles in Ordnung bei dir?«, fragte Thomas besorgt und stellte ein Glas mit Leitungswasser vor ihr auf den Tisch. Das kalte Nass rieselte Isabels Speiseröhre hinunter, und als es in ihrem Magen ankam, verstärkte es ihre Übelkeit noch. Isabel legte beide Hände auf ihren Bauch und jammerte: »Ich weiß nicht, ich glaube, warmer Kaffee wäre vielleicht doch besser für meinen Magen.«

Thomas holte eine Tasse, drückte auf den Knopf des Automaten und stellte sie mit dem dampfenden Getränk vor Isabel.

»Danke, Thomas«, sagte sie, doch als sie das Aroma in die Nase sog, spürte sie Widerwillen aufkommen. Mühsam würgte sie einen Schluck hinunter und verzog ihr Gesicht: »Äh, wie schmeckt denn der Kaffee heute? Hast du da was reingemacht?«

»Nein! Ich habe die Bohnen dort oben aus dem Schrank genommen. Die nimmst du auch immer, oder nicht?«, fragte Thomas. Er probierte ebenfalls, um dann festzustellen: »Der Kaffee schmeckt ganz normal, so wie immer.«

»Nein, meiner nicht. Der ist ganz bitter, scheußlich! Den kann ich nicht trinken.« Isabel erhob sich, leerte den Inhalt der Tasse ins Spülbecken und ging erneut ins Badezimmer. Ihr war mit einem Mal so übel, dass sie sich ein paar Minuten lang auf den Rand der Badewanne setzen musste.

Kurze Zeit später kam sie zurück. Thomas saß, zwei Schüsseln mit Müsli vor sich, wartend am Tisch. Er lächelte Isabel an und stellte fest: »So wie du jetzt aussiehst, geht's dir besser.«

Isabel erwiderte: »Ja, das stimmt. Essen mag ich trotzdem nichts. Ich hab heute irgendwie keinen Appetit. Ich hab Bauchweh, wahrscheinlich bekomme ich bald meine Tage.«

Thomas schaute Isabel prüfend ins Gesicht und sagte: »Schade. Ich habe extra Banane und frische Brombeeren ins Müsli reingemacht. Die magst du doch so gerne.«

»Das ist echt lieb von dir, Thomas, aber jetzt krieg ich keinen Bissen runter. Bin auch schon spät dran. Ich werde das Müsli mitnehmen, für später.« Damit nahm Isabel ihre Schüssel, füllte den Inhalt um in ein verschließbares Gefäß und steckte dieses in ihren Rucksack. »Mach's gut heute!«, rief sie Thomas zu und war schon draußen.

»Magst du wirklich zum Dienst gehen, wenn es dir gar nicht gutgeht?«, rief Thomas ihr nach, doch die Tür war bereits ins Schloss gefallen.

An der frischen Luft fühlte sich Isabel gleich besser, und die Bewegung tat ein Übriges. Kraftvoll trat sie in die Pedale und erreichte bald darauf die Dienststelle.

KAPITEL 10

Beim morgendlichen Meeting überraschte Markus Proll die Mitarbeiter seiner Schicht mit den Worten: »Der Gesundheitszustand unseres Chefs hat sich etwas gebessert. Ich war in Allensbach und konnte mit einem Arzt sprechen. CaWe liegt zwar noch im künstlichen Koma, aber das Behandlungsteam ist nun hoffnungsvoll.« Bei seinen Worten schaute Markus zu Isabel ans andere Ende des Tisches. Sie hatte ihm wenige Tage zuvor in einer ruhigen Minute von ihrem Besuch bei Carl und ihren Eindrücken berichtet.

Isabels Herz begann, heftig gegen die Rippen zu pochen, und mit einem Mal spannten sich alle ihre Muskeln an.

Augenblicklich ging ein Tuscheln durch die Runde. Sie spürte auch die Blicke der Kollegen auf sich, und um sich abzureagieren, griff sie nach einem Stift und drehte ihn zwischen ihren Fingern. Vor ihrem geistigen Auge erschien Carls Bild, wie er leblos in seinem Bett lag, sämtliche Vitalfunktionen überwacht von Monitoren.

Frieder fand als Erster seine Sprache wieder: »Was heißt das? Wird CaWe demnächst wieder hier auf der Matte stehen?«, fragte er ungerührt. In gut einem Vierteljahr würde er in Pension gehen und legte absolut keinen Wert darauf, von dem ungeliebten Chef mit salbungsvollen, verlogenen Worten verabschiedet zu werden.

Isabel strafte Frieder mit einem kurzen vorwurfsvollen Blick. Wie konnte er nur so hartherzig daherreden, nach allem, was passiert war und was auch er mit zu verantworten hatte.

»Nein, das nicht! Davon ist er weit entfernt«, antwortete Markus auf Frieders Frage und überlegte, was er den Kollegen überhaupt berichten durfte. »Der Polizeidirektor zeigt erste Reaktionen. Der Arzt hat mir anvertraut, dass CaWe ein Mal auf einen Schmerzreiz reagiert habe. Er sei zusammengezuckt, als ihn eine Schwester mit kaltem Wasser gewaschen habe. Einmal habe er geblinzelt, also auf Licht reagiert.« Markus schaute in die betretenen Gesichter seiner Mitarbeiter und fügte hinzu: »Für das Behandlungsteam sind diese Zeichen äußerst positiv und wichtig. Sie haben CaWe innerhalb der Intensivstation verlegt. Er liegt jetzt in einem Einzelzimmer, damit die Therapeuten noch intensiver mit ihm arbeiten können.«

Isabels Anspannung ließ nach und ihre Blicke hingen nun an Markus' Lippen. Keiner der Versammelten sagte ein Wort, und Markus fuhr fort: »Allerdings sei es höchste

Zeit gewesen, dass CaWe auf Reize reagiert, hat der Arzt gesagt. Bei solchen Fällen sinkt wohl mit jedem Tag, der ohne Reaktionen verstreicht, die Wahrscheinlichkeit, dass der Patient wieder vollständig genesen wird.«

Isabel wusste überhaupt nicht, wie ihr geschah. Statt sich über die Entwicklung zu freuen, überkam sie ein Brechreiz, so dass sie eilig das Zimmer verlassen und die Toilette aufsuchen musste. Nachdem sie sich mehrmals übergeben hatte und endlich wieder besser fühlte, war die Besprechung beendet. Sie schleppte sich in ihr Büro, wo Markus sie prüfend ansah. »Was ist denn mit dir los, Isabel? Du siehst ja aus wie's Kätzle am Bauch.«

Da huschte ein Lächeln über Isabels Gesicht. Den Spruch hatte sie zuletzt von ihrer Mutter gehört, als sie einmal kreidebleich nach Hause gekommen war. Isabel wiegelte ab. »Geht schon wieder.« Sie setzte sich an ihren Schreibtisch.

»Ist es nicht besser, wenn wir dich mit dem Dienstwagen heimbringen, Isabel?«, fragte Markus.

Isabel schüttelte den Kopf und protestierte: »Red keinen Quatsch, Markus. Ich bin gleich wieder okay.« Sie erhob sich, riss das Fenster auf und sog tief die frische Luft ein. Tatsächlich erholte sich Isabel schnell, drehte sich Markus zu und fragte: »Wie sieht Carl aus?«

»Du, ehrlich gesagt, elend, irgendwie trostlos. Wahrscheinlich noch genauso, wie du ihn angetroffen hast. Aber ich bin medizinischer Laie und verlass mich auf die Aussagen der Ärzte.«

»Ich auch, das müssen wir ja wohl, es bleibt uns gar nichts anderes übrig«, sagte Isabel bedrückt. »Ich muss immer an ihn denken – nicht, wie du vielleicht denkst … Ich seh ihn die ganze Zeit vor mir. Es ist einfach schlimm, hier zu sitzen und nichts für ihn tun zu können.« Sie wandte sich wieder ihrem Bildschirm zu, doch fiel es ihr schwer, stillzusitzen und sich auf die Arbeit zu konzentrieren. Unruhig rutschte sie auf dem Bürostuhl hin und her. Ein Anruf aus dem Führungs- und Lagezentrum erreichte sie, und sie war froh, in den Außendienst gehen zu können. Schnell band sie sich das Holster mit der Dienstwaffe um die Taille und informierte Markus: »Der Hafenmeister des ›Württembergischen Yacht-Clubs‹ hat Vandalismus an mehreren Booten gemeldet. Ich werde mich gleich drum kümmern.«

»Soll ich mitkommen?«, fragte Markus. Auch sein Kopf brummte. Er studierte die neuen Vorschriften und Richtlinien, die alle Dienststellen ab sofort umzusetzen hatten. Er hasste den ganzen Schreibkram, den er als kommissarischer Leiter der Dienststelle zusätzlich erledigen musste. Viel lieber würde er mit Isabel den Außentermin wahrnehmen. Doch die Kollegin griff bereits nach Mütze, Uniformjacke und Aktentasche und verabschiedete sich mit den Worten: »Das schaff ich alleine. Danke, Markus.«

Isabel trat durch die Arkaden vor der Eingangstür und blinzelte in die Septembersonne, die wieder eindrucksvoll bewies, wie viel Kraft noch in ihr steckte. Die Flaggen am Flaggenmast knatterten leise im leichten Westwind. Dankbar, der stickigen Büroluft entkommen zu sein, atmete Isabel die Weite der Landschaft und des Sees ein. Zahlreiche Motorboote und viele Segelboote tummelten sich auf dem Wasser. Bestimmt würden die Kollegen bald auf Bootsstreife gehen. So sehr sie diese Einsätze vor dem Unglück geliebt hatte, so froh war sie derzeit, wenn ihr Bootsfahrten erspart blieben.

Isabel bahnte sich ihren Weg durch die vielfarbige Menschenmenge in der Fußgängerzone: Ausflügler, die ihre

Fahrräder hier schieben mussten, Touristengruppen mit Ferngläsern und Fotoapparaten, Familien mit Kinderwägen, Senioren mit und ohne Rollatoren ließen sich von dem spätsommerlichen Tag zum Bummeln einladen. Fetzen von fremden Sprachen und Dialekten drangen an Isabels Ohr: meist Alemannisch, Schwäbisch und Schwyzerdütsch, daneben auch Französisch, Englisch, Polnisch und andere, die sie nicht zuordnen konnte.

Auf den Treppenstufen am Gondelhafen saßen meist junge Menschen, die Eiscreme schleckten und Musik aus ihren mitgebrachten Geräten hörten. Der Vermieter der Tretboote an der Uferstraße winkte der Uniformierten lachend zu, als Isabel an seiner Hütte vorbeimarschierte. Seine Geschäfte liefen gut, viele seiner Kunden wollten an diesem Tag noch einmal ein paar Stunden auf dem Wasser genießen. Wassersport – nichts für mich momentan, durchzuckte es Isabel, denn schon poppten die Schreckensbilder des Unglücks wieder in ihrem Kopf auf. Rasch ging sie weiter.

Im »Beachclub« direkt am Bodenseeufer waren sämtliche Tischchen besetzt. Selbst auf den Treppenstufen warteten Gäste schwitzend auf einen Sitzplatz. Unter den schattenspendenden Bäumen im Stadtgarten hatten sich einige Gruppen auf dem Rasen niedergelassen. Mit denen würde ich gerne tauschen, dachte Isabel im Weitergehen und wandte sich den Jachten zu, die an ihren Plätzen im Hafen des »Württembergischen Yacht-Clubs« lagen. In derselben Sekunde breitete sich in ihrem Körper ein Schwindelgefühl aus. Isabel verlangsamte ihren Gang, stoppte schließlich, hielt sich am Geländer fest, das die Uferstraße vom Jachthafen trennte, schloss die Augen und nahm einen tiefen Atemzug. Zwei Fußgängerinnen hatten die Szene beobachtet und blieben stehen. Als Isabel ihre Augen wieder öffnete, schauten sie zwei Augenpaare fragend an. Die Ältere fragte: »Brauchen Sie Hilfe?«

»Schon überstanden, war nur ein kleiner Schwächeanfall«, flüsterte Isabel und lächelte dabei. Die zwei Frauen gingen weiter. Isabel blieb noch einen Moment stehen und zwang sich, die im Hafen liegenden Boote zu betrachten. Da entdeckte sie die »Xie«, die Segeljacht von Timos Eltern. Erinnerungen kamen hoch an den ersten Segeltörn und die internationale Polizeiregatta, bei der ihr Team für die Wasserschutzpolizei Friedrichshafen den Sieg geholt hatte. Sie dachte an Carl. An sein schäbiges Verhalten Bootsführer Timo gegenüber. Seine eigene Crew hatte er von dem Begleitboot, von dem aus er und weitere Promis das Rennen beobachteten, massiv behindern lassen. Durch taktisch kluge Manöver gewann die »Xie« trotzdem. Isabel fragte sich, ob sie sich jemals wieder unbeschwert und mit gutem Gefühl würde auf einem Segelboot bewegen können. Da erblickte sie vor dem Hafenmeistergebäude einen Mann, der eine Mütze schwang und ihr zuwinkte. Sie erkannte den Hafenmeister, der die Polizistin bereits erwartete.

»Hallo, Frau Böhmer, schöne Schei…«, setzte er zur Begrüßung an, versagte sich das Ende des Wortes und verbesserte sich: »Schöne Bescherung!«

Isabel führte zum Gruß eine Hand an ihre Mütze und sagte: »Hallo, das kann man wohl sagen, wenn es stimmt, was Sie mir am Telefon geschildert haben.«

Aus dem Hafenmeister sprudelte es förmlich heraus: »Die Täter müssen vergangene Nacht von der Uferstraße aus auf den Steg gekommen sein. Wie's aussieht, wollten die Burschen es den reichen Jachtis mal wieder so richtig zeigen. Die haben sich gleich an mehreren Booten zu schaffen gemacht.«

»Dann lassen Sie uns die Bescherung gleich einmal anschauen und aufnehmen«, sagte Isabel sachlich und zog ihr Klemmbrett aus ihrer Tasche.

»Das machen wir, kommen Sie mit!«

Hinter dem Hafenmeister marschierte Isabel konzentriert den Schwimmsteg entlang, ihren Blick stur auf den Boden gerichtet. Das Federn unter ihren Sohlen bereitete ihr erneut Unbehagen, doch sie wollte sich nichts anmerken lassen. Das würde bestimmt bald wieder besser werden. Sie würde später Lena um ein weiteres freundschaftlich-therapeutisches Gespräch bitten, um ihre weichen Knie auf schaukelndem Grund besser in den Griff zu bekommen. Vorsichtig einen Fuß vor den anderen setzend, schritt sie weiter.

Um das Heck einer großen Segeljacht standen mehrere Menschen in gediegener Freizeitkleidung und redeten durcheinander. Ihr Gespräch verstummte, als sich der Hafenmeister mit der Uniformierten näherte.

»Schauet Sie sich bloß des hier mal an. So eine Sauerei! Die Schweine haben mir die ganze Persenning zerschnitten«, rief ein braun gebrannter Mann in weißem Poloshirt und roter knielanger Hose. Seine behaarten braunen Beine steckten in blauen Lederslippern. »Backbord sind noch mal so viele«, jammerte der Mann.

»Sind Sie der Eigentümer?«, fragte Isabel und zückte ihre Schreibunterlage.

»Ja! Die Persenning war neu. Hat mich fast 5.000 Euro gekostet«, klagte der Eigner weiter.

Isabel begutachtete die Abdeckung der Jacht und zählte die verschieden langen Risse und Schnitte, soweit sie diese vom Steg aus sehen konnte. Zwölf entdeckte sie im

Bereich des Hecks sowie auf der rechten Seite und stellte fest: »Sieht ganz so aus, als hätten der oder die Täter ganze Arbeit geleistet.«

Sie nahm alles schriftlich auf und holte dann die Kamera, um die Beschädigungen auch im Bild zu dokumentieren. Nun zeigte der Hafenmeister auf das Motorboot daneben. »Hier haben die Täter die Polsterung der Sitzbänke aufgeschlitzt. Ich hab den Eigner bereits verständigt. Er wird bald hier sein.«

Isabel ging ein paar Schritte weiter, um auch diese Schäden zu begutachten. Dunkles Füllmaterial quoll aus den weißen Lederpolstern. Als sie mit den Aufnahmen fertig war und den Kopf hob, erblickte sie am nächsten Boot einen Schriftzug, und im selben Moment schien das Blut in ihren Adern zu gefrieren. Vor ihr schaukelte eine große Segeljacht, mit dem Bug am Steg vertäut. Auf der Seitenfläche des Bugs prangte der Name des Schiffs. Die vier großen Lettern sprangen Isabel förmlich entgegen:

›CARL‹

Das C war kein normales C, sondern hatte die Gestalt eines Fisches: Die obere Rundung des Buchstabens bildete den Kopf, das Mittelteil den schuppigen Körper und das untere die erhobene Schwanzflosse. Isabel traute ihren Augen nicht, sie nahm ihre Mütze ab und strich sich Schweißperlen von der Stirn. Ihr Herz pochte wie wild, und im Magen breitete sich ein flaues Gefühl aus. Ihr Blick wanderte am Boot entlang. Eine »Faurby«! Carl hatte erzählt, dass er eine »Faurby 36« besessen hatte, als er noch segelte. Das Schiff vor ihr konnte nur Carl Dangelmanns Jacht sein.

Der Hafenmeister beobachtete Isabel. Was war bloß plötzlich los mit der Frau Böhmer? Während des Sommers hatte er schon ein paarmal mit der jungen Polizistin zu tun gehabt. Zwischen den meist älteren Ehefrauen der Segler war ihm aufgefallen, dass die neue Wasserschutzpolizistin außerordentlich gut gebaut war und dazu ein hübsches Gesicht hatte. Bei ihren früheren Ermittlungen war sie ihm freundlich, gründlich, kompetent und völlig normal vorgekommen. Ratlos blickte er sie nun von der Seite an und sagte: »Dieses edle Stück haben die Vandalen Gott sei Dank verschont.«

Seine Worte holten Isabel zurück in die Gegenwart. »Eine sehr schöne Jacht! Wem … wem gehört das Boot?«, fragte sie mit brüchiger Stimme.

Ihre Frage erstaunte den Hafenmeister. Warum interessierte sich die Polizistin für dieses Schiff, das doch gar nicht beschädigt worden war? Achselzuckend antwortete er: »Einem Schweizer Freizeitkapitän. Er hat es vor circa fünf Jahren gekauft, bewegt das Prachtstück aber sehr wenig. Schade.« Dabei fixierte er immer noch Isabel, die ihm irgendwie nicht bei der Sache und geistig abwesend erschien.

Isabels Hirn arbeitete fieberhaft: Passte alles! Wie hatte Carl nur wenige Wochen zuvor gesagt: »Musste einer meiner Ex-Frauen bei der Scheidung meine Segeljacht überlassen, obwohl das Miststück vom Segeln noch weniger Ahnung hat als vom Vögeln.« Isabel spürte einen Druck in der Brust, und ihr Hals schnürte sich zusammen. Sie dachte an Carl.

Der Hafenmeister musterte die junge Polizistin weiter, die sich so rätselhaft benahm, und fragte: »Darf ich Ihnen jetzt die weiteren beschädigten Boote zeigen, Frau Böhmer?«

»Ja, natürlich, gehen wir«, stotterte Isabel und hatte Mühe, ihren Blick von der Jacht mit dem Namen Carl loszureißen und dem Hafenmeister zu folgen.

Auf dem Rückweg machte sie sich erneut Gedanken über Carl. Würde er jemals wieder aufwachen? Würde er genesen? Und was dann? Würde er einen Schlussstrich unter ihre Affäre ziehen, weil sie es bisher nicht geschafft hatte? Mit dem Verstand konnte sie sich nach wie vor nicht erklären, warum sie Carl so verfallen konnte. Doch es war vorbei. Nachdem er sich auch ihr gegenüber gemein und rücksichtslos verhalten hatte, hatte ihr Körper längst nicht mehr so unfassbar verrückt gespielt wie zu Beginn ihrer Liebschaft. Nichtsdestotrotz brauchte er vielleicht gerade jetzt ihre Hilfe. Sie musste noch einmal zu ihm in die Klinik.

Mit diesem Entschluss kam Isabel in die Dienststelle zurück, dokumentierte die Beschädigungen auch am Computer und packte dann hastig ihre Sachen zusammen. Als die Tür hinter Isabel ins Schloss fiel, bog sie, ohne zu überlegen, automatisch wieder nach rechts ab und hastete durch die immer noch gut bevölkerte Fußgängerzone in Richtung Stadtgarten und Jachthafen. Beinahe wäre sie an der Ecke des Restaurants »Al Porto« mit einem Kellner, der ein volles Tablett balancierte, zusammengestoßen. Sie hielt abrupt inne, kam erst jetzt zur Besinnung. Was mach ich denn? Ich will doch überhaupt nicht noch mal zu den Booten … Sie brauchte Zeit, um ihre Gedanken zu sortieren. Nach Hause gehen, Thomas gegenübertreten und Hausarbeit erledigen, das würde sie jetzt überfordern. Sie lehnte sich an das Geländer, das den See vom Ufer trennte. Völlig reglos lag die Wasserfläche silberblau vor ihr. Mehrere Stand-Up-Paddler glitten elegant und fast lautlos mit ihren Boards vorbei. Vielleicht gelänge es ihr da draußen, zur Ruhe zu kommen, so wie im Sommer, vor dem Unglück und vor der Sache mit Carl … Hier mit dem Geplapper und Gegacker, der lauten Musik, hier jedenfalls war es ihr zu laut. Isabel machte kehrt und schlenderte inmitten der Menschen zurück, vorbei an der Dienststelle mit dem Flaggenmast, vorbei am Becken des Fährhafens mit den Fahrgastschiffen, dem großen Polizeiboot, der Fähre nach Romanshorn in Richtung Eriskircher Ried. Alles war ihr in den vergangenen Monaten schon so vertraut geworden. Neben dem Klubgelände der Ruderer der kleine Jollenplatz des Segel- und Motorbootklubs Friedrichshafen, dann der Campingplatz, zu dem die Polizisten immer mal wieder gerufen wurden. Wie oft war sie schon hier vorbeigeradelt und vorbeigejoggt?

Isabel setzte sich am Kiesstrand unterhalb des Campingplatzes auf eine Bank und genoss die friedliche Ruhe. Ihre Augen verfolgten das Heer von Schwänen und Entenpaaren, die sich im Flachwasserbereich der Bucht tummelten. Schwerfällig versuchte ein Schwan gerade, sich in die Lüfte zu erheben. Das gleichmäßige Pfeifen seiner Flügel zerschnitt die Stille und wurde leiser, je weiter sich das Tier entfernte, verstummte schließlich. Ganz allmählich übertrug sich der Frieden auch auf Isabels Gemüt. Ihr Blick wanderte zum Himmel. Kleine Wolkenfetzen hingen vor dem Firmament wie die Teile eines großen Puzzles. Während sie sich in die Strukturen vertiefte, ließ sie ihrer Fantasie freien Lauf. Gedanken formten sich, fügten sich zusammen, reiften zu existenziellen Fragen: ihr Leben – ein Puzzle aus vielen Einzelteilen. Welche Teile passten zueinander, ineinander? Welche passten nur scheinbar und müssten für ein stimmiges Ganzes wieder entfernt werden? Vielleicht konnten sie an anderer Stelle eingesetzt werden? Zu einem anderen Zeitpunkt? Welche Teile passten ganz und gar nicht, ließen sich nirgends hineinpressen? Und überhaupt: Wer setzte die Teile zusammen und wann? Wo könnte sie die Antworten finden?

Isabel seufzte und ließ ihren Blick weiter gen Osten schweifen. Dort formierten sich inzwischen größere Wolken zu einem Gebilde, das Isabel an einen Anker erinnerte. Wo war ihr Ankerplatz? Was gab ihrem Leben Halt? Isabel sinnierte weiter, bis das Schnattern zweier farbenprächtiger Erpel sie in die Gegenwart zurückholte. Offensichtlich stritten sich die beiden um die Gunst einer Ente, die in der Nähe unbeeindruckt mit dem Schnabel ihr Gefieder ordnete. Isabel grinste belustigt und blickte auf den See hinaus. Die weißen Dreiecke der Segel kamen nicht vom Fleck. Es herrschte Flaute. Der Wind, ihr Antrieb, fehlte. Isabel grübelte: Was trieb sie an? Was gab ihrem Leben Richtung? Wohin führte ihr Weg? Welchem Ziel wollte sie mit vollen Segeln entgegensteuern? Was würde ihr die Navigation erleichtern? Was würde ihr helfen, die Untiefen ihres Lebens rechtzeitig zu erkennen, Klippen und Hindernisse zu umschiffen, auch wenn das Fahrwasser einmal unruhig wäre? Welchen Hafen wollte sie erreichen ohne Mast- und Schotbruch? Isabels Augenlider fielen zu, während sie über diesen Fragen und möglichen Antworten meditierte.

Plötzlich legte sich ein Schatten über Isabel. Sie blinzelte. Wer erlaubte sich, ihr das Licht der Sonne zu stehlen? Sie öffnete ihre Augen einen Spalt und erschrak. Ein kurzer Schrei entwich ihrem Mund, und sie unterdrückte den Impuls, aufzuspringen. Ein Mann mit sonnengegerbtem Gesicht und beigefarbenem Parka hatte sich über sie gebeugt. In seiner Hand hielt er einen Gegenstand. Ist das etwa eine Waffe, schoss es Isabel durch den Kopf. Sie versuchte zu erkennen, was es war, schielte genauer, ohne sich zu bewegen. Nein, das Ding sah eher aus wie ein Metalldetektor. Abrupt richtete Isabel sich auf. Mit dem Gespür einer Polizistin wusste sie im selben Moment, dass von dem Mann keine Gefahr drohte. Der Fremde wich erschrocken zurück und stammelte: »Entschuldigung, ich dachte … ich wusste nicht, ob Sie vielleicht Hilfe brauchen.«

»Alles in Ordnung«, antwortete Isabel und fixierte das Gerät in seinen Händen.

Mit den Worten: »Nichts für ungut«, wandte sich der Mann ab und begann, den Apparat in kleinen Kreisen über die Kieselsteine zu bewegen, als suche er etwas. Interessiert beobachtete Isabel sein Tun und rief ihm nach: »Hallo, Sie suchen nicht nach Gold, oder?«

»Nein, nicht direkt, aber wenn mal ein Kettchen dabei ist, nehm ich das schon mit.«

»Nach was suchen Sie dann?«, hakte Isabel nach.

»Ich suche nach Metallen, die Eisen enthalten. Vor allem nach Blei, nach Anglerblei, das Angler verloren haben«, erklärte der Mann.

Also liege ich mit dem Detektor doch richtig, dachte Isabel und fragte weiter: »Und was machen Sie damit?« Die Neugier in ihr war erwacht.

Der Mann, der bereits ein paar Meter weiter den Kiesstrand abgesucht hatte, wandte sich ihr wieder zu und rief mit lauter Stimme: »Das schmelze ich ein. Ich bin Fischer und für meine Netze brauche ich Gewichte aus Blei, jedes circa drei bis vier Kilo schwer.«

»Und das Blei finden Sie hier am Strand?«, staunte Isabel.

»Ja, so eineinhalb bis zwei Kilo bringe ich über die Herbst- und Wintermonate schon zusammen. Nicht nur hier in Friedrichshafen, ich suche auch in Langenargen und in Meersburg.«

»Das ist eine absolut mühsame Arbeit! Warum kaufen Sie sich das Blei nicht einfach?«, rief Isabel ihm nach. Doch der Fischer hatte sich bereits zu weit entfernt und hörte ihre Worte nicht mehr.

Na ja, zumindest ist es dem Mann gelungen, mich in die Gegenwart zurückzuholen, resümierte Isabel und schaute auf ihre Uhr. Und ich hab erfahren: Nicht nur mich, auch die Bodenseefischer plagen Probleme, existenzielle Probleme, die es zu meistern gilt. Entschlossen stand sie auf und machte sich auf den Heimweg.

KAPITEL 11

Mit flotten Schritten ging Isabel den Weg zur Intensivstation der Klinik, den sie von ihrem ersten Besuch kannte. Dieses Mal fragte am Pflegestützpunkt eine Schwester, zu wem sie wolle, und deutete dann auf das Zimmer, in dem Carl Dangelmann inzwischen lag.

Sie klopfte zaghaft, hielt den Atem an und horchte. Ihr Herz pochte so laut, dass sie befürchtete, ein eventuelles »Ja, bitte!« zu überhören. Nichts rührte sich. Sie klopfte noch einmal, drückte ein Ohr an die Tür und lauschte angestrengt. Es blieb still. Vorsichtig drückte sie die Klinke herunter und betrat das Krankenzimmer. Durch das große Fenster fluteten Sonnenstrahlen ins Zimmer und warfen ein weiches Licht auf die Decke des einzigen Bettes im Raum. Isabel machte einen Schritt darauf zu. Da lag Carl – noch immer mit Infusionen und Sonden mit Monitoren verbunden – in den Laken ohne ein Zeichen von Leben.

Bestürzt presste Isabel eine Hand vor den Mund und fragte, was sie denn erwartet hatte: dass Carl aufstehen, sie in seine Arme nehmen und freudig begrüßen würde? Sein Zustand hatte sich gegenüber ihrem ersten Besuch nicht verändert. Von den Reaktionen, von denen Markus erzählt hatte, bemerkte Isabel absolut nichts. Ernüchtert verharrte sie vor dem Bett, und tiefes Mitleid überflutete sie. Sie betrachtete Carls Gesichtszüge: Hinter diesen Lidern sollten sich die meerblauen Augen verbergen, in die sie einmal so leidenschaftlich eingetaucht war? Aus diesen blutleeren Lippen sollte noch vor wenigen Wochen die samtige Stimme erklungen haben, in die sie sich einwickelte wie in eine weiche Wolldecke? Diesem Körper, der unter dem Leinentuch dahinsiechte, sollte sie sich immer wieder hingegeben haben mit größtem Verlangen und mit unbändiger Lust? Isabels Fantasie reichte kaum mehr aus für diese Vorstellungen. Übriggeblieben waren nur noch einige verschwommene Fetzen der Erinnerung. Die Liebelei war vorbei, und diese Erkenntnis schmerzte sie nicht mehr. Dafür geisterten erneut Ulla Hahns Zeilen durch Isabels Gehirn: *… Du wendetest mich um … Bis ich ganz in dir aufgegangen war … Da spucktest du mich aus mit Haut und Haar …*

Carl hatte sie ausgespuckt. Das bedeutete aber nicht, dass sie ihm nicht wünschte, wieder gesund zu werden. Sie schluckte den Kloß in ihrem Hals hinunter, wendete sich von ihm ab und trat ans Fenster. Der Ausblick überwältigte sie beinahe genauso wie der aus Carls Büro: In der Ferne glänzte lichtblau der Bodensee. Weiße Dreiecke schaukelten gemächlich dahin. Die Insel Reichenau leuchtete in den satten Farben des nahenden Herbstes.

In dieser Umgebung muss man doch gesund werden, durchfuhr es Isabel. Wo, wenn nicht hier, sollte das möglich sein, sapperlot. Energisch drehte sich Isabel wieder dem Bett zu und rief: »Carl! Hallo, Carl!«

Für einen kurzen Moment schienen sich die geschlossenen Augenlider zu bewegen. Isabel rief noch einmal, diesmal lauter: »Carl! Hörst du mich, Carl? Ich bin's, Bella!« Sie erschrak selbst, als das letzte Wort über ihre Lippen gerutscht war. Nur Carl hatte sie so genannt, und sie wollte es nie wieder hören aus seinem Mund.

Das Gerät neben Isabel gab mit einem Mal schnellere Piepstöne von sich. Isabel blickte auf den Monitor. Tatsächlich, die bis vor wenigen Sekunden gleichmäßig verlaufenden Kurven hatten sich verändert. Hieß das, Carl hörte sie? Carl erkannte ihre Stimme? Isabel hob ihre Hand, um den Arm zu berühren, in dem der Port mit dem Plastikröhrchen steckte. In diesem Augenblick öffnete sich die Tür und eine Schwester betrat das Zimmer. Schnell zog Isabel ihre Hand zurück.

»Oh, Guten Tag, der Herr Dangelmann hat Besuch«, sagte die Pflegerin, streifte Isabel mit einem kurzen Blick und wandte sich dem Patienten zu.

»Hallo«, flüsterte Isabel und beobachtete die routinierten Handbewegungen der Schwester.

»Nanu, was ist denn das? Der Puls des Patienten ist angestiegen! Meist liegt er nur ganz entspannt da. Sehen Sie, jetzt ist er von 68 auf 92 hoch!«, stellte die Pflegerin erfreut fest und studierte die Zahlen auf dem Monitor.

Isabel hatte die Veränderung ebenfalls registriert, und auch ihr Puls beschleunigte sich. Die Schwester sah die junge Besucherin an und fragte lächelnd: »Sie kennen sich wohl gut? Sind Sie seine Frau?« Ohne Isabels Antwort abzuwarten, redete sie begeistert weiter: »Schauen Sie nur, er blinzelt. Das hat er vor ein paar Tagen schon einmal gemacht.«

Die Schwester drückte Isabels Arm und schaute sie aufmunternd an: »Ich sehe, es geht aufwärts mit Herrn Dangelmann. Bleiben Sie bei ihm, reden Sie mit ihm, berühren Sie ihn, das tut ihm gut.«

Mit diesen Worten verließ sie das Zimmer, zurück blieb eine vollkommen verwirrte Isabel. Was, wenn Carl sie jetzt brauchte? Wenn er sie brauchte, notwendiger als jeden anderen Menschen, einschließlich den Medizinern? Wenn Carl nur mit ihrer Hilfe ins Leben zurückfände? Sollte sie ausharren an seinem Bett? Und wenn er aufwachte, was dann? Dürfte sie ihm sofort sagen, dass alles aus und vorbei war? Würde sie überhaupt den Mut dazu aufbringen?

»Carl, kannst du mich hören?«, flüsterte Isabel nochmals und zog den Besucherstuhl an sein Bett. Er reagierte nicht, und so redete sie einfach weiter: »Es tut mir so leid, was geschehen ist … wach endlich auf, Carl! Du schaffst das. Deine Mitarbeiter warten auf dich, ich warte …«

Isabel fing an, von den Kollegen und ihrer Arbeit zu berichten, den Ermittlungen der Kripo, sie erzählte, dass sie sein Boot gesehen habe, und dabei berührten ihre Finger behutsam Carls Hand. Doch sein Körper blieb bewegungslos. Während der ganzen Zeit konnte Isabel auch auf den Monitoren keine geänderte Reaktion mehr erkennen. Schließlich versiegte ihr Redefluss, sie saß einfach an seinem Bett, hielt seine Hand, lauschte den regelmäßigen Piepstönen und schaute in sein ausdrucksloses Gesicht. Plötzlich fiel ihr ein, dass sie Carl etwas mitgebracht hatte. Fast hätte sie das vergessen. Sacht legte sie seine Hand auf das Laken, öffnete ihre Tasche, entnahm ihr ein Stück Papier, faltete es auseinander und betrachtete es noch einmal. Ein graublauer Fisch mit leuchtend gelber Zeichnung auf dem Rücken schwamm vor rosafarbenen Korallen. Darunter stand: ›Arabischer Kaiserfisch, Pomacanthus maculosus. Der Kaiser in seinem Revier‹.

Isabel schob ihren Stuhl zurück, stand auf und hielt das Poster direkt vor Carls Gesicht. »Carl, ich hab was für dich. Mach deine Augen auf. Carl, schau doch mal«, flehte sie.

Für einen Moment hatte Isabel das Gefühl, dass sich die Augäpfel unter seinen geschlossenen Lidern bewegt hatten. Für den Bruchteil einer Sekunde hob sich ein Lid, er blinzelte, atmete schneller, und auch der Puls beschleunigte sich erneut.

Isabel drückte den Knopf, um die Schwester zu rufen.

»Sie sind ja noch da«, bemerkte diese erfreut, als sie das Zimmer betrat und sich sogleich dem Monitor zuwandte. Sie begutachtete die Werte und rief staunend: »Was haben Sie gemacht?«

Isabel errötete, schob eine Haarsträhne hinters Ohr und erklärte aufgeregt: »Carl … ich hab ihm sein Lieblingstier mitgebracht …«

»Was? Tiere sind hier strengstens verboten! Was haben Sie sich bloß dabei gedacht?«, rief die Schwester aufgeregt und schaute sich suchend im Zimmer um.

Isabel zeigte ihr das Bild und erklärte: »Carl hat zu Hause ein Meerwasseraquarium. Der Arabische Kaiserfisch hier ist sein Liebling und sein ganzer Stolz.«

Erleichtert sagte die Schwester: »Und ich hab schon gedacht, Sie hätten eine Katze, eine Ratte oder Gott weiß was für ein Vieh eingeschleppt. Entschuldigen Sie bitte meine Reaktion, aber Sie glauben gar nicht, was wir hier alles erleben.«

Isabel lächelte der Schwester zu, sagte: »Ist schon gut«, und fuhr fort: »Als ich das Poster entdeckt habe, wusste ich sofort, dass ich es ihm bringen musste. Können Sie es aufhängen, so dass Carl es sieht, sobald er die Augen wieder öffnet?«

Die Schwester überlegte: »Das ist eine gute Idee. Vielleicht können wir damit Herrn Dangelmanns Rehabilitation beschleunigen. Ich frag unseren Zivi, äh, unseren jungen Mann vom Bundesfreiwilligendienst, ob er es an die Decke über seinem Bett heften kann.«

Wie von einer schweren Last befreit, machte sich Isabel auf den Heimweg. Während vor ihren Augen die Landschaft vorbeirauschte, überlegte sie: Vielleicht war es tatsächlich förderlich, wenn Carls Sinne stimuliert wurden. Vielleicht sollte ihm Musik vorgespielt werden? Oder bekannte Laute? Tierlaute – Vogelstimmen, Meeresrauschen oder Ähnliches. Das Geräusch von Wasser? Oder würde das zu viel Stress bei ihm auslösen? Vielleicht wären Walgesänge geeignet? Sie zückte ihr Handy und tatsächlich fand sie die verschiedensten Töne auf YouTube.

KAPITEL 12

»Komm an Bord, Mädle! Du schaffst das!«, rief Frieder Kahle Isabel zu. Er war ins Steuerhaus vorausgegangen und beobachtete, wie sie den Steg vor dem Polizeiboot auf und ab ging, die Mütze vom Kopf nahm, sich mit der Hand über die Stirn fuhr, die Mütze wieder aufsetzte, ein Bein über den Einstieg hob und wieder zurückzog. Das kann man ja nicht mit ansehen, dachte er und hätte die junge Kollegin am liebsten herübergetragen.

Vom ersten Tag an hatte er Isabel Böhmer ins Herz geschlossen und ihre Arbeit schätzen gelernt. Das konnte er nicht von vielen Kollegen behaupten. Isabel mochte ihn wohl auch. Warum sonst hätte sie ihn und nicht Markus oder Timo gefragt, ob er sie heute mitnehmen würde zu der anstehenden Kontrollfahrt mit der *21*. Natürlich hatte er bemerkt, dass sie seit dem Zwischenfall nicht mehr auf Bootsstreife gewesen war. Seither hatte sie es vorgezogen, zu Fuß, im Auto oder mit dem Fahrrad auf Streife zu gehen. Jedes Mal, wenn sie ein Boot hätte besteigen sollen, hatte sie eine plausible Ausrede parat gehabt. Vor dem Unfall war das anders gewesen, da hatte es Isabel Böhmer nicht wild genug zugehen können auf den Wellen. Nun hangelte sie sich ängstlich vom Steg auf das Polizeiboot, als koste es sie Überwindung, den festen Boden unter den Füßen zu verlassen. Mitgefühl stieg in ihm hoch. Selbst in seiner Brust wurde es eng, wenn er an den unseligen Bootsausflug zurückdachte: Er und seine Kollegen hatten jegliches Verantwortungsgefühl vermissen lassen und so letztendlich das gemietete Boot zum Kentern gebracht.

Vom Bumsen allein war schließlich noch nie ein Boot untergegangen …

Isabel zog ihre Jacke aus und hängte sie über ihren Arm. Es war das erste Mal, dass sie sich wieder zutraute, auf ein Polizeiboot zu steigen. Jedes Mal, wenn sie in den vergangenen Tagen drauf und dran war, hatte ihr Köper unberechenbar reagiert: Schweiß brach aus allen Poren, ihr Puls beschleunigte sich, der Magen krampfte sich zusammen, und von einer Sekunde auf die andere waren die schrecklichen Minuten unter Wasser zurückgekommen. So ähnlich muss es Carl ergangen sein mit seiner Tiefenangst, dachte sie. Sie wollte nicht denselben Fehler machen, sie wollte nicht kapitulieren, sie würde sich an diesem Tag der Herausforderung stellen.

Dem Tag, an dem eine Bootsstreife unvermeidlich sein würde, hatte Isabel lange genug bang entgegengeblickt – ein absolutes No-Go für eine Wasserschutzpolizistin, das wusste sie. Deshalb hatte sie allen Mut zusammengenommen und Frieder gefragt. Zu ihm hatte sie großes Vertrauen und hoffte, er würde sie nicht auslachen oder vor den Kollegen bloßstellen, wenn sie das Wagnis nicht auf Anhieb meistern würde.

»Jetzt reiß dich zusammen, Isabel. Mit diesem schweren, großen Kahn saufen wir schon nicht ab!«, rief Frieder aus dem Steuerhaus heraus. Als der Satz draußen war, meldete sich sofort sein schlechtes Gewissen. Isabel litt, sie kämpfte mit sich, das fiel selbst ihm, dem alten Seebären, auf. Er verließ seinen Platz, ging ihr entgegen, streckte seine Hand aus und lächelte ihr ermutigend zu. Isabel vermied es, auf den Boden zu sehen. Sie blickte Frieder fest in die Augen und ergriff seine Hand. In ihrem Kopf rauschte es und ihr Herz klopfte wie rasend. Da spürte sie einen kräftigen Ruck an ihren Armen, sie machte einen großen Schritt, und schon war sie an Bord.

»Danke, Frieder«, sagte Isabel erleichtert und schenkte dem väterlichen Kollegen ein scheues Lächeln. »Mit deiner Hilfe habe ich eine weitere Hürde zurück zur Normalität genommen.« Eine zentnerschwere Last schien von ihr abgefallen. Einen Moment länger als nötig standen sich Frieder Kahle und Isabel Böhmer gegenüber, Auge in Auge. Da zog Frieder Isabel zu sich heran und drückte sie einfach an sich. »Gut gemacht, mein Mädle! Es war höchste Zeit und ganz wichtig, dass du das geschafft hast!«

Isabel fühlte sich angenommen und geborgen, so wie früher, wenn sie sich an der Brust ihres Vaters aufrichten konnte. Auf einmal schoss es ihr siedend heiß durch den Sinn: Was mochte in Frieder vorgegangen sein, als er von ihrem Verhältnis zum Polizeidirektor erfahren hatte? Als könne er ihre Gedanken lesen, sagte Frieder grinsend: »Nur damit du es weißt, der alte Frieder ist bibelfest. Und in der Bibel steht schon: Wer ohne Sünde ist, der werfe den ersten Stein.«

Mit diesen Worten ließ er Isabel los, drehte sich um und ging wieder ins Steuerhaus. Isabel blieb noch einen Moment lang stehen. Sie krallte die Finger einer Hand fest um die Reling, und die Aufgeregtheit in ihrem Inneren legte sich langsam. Sie schaute zum Bug des Schiffes vor und dachte zuversichtlich: Die Zeit wird kommen, wo ich wieder dort vorne stehen kann. Ich werde wieder den Wind genießen können, wenn er mir über den Körper streicht. Dann hob sie ihren Daumen als Zeichen für Frieder, und er startete den Motor. Isabel löste die Festmacherleinen, und das große blaue Polizeiboot konnte endlich den Hafen verlassen.

Vom Schweizer Ufer grüßte der Säntis herüber. An diesem Tag ragte nur sein Gipfel über einem hellen Wolkenband hervor. Das sieht aus, als würde dort ein UFO am Himmel schweben, dachte Isabel geblendet und unendlich froh, dass sie den Hüter des Bodensees wieder aus dieser Warte bestaunen konnte.

Obwohl die Sonne nur gelegentlich hinter weißen Wolken hervorblitzte, nutzten einige Segler den leichten Herbstwind für einen letzten Schlag. Auch Motorbootfahrer hatten sich von den noch immer sehr milden Temperaturen aufs Wasser locken lassen. Frieder steuerte das Polizeiboot an ihnen vorbei, ohne ein einziges Boot zu kontrollieren. Isabel schaute ihn fragend an, und er brummte: »Weißt du, Isabel, manche Amateure kann man erziehen. Oft reicht es schon, wenn die Freizeitkapitäne unser Polizeiboot sehen. Das allein flößt ihnen Respekt ein, sie bemühen sich und schippern anständig herum.«

»Na ja, wenn das immer klappen würde, wären wir ja überflüssig«, schmunzelte Isabel und griff nach einem Fernglas. Während sie die Boote ins Visier nahm, dachte sie: Was wäre, wenn ich jetzt nicht auf diesem großen und sicheren Schiff stünde, sondern auf dem kleinen Einsatzboot? Oder auf einem der Boote da? Wie würde ich mich fühlen als Spielball der Wellen in einer schaukelnden, schwankenden Nussschale? Könnte ich handeln oder würde panische Angst mich lähmen? Sie horchte in sich hinein und spürte zwar ein leichtes Ziehen im Unterbauch, doch das erwartete Herzrasen blieb aus.

Nach einigen Hundert Metern befand sich die *21* außerhalb der Kurslinie der Fahrgastschiffe, und Frieder schaltete den Motor aus. Er äugte zu Isabel hinüber und überlegte, ob er mit ihr die Geräte testen sollte oder ob es wichtiger wäre, sich von ihr wieder einmal die Technik erklären zu lassen. Alles müsste die junge Kollegin in einem Notfall aus dem Effeff beherrschen. Dann besann er sich anders. Sie würden die Schicht ruhig angehen. Isabel hatte für heute genug geleistet. Auch er holte ein Fernglas und sagte in die entstandene Stille hinein: »Schau mal, da oben kommt der Zeppi«, und deutete gen Himmel.

Schon vernahm auch Isabel das gleichmäßige Surren des »Zeppelin NT« und entdeckte unmittelbar danach die weiße Riesenzigarre. »Bist du mal mitgeflogen mit einem Zeppelin?«, fragte sie. »Bei guter Fernsicht ist das bestimmt eindrucksvoll da oben.«

»Noch nicht, aber nächstes Jahr steht das auf meiner Löffelliste!«, verkündete Frieder stolz.

»Auf deiner Löffelliste?« Isabel schaute ihren Kollegen fragend an.

Er grinste und antwortete: »Du hast schon richtig gehört, liebe Isabel. Ich hab mir eine Liste geschrieben mit Dingen, die ich gemacht haben möchte, bevor ich meinen Löffel abgeben muss.«

»Wow, das finde ich sehr gut. Löffelliste – das Wort muss ich mir unbedingt merken«, sagte Isabel und während sie sich bereits überlegte, was sie ganz oben auf ihre Liste setzen würde, fragte sie: »Du möchtest also mal abheben mit dem Zeppelin?«

»Ja, das wünsch ich mir zu meiner Pensionierung, da hab ich dann ja Zeit.« Bei diesen Worten strahlte Frieder über sein ganzes rotbraunes Gesicht.

»Mal sehen, ob wir dich überhaupt gehen lassen«, versuchte Isabel zu scherzen, »solange du keinen Nachfolger herzauberst.« Gleichzeitig kam ihr die Idee, dass die Kollegen zusammenlegen und Frieder zu seinem Abschied einen Flug mit dem Zeppelin schenken könnten. Trotz der schlechten Erfahrung mit Geschenken aus dem Kollegenkreis würde sie das Markus vorschlagen. Ob sich Carl beteiligen würde? Ihr Blick schweifte in die Weite.

Frieder verfolgte mit dem Fernglas weiterhin den Zeppelin und nahm den Gesprächsfaden wieder auf: »Jaja, unsere Vorfahren hier am See waren schon schlaue Burschen. Die haben Sachen erfunden und entwickelt, die das Leben vieler Menschen verändert haben. Der Graf Ferdinand von Zeppelin war so ein Käpsele, wenn du weißt, was das ist.«

»Klar weiß ich, was ein Käpsele ist. Ich versteh schließlich schwäbisch«, grinste Isabel. »So hat mich mein Vater immer gelobt, wenn ich gute Schulnoten nach Hause gebracht habe. Du willst sagen: Der Graf hatte Grips unter seiner Schädeldecke, seiner Kapsel!«

Frieder nickte Isabel anerkennend zu: »Und du hast ihn auch! Wenn ich eine Tochter wie dich hätte, wäre ich sehr stolz.«

Isabel schaute ihn lächelnd an und fragte: »Lieber Frieder, hast du etwa den obersten Grundsatz der Schwaben vergessen: Nicht geschimpft ist genug gelobt!« Doch das Lob des erfahrenen Kollegen tat ihr gut, und sie erkundigte sich: »Wie viele Passagiere passen denn in die Kabine unten rein? Die sieht so klein aus.«

»Ich glaube, nur ein gutes Dutzend. Deshalb ist ein Rundflug mit dem Zeppi ja auch so ein teures Vergnügen«, antwortete Frieder und schaute mit seinem Fernglas weiter dem Luftschiff nach. Seine Gedanken kreisten wieder um den Erfinder: »Beim Grafen Zeppelin stimmt das Zitat von den tollkühnen Männern in ihren fliegenden Kisten. Weißt du eigentlich, wie der Graf vor mehr als 100 Jahren Wind und Wetter gemessen hat, bevor er aufstieg?«

»Nein, ich weiß nur eines«, schmunzelte Isabel zufrieden, »bestimmt nicht wie wir heute über Satelliten.« Es tat ihr gut, sich wieder unbefangen unterhalten zu können.

»Pah!«, schnaufte Frieder. »Von denen hat der Ferdi noch nix gewusst. Zu seiner Zeit hat es bei uns in Friedrichshafen eine Wetterstation gegeben. Die hat im Volksmund bloß die *Drachenstation* geheißen.«

»*Drachenstation*? Wieso denn das?«, fragte Isabel erstaunt und ließ ihr Fernglas sinken.

»Da ist ein Boot auf den See rausgefahren, ungefähr bis zur Seemitte, und von dem Boot aus haben die Tüftler damals Drachen und Ballone aufsteigen lassen.«

»Echt, Frieder? Oder nimmst du mich gerade auf den Arm?«, zweifelte Isabel.

»Das kannst du mir glauben, wenn ich dir's sag, Isabel! Die Drachen haben ausgesehen wie zweiflügelige Kleiderschränke, sie waren aber federleicht«, sagte Frieder und machte mit einer Hand eine aufsteigende Bewegung.

Langsam faszinierte Isabel die Unterhaltung, und sie fragte: »Und je nachdem, in welche Richtung sie sich bewegt haben, wusste man, woher der Wind weht?«

»Na, so einfach war's nicht. Die Drachen und Ballone hatten natürlich Messgeräte an Bord. Mit denen sind Wind, Temperatur und so gemessen worden.«

»Dachte ich es mir. Der Graf Zeppelin hat das doch nicht dem Zufall überlassen können.«

»Das Boot hieß übrigens ›Gna‹ – Götterbote.«

»Mensch, Frieder, du weißt Sachen!«, wunderte sich Isabel und lachte den Kollegen an.

Frieder schob geschmeichelt seine Mütze in die Stirn und erwiderte: »Gell, da staunst du, was in so einem alten Kopf drinsteckt! Das Wort begegnet mir immer mal wieder, wenn in Kreuzworträtseln nach einer nordischen Götterbotin gefragt wird.«

»Gibt's denn die *Drachenstation* heute noch?«, fragte Isabel und unterdrückte ein Gähnen. Die Seeluft hatte sie müde gemacht, vielleicht war es auch die überwundene Anstrengung.

»Nee, leider nicht. Den Krieg hat sie zwar überstanden, aber in den 70er-Jahren des vorigen Jahrhunderts wurde sie abgebrochen. Exakt da, wo die *Drachenstation* stand, wollte die Deutsche Bahn ein Mehrfamilienhaus bauen. Einen richtig hässlichen Betonklotz.«

»Schade. So etwas würde heutzutage nicht mehr genehmigt, damit kämen die nicht mehr durch.«

»Da hast du recht, Isabel, und das ist auch gut so.« Frieder hatte sein Fernglas wieder erhoben und fing an zu zetern: »Jetzt guck dir mal den Kerle da vorne an! Der hat wohl noch nie was gehört vom Grenzabstand zum Land! Junge, das sind keine 300 Meter, nie im Leben! Den knöpfen wir uns gleich mal vor!« Er startete den Motor, um dem Sportboot den Weg abzuschneiden, das so regelwidrig am Ufer entlangbrauste.

Isabel nahm ebenfalls das Sportboot ins Visier und stellte befriedigt für sich fest: Während ihrer gesamten Unterhaltung hatte sie völlig vergessen, dass sie an Bord eines Schiffes war. Keine Gefühle von Angst und Panik hatten sie mehr überrannt, das Grausen war wie weggeblasen. Es konnte also eine Zukunft geben, in der Albträume, Ängste und Schuldgefühle ihr Leben nicht mehr dominierten.

Die Anspannung des Tages steckte Isabel in den Knochen. Müde, doch zufrieden mit sich selbst, stieg sie nach Dienstschluss die Treppen zu ihrer Wohnung hinauf. »Hallo, Thomas. Ich war heute mit dem Polizeiboot draußen auf dem See«, rief sie voller Eifer und streifte ihre Schuhe ab.

Thomas erschien in seiner Zimmertür und sagte: »Sehr gut, Isabel, dass du diesen Schritt geschafft hast. Dann geht's jetzt aufwärts und du kannst dich wieder um unsere Angelegenheiten kümmern?«

Isabel drückte ihm einen flüchtigen Kuss auf die Lippen und fragte: »Um was sollte ich mich denn kümmern? Falls du unser Abendessen meinst: Ganz ehrlich, dazu hab ich absolut keine Lust mehr. Das alles hat mich heute sehr viel Kraft gekostet.« Sie löste den Haargummi, schüttelte ihren Kopf und fuhr sich mit den Händen durch die Locken.

Thomas beobachtete sie, schob seine Brille zurecht und sagte: »Ja nun, dann gehen wir zur Feier des Tages eben zum Italiener. Die Hauptsaison ist vorbei und wir bekommen bestimmt einen Platz auch ohne Reservierung.«

Isabel hätte sich lieber ein Brot geschmiert und auf die Couch gelegt. Sie verspürte kein Verlangen, nochmals nach draußen zu gehen, doch sie wollte Thomas nicht enttäuschen. Und besser, als sich selbst an den Herd zu stellen, war ein Restaurantbesuch allemal: »Okay. Ich mach mich frisch und zieh mich um.«

Damit verschwand sie im Bad. »Hast du es gehört, du warst heute richtig gut«, flüsterte sie ihrem Spiegelbild zu, bevor sie sich zwei Handvoll kaltes Wasser ins Gesicht klatschte. Es belebte sie momentan. Wieder schaute sie in den Spiegel und sagte: »Na, wollen wir weitermachen und den nächsten Schritt wagen?« Voller Euphorie streifte Isabel ihre Kleider ab, band ihre Haare zu einem Dutt und betrat die Duschkabine. Sie nahm den Duschkopf in eine Hand, zog mit der anderen den Hebel ein Stück hoch und betrachtete das warme Wasser, das in feinem Strahl herausperlte. Isabel merkte, wie sich ihr Puls beschleunigte und ihr Herz heftig gegen die Rippen pochte. Das Echo ihres Körpers konnte sie aber nicht von ihrem Vorhaben abhalten: Sie schüttelte sich kurz und begann vorsichtig, das Wasser langsam über ihren Körper rieseln zu lassen: erst die Füße, dann die Beine, die Oberschenkel, ihren Bauch, die Brust, den Rücken … Als sie schließlich im Nacken anlangte und ihre Haare lösen wollte, hielt sie inne. »Es ist genug für heute. Nicht auch noch über den Kopf«, raunte sie sich zu. Stattdessen verstärkte sie den Strahl und ließ das Wasser so lange über ihren Körper herabfließen, bis sich Herzschlag und Puls normalisierten.

Beseelt von einem ungeheuren Glücksgefühl, verließ sie die Kabine, frottierte sich trocken und bürstete ihre Locken. Als sie Lippenstift auftragen wollte, ließ sie ein Ziehen im Bauch zusammenzucken. Wahrscheinlich kündigt sich endlich meine Periode an, ich warte schon seit Tagen, dachte Isabel und griff vorsorglich in die Tampon-Box.

Thomas wunderte sich, dass Isabel so lange brauchte, und rief: »Können wir gehen, Isabel? Ich bin hungrig.«

»Ja, bin gleich so weit«, antwortete Isabel, huschte ins Schlafzimmer, zog sich ein Kleid über, schlüpfte in ihre Sandalen und rief: »Fertig!«

Thomas schlug vor, das Auto zu nehmen. Isabel hatte nichts dagegen und ließ sich in den Sitz fallen. Die Suche nach einem Parkplatz gestaltete sich allerdings schwierig. Isabel verkniff sich die Feststellung, dass sie ihr Ziel mit dem Fahrrad schneller erreicht hätten.

Alberto fand für seine Gäste auch gleich einen Tisch im Freien. Ohne einen Blick in die Speisekarte zu werfen, bestellte Thomas seine Lieblingsgerichte: Carpaccio vom Rind und Trüffeltortellini. Isabel verspürte wenig Appetit und entschied sich für einen gemischten Salat und eine kleine Pizza.

Während des Essens erzählte Thomas von einer Interpretation, die neue Erkenntnisse über Bentham und Mill, seine größten philosophischen Vorbilder, ans Tageslicht gebracht hatte. Nicht immer gelang es Isabel, seinen Gedanken zu folgen. Sie war jedoch zu sehr mit sich selbst beschäftigt, um Fragen zu stellen, und ließ Thomas einfach reden. Nachdem sie gegessen hatten, zahlte Isabel und freute sich auf ihr Bett.

Kaum lagen sie nebeneinander, legte Thomas seine Hand auf Isabels Venushügel und sagte: »Magst du dich noch ein bisschen um mich kümmern, Isabel? Meinst du nicht, dass ich ein wenig zu kurz gekommen bin in letzter Zeit?«

Isabel öffnete nochmals die Augen, um herauszufinden, ob Thomas einen Scherz machte. Doch er schaute sie erwartungsvoll an. Sie fragte: »Zu kurz gekommen, in welcher Beziehung?«

»Auf der körperlichen Ebene vor allem.« Er suchte Isabels Hand und führte sie zu seinem Penis. »Wir sollten wieder öfter schlampamsen, wie Goethe das Zusammensein mit seiner Christiane genannt hat.«

»Sollten wir, Thomas, aber bitte nicht heute«, antwortete Isabel. Sie wollte sich nur nochmals die gemeisterten Herausforderungen ins Gedächtnis rufen und friedlich mit ihnen einschlafen.

KAPITEL 13

»Das Schifffahrtsamt hat den Kahn tatsächlich heben lassen.« Mit diesen Worten empfing Markus Isabel, als sie am nächsten Morgen das gemeinsame Büro betrat, und streckte ihr ein Blatt Papier entgegen.

»Welchen Kahn? Sprichst du von dem Schiff, das wir gechartert hatten, der ›Amareno‹?« fragte Isabel. Ohne seine Antwort abzuwarten, nahm sie das Blatt und las:

Gesunkene Motorjacht aus 80 Metern Tiefe gehoben

Eine am 23. August etwa zwei Kilometer vor Friedrichshafen gesunkene Motorjacht konnte in einer mehrere Stunden dauernden Aktion gehoben werden. Ein Berufstaucher hatte ein Hebeseil an dem in etwa 80 Metern Tiefe liegenden Wasserfahrzeug angeschlagen. Damit konnte es angehoben und sicher an Land gesetzt werden. Bei der Bergung trat eine geringe Menge Öl aus, das von der Freiwilligen Feuerwehr Friedrichshafen, die vorsorglich eine Schlauchsperre um die Bergestelle gelegt hatte, abgesaugt und in Behältern entsorgt wurde. Eine Beeinträchtigung der Trinkwasserentnahmestelle Friedrichshafen ergab sich durch die Bergung nicht.
Am Unglückstag befanden sich elf Personen an Bord (wir berichteten). Davon konnten sich neun durch einen Sprung ins Wasser retten. Zwei Passagiere unter Deck mussten Fenster einschlagen, um sich aus dem sinkenden Boot zu befreien. Zehn der Verunglück-

ten wurden von einem Segelboot aufgenommen und an Land gebracht. Eine Person wurde schwer verletzt in eine Spezialklinik eingeliefert (wir berichteten ebenfalls).
Sachverständige und Beamte der Polizei Friedrichshafen setzen nun ihre Ermittlungen mit dem Ziel fort, die Ursache des Untergangs der Motorjacht in Erfahrung zu bringen.

Isabel gab Markus mit zitternder Hand das Papier zurück. Ein Schwindelgefühl überkam sie. Sie ließ sich in ihren Bürostuhl fallen und sagte: »Dass die das Boot wirklich raufholen, hätte ich nicht erwartet.«

»Ich auch nicht«, sagte Markus. »Laut den Richtlinien sollen Schiffswracks zwar, wenn möglich, aus dem See entfernt werden. Aber die Bergung aus dieser Tiefe war bestimmt ein Riesending.«

»Das kann ich mir denken«, bestätigte Isabel. Erinnerungen an die Minuten, die sie unfreiwillig unter Wasser verbringen musste, stiegen in ihr hoch. Sie griff sich an den Bauch, wo sich ein krampfartiges Ziehen bemerkbar machte.

»Warum dieser Aufwand, frage ich mich. Etwa alles wegen ein paar Tropfen Öl und ein paar Litern Diesel?« Markus schüttelte den Kopf und beruhigte seine Nerven mit einer Handvoll Nüsse, die er sich nacheinander in den Mund warf.

»Ist das durch den enormen Druck nicht schon beim Sinken ausgelaufen?«, fragte Isabel und nagte an ihrer Unterlippe.

»Ich vermute stark, dass sich das Zeug längst verteilt hat und Mikroorganismen es inzwischen abgebaut haben.« Markus überflog noch einmal die Zeilen.

»Mich würde interessieren, wie der Kahn jetzt aussieht, nachdem er über einen Monat unter Wasser lag«, sagte Isabel und hielt die Luft an, um den sich ankündigenden Bauchkrampf besser aushalten zu können. Als er überstanden war, fragte sie: »Wo ist das Wrack jetzt?«

»Wahrscheinlich haben sie es in die Werft nach Seemoos gebracht«, antwortete Markus kauend.

»Und wie geht's weiter?«, fragte Isabel mit äußerster Anspannung und dachte: Jetzt werde ich endlich meine Tage bekommen.

Markus überlegte, bevor er antwortete: »Ein technischer Sachverständiger vom Landratsamt wird es anschauen und danach ein Gutachten erstellen.«

Isabel schaute ihren Kollegen an und fragte, um sich zu versichern: »Letztendlich liegt's dann also am Sachverständigen, ob und wie es weitergeht, oder?«

»Ja, vermutlich schon«, antwortete Markus und warf sich weitere Nüsse in den Mund. »Vielleicht war es leichtsinnig von mir, die Kurven zu drehen. Ich wollte nur, dass die aufhören mit ihrem Gaffen und Schaukeln. Ich hab doch nicht wirklich voraussehen können, was passieren kann.« Nach einer kurzen Pause fügte er hinzu: »Ich werde mal mit denen reden. Vielleicht kann ich erreichen, dass es auf einen technischen Defekt rausläuft. So enden die Verfahren oftmals.«

»Hoffentlich hilft's. Ich bin gleich wieder da«, sagte Isabel und machte sich auf den Weg zum kleinsten Raum der Dienststelle.

KAPITEL 14

Mit dem ersten Alarmsignal des Weckers drückte Isabel die AUS-Taste. Gewöhnlich fiel es ihr nicht mehr schwer, das Bett zu verlassen und mit Elan in den neuen Tag zu starten. Doch die vergangene Nacht hatte sie wieder einmal unruhig geschlafen. Heute musste sie sich zwingen, die Augen zu öffnen, obwohl der Morgen sein Licht bereits vorwitzig durch die Ritzen der Rollläden ins Zimmer schickte. Ein Blick auf Thomas verriet ihr: Er schlief tief und fest. Kein Wunder, er hatte ja auch die halbe Nacht in seinem Arbeitszimmer zugebracht. Sie widerstand dem Wunsch, sich umzudrehen und ebenfalls weiterzuschlafen. Stattdessen bündelte sie all ihre Kräfte, schlug die Bettdecke zurück und erhob sich.

Mit der Zahnbürste im Mund schaute Isabel in den Spiegel. Erneut schlichen sich beklemmende Gedanken in ihr Gehirn: Ihre Monatsblutung war immer noch überfällig. Zuerst hatte sie sich nichts dabei gedacht, ihr Zyklus war nicht immer ganz regelmäßig, und da sie gewissenhaft verhütete, konnte sie von einem lückenlosen Schutz vor einer Schwangerschaft ausgehen. Dann schrieb sie das Ausbleiben den Aufregungen rund um das Unglück zu. Doch inzwischen waren mehrere Wochen vergangen, und sie meinte, das meiste verarbeitet und ihr Leben wieder einigermaßen im Griff zu haben. Außerdem nahm sie in letzter Zeit Veränderungen an sich wahr, die ihr ungewöhnlich erschienen: Ihre Brüste spannten, ihre Nase war empfindsamer für Gerüche, und morgens war ihr oft so übel, dass sie auf das Frühstück verzichten musste.

Isabel spülte ihren Mund aus und schlich auf Zehenspitzen zu ihrem Rucksack. Sie entnahm das Päckchen, das sie am Tag zuvor in der Apotheke erstanden hatte, und ging damit zur Toilette. Bald würde sie Gewissheit haben. Sie riss die Packung auf und überflog die Gebrauchsanleitung. Das Ding sieht aus wie ein digitales Fieberthermometer, dachte sie. Sie entnahm das Stäbchen und drehte es in ihren Händen. Dann tauchte sie das Ende in den Becher mit Urin und hielt den Atem an. Was würde der Test ergeben?

Schon nach wenigen Sekunden zeigte sich ein blauer Strich. Isabels Anspannung wuchs. Keine Minute später erschien ein zweiter, senkrechter Strich. Sie starrte auf die Anzeige mit dem »Plus«, ließ die Hand sinken, drückte die Stirn gegen die kalten Fliesen und schloss die Augen. Das durfte jetzt nicht wahr sein, nicht auch das noch: schwanger! Es kann nicht wahr sein, durchfuhr es Isabel, und sie sank auf den Toilettensitz. Ihr Körper begann zu zittern und ihr Herz schlug so heftig, dass ihr ganz schlecht wurde. Wie sollte es bloß weitergehen? Spielte sie die Hauptrolle in einem schlechten Film?

Nachdem Isabel den ersten Schock überwunden hatte, erhob sie sich wieder. Auf dem Weg zur Küche marterten bohrende Fragen ihr Gehirn: Wann konnte das passiert sein? Schwanger von wem? Wer war der Vater? Während sie den Wasserkocher füllte und darauf wartete, das kochende Wasser über den Teebeutel gießen zu können, rechnete sie nach: Ihre letzte Periode war Anfang August, zwei Wochen später der Geburtstag von Carl. Konnte es auf dem Boot geschehen sein? Thomas und sie hatten selten miteinander geschlafen. Sie konnte sich schon gar nicht mehr erinnern, wann überhaupt, so bedeutungslos kam ihr die Beziehung im Vergleich zur leidenschaftlichen Affäre mit Carl vor.

Isabels Gedanken kreisten unaufhörlich um das Ergebnis des Tests. Auf dem Weg zur Dienststelle hätte Isabel in ihrer Verwirrung mit dem Fahrrad beinahe einen alten Mann gerammt, der gerade seinen Rollator vom Gehsteig auf den Fußgängerüberweg schob. Beide erschraken, dann schrie der Mann ihr unfreundliche Ausdrücke entgegen, und sie entschuldigte sich kleinlaut bei ihm.

Schwanger! War das die Strafe dafür, dass sie sich gehenließ? Vielleicht war der Test überhaupt nicht zuverlässig. War die zweite Linie nicht ein wenig schwächer erschienen als die erste? Ein Schimmer Hoffnung keimte in ihr auf: Vielleicht zeigte der Test fälschlicherweise ein positives Ergebnis an. Vielleicht besiedelte das Schwangerschaftshormon aus irgendeinem anderen Grund ihren Körper. Sie musste absolute Gewissheit haben. Nach Dienstschluss würde sie sich in einer anderen Apotheke erkundigen und einen weiteren Test kaufen.

Der Tag zog sich schier endlos dahin. Am PC konnte sich Isabel nicht konzentrieren. Gegen Mittag kam ein Anruf. Mitten im Naturschutzgebiet habe eine Gruppe Jugendlicher unerlaubt gezeltet. Sie fragte Timo, ob er mit ihr kommen könne, und bat ihn, sich ans Steuer zu setzen. Gemeinsam fuhren sie ins Eriskircher Ried. An Ort und Stelle trafen die Polizisten ein Dutzend junge Leute an. Sie verlangten, sofort die Zelte abzubrechen, das Feuer zu löschen und sämtlichen Müll, den sie einfach achtlos im Umkreis verstreut hatten, einzusammeln. Isabel schnauzte die jungen Leute derart an, dass die eingeschüchtert parierten.

Timo traute seinen Ohren nicht, so rabiat hatte er Isabel noch nie erlebt. Das war ganz und gar nicht der Ton, den sie auf der Polizeischule gelernt hatten. Was war bloß in sie gefahren? Auf der Rückfahrt fragte er Isabel vorsichtig nach dem Grund für ihr emotionales Verhalten. Sie fuhr ihm so heftig über den Mund, dass er es vorzog, sich auf den Verkehr zu konzentrieren, anstatt mit ihr zu reden.

Nach dem Dienst erstand Isabel mit klopfendem Herzen zwei weitere Tests in zwei unterschiedlichen Apotheken. Zu Hause angekommen, schloss sie sich sofort in der Toilette ein. Thomas, der gerade auf dem Weg in die Küche war, hörte das Geräusch und wunderte sich. Nanu? Isabel und zusperren? Das machte bisher nur er. Er seufzte. Seit ein paar Wochen war vieles anders als zuvor. Sehnsüchtig dachte er an ihre gemeinsame Zeit in Tübingen zurück. Sie kam ihm fern und unbeschwert vor. Zaghaft klopfte er an die Tür und fragte: »Isabel, alles in Ordnung?«

Isabel fuhr zusammen, ihr Atem stockte: »Ja …«, antwortete sie zögernd. Gerade tauchte sie mit zitternder Hand das Ende eines Plastikstäbchens in den Becher und fieberte dem Ergebnis entgegen. Die Ernüchterung folgte prompt: Dasselbe Ergebnis wie am Morgen – zwei blaue Striche, einer senkrecht, der andere waagrecht. Zusammen bildeten sie ein Kreuz. »Verdammt, das darf echt nicht wahr sein? Nein, nein und nochmals nein!«, flüsterte sie mit erstickter Stimme. Etwas in ihrem Inneren weigerte sich weiterhin, das Ergebnis anzuerkennen. Sie wickelte das Stäbchen in Klopapier, zerknüllte die Packung und warf alles in den Treteimer. Keinesfalls wollte sie damit von Thomas konfrontiert werden.

Ihr Gehirn arbeitete auf Hochtouren. Morgenurin! Der Morgenurin bringt das zuverlässigste Ergebnis, so hatte sie in der Gebrauchsanweisung gelesen. Morgen früh würde sie ein weiteres Mal testen. Mit diesem Entschluss öffnete sie die Tür und stutzte. Beinahe wäre sie mit Thomas zusammengestoßen, der vor der Tür stand und sie nun fragend anschaute: »Warum hast du die Toilettentür abgeschlossen, Isabel? Das machst du doch sonst nie.«

Isabel entzog sich einem direkten Augenkontakt, indem sie zu Boden blickte und stotterte: »Ach, einfach so … reine Gewohnheit … in Gedanken war ich noch im Dienst!«

»Isabel, magst du mir nicht endlich sagen, was mit dir los ist? Du bist so anders«, flehte er.

»Was soll schon sein. Lass mich einfach in Ruhe, Thomas«, wiegelte Isabel ab. Sie wusste, sie verhielt sich ungerecht, hatte jetzt aber einfach keinen Nerv für Erklärungen. Ihr schlechtes Gewissen plagte sie noch schlimmer als damals, als sie Thomas betrogen hatte. So konnte es nicht weitergehen, sie wollte ja wieder auf ihn zugehen, aber nicht jetzt. Den Tränen nahe, schob sie Thomas beiseite, hastete ins Schlafzimmer und warf sich auf das Bett. Er folgte ihr nicht, sondern zog sich kopfschüttelnd in sein Arbeitszimmer zurück.

Die Gedanken in Isabels Gehirn überschlugen sich und ließen sie nicht zu Ruhe kommen: Ein Kind war das Letzte, was sie jetzt brauchen konnte. Vielleicht irgendwann später, doch nicht jetzt. Erst musste sie ihr Leben wieder in Ordnung bringen. Musste zu sich selbst finden. Sie hatte doch eben erst die Stelle bei der Wasserschutzpolizei angenommen und arbeitete gerne dort. Was würden die Kollegen sagen, wenn sie nach wenigen Monaten schon ausfallen würde? Und die größte Sorge überhaupt: Wer war der Vater ihres Kindes? Wie würde Thomas auf eine Schwangerschaft reagieren? Konnte er überhaupt der Vater sein? Und wenn es Carl wäre? Das wäre die noch viel größere Katastrophe. Ein krampfartiger Schmerz durchfuhr einmal mehr Isabels Bauch, und ihre Brüste begannen zu spannen. Geliebt hatte sie Carl nie. Nein, Liebe war es nicht gewesen. Seine unglaublich erotische Ausstrahlung hatte sie angezogen, der war sie erlegen. Und die hatte bereits vor dem Unglück gebröckelt, als es ihm auch ihr gegenüber immer seltener gelang, sein wahres Gesicht zu verbergen. Aber wenn Thomas nicht der Vater war, würde sie ihm ein Kuckuckskind unterschieben und damit noch mehr Schuld auf sich laden …

Ihre Situation erschien ihr aussichtslos. Lena! Warum hatte sie nicht gleich an die Freundin gedacht? Lena wüsste Rat! Ihr konnte sie sich anvertrauen. Isabel richtete sich auf, um das Handy zu holen. Doch schnell verwarf sie ihr Vorhaben und sank in die Kissen zurück. Erst einmal musste sie mit sich selbst ins Reine kommen. Sie allein musste entscheiden, wie es weitergehen sollte.

Am nächsten Tag hatte Isabel dienstfrei. Mit Thomas in derselben Wohnung bleiben und für ihn den Haushalt erledigen, als wäre alles so wie immer, schied für sie aus. Spontan rief sie Lena an und fragte, ob sie mit ihr einen Ausflug auf die Insel Reichenau unternehmen wolle. Doch Lenas Vormittag war ausgefüllt mit Beratungsgesprächen, und nachmittags musste sie mit Ben zum Kinderarzt. Vielleicht ist das ganz gut so, dachte Isabel, vor Lena hätte ich womöglich nicht verbergen können, wie aufgewühlt ich bin. Sie würde bemerken, dass mich etwas umtreibt. Am besten ist, ich bin allein mit mir und meinen Gedanken. Auf jeden Fall muss ich raus aus der Wohnung und an die frische Luft.

Isabel befüllte eine Wasserflasche, belegte sich ein Brot mit Käse und packte es zusammen mit Gemüsesticks, Studentenfutter und Müsliriegel in ihren Rucksack. Sie wollte sich von Thomas verabschieden und betrat sein Zimmer. Er saß am Schreibtisch, hob den Kopf, zeigte auf seinen Bildschirm und verschloss mit einem Zeigefinger seinen Mund. Isabel kapierte, dass er in einer Videokonferenz war und nicht gestört werden wollte. Sie kreiste ihre Unterarme vor ihrer Brust und signalisierte ihm damit die Drehbewegung der Pedale. Thomas nickte, auch er hatte begriffen, und Isabel zog leise die Tür hinter sich zu. Dann setzte sie sich auf ihr Fahrrad und strampelte los.

Sofort drehte sich wieder das Gedankenkarussell in ihrem Kopf: Was sollte sie nur tun mit diesem Ding, das sich da ihrem Bauch eingenistet hatte? Von wem stammte es? Einen Vaterschaftstest schon während der Schwangerschaft durfte sie nicht machen. Der war in Deutschland für Privatpersonen verboten. Nur nach Straftaten konnte eine Behörde diesen anordnen, das wusste sie aus ihrer Zeit in Tübingen. Scheiß Gendiagnostikgesetz, dachte Isabel und trat wütend in die Pedale. Sie war eine schlechte Lügnerin, und selbst wenn die Ärzte ihr abnehmen würden, dass die Schwangerschaft auf einer rechtswidrigen Tat im Sinne des Strafgesetzbuchs beruhte, sie könnte unmöglich eine solche Lüge in die Welt setzen. Weder Carl noch Thomas konnte sie sexuelle Nötigung oder gar Vergewaltigung vorwerfen. Das war abwegig. Außerdem wurden solche Taten äußerst gewissenhaft verfolgt, und sie würde einem der beiden das Leben zur Hölle machen. Eine weitere Lüge kam nun wirklich nicht infrage – hatte sie doch bestens vor Augen, wohin sie all das gebracht hatte. Nein, sie allein musste endlich Verantwortung übernehmen und aufhören, blind und naiv durch die Welt zu gehen, in der Hoffnung, jemand anders würde einstehen für ihr Verhalten.

Isabel legte einen Zahn zu. Zu der frühen Stunde waren erst wenige Radfahrer auf dem Bodensee-Radweg unterwegs. Eriskirch, Langenargen, Kressbronn und Wasserburg hatte sie schon hinter sich gelassen. Nun näherte sie sich Bregenz. Sollte sie es in Österreich versuchen? Hatte sie nicht einmal gelesen, dass die dortigen Gesetze den pränatalen Abstammungstest erlaubten? Was würde er bringen? Information darüber, wer der Vater war, das schon. Allerdings nicht mit 100-prozentiger Sicherheit, die Fehlerquote war höher als bei einem normalen Gentest. Klarheit darüber, wie es weitergehen sollte mit dem Zellklumpen in ihrem Bauch, könnte auch dieses Ergebnis nicht bringen. Das musste sie selbst entscheiden.

Eine rote Fußgängerampel zwang Isabel abzusteigen. Eine Mutter mit Kind und Kinderwagen wollte die Straße überqueren. An der Hand führte sie ein Mädchen mit blonden Locken. Das Mädchen lächelte Isabel aus leuchtend blauen Augen an und winkte ihr mit den Fingern ihrer freien Hand schüchtern zu. Isabel konnte gar nicht anders und gab einem spontanen Impuls nach: Ihr Herz öffnete sich, sie lächelte und winkte zurück. Dann durchzuckte ein Blitz ihr Gehirn: Was musste es für ein Geschenk sein, ein solches Kind großziehen zu dürfen. Das Mädchen lächelte sie noch immer an. Blau, dieses Blau … Carl. Seine Augen strahlten in diesem Blau … hatten vielmehr bis vor kurzem in diesem Blau gestrahlt. Vielleicht hatte er sie in diesem Moment bereits wieder geöffnet. Wenn sie nun *sein* Kind erwartete? In seinen Lebensentwurf passte ein Kind noch weniger als in ihren eigenen.

Um das Thema zu verdrängen, radelte Isabel wie benommen bis Bregenz weiter. Kurzerhand entschied sie sich, den Pfänder zu besteigen. Sie stellte ihr Fahrrad ab, trank einen

Schluck Wasser, stopfte ihre Jacke in den Rucksack und sprintete den steinigen und zum Teil steilen Weg hoch – in einem Tempo, wie sie noch nie zuvor einen Berg hinaufgehetzt war. Sie überholte Wanderer, die sie mit Rufen zusätzlich anfeuerten. An schwarzgefleckten Kühen, die mit goldfarbenen Glocken um den Hals wiederkäuend auf den Wiesen lagen und sie aus großen Augen anstarrten, zog sie vorbei, ohne diese zu beachten. Außer Atem kam sie auf dem Gipfel des Pfänders an. Dort suchte sie sich ein Plätzchen, wo sie ungestört sein konnte, und ließ sich ins Gras fallen, schloss ihre Augen und ließ ihren schweißnassen Körper von der Sonne trocknen.

Schon nach wenigen Minuten beruhigten sich Herzschlag und Puls, und auch das unangenehme Spannungsgefühl in der Brust ließ nach. Über Isabel zogen Bergdohlen kreischend ihre Runden und sie setzte sich auf. Ein kühler Wind ließ sie frösteln. Hätte sie ein trockenes T-Shirt eingepackt, würde sie es jetzt wechseln. Sie griff ihren Rucksack und streifte ihre Jacke über. Dabei hörte Isabel, wie ihr Magen knurrte. Sie holte Trinkflasche und Vesper heraus, und während sie aß, beobachtete sie ein Rudel Hirsche, das auf der Wiese unterhalb ihres Rastplatzes friedlich äste. Die Tiere gehörten offensichtlich zum Alpenwildpark, denn ihr Revier war eingezäunt. Isabel lächelte, als ein Prachtexemplar mit mächtigem Geweih neugierig den Kopf hob und sie ohne Scheu aus großen schwarzen Augen musterte. »Du bist hier wohl der Boss«, raunte Isabel dem Tier zu. Es wandte den Blick erst von ihr ab, als sie alles bis auf den letzten Rest verzehrt hatte. Lange hatte ihr eine Mahlzeit nicht mehr so gut geschmeckt wie diese in freier Natur. Isabel genoss die friedliche Ruhe und ließ ihren Blick schweifen. Fantastisch, diese Aussicht, Labsal für meine Seele, dachte sie und vergaß für den Moment alles, was sie belastete. Die Berggipfel von Allgäu und Vorarlberg behaupteten sich selbstbewusst neben den majestätischen Exemplaren in Liechtenstein und der Schweiz einschließlich dem Säntis. Mehr als 600 Meter unterhalb leuchtete das Wasser des Bodensees aquamarinblau. Weiße Tupfer kennzeichneten die Segelboote, die in großer Zahl das riesige Becken belebten. Selbst die stattlichsten Gebäude von Bregenz einschließlich Seebühne und Festspielhaus wirkten klein und unbedeutend aus dieser Höhe. Isabel atmete die klare Luft ein, ausgehungert sog sie die Farben in sich auf und konnte sich lange nicht sattsehen.

Stimmen einer Wanderergruppe in ihrem Rücken ließen die unwirkliche Stimmung platzen und machten Isabel bewusst, wo sie war. Sie schaute auf die Uhr und erschrak. Schon so spät, allerhöchste Zeit, den langen Rückweg anzutreten. Schnell schoss sie mit dem Handy ein paar Fotos von dem Alpenpanorama und schickte sie mit kurzen Grußnachrichten an Lena und Thomas. Dann erhob sie sich, und augenblicklich machten sich die schmerzenden Muskeln in ihren Beinen bemerkbar. Sie massierte ihre Oberschenkel und dachte: Ich fühle mich wie eine alte Frau, richtig ausgepowert. Und jetzt erst den Berg runterlaufen und dann noch zwei Stunden zurückradeln! Werde ich das schaffen, fragte sie sich, während sie ihr Haarband löste und ihre Locken neu zusammenband. Außerdem würde es sehr spät werden. Sie warf einen Blick auf den rot-weißen Sendemast, den sie schon so oft vom See aus gesehen hatte, und entschied sich, etwas zu tun, was sie noch nie getan hatte: Zum ersten Mal in ihrem Leben würde sie mit der Bergbahn ins Tal gondeln.

Ihre ersten Schritte gerieten etwas ungelenk, als sie zur nahen Bergstation pilgerte. Die Aussichtsterrasse des »Berghaus Pfänder« war gut besucht. Von ihrem Rastplatz aus hatte Isabel gar nicht wahrgenommen, wie viele Menschen sich auf dem Berg aufhielten. Gerade schwebte eine Gondel ein, und die neu ankommenden Besucher strömten entweder zur Aussichtsplattform oder gleich zu einer der Gaststätten. Isabel löste ein Ticket und reihte sich in die lärmende Schar der Wartenden ein, die zurück ins Tal wollten. Es gelang ihr, einen Platz am Fenster zu ergattern und ein letztes Mal die Aussicht auf Berge und Bodensee zu genießen, bevor die Häuser von Bregenz Gestalt annahmen.

Die folgenden Tage stürzte sich Isabel in die Arbeit. Es gab sogar Momente, in denen es ihr zumindest für Sekunden gelang, ihre Schwangerschaft zu verdrängen. Ein solcher Moment war, als Markus mit einem Blatt Papier in der Hand ins Zimmer kam, es auf ihren Schreibtisch legte und mit breitem Grinsen verkündete: »Der Sachverständige hat in seinem Gutachten einen technischen Defekt an der ›Amareno‹ bescheinigt.«

»Wirklich?«, fragte Isabel und verschluckte sich beinahe an dem Apfelstück, das sie gerade in den Mund gesteckt hatte.

»Ja, wirklich. Er hat bei der Antriebswelle einen leichten Schlag und eine undichte Stopfbuchse festgestellt. Dadurch sei Wasser eingedrungen und das sei nicht bemerkt worden. Lies selbst.« Markus zeigte mit dem Finger auf die Zeilen und zitierte: »Wenn dann bei einseitiger Belastung schärfere Kurven gefahren werden, ist es durchaus möglich, dass das Schiff *durch das enorme Gewicht des Was-*

sers, welches zur Seite strömt, Schlagseite bekommen hat und dadurch vollgelaufen und gesunken ist.«

Isabel hatte mitgelesen und sagte nun: »Okay, das klingt einleuchtend und wohlwollend.«

Markus nickte und ging mit dem Schriftstück zu seinem Platz. Aus Isabels Erinnerung tauchten Bilder der dramatischen Minuten unter Wasser auf. Sie wandte ihren Blick ab und sah zum Fenster hinaus. Markus beobachtete sie aufmerksam, und um sie aufzumuntern, sagte er: »Wir lassen das einfach so stehen. Du wirst sehen, bald kräht kein Hahn mehr danach.«

Ein Hahn nicht, aber mich wird der Unfall weiter beschäftigen, auch wenn er für die Kollegen keine Rolle mehr spielt, dachte Isabel und sagte: »Ich bin sehr froh über dieses Ergebnis, Markus. Dann wird es weniger wahrscheinlich, dass das Ganze für dich auch noch mit disziplinarrechtlichen Folgen verbunden ist.«

Sie hatte sich bei ihren Worten wieder Markus zugewandt, doch ihre Gedanken wanderten zu Carl. Sie fragte: »Gibt's etwas Neues von CaWe?«

»Oh ja, das wollte ich dir eigentlich zuerst sagen. Wie du weißt, war ich gestern auf der Dienstversammlung in Konstanz. Anschließend bin ich nach Allensbach in die Klinik gefahren. CaWe wird – lass mich kurz überlegen, ich bin medizinisch so was von unbedarft – er wird jetzt interdisziplinär behandelt. Da gibt's in Allensbach eine Spezialstation.«

»Was heißt das? Ist er bei Bewusstsein?«, fragte Isabel, und ihre Stimme zitterte.

»Ich glaube schon. Zumindest hat es sich so angehört. Ich konnte nicht zu ihm, weil er gerade in einer Therapie war. Isabel, du darfst dir die akutneurologische Frührehabilitation nicht vorstellen wie eine normale Reha. Der Arzt hat mir erklärt, dass das so 'ne Schnittstelle zwischen Akutmedizin und Rehabilitation ist, fast wie auf Intensiv. CaWe wird auch dort intensivmedizinisch versorgt. Außerdem sei seine Lungenentzündung noch nicht vollständig abgeklungen.«

Ohne es zu wollen, wanderten Isabels Gedanken bei den Worten zu dem Kind, das in ihr heranwuchs. Von ihrer Schwangerschaft würde sie Carl nicht erzählen, auch wenn er bei Bewusstsein wäre. Bestimmt nicht. Vielleicht überhaupt niemals. Ein Brechreiz kroch ihre Speiseröhre empor, und sie musste fluchtartig das Büro verlassen. Auf der Toilette übergab sie sich schlimmer als alle Male zuvor, schluckte und würgte, bis sie nur noch grüne Galle spuckte.

KAPITEL 15

Isabel quälte sich still, wählte weiterhin den Weg der Einsamkeit. Im Dienst versuchte sie, jedem persönlichen Gespräch mit den Kollegen und ihren Fragen, ob sie sich wirklich gut und arbeitsfähig fühlte, aus dem Weg zu gehen. Markus lud sie mit Thomas einmal zu seinem »Fest rund um den Apfel« bei sich zu Hause ein. Sie erfand eine Ausrede, um absagen zu können. Alle Angebote, sich nach Dienstschluss auf ein Bier zu treffen, lehnte sie kategorisch ab.

Nachdem Isabel auch Thomas ein paarmal angeschnauzt hatte, war er an diesem Nachmittag zu seinen Eltern gefahren. Ruhelos lief Isabel durch die leere Wohnung und fragte sich, warum sie so gereizt reagierte, sobald sie ihn nur ansah. Er bemühte sich doch, ihr alles recht zu machen. Warum nervte sie sein Verhalten nur? Es mussten die Hormone sein, die verrücktspielten. Sie räumte Bücher von einem Regal ins andere, warf gesammelten Schnickschnack, den sie dekoriert hatte, in den Müll, um ihn dann wieder herauszuholen, während Gedanken ihr Hirn marterten. Bereits das letzte Jahr in Tübingen hatte sie sich nicht mehr so richtig wohl und geborgen gefühlt in Thomas' Nähe. Sie überlegte, wann sie begonnen hatte, sich mehr und mehr von ihm zu distanzieren und eigene Wege zu gehen. Es musste ein schleichender Prozess gewesen sein. Jedenfalls war das ein Grund gewesen, warum sie sich, ohne ihre Pläne mit ihm zu besprechen, hierher zur Wasserschutzpolizei beworben hatte. Damals hatte sie gehofft, alles werde sich schon irgendwie von selbst regeln und sie müsste die Entscheidung, mit oder ohne Thomas zu leben, nicht aktiv und bewusst treffen. Sie nahm ein Foto, das sie und Thomas in ihrem Urlaub in Ägypten zeigte. Sie vertiefte sich in die lachenden Gesichter und während sie es von Staub befreite, fragte sie sich: Was hatte sich denn verändert im Laufe der Jahre? Seit wann gelang es ihr nicht mehr, sich Thomas zu öffnen, sich fallenzulassen? Gab es überhaupt noch einen Grund, zusammenzubleiben? Aus Gewohnheit und Anhänglichkeit? Das reichte nicht für ein gemeinsames Leben. Ohne Antwort stellte sie das Foto wieder zurück an seinen Platz.

Ihr Telefon klingelte. Lena fragte, ob sie zu einem Ausflug auf den Affenberg in Salem mitkommen könne. Ben wolle unbedingt die Berberaffen füttern. Isabel überlegte: Sie könnte sich Bewegung verschaffen und mit dem Fahrrad hinradeln, doch sie fühlte sich schlapp und ausgelaugt und lehnte unter einem Vorwand ab. »Thomas ist nicht da. Ich muss dringend die Wohnung in Ordnung bringen. Viel Spaß euch, Lena.« Damit beendete sie rasch das Gespräch.

Lena hatte in den vergangenen Tagen öfters angerufen und sich nach ihrem Befinden erkundigt. Obwohl sie sich der Freundin am liebsten anvertraut hätte, antwortete Isabel jedes Mal ausweichend. Ob Lena ahnte, dass sie etwas bedrückte? Immer noch war sie entschlossen, das Problem in ihrem Bauch ganz allein zu bewältigen. Langsam zweifelte sie, ob es ihr gelingen würde.

Sie setzte sich auf die Couch und schaltete den Fernseher ein. Nur mit den Augen verfolgte sie das Geschehen auf dem Bildschirm. Nach wie vor fühlte sie sich unwohl bei dem Gedanken, dass in ihr ein Kind heranwuchs, das sie niemals gewollt hatte. Würde sie es überhaupt lieben können?

Beim Zappen durch die Programme blieb Isabel an einer Magazinsendung hängen, die ungewollte Schwangerschaften thematisierte. Im ersten Moment wollte sie schnell weiterschalten, doch da weckte das Interview mit einer Ärztin ihre Aufmerksamkeit. Die Frau bot Beratungen für Schwangere an und berichtete: »Jedes Jahr werden in Deutschland mehr als 100.000 Schwangerschaften abgebrochen. Davon 80 Prozent ambulant in den Praxen von Gynäkologen.«

Was, so viele? Das hätte ich nie für möglich gehalten, ging es Isabel durch den Kopf. Ich bin gar nicht allein, auch andere Frauen müssen sich mit dem Problem herumschlagen …

Isabel erhob sich, ging vor dem Fernseher auf und ab, hörte einem jungen Mädchen zu, das von ihrem Abbruch berichtete, und fragte sich: Wenn so viele Frauen abtreiben, warum sollte ich das Kind austragen? Was, wenn auch ich eine der 100.000 werde und mich dazu entschließe, die Schwangerschaft einfach abzubrechen?

Im ersten Moment erschrak Isabel bei dem Gedanken. Bisher hatte sie einen solchen Schritt für sich stets ausgeschlossen. Eine Abtreibung kam für sie nicht infrage, weil sie ihren ethischen Werten diametral entgegenstand. Allerdings hatte sie sich mit dem Thema immer nur theoretisch auseinandergesetzt. Gab es denn jetzt, da sie damit schmerzlich faktisch konfrontiert wurde, überhaupt einen anderen Ausweg, fragte sie sich. Nur ohne Kind würde es ihr gelingen, alles hinter sich zu lassen und ganz neu anzufangen. Nichts wollte sie sehnsüchtiger als das: selbstbestimmt neu anfangen. Auch über ihren Körper wollte sie selbst bestimmen. Dazu hatte sie das Recht.

Ruhelos ging sie von einem Zimmer ins andere, und ihre Gedanken überschlugen sich: Das deutsche Recht verbietet einen Schwangerschaftsabbruch, nur unter bestimmten Voraussetzungen ist er straffrei. Ich muss mich vorher von einer anerkannten Stelle beraten lassen, dachte sie, während sie Teewasser aufsetzte. Doch der Gedanke, sich vor einer fremden Person rechtfertigen zu müssen und ihre unmoralische Affäre zu offenbaren, beschämte sie und ließ sie frösteln. Sie lief ins Wohnzimmer und schaltete den Fernseher aus. Mit einer Tasse Tee setzte sie sich auf die Couch und nahm ihr Handy zur Hand. Da entdeckte sie eine Nachricht von Lena. Im ersten Augenblick wollte sie diese schnell wegdrücken und gar nicht öffnen. Da sah sie das lachende Gesicht von Ben. Ihre Freundin hatte ein Foto ihres Sohnes geschickt, der an einem Schokoladeneis schleckte. Sein ganzes Gesicht war braun verschmiert und er strahlte überglücklich. Unter dem Foto las Isabel: ›Ganz liebe Grüße von meinem Sonnenschein. Nicht nur die Affen vermissen dich. Lena.‹ Isabel spürte ein Ziehen in der Brust, und Tränen traten in ihre Augen. Lena, ich bräuchte dich jetzt so sehr, seufzte sie. Doch dieses Mal kann, darf ich dir nicht sagen, was mich bedrückt. Diese Sache muss ich mit mir alleine ausmachen, und das ist unendlich schwer.

Sie schickte nur einen lachenden Smiley und ein Herz zu ihrer Freundin. Dann suchte sie im Internet nach Adressen von Beratungsstellen: Markdorf und Friedrichshafen kamen nicht infrage, sie lagen zu nahe an ihrem Revier. In Ravensburg und Konstanz gab es jeweils mehrere Angebote. Isabel entschied sich für Konstanz. Sie schaute auf die Uhr. Zu spät, doch gleich morgen würde sie anrufen und sich einen Termin geben lassen. Sie durfte nicht mehr viel Zeit verlieren.

Isabel trank einen Schluck, und während die duftende Flüssigkeit ihre Kehle hinunterrann, fiel ihr ein, dass in den ersten drei Monaten einer Schwangerschaft die befruchtete Eizelle oftmals von selbst abging. Das kam immer wieder vor. Sie stellte die Tasse zurück und nagte an ihrer Unterlippe. Es gab ja auch Fakten, die einen natürlichen Abgang begünstigten. Übergroße Anstrengungen, Stress, Drogen und so weiter. Sie könnte ja auch ein bisschen nachhelfen! Das war legitim, das konnte ihr niemand verbieten. Nie würde jemand davon erfahren, und ihr Problem wäre damit gelöst. Hatte nicht Roland Pucha, der Kollege vom Polizeirevier nebenan, von einem Wettkampf geschwärmt, bei dem es richtig zur Sache ging? Einem

Lauf, bei dem extreme Hindernisse zu bewältigen waren. Der Lauf sollte demnächst stattfinden, und Roland hatte Mitstreiter gesucht, weil sein Partner kurzfristig abgesagt hatte. Isabel suchte auf dem Handy seine Nachricht mit dem entsprechenden Link.

Als Thomas nach Hause kam, saß Isabel noch immer auf der Couch und surfte im Internet. Er drückte ihr einen Kuss auf die Locken und fragte: »Hattest du einen angenehmen Nachmittag, Isabel?«

»Angenehm? Ich weiß nicht, arbeits- und erkenntnisreich schon eher«, antwortete Isabel, ohne ihren Kopf zu heben.

»Aha. Und welche Erkenntnis hast du gewinnen können?«, bohrte Thomas weiter.

»Ach, nicht so wichtig«, wiegelte Isabel ab. »Das interessiert dich sowieso nicht. Hat Annerose dich mit deinem Lieblingsessen bekocht?«

»Nein, diesmal nicht. Mein Besuch kam ja überraschend.«

»Haben deine Eltern nach mir gefragt?«, wollte Isabel wissen, doch eigentlich war ihr seine Antwort völlig egal.

Thomas setzte sich neben sie und sagte: »Isabel, ich sehe, es geht dir nicht besonders gut. Magst du mir nicht endlich sagen, was dich bedrückt? Sind das immer noch Nachwehen des Unglücks?«

Merkte Thomas, dass mit ihr etwas nicht stimmte, fragte sich Isabel. Sie sah nun doch in sein Gesicht und sagte: »Kann schon sein, Thomas. Ich brauche einfach Zeit. Lass mir am besten meine Ruhe.«

»Ja nun, wenn du meinst«, sagte er und strich sich mit einer unbeholfenen Bewegung durch die Haare. »Hast du bereits zu Abend gegessen?«

»Nein, aber ich hab keinen Hunger«, antwortete Isabel und machte keine Anstalten, sich zu erheben und für Thomas ein Essen herzurichten. Stattdessen wischte sie weiterhin auf dem Display ihres Handys herum.

Ohne ein weiteres Wort erhob sich Thomas und verschwand in der Küche. Während er sich sein Abendbrot zubereitete, zerbrach er sich den Kopf über Isabel: diese ablehnende Distanz, dieses ständige Auf und Ab, ein Stimmungstief reichte dem nächsten die Hand, dieser Kummer, der aus ihren Augen sprach. So kannte er seine Partnerin nicht. Wo war ihre Lebensfreude geblieben, ihre Unbekümmertheit, die ihn oftmals mitgerissen hatte? Isabel war ihm fremd geworden. Wie konnte er es nur anstellen, dass sie sich wieder näherkamen?

Unbeholfen balancierte er Teller und Teetasse ins Wohnzimmer und setzte sich Isabel gegenüber in den Sessel. Sie bearbeitete immer noch ihr Smartphone. Schüchtern fragte er: »Wem schreibst du, Isabel? Lena?«

Ihm war aufgefallen, dass Isabel in letzter Zeit weniger von ihrer Freundin erzählt und sie auch nicht besucht hatte. Auch hatte er nicht gehört, dass sie mit ihr telefoniert hatte. Kauend überlegte er: Bestimmt würde Lena seiner Isabel guttun. Die erfahrene Lena wusste aufgrund ihres Berufes am besten, wie man jemandem in einer Krise beistehen konnte. Vielleicht sollte er selbst einmal Rat bei ihr suchen?

»Ich schreibe einem Kollegen vom Polizeirevier. Der hat von einem OCR-Wettkampf am Wochenende geschwärmt und gefragt, ob ich mitkomme«, antwortete Isabel unwirsch.

»OCR-Wettkampf? Was verbirgt sich denn hinter dieser Abkürzung?«, fragte Thomas arglos und biss von seinem Brot ab.

»Ich informiere mich gerade auf der Homepage. Und du nervst, Thomas, merkst du das eigentlich nicht?« Erschrocken über ihren eigenen Ton, blickte Isabel auf.

Thomas hatte sein Brot auf den Teller zurückgelegt und schaute sie mit großen Augen an. Er tat ihr leid. Sie sagte schnell: »Das ist wie so ein Hindernislauf als Fitnesstest. Es heißt *Obstacle Course Racing*, ist eine relativ neue Sportart. Bestimmt nix für dich.« Sie würde sich hüten, Thomas zu sagen, dass diese Wettkämpfe den Teilnehmern große körperliche und psychische Leistungen abverlangten. Würde sie ihrem Bewegungsmuffel erzählen, dass die Sportler über Holzwände klettern, durch Schlamm und unter Stacheldraht hindurchrobben und Baumstämme schleppen mussten, er würde sie für vollkommen verrückt erklären. Nicht auszudenken, wie er reagieren würde, wenn er von ihrer Schwangerschaft wüsste. Aber vielleicht würde diese extreme Anstrengung die ersehnte Erlösung bringen. Isabel war fest entschlossen, bis an ihre absolute Belastungsgrenze zu gehen.

Zaudernd fragte Thomas: »Und du willst dir das antun? Du hast doch im Dienst ein ausgedehntes Sportprogramm und bewegst dich darüber hinaus auch noch viel in der Freizeit.«

»Im Gegensatz zu dir! Ich überleg mir das echt und denke schon, dass ich mich anmelde«, antwortete Isabel, doch innerlich hatte sie die Entscheidung bereits getroffen.

»Ja nun, vielleicht hilft dir die Ablenkung«, meinte Thomas skeptisch und fügte nach einer Pause hinzu: »Möchtest du nicht mal wieder Lena einladen? Ich habe sie lange nicht mehr gesehen.«

Isabel hob überrascht ihre Augenbrauen und fragte sich, wann sich Thomas zum letzten Mal für Lena interessiert hatte. Sie sagte: »Voraussichtlich werde ich nächste Woche nach Konstanz fahren.« Dass sie statt Lena eine Beratungsstelle für Schwangere besuchen wollte, behielt Isabel für sich.

»Ist gut, Isabel. Hauptsache, du kommst wieder auf andere Gedanken.« Mit diesen Worten und seiner Tasse Tee zog sich Thomas in sein Arbeitszimmer zurück.

Der OCR-Wettkampf fand bereits zwei Tage später statt, und Isabel musste, um teilnehmen zu können, extra eine Schicht tauschen. Voller Vorfreude holte Roland Pucha Isabel am Morgen mit seinem großen Geländewagen ab.

Am späten Nachmittag wusste Isabel eines ganz sicher: *Obstacle Course Racing* würde definitiv nicht ihr neuer Lieblingssport werden. Um vor Erschöpfung nicht einzuschlafen, massierte sie auf der Rückfahrt ihre geschwollenen Handgelenke und dachte zurück an die Kletterübungen an Seilen und Wänden. Ihre Arm- und Beinmuskeln brannten und zitterten von den ungewohnten Anstrengungen. Auf ihren Schultern spürte sie noch immer den Druck des schweren Sandsacks, den sie einen steilen Berg hinaufgeschleppt hatte. Nur das Ziehen im Bauch hatte aufgehört. Vor Müdigkeit konnte Isabel sich nicht entscheiden, ob sie sich darüber freuen und es als gutes oder als weniger gutes Zeichen werten sollte. Selbst das Sprechen war ihr zu anstrengend. Immer wieder fielen ihr die Augen zu.

Roland Pucha steuerte seinen Wagen putzmunter und pfeifend die B31 am See entlang zurück nach Friedrichshafen. Er hatte sich schon wiederholt solchen Wettkämpfen gestellt und die Strapazen der vergangenen Stunden nahezu problemlos weggesteckt. Er brauchte diese Herausforderungen inzwischen geradezu und freute sich schon Wochen davor auf den Adrenalinkick, der den extremen Belastungen folgte. Mit einem kurzen Blick zur Seite streifte er Isabel. Die Kollegin der WaPo kauerte mit geschlossenen Augen und angezogenen Beinen auf dem Beifahrersitz. Er hatte ihr mehr zugetraut, für OCR hatte sie offensichtlich nicht genügend Biss. Es war definitiv ein Fehler gewesen, sie mitzunehmen. Sollte sie doch schlafen, so konnte er sein Glücksgefühl ungestört genießen und an den nächsten Wettkampf denken, für den er sich bereits angemeldet hatte. Vergnügt brummte er die Melodien mit, die aus dem Autoradio tönten.

Zu Hause schlief Isabel in der Badewanne ein und hätte am folgenden Tag viel dafür gegeben, wenn sie frei gehabt hätte und im Bett bleiben könnte. Doch der Klingelton ihres Weckers riss sie aus tiefstem Schlaf. Sie brauchte ein paar Minuten, um zu realisieren, wo sie war und dass sie gerade nicht durch Matsch kriechen musste. Im Traum hatte sie den Vortag nochmals verarbeitet. Sie warf einen Blick auf den schlafenden Thomas, fuhr ihm kurz durch die Haare und entlockte ihm so ein leises Grunzen.

»Ich geh jetzt«, flüsterte sie ihm zu und schlug ihre Bettdecke zurück. Schon bei dieser Bewegung musste sie einen Aufschrei unterdrücken, so weh taten ihre Muskeln. Ächzend erhob sie sich, spürte schmerzvoll jeden einzelnen ihrer Knochen.

Auch als sie leise die Wohnungstür hinter sich zuzog und die Treppe hinunterstieg, krampften die Beinmuskeln bei jeder Stufe. Freiwillig würde sie solche Strapazen so bald nicht mehr auf sich nehmen. Obwohl sie vor der Eingangstür die warmen Strahlen der Herbstsonne empfingen, musste sie sich überwinden, auf das Fahrrad zu steigen und nicht einfach den Bus zu nehmen.

Wenigstens verlief der Vormittag in der Dienststelle ruhig. Isabel war froh, dass sie allein im Zimmer war, denn Markus musste an einer Besprechung mit seinen bayerischen Kollegen in Lindau teilnehmen. So musste sie sich keinen Fragen stellen, warum sie sich so behutsam bewegte und abwechselnd Globuli und Magnesiumtabletten lutschte. Sie zog sich den Papierkorb heran und legte unter dem Schreibtisch ihre geschundenen Beine darauf.

In der Pause plagte Isabel ein derartiger Heißhunger nach Schokolade, dass sie sich zum nächsten Laden schleppte und fünf Tafeln Nussschokolade kaufte, die sie im Laufe des Nachmittags restlos verputzte.

Zwei Tage später hatte Isabels Körper die Anstrengungen verarbeitet, und keinen Moment länger dachte sie daran, sich zu schonen. Im Dienst nicht und beim Sport erst recht nicht. Mehr als einmal wünschte sie, dass das gelegentliche Ziehen im Unterbauch zu einer Monatsblutung führen würde. Ihre Hoffnung auf ein natürliches Ende der Schwangerschaft hatte sie noch nicht aufgegeben. Doch nichts geschah, was darauf hindeutete.

KAPITEL 16

»Der Dienst würde mir noch viel mehr Spaß machen, wenn nicht nach jedem Einsatz der Papierkram warten würde«, seufzte Isabel, druckte das Protokoll aus, das sie soeben erstellt hatte, und heftete es in einen Aktenordner. Durch das offene Fenster schwebten Gitarrenklänge eines Straßenmusikanten herein, unterlegt vom Stimmengewirr vieler Passanten. Angelockt von den Geräuschen, stellte sich Isabel ans Fenster und schaute hinunter auf die Uferpromenade. Ihre Blicke streiften sehnsuchtsvoll die glitzernde Wasserfläche und blieben an den Fahnen haften, die am Flaggenmast auswehten.

»So geht's mir auch. Vor allem sollten wir diesen tollen Tag nicht im Büro verbringen. Wer weiß, wie viele solch schöner Tage der Altweibersommer dieses Jahr noch bereithält. Was hältst du davon, wenn wir auf Bootsstreife gehen und einfach mal den See abfahren?«, fragte Markus, der genauso wenig Lust auf Innendienst verspürte.

Isabel drehte sich um und rief begeistert: »Ja, Markus, lass uns rausfahren! Ich sollte wegen dem gestohlenen Außenborder ohnehin mal das Bojenfeld vor Immenstaad in Augenschein nehmen.« Bei der Aussicht, wieder auf ein Boot zu gehen, klopfte ihr Herz nur ein klein wenig schneller, die Vorfreude auf den See überwog.

»Passt doch«, sagte Markus und grinste. »Wir nehmen das kleine Einsatzboot. So kommen wir ganz nah an die Boote ran.«

»Das kleine? Ach so, na ja«, stammelte Isabel, und einen Moment lang stockte ihr der Atem. Sie merkte, wie sie zu schwitzen begann.

Markus wunderte sich über ihr Zögern und sagte: »Klar. Du magst den flotten Flitzer doch auch!«

Isabel steckte verlegen eine Haarsträhne hinters Ohr: »Es ist nur … ich weiß nicht … ich war seit dem Unfall nicht mehr auf einem kleinen Motorboot.«

»Du schaffst das, Isabel!«, ermutigte Markus sie. Er packte bereits seine Mappe und fügte hinzu: »Komm, auf der *21* hast du auch schon einen Einsatz erfolgreich gemeistert!«

»Ja, du hast recht«, nickte Isabel zustimmend, und während sie nach den Unterlagen, die sie mitnehmen wollte, suchte, jagten blitzschnell Gedanken durch ihren Kopf: Es kommt nicht infrage, dass ich aus Angst vor einer möglichen Panikattacke auf Einsätze mit dem kleinen Boot verzichte. Nur wenn ich mich dieser Situation stelle, kann ich mir selbst beweisen, dass ich auch das wieder hinkriege. Ich will wieder eine gute Wasserschützerin werden, sagte sie wie ein Mantra in Gedanken vor sich hin und legte das Holster an.

Warme Luft empfing die beiden Uniformierten, als sie ins Freie traten und sich ihren Weg durch die Menschenmenge auf der Uferpromenade bahnten. Vor den Eisdielen hatten sich lange Warteschlangen gebildet. Beim Anblick der schleckenden Münder lief Isabel und Markus das Wasser im Mund zusammen. In stummer Übereinstimmung tauschten sie Blicke und wussten, dass sie dieser Versuchung im Moment widerstehen mussten. In den Straßencafés und im »Al Porto« saßen Menschen mit sichtlichem

Wohlbehagen vor ihren Getränken und prosteten den beiden Uniformierten fröhlich zu.

Nun standen die Polizisten oben an der Brüstung und schauten auf ihr kleines Boot hinunter. Markus hatte bereits das Türchen im Geländer geöffnet und war die Treppe hinuntergestiegen. Isabel schloss kurz die Augen, gab sich einen Ruck und folgte ihm. Dankbar griff sie nach der Hand, die Markus ihr entgegenstreckte, und kletterte, ohne weiteres Zaudern zuzulassen, über die Bordwand. Das Boot schaukelte, während die beiden es startklar machten, und verursachte bei Isabel nun doch heftiges Herzklopfen. Markus drehte den Zündschlüssel, und sobald die Fahrt begann und die Weite des Sees sich vor ihnen öffnete, ließ es nach. Isabel atmete den Duft des Wassers ein und fühlte sich beinahe so glücklich wie in den ersten Monaten hier am See. Trotz der erotischen Turbulenzen würde sie ihre Entscheidung, von Tübingen an den Bodensee zu wechseln, niemals bereuen. Die Landschaft tat ihrer Seele gut, die Anspannung fiel von ihr ab, und in ihrem Inneren breitete sich ein tiefes Wohlgefühl aus.

Markus beschleunigte und rief: »Schau mal, Isabel, wie klar heute die Schweizer Berge zu sehen sind. Ich kann jede einzelne Zacke erkennen, sogar die Antenne auf dem Säntis. Was für ein herrlicher Tag.«

Isabel nickte, zog ihre Mütze tiefer ins Gesicht und genoss den Fahrtwind auf ihrer Haut.

Markus nahm Kurs auf Immenstaad, und die Flora am deutschen Ufer änderte sich: Plantagen mit rotbackigen Äpfeln und gelben Birnen wichen mehr und mehr Rebhängen, deren Blätter in der Herbstsonne golden flirrten. Für Isabel hätte die Bootsfahrt länger dauern können, sie ließ ihre Seele fliegen. Doch bald kam Schloss Hersberg in Sicht und sie näherten sich dem Bojenfeld, hinter dem Bäume und Sträucher gelbgrün leuchteten. Markus rief: »Die grüne Halbinsel, die da vorne wie ein Finger in den See ragt, heißt im Volksmund ›Dornier-Mole‹.«

»Weil dahinter das frühere Dornier-Werk steht?«, fragte Isabel.

Markus nickte: »Die Mole wurde im Zweiten Weltkrieg aufgeschüttet, war eine Versuchsanlage für Torpedos.«

»Für Torpedos?« Isabel hob erstaunt ihre Augenbrauen.

»Ja. Die Firma Zeppelin montierte und erprobte die Torpedos dort.«

»Ich hab schon gehört, Friedrichshafen war Rüstungsschwerpunkt in dieser unseligen Zeit!«

»Ja, richtig. Und das Umland auch. Viel mehr weiß ich nicht darüber. Du müsstest Frieder oder gleich einen Fachmann fragen.«

»Oder im Internet googeln, so macht man das heutzutage«, grinste Isabel.

Inzwischen manövrierte Markus das Boot an Bojen vorbei, an denen nur kleine Ruder- oder Schlauchboote hingen. Offensichtlich waren an diesem Tag trotz der fortgeschrittenen Jahreszeit einige Eigner mit ihren Jachten unterwegs.

Das gesuchte Segelboot lag ohne den Außenbordmotor vor Anker. Markus drehte eine Runde um das Boot herum und rief: »Hast du die Zulassungsnummer?«

Isabel zückte die Kamera und kletterte mit dem Fotoapparat in den Händen von einer Seite auf die andere. Zufrieden registrierte sie, dass sowohl die befürchtete Panik als auch ein Gefühl von Beklemmung ausblieben. Sie hob den Daumen und bat: »Fahr bitte mal ganz nahe an das Heck ran.«

Er drehte und stellte fest: »Außer ein paar Kratzern sehe ich keine Spuren von Gewalt oder Vandalismus. Da waren offensichtlich wieder mal Profis am Werk.«

Isabel lehnte sich mitsamt der Kamera über die Bordwand und ließ sich Zeit, auch hier alles zu dokumentieren. Dann sagte sie: »Mich würde interessieren, wohin die Diebe das Ding geschafft haben.«

Markus antwortete: »Pah, der Motor ist bestimmt schon längst irgendwo im Osten.«

»Wahrscheinlich zusammen mit den drei weiteren, die bei den Überlinger Kollegen im selben Zeitraum als gestohlen gemeldet wurden«, vermutete Isabel und packte Kamera und Schreibblock ein.

»Bestimmt. Danach dürfen die Kollegen des Kompetenz-Zentrums Bootskriminalität fahnden. Die ermitteln meistens international, und ich staune immer wieder, was die so alles sicherstellen.« Bei diesen Worten hatte sich Markus im Fahrersitz zurückgelehnt und ließ seinen Blick hinüber zu den Villen am Ufer gleiten. Er scherzte: »Manche Leute müssen eine Menge Geld haben. Mit unseren Beamtengehältern werden wir uns solche Hüttchen niemals leisten können.«

Isabel grinste: »Hey, nur kein Neid, Kollege! Dafür haben wir Wasserschützer den schönsten Arbeitsplatz, den man sich denken kann, und das in einer der schönsten Regionen der Welt.«

Kurz dachte sie an Carls prachtvolle Villa mit direktem Seezugang und die Stunden, die sie mit ihm dort verbracht hatte. Auch er verdankte dieses Haus nicht seinem Einkommen, sondern dem Vermögen einer seiner Ex-Frauen. Jetzt kämpfte er sich mühevoll in ein normales Leben zurück und sie, seine Ex-Freundin, erwartete vielleicht sein Kind. Bei diesem Gedanken zog sich etwas in ihrem Bauch zusammen.

»Wenn du fertig bist, machen wir weiter mit ein bisschen Heimatkunde und starten zu einer Runde in den Überlinger See. Bist du einverstanden, Isabel?«, fragte Markus und hielt ihr seine Tüte Studentenfutter entgegen. Sie griff hinein und sagte: »Sehr gerne, Markus. Mir geht's blendend!«

»Prima. Ich wollte dir schon lange einmal die Güll zeigen«, erklärte Markus und startete den Motor.

»Die was?«, fragte Isabel und verstaute ihre Sachen sicherheitshalber unter der Sitzbank.

»Die Güll. Das ist die Bucht hinter der Mainau. Die war früher berüchtigt, hat nur ›die Rolexbucht‹ geheißen«, erklärte Markus, drückte bereits den Gashebel und nahm westlichen Kurs.

Am rechten Ufer leuchteten ihnen rot und gelb die imposanten Bauten von Meersburgs Neuem Schloss und dem Staatsweingut entgegen. Wieder gingen Isabels Gedanken auf Wanderschaft. Diese Gebäude hatten zusammen mit der alten Burg damals auch Carl und sie willkommen geheißen, sie nach der Überfahrt mit der Fähre aus Konstanz zu Seewein auf die Terrasse der »Gutsschänke« gelockt und den verhängnisvollen Gefühlsrausch mit ausgelöst. Nun wurde Isabel doch etwas mulmig zumute. Sie lockerte ihren Gürtel, damit sie bequemer sitzen konnte, und erinnerte sich an Markus' Worte: »Rolexbucht?«, fragte sie. »Heißt die so, weil da Schweizer Uhren geschmuggelt wurden?«

»Genau, liebe Isabel. Nicht nur Uhren, auch Schmuck, Zigaretten, Kaffee, alles Mögliche. Da musst du mal den Frieder fragen, der kann dir Storys erzählen.«

»Und warum läuft da heute nichts mehr?«, fragte sie.

»Dass heute gar nichts mehr läuft, würde ich nicht sagen. Heute ist bei Schmuggel eher Schwarzgeld ein Thema. Aber ein verdächtiges Boot sehen wir ja meilenweit, wenn es von der Schweizer Seite über den See düst. Da tun die Jungs sich leichter, wenn sie mit dem Auto mal schnell über die Grenze fahren. Die Kollegen vom Zoll kontrollieren ja nicht mehr jeden Pkw.«

Bevor Markus in den Überlinger See einbog, drosselte er nochmals die Geschwindigkeit und sagte grinsend: »Ich gebe den Überlinger Kollegen kurz Bescheid. Sonst fragen sich die Badener, was die Schwaben in ihrem Revier machen.«

Isabel schmunzelte und reichte ihm das Funkgerät. Bald darauf überquerten sie die Fährlinie Meersburg-Konstanz. Es herrschte reger Betrieb: Eine Autofähre verließ gerade den Fährhafen in Meersburg, zwei begegneten sich auf dem Wasser, zwei weitere schwammen vor dem Fährhafen Staad.

»Mensch, da ist ja echt was los. Kein Wunder, dass die Segler bei wenig Wind die Linie lieber unter Motor queren. Ich möchte auch nicht in Konflikt mit den vorfahrtsberechtigten Schiffen kommen«, sagte Isabel, die ein Segelboot beobachtete, dessen Vorsegel der Skipper gerade eilig einrollte.

»Sind eben noch viele Ausflügler unterwegs. Schau mal, wie viele Fahrräder auf der Fähre drauf sind«, grinste Markus. Er hob seine rechte Hand an den Schild seiner Mütze, um den Kapitän des Fährschiffs zu grüßen, und lenkte sein Boot in sicherem Abstand am Heck vorbei. Trotzdem verursachte ihr Wellenschlag bei Isabel Bauchgrimmen, und sie heftete ihren Blick ans Ufer. Dort zog der Bau einer großen Brauerei vorüber, und anschließend flammte das bunte Blätterwerk des Bodanrück vor ihnen auf. Auf verschwenderische Weise führte die Natur noch einmal ihre gesamte Farbpalette vor, und Isabels Herz öffnete sich bei diesem Anblick. Markus ging es ähnlich, er rief gegen das Motorengeräusch: »Herrlich, oder? Das ist *Indian Summer* am Bodensee!«

Isabel nickte und lachte: »Ein Paradies! Zum Kotzen schön, wie der Maler Otto Dix gesagt haben soll!«

»Ich glaube, er hat die Landschaft drüben am Untersee gemeint. Hat er nicht in Gaienhofen auf der Halbinsel Höri gelebt, wie viele Künstler damals?«, fragte Markus.

»Ja, soweit ich weiß, ist er vor den Nazis dorthin geflüchtet. Mein Freund Thomas wüsste es im Detail und könnte uns das ganz genau erzählen.« Isabels Blick wanderte den Baumgürtel hoch, über dem die hellen, lang gezogenen Gebäude der Universität Konstanz herausragten. Wahrscheinlich sitzt Thomas irgendwo da drin mit seinem Doktorvater oder einem Professor und kaut jahrtausendalte ewige Weisheiten durch, dachte sie. Sie wunderte sich, dass sich bei dem Gedanken an ihren Lebensgefährten kaum Gefühle in ihr regten.

Markus steuerte derweil weiter in den Überlinger See hinein und auf die Insel Mainau zu. Das ansehnliche Barockschloss der gräflichen Familie Bernadotte strahlte im Sonnenlicht.

»Warst du schon mal auf der Blumeninsel, wie die Mainau oft genannt wird?«, fragte Markus.

Isabel richtete ihren Blick wieder nach oben: »Ja klar, die muss man doch gesehen haben. Die Mainau gilt schließlich als *die* Attraktion am Bodensee.«

»Es gibt Leute, die besuchen die Insel mehrmals im Jahr, weil die Blumen, Sträucher und Bäume zu jeder Jahreszeit anders aussehen.«

»Jedes Mal ein neues Farben-, Blüten- und Duftspektakel. Über eine Million«, grinste Isabel und fügte hinzu: »Es gibt dort ja auch Schmetterlinge und andere Tiere. Außerdem werden die Blumenbeete mehrmals im Jahr neu bepflanzt.« Ihr dortiger Besuch mit Thomas fiel ihr wieder ein. Lena war kurz zuvor von Tübingen nach Konstanz umgezogen. Thomas und sie wollten bei einem Ausflug an den Bodensee ihre neue Umgebung kennenlernen. Einen Tag lang waren sie durch die Glashäuser und das vielfarbige Blütenmeer geschlendert. Isabel mochte naturnahe Gärten lieber, in denen Pflanzen wachsen durften, wie sie wollten, und nicht von Menschenhand geordnet, geschnitten und gebändigt wurden. Sie erinnerte sich, wie Thomas damals fasziniert geschwärmt hatte: »Die Insel ist ein Gesamtkunstwerk! Von Menschenhand bis ins letzte Detail geplant und geschaffen. Alles hier hat seine wunderbare Ordnung, jede Pflanze hat ihren festen Platz.« Seine Worte klangen noch in Isabels Ohren. Sie wusste, wie wichtig Thomas ein geregeltes Leben mit fester Ordnung war, und seufzte, denn bald würde sie seine kleine geordnete Welt in Unordnung bringen.

Markus unterbrach ihre Gedanken: »Meine Frau hat mich vor Jahren auch mal dort hingeschleppt. Mir war da zu viel Trubel.«

»Hm, man muss ja auch gar nicht hinein. Es gibt hier überall wunderschöne Anlagen und blühende Gärten, beispielsweise entlang der Überlinger Promenade, die ich gerade da vorne sehe«, erwiderte Isabel und zeigte mit dem Arm nach rechts. Dort ragte das Wahrzeichen der Stadt, das Münster mit seinem berühmten Hochaltar und dem mächtigen Turm, über dem Meer der Dächer heraus.

»Da hast du recht. Außerdem hab ich's – ehrlich gesagt – gar nicht so mit Blumen und Schmetterlingen«, grinste Markus. »Motorräder sind mir lieber. Ich würde was drum geben, wenn ich jetzt auf meinem säße.«

»Bald hast du ja Urlaub, dann darfst du deinem Hobby frönen«, versuchte Isabel, ihren Kollegen zu trösten, obwohl ihr vor den Wochen graute, in denen auch er in der Dienststelle fehlen würde. Doch daran wollte sie jetzt gar nicht denken.

Markus hob den Daumen, ballte die Hand zur Faust, simulierte mit einer Bewegung Gas geben und lachte dazu.

Am Anlegesteg der Mainau hatte gerade die »MS Schwaben« festgemacht, und Markus drosselte die Geschwindigkeit. Ein farbenfroher Besucherstrom mit Kinderwägen, Rollern und Rollatoren wand sich aus dem Schiffsbauch den Steg entlang zum Eingang.

Das Schlauchboot tuckerte vorbei, Markus zeigte nach links und sagte: »Das hier ist sie, die besagte ›Rolexbucht‹.«

Isabel streifte mit dem Blick einer Polizistin, der nichts entgeht, die friedlich vor Anker liegenden Boote und stellte fest: »Nach Schmuggel sieht das nicht gerade aus.«

»Hab ich doch gesagt. Da wechseln höchstens mal noch Schwarzgeld oder Drogen illegal den Besitzer«, rief Markus. »Du siehst ja, heute ankern dort meist Jachten, um zu chillen und zu baden. Das Wasser in der Bucht ist wärmer, weil es nicht so tief ist.«

Auf den meisten Booten ließ sich die Crew die Herbstsonne auf den Pelz brennen, badete oder saß bei kühlen Getränken in den beschatteten Cockpits. Alles sah friedlich aus.

»Wenn Frieder dabei wäre, würden wir näher ranfahren, damit er die Badenixen genauer sehen könnte«, feixte Markus und machte sich über die Vorlieben des älteren Kollegen lustig.

»Hey, hier im Überlinger See sind wir doch örtlich gar nicht mehr zuständig«, sagte Isabel mit gespielter Empörung.

»In Notfällen, wenn wir gerufen werden, schon. Und da es auf dem drittgrößten Binnensee Europas ohnehin keine Grenzen gibt …«, grinste Markus.

Kaum hatte er ausgeredet, Isabel nahm gerade die Mütze vom Kopf und wollte es sich gemütlich machen, da vernahmen die beiden die Nachricht aus dem Funkgerät: »Am Teufelstisch werden Taucher vermisst. Wer in der Nähe des Teufelstischs ist, bitte melden!«

Markus und Isabel schauten sich fragend an und spitzten gespannt die Ohren.

»23 ist im Einsatz vor Bodman und ist nicht abkömmlich«, meldete schon der Schiffsführer des Überlinger Polizeibootes.

Nur kurz zögerte Markus, dann meldete er: »Polizeiboot 22 befindet sich Höhe Mainau. Wir fahren sofort an.« Er drückte den Gashebel und ließ die Rolexbucht backbord liegen. »Schluss mit lustig!«, rief er Isabel zu und brauste mit Vollgas los.

Isabel schrie gegen das lauter gewordene Motorengeräusch: »Ich dachte, Tauchen am Teufelstisch ist seit ein paar Jahren verboten! Wer geht denn da runter?«

Markus schüttelte verärgert den Kopf und antwortete mit noch lauterer Stimme: »Beliebte Mutprobe, gefährlicher Leichtsinn! Manche sind so verrückt, gehen sogar außerhalb der Verbotszone runter und tauchen unten rüber!«

Nur einige Wortfetzen kamen in Isabels Ohren an.

Die Orte Litzelstetten und Dingelsdorf zogen am linken Ufer vorbei. Über Funk erhielten sie weitere Informationen: Eine Frau habe angerufen und zwei ihrer Freunde als vermisst gemeldet. Am frühen Morgen seien die Freunde aufgebrochen, wollten zum Tauchen an den Teufelstisch. Seither kein Lebenszeichen. Sie mache sich große Sorgen, dass etwas passiert sein könnte.

In Isabels Gehirn spukte das Wort »Tauchen« herum. Ihr Magen zog sich zusammen.

Markus ordnete an: »Auf dem Teufelstisch steht das Seezeichen 22. Halt mal danach Ausschau.« Sie schluckte den aufkommenden Würgereiz hinunter und zwang sich, das Fernglas aufzunehmen. Dann presste sie zwischen ihren Lippen hervor: »Seezeichen 22 hab ich. Da ist weit und breit niemand.«

Nachdem Markus nicht antwortete, stellte Isabel nochmals fest: »Ich seh nix, auch keinen Teufelstisch«, dabei schüttelte sie ihren Kopf, dass der lockige Pferdeschwanz in ihrem Nacken hin und her schwang.

»Den kannst du gar nicht sehen«, rief Markus. »Selbst beim aktuellen Wasserstand liegt die Felsplatte noch unterhalb der Wasseroberfläche.«

Isabel suchte weiter mit dem Fernglas die Wasserfläche ab: »Ich seh auch kein Boot! Nur ein paar Schwäne und Enten.«

»Dann sind die zwei Helden wahrscheinlich von Wallhausen aus zu Fuß hergelaufen«, mutmaßte Markus und zog den Gashebel zurück.

Ungläubig beäugte Isabel das grünbraune Dickicht am Ufer: »Zu Fuß? Das sind bestimmt ein paar Hundert Meter.«

»Wie denn sonst? Da gibt's keine direkte Straße!«, schrie Markus und schlug mit einer Handfläche auf das Steuerrad.

»Zu Fuß mit Tauchanzug, Flossen, Geräten und dem ganzen Gerödel?«, wandte Isabel nochmals ein.

Markus schimpfte: »Eben! Und dann sind die Idioten wahrscheinlich überhitzt gleich runter. Herrgott noch mal, da ist eine Dekompression vorprogrammiert.«

Plötzlich begann es vor Isabels Augen zu flimmern. Sie schwankte, das Fernglas fiel aus ihren Händen. Sie schloss die Augen und ließ sich auf die Sitzbank sinken. Augenblicklich stabilisierte sich ihr Kreislauf wieder. Sie nahm einen kräftigen Schluck aus ihrer Wasserflasche und schüttete eine Handvoll Wasser in ihr Gesicht. Markus hatte sie beobachtet. Er drosselte die Geschwindigkeit, angelte ein Päckchen Studentenfutter aus seiner Tasche, bot es Isabel an und warf sich selbst ein paar Nüsse in den Mund.

Bevor einer von beiden etwas sagen konnte, ertönte wieder die Stimme aus dem Funkgerät: »Das Landratsamt Konstanz hat keine Kenntnis von einem Tauchgang.«

Isabel hoffte, ihre Schwäche überwunden zu haben. Um sich vor Markus keine Blöße zu geben, versuchte sie zu scherzen: »Mal ehrlich, Markus: Würdest du vor einer Mutprobe eine Genehmigung einholen?« Doch in ihrem Kopf entstand plötzlich ein Rauschen, das rasch lauter wurde und zu einem Sprudeln und Zischen anwuchs. Sie erschrak. Das Unterwasserszenario!

Markus zog den Gashebel noch weiter zurück und musterte kauend seine Kollegin aus den Augenwinkeln. Augenscheinlich stimmte etwas nicht mit Isabel. Ihr sonnengebräuntes Gesicht war blass geworden. Er sagte: »Nach Abenteuer ist dir offensichtlich gerade nicht zumute.«

Markus' Stimme drang von weit weg an Isabels Ohr.

»Isabel!«, schrie Markus nun, und schlagartig kehrte in Isabels Gehirn Ruhe ein. Sie sah Markus mit geweiteten Augen an und presste mühsam hervor: »Ich dachte, das ist vorbei … Seit dem Unglück … Ich hab's nicht mehr so doll mit Wasser.«

Er überlegte, wie er Isabel helfen könnte, reichte ihr schließlich wieder seine Tüte: »Nimm noch mal von der Nervennahrung. Wirst sehen, das wird schon wieder. Es braucht eben Zeit.«

Isabel nahm ihre Mütze ab, wischte sich den Schweiß von der Stirn und sagte: »Hoffentlich hast du recht. Ich bekomme Panik, sobald ich den Kopf unter Wasser hab … war seither kein einziges Mal mehr schwimmen.«

Markus sah, dass ihre Hand zitterte. Am liebsten würde er das Boot abstoppen und sich um Isabel kümmern, aber sie waren mitten in einem Einsatz …

Da straffte sich Isabels Körper, sie zog ihre Bluse glatt, atmete mehrmals tief durch und nahm einen weiteren Schluck aus ihrer Flasche. Es war vorbei. Froh, die Attacke auch diesmal überstanden zu haben, erhob sie sich und nahm erneut das Fernglas. Bevor sie es an die Augen führte, blickte sie Markus ins Gesicht, lächelte und forderte ihn auf: »Gib endlich wieder Gas. Ich fühle mich wieder fit.«

Erleichtert drückte Markus den Gashebel, und nun brausten sie am Hafen von Wallhausen vorbei in Richtung Teufelstisch. Bald rief Isabel: »Hey, mach mal langsam, Markus. Da drüben am Ufer bewegt sich was.«

Sofort drosselte Markus die Geschwindigkeit und drehte nach Backbord. Große Bäume säumten das Ufer, ihre Äste reichten fast überall bis hinunter zum Wasser. Nur wenige Stellen waren mit Steinen, Kieseln, Tang und Sand bedeckt. Isabel wagte, einen Fuß auf die Sitzbank zu stellen, um besseren Halt zu bekommen. Nun konnte sie deutlicher sehen und sagte: »Am Strand liegt eine dunkle Gestalt, wahrscheinlich steckt sie in einem Taucheranzug.«

Als das Polizeiboot sich näherte, schreckte die Person hoch, sank gleich darauf erneut in den Sand.

Auch Markus hatte die Szene beobachtet: »Mit dem stimmt was nicht. Wir müssen an Land!« Er schaute sich um und überlegte laut: »Die Frage ist nur, wo? Ich möchte möglichst nahe ran an den Unfallort.«

Isabel zuckte mit den Schultern und sah ihn fragend an: »Ich kann dir keinen Rat geben, war hier noch nie, du bist der Routinier!«

Markus schob seine Mütze vor und zurück und erwog wiederum hörbar: »Es wäre einfacher, vor zum Anlegesteg der Marienschlucht zu fahren. Hier an Land zu gehen, könnte ganz schön gefährlich werden.«

Auch Isabel überlegte: »Die sollen doch zu zweit gewesen sein. Wo ist wohl der andere abgeblieben?«

Markus sagte nach kurzem Zögern: »Wir müssen an Land. Wir wagen es einfach hier.« Vorsichtig drückte er wieder den Gashebel, und um kein Risiko einzugehen, steuerte er das Boot konzentriert um den Teufelstisch herum.

Den Mann im Taucherdress konnten sie in dem Dickicht nicht mehr ausmachen.

Als sie eine Stelle am Ufer gefunden hatten, an der sie anlanden konnten, steuerte Markus diese an. Isabel rief ihm zu: »Ich steig aus und schau mal nach.«

Markus schaltete den Motor aus, schaute besorgt in Isabels Gesicht und fragte: »Bist du auch wirklich dazu in der Lage?«

Isabel war schon dabei, das Boot zu verlassen, und wandte sich nochmals um. Bevor sie etwas sagen konnte, fügte Markus hinzu: »Ich meine, bist du wieder fit?«

Da hob Isabel einfach den Daumen, grinste und rief voller Tatendrang und Temperament: »Ich fühle mich gut. Bin stark wie Robinson Crusoe!« Damit schwang sie ein Bein nach dem anderen über die Bordwand.

»Okay. Werde nicht gleich übermütig!«

Isabel drehte sich um und sagte: »Keine Angst, ich pass schon auf mich auf.« Kies knirschte und Steine rollten unter ihren Füßen weg, als sie sich die Böschung hinaufhangelte.

»Ich sichere das Boot und fordere gleich mal Verstärkung an. Wir brauchen dringend den Rettungsdienst«, rief Markus ihr nach.

Isabel kämpfte sich durch das Dickicht der Äste und hatte bald die Stelle erreicht, an der sie vom Boot aus den Taucher gesichtet hatten. Der Mann war nicht mehr dort, doch in Sand und Kies konnte Isabel feuchte Abdrücke erkennen. Sie schaute genauer hin, machte Umrisse von Händen und Füßen aus, die sich in schleppenden Fußabdrücken fortsetzten.

Plötzlich hörte sie ein Knacken und blickte auf. Zwischen zwei Bäumen funkelten ihr zwei Augen entgegen. Sie blitzten aus dem Gesicht eines Mannes, den Isabel auf circa 25 Jahre schätzte. Ein Neoprenanzug umspannte einen großen, kräftigen Körper. Ruckartig drehte der Mann sich um und lief auf nackten Füßen davon.

»Stehenbleiben! Polizei!«, rief Isabel laut. Der Mann rannte weiter.

»Bleiben Sie stehen! Ich will Ihnen doch nur helfen«, schrie Isabel noch einmal und nahm die Verfolgung auf. Der Uferweg war seit einem Erdrutsch vor einigen Jahren gesperrt, und die Natur hatte ihn sich zurückerobert. Immer wieder schlugen Isabel Äste und Dornengestrüpp entgegen. Sie riss sich an einer Hand auf, blutete, spurtete weiter. Nur wenige Meter trennten sie noch von dem Mann. Da stolperte er, fiel der Länge nach, blieb bäuchlings liegen, wollte sich noch einmal erheben und sank wieder zurück. Dann stieß er markerschütternde Schreie aus und hämmerte mit beiden Fäusten auf die Erde.

Isabel blieb stehen, keuchte. Die Verfolgungsjagd hatte ihr Seitenstechen verursacht. Sie neigte sich vornüber, um besser atmen zu können. Ein kurzer Schmerz durchzuckte sie, reflexartig griff sie sich an den Bauch, schon war das Ziehen überstanden. Als sich Isabel wieder aufrichten konnte, lag der Mann immer noch am Boden. Isabel beobachtete ihn mit der Hand am Holster. Sie fühlte instinktiv, dass von ihm keine Gefahr drohte. Unvermittelt war er ruhig geworden und fing nun an zu schluchzen: »Simon, Simon, Simon …«

Zweifellos stand er unter Schock. Isabel spähte durch die Bäume auf das Wasser, konnte Markus und das Boot aber nicht ausmachen. Sie nahm ihr Handy und informierte ihren Kollegen.

Kaum hatte sie aufgelegt, hörte sie bereits sich nähernde Motorengeräusche. Sie äugte zwischen dem Buschwerk hindurch und entdeckte ein dunkles Polizeiboot, das sich mit zwei Polizeitauchern an Bord näherte. Die Kollegen aus Überlingen! Endlich, schoss es Isabel durch den Sinn. Ein Boot der Deutschen Lebens-Rettungs-Gesellschaft folgte.

Isabel atmete erleichtert auf, setzte sich mit Abstand zu dem Mann auf einen Baumstumpf und ließ ihn nicht aus den Augen. Unvermutet richtete sich der Mann auf. »Bleiben Sie, wo Sie sind!«, forderte Isabel.

Er schaute die Polizistin geistesabwesend an, lehnte seinen Oberkörper an einen Baumstamm und atmete schwer.

Um ihn abzulenken, fragte Isabel: »Was ist denn eigentlich passiert?«

Der Mann schaute Isabel verwirrt an, weinerliche Wortfetzen kamen über seine Lippen: »Simon … er war plötzlich weg … ich bin hoch, zu schnell …«

Isabel fragte: »Warum sind Sie denn dort runtergetaucht?«

Er antwortete nicht, sondern griff sich immer wieder mit einer Hand an die Brust. Sie fragte weiter: »Soll ich jemanden anrufen?«

Nun vernahm Isabel in der Ferne das Signal von Martinshörnern. Sie lauschte. Die Töne kamen näher, offensichtlich über den Burghofweg, die einzige Zufahrt. Dann verstummten sie. Die letzten Meter zum Uferweg mussten die Helfer zu Fuß zurücklegen, doch es konnte nicht lange dauern, bis sie eintreffen würden. Isabel rief laut: »Hierher! Wir sind hier unten!«

Stimmen und das Geräusch von knackenden Ästen drangen an ihr Ohr. Sie wiederholte: »Wir sind hier!« Gleich darauf sah sie Farben, die sich von den Tönen der Natur ringsum abhoben: Grelles Rot und Weiß schimmerten zwischen den Sträuchern und Bäumen hindurch. Zwei

Sanitäter bahnten sich mit einer Trage mühevoll ihren Weg zum Ufer herunter. Sie grüßten kurz, fragten die Polizistin, was passiert sei, und versorgten parallel dazu den entkräfteten Mann.

Isabel erzählte das Wenige, das sie wusste. Dann wandte sie sich noch einmal an den Mann und fragte nach seinem Namen. Im Moment hielt sie es für besser, nur die Personalien aufzunehmen und ihm keine weiteren Fragen zu stellen. In seinem Zustand machte es wenig Sinn, länger in ihn zu dringen.

Die Sanitäter machten sich bereit zum Abtransport, Isabel verabschiedete sich und bahnte sich einen Weg durch das Unterholz zum Boot zurück.

Breitbeinig stand Markus, beide Arme in die Seiten gestützt, im Boot und empfing sie mit den Worten: »Alles klar bei dir? Ich hab mir solche Vorwürfe gemacht, dass ich dich hab alleine gehen lassen.« Erleichtert reichte er ihr eine Hand und half ihr an Bord.

»Der Mann ist total durch den Wind. Aber er ist jetzt gut versorgt, zwei Sanitäter aus Konstanz haben ihn übernommen«, berichtete Isabel, nahm die Mütze ab und wischte sich den Schweiß von der Stirn. Sie blickte auf das Wasser hinaus und fuhr fort: »Sein Partner Simon ist wahrscheinlich irgendwo da unten. Weißt du schon was von ihm?«

»Nein. Die Kollegen aus Überlingen sind runter und suchen die Steilwand ab«, informierte Markus sie und deutete auf die beiden Rettungsboote nahe dem Seezeichen 22, wenige Meter weiter draußen.

Mit Blick auf das kleine Einsatzboot der Wasserschutzpolizei Überlingen sagte Isabel: »Vielleicht hat er Glück. Das sind die absoluten Spezialisten.«

Erst jetzt sah Markus das angetrocknete Blut an Isabels Unterarm und erschrak: »Du bist ja verletzt!«

»Ist nicht schlimm, nur ein kleiner Kratzer und eine Schürfwunde. Hast du ein Pflaster?« Isabel spuckte auf ein Taschentuch und wischte über die blutenden Stellen. Markus griff nach dem Verbandskasten und versorgte die Kratzer, die tatsächlich schlimmer aussahen, als sie wirklich waren.

»Du bist echt hart im Nehmen. Ganz wichtig für eine gute Polizistin«, lobte Markus seine Kollegin, und Isabel lächelte dankbar über das Lob. Er reichte ihr eine Wasserflasche und blickte wieder zu den Booten hinaus. Seine Miene verfinsterte sich erneut. Er schimpfte: »Herrgott noch mal, der Teufelstisch ist kein Ort für Mutproben! Wie kann man nur so leichtsinnig sein!« Dabei hieb er mit einem Handballen auf das Steuerrad ein und setzte nach: »Wegen ein paar solch uneinsichtigen Kerlen werden immer mehr interessante Tauchplätze gesperrt.«

Isabel ordnete ihre Haare und zog den Gummi um ihren Pferdeschwanz fester. Allein der Gedanke, jetzt mit den Polizeitauchern da hinunter zu müssen, jagte ihr einen Schauer über den Rücken. Sie sagte: »Tauchen … ich glaub, das geht bei mir gar nicht mehr. Ich hab auch bereits die Fortbildung zur Polizeitaucherin abgesagt.«

Markus wandte seinen Kopf von den Booten auf dem See ab und ihr zu: »Schade, Isabel, da gibt's viel zu wenig Frauen. Aber gib dir Zeit. Die Fortbildung kannst du später immer noch machen.«

»Meinst du?« Isabel runzelte die Stirn.

»Klar. Denk mal zurück, Isabel. Du hast doch vor kurzem von einem Tauchurlaub in Ägypten geschwärmt. Warst du nicht auch auf der Sinai-Halbinsel am Küstensaumriff in der Nähe vom Blue Hole?«

Isabel schüttelte den Kopf, blieb stumm und drehte ihre Mütze in den Händen.

»Erinnerst du dich an unseren Tauchgang hier zum Wrack der Jura? Du warst so total begeistert, wolltest gar nicht mehr hoch!«, versuchte Markus weiter, sie zu motivieren.

Isabel fuhr mit einem Zeigefinger den Rand ihrer Mütze nach und stellte resigniert fest: »Markus, das war einmal. Ich kann das nicht mehr. Der Unfall hat alles verändert. Nicht nur Carl ist traumatisiert.« Carl – als sie seinen Namen aussprach, wurde ihr erneut ganz bang zumute. Sie sah Carl wieder vor sich, wie er sie mit angsterfüllten Augen angestarrt hatte, panisch um sich schlug, als sie ihn aus dem sinkenden Schiff befreien wollte.

Isabel schob die Erinnerung schnell beiseite, denn sie wollte sich vor Markus keine erneute Schwäche eingestehen. Sie schaute auf das Wasser, deutete zum Seezeichen auf dem Teufelstisch und fragte: »Was gibt's da unten denn zu sehen?«

Markus kapierte und antwortete: »Also erst mal geht's richtig steil runter. Du merkst sofort, dass da nicht mehr oft getaucht wird. Es schwimmt viel Sediment herum, dadurch ist die Sicht schlecht. Dann kommt ein Überhang, das ist das Gefährliche an der ganzen Sache.«

Isabel hob fragend die Augenbrauen: »Ein Überhang, sagst du?«

Markus nickte und ereiferte sich weiter: »Du denkst, du hast ein Dach über dir, kannst nicht mehr einfach nach oben wegtauchen, fühlst dich irgendwie eingesperrt. Dazu kommen Wellen und Strömungen, vertikal und horizontal. Wenn dann Panik aufkommt und du mehr Luft als vorgesehen brauchst, kann's schnell ziemlich eng werden.«

Isabel erschauderte bis ins Mark und war froh, dass Markus während seiner Worte die Boote auf dem See im Auge behielt und nicht mehr sie beobachtete. Auf einmal rief er: »Sie haben ihn!«

Isabel schreckte auf und sah, wie Kollegen und Männer der DLRG versuchten, einen Körper im Taucheranzug ins Bergeboot zu hieven. Nur mühsam gelang es ihnen. Vor Isabels innerem Auge tauchten Bilder auf, wie Carl von Tauchern geborgen worden war. Sie biss sich auf die Unterlippe, ihr Atem stockte. Carl, der weder essen noch sprechen, geschweige denn laufen konnte und immer noch andere schwere Defizite hatte. Wie würde es wohl weitergehen mit ihm?

Von fern hörten sie das ihnen bekannte Rotorgeräusch von »Christoph 45«. Rasch näherte sich der Rettungshubschrauber, kreiste ein paarmal über der Unglücksstelle in der Luft und blieb dann direkt über den beiden Booten stehen.

Die Helfer hatten den Verunglückten inzwischen der Länge nach ins Boot gelegt. Offensichtlich kam für ihn jede Hilfe zu spät, denn der Helikopter zog die bereits vorbereitete Trage zurück und drehte wieder ab.

Das Polizeiboot mit dem leblosen Taucher an Bord steuerte Überlingen an. Auch Markus startete den Motor und sagte nüchtern: »Wahrscheinlich ist da wieder nix mehr zu machen. Ich schätze mal, dass das Teufelstischopfer Nummer zehn sein könnte.«

Auf direktem Kurs fuhren sie zurück nach Friedrichshafen.

Timo und Frieder hatten den überraschenden Einsatz ihrer Kollegen mitbekommen und erwarteten Isabel und Markus in der Teeküche. Frieder spottete: »Haben da wieder zwei nach dem Nazigold gesucht, was?«

Obwohl Isabel gleich an den Schreibtisch wollte, weckten die Worte des Kollegen ihre Neugier: »Nazigold? Was soll das denn sein?«, fragte sie und goss sich ein Glas Wasser ein.

Frieder schnippte den Deckel von seinem alkoholfreien Feierabend-Bier und sagte: »Das heißt halt so, sind nicht nur Goldbarren! Das können alle möglichen Wertgegenstände sein, die die Nazis beiseitegeschafft und bei Kriegsende vor den Alliierten versteckt haben.«

»Wertsachen, die wahrscheinlich von ausgeraubten und deportierten Juden stammten«, mutmaßte Markus und nahm einen Schluck aus seiner Kaffeetasse.

»Da liegst du sicher richtig«, vermutete Frieder, hob seine Flasche und sagte: »Prost!«

Isabel runzelte die Stirn und fragte skeptisch: »Und das soll dort unten am Teufelstisch sein?«

Frieder wischte sich den Schaum von den Lippen und sagte: »Zumindest erzählt man sich das hier seit über 70 Jahren.«

»Ist das nur Fake oder ist das historisch belegt?«, fragte Timo nun.

»Tja, wenn ich das wüsste, wäre ich um einiges gescheiter«, sinnierte Frieder. »Auch in anderen Seen sollen übrigens Schätze liegen, vor allem in bayerischen.«

Nun mischte sich Markus wieder ein, der bisher schweigend seinen Kaffee geschlürft hatte, und stellte resigniert fest: »Zumindest passieren am Teufelstisch viele tödliche Tauchunfälle, weil die Taucher, vom Schatzsuchervirus infiziert, dort leichtsinnig runtergehen. Das ist der Grund, warum das Landratsamt Konstanz das generelle Tauchverbot verhängt hat. Und alle verantwortungsvollen Taucher sind jetzt die Leidtragenden, ich zähle mich dazu.«

KAPITEL 17

Der Sommer dauerte am Bodensee länger als anderswo im Land. Die gewaltigen Wassermassen wirkten wie ein Speicher, der die Wärme im Herbst langsam abstrahlte. Wieder einmal froh, den tiefsten Süden Deutschlands zu ihrem Lebensmittelpunkt erkoren zu haben, nahm es Isabel zur Kenntnis und packte Vesper in ihren Rucksack. Obwohl der Kalender dünn geworden und das Jahr weit fortgeschritten war, verhieß der anbrechende Tag angenehme Temperaturen mit Sonne und Wind um zwei Beaufort. Ideale Verhältnisse für einen letzten Segeltag, bevor Timos Eltern ihre Jacht aus dem Wasser nehmen würden und damit die Segelsaison endgültig abgeschlossen wäre.

»Möchtest du nicht doch mitkommen?«, fragte Isabel und verabschiedete sich mit einem flüchtigen Kuss von Thomas. »Mein Kollege Timo hätte bestimmt nichts dagegen!«

»Ach nein, geh du nur, Isabel. Ich mache es mir zu Hause gemütlich«, antwortete Thomas und rückte seine Brille zurecht. »Viel Spaß – oder wie sagt ihr Wassersportler? Mast- und Schotbruch …«

»… und immer eine Handbreit Wasser unter dem Kiel!«, ergänzte Isabel seinen Satz lächelnd. Vergnügt hüpfte sie die Treppenstufen hinunter und schwang sich auf ihr Fahrrad. Psychisch und physisch fühlte sie sich gefestigt und befürchtete auch auf einem schwankenden Untergrund keine weitere Panikattacke mehr – im Gegenteil, sie freute sich sehr auf den Segelausflug.

Timo hatte vorgeschlagen, sich gleich im Hafen beim Boot zu treffen. Isabel schob ihr Rad die Uferstraße entlang, und als sie das Hafengelände erreichte, hörte sie das leise Schlagen der Fallen im Wind. Sofort machte sich ein Gefühl von Freiheit in ihr breit, und ihre Lippen formten sich zu einem zufriedenen Lächeln. Dieses gefror allerdings, als ihr Blick über die Stege schweifte und an der prächtigen Jacht mit dem Namen »CARL« hängen blieb. Ein kurzer Krampf im Bauch und ein Spannen der Brüste zeigten Isabel, dass das Trauma, der Schock noch tief in ihren Zellen saß, wenngleich sie meinte, ihr Verstand habe bereits abgeschlossen. Ohne ihre Schritte zu verlangsamen, lief sie rasch weiter. Sie betrat den Schwimmsteg und sah schon Timo, mit seinem Basecap wedelnd, auf dem Vorschiff stehen. Jetzt setzte sie behutsam einen Fuß vor den anderen und ging ihm entgegen.

Ein bisschen schneller als gewöhnlich schlug ihr Herz, das gestand sich Isabel ein, und erleichtert stellte sie fest, dass Timo ihrer Stimme nichts anhörte. Schmunzelnd stand sie vor dem Heck des Bootes und bat nach alter Seemannssitte höflich: »Bitte an Bord kommen zu dürfen.«

Timo nickte. Sie griff an die Reling und setzte beherzt einen Fuß auf das Heck der »Xie«. Dabei zitterte ihre Hand kaum merklich.

»Willkommen an Bord, du charmante Bordfrau. Was hab ich für ein Glück, dass du es heute wagst.« Timo strahlte übers ganze Gesicht, und seine Mundwinkel zuckten vor freudiger Erregung.

»Wer nicht wagt ... und du weißt ja, wie viel mir Segeln gibt. Ich will es einfach wieder versuchen. Ich will stärker sein, sonst wird das am Ende gar nichts mehr«, sagte Isabel mit fester Stimme, und ihre Selbstsicherheit wuchs.

Timo ermutigte sie: »Das wäre jammerschade. Den ersten Schritt hast du geschafft.«

»Ja, und da bin ich auch stolz drauf. Es tut gut, wieder auf einem Segelboot und dazu noch auf einer X-Yacht zu stehen. Danke, Timo, dass du mich mitnimmst. Wie kann ich mich nützlich machen?« Isabel hoffte, dass das mulmige Gefühl vollends verschwinden würde, wenn sie sich beschäftigte.

»Schmeiß deinen Rucksack einfach in die Kajüte runter. Wir sind schon fast startklar«, sagte Timo und stieg auf das Vorschiff, um die Vorschotleine am Vorsegel zu befestigen.

Isabel betätigte sich, indem sie eine herumliegende Leine nahm und diese sauber und ordentlich ablegte. Aus den Augenwinkeln schaute sie Timo zu, der sich vorne routiniert und leichtfüßig von einer Seite auf die andere bewegte. Als er zurückkam, sagte sie: »Ich bin froh, dass ich im Cockpit bleiben konnte und nicht das Vorschiff betreten musste. Ich glaube, das wäre mir im Moment noch zu viel gewesen.«

Timo schaute sie an und erwiderte: »Das kann ich verstehen, Isabel. Ich bin zuversichtlich, das kriegst du auch noch gemeistert.«

»Bestimmt hast du recht«, antwortete Isabel zuversichtlich.

»Nächstes Mal bist du dran, Isabel«, grinste Timo, zog sein Basecap tiefer in die Stirn und bestimmte: »Du bedienst beim Rausfahren die Pinne und ich löse die Festmacherleinen, okay?«

»Okay«, stimmte Isabel erleichtert zu.

Timo reichte ihr den Zündschlüssel, sie startete den Motor, und die Jacht verließ den geschützten Hafen. Der Wind war günstig, und Timo konnte noch innerhalb der Fahrrinne das Großsegel setzen.

Draußen rollte er auch das Vorsegel aus und Isabel schaltete den Motor ab. Das war für sie der Moment, den sie bei jedem Segeltag am meisten genoss: Kein Motorengeräusch störte mehr, es gab nur noch Ruhe, Stille, Wellen und Wind. Als die leichte Brise die Segel blähte und Isabel sie auf ihrer Haut spürte, fiel der letzte Rest Anspannung von ihr ab und auch für sie begann ein entspannter Segelausflug. Sie lehnte sich zurück und konzentrierte sich auf eine optimale Stellung der beiden Segel. Mit Wind aus Südwest steuerte sie einen schnellen Am-Wind-Kurs in Richtung Schweiz. Isabel lauschte dem Gurgeln und Plätschern der Wellen entlang der Bordwand, und das beruhigende Geräusch versetzte sie in Urlaubsstimmung.

Timo holte zwei Flaschen Fruchtlimo aus dem Kühlschrank, reichte Isabel eine davon und setzte sich ihr gegenüber.

»Schau mal, Isabel, wie die Berge heute leuchten«, schwärmte Timo und schaute staunend zum Schweizer Ufer hinüber. »An dem einzigartigen Panorama werde ich mich mein Leben lang nicht sattsehen.«

»Genauso geht es mir, Timo«, rief Isabel. »Ich glaube, es sind Hunderte, die man vom See aus sieht. Leider kenne ich nur den Pfänder und natürlich den schönsten und höchsten, den Säntis, über dem See drüben und neben ihm den Altmann.«

»Es sieht heute aus, als ob der Säntis ganz nah wäre. Tatsächlich ist er fast 50 Kilometer von uns entfernt«, ergänzte Timo, und Isabel fügte hinzu: »Und rund 2.500 Meter hoch!«

Timo nickte anerkennend und fuhr fort: »Das ist nicht nur ein einziger Berg, das ist eine ganze Gruppe und heißt Alpsteingebirge.«

»Aha, danke schön für die Stunde Heimatkunde, Herr Oberlehrer!«, lachte Isabel. »Warst du schon mal oben?«

»Ja, klar«, gab sich Timo entrüstet. »Allerdings schon vor vielen Jahren mit meinen Eltern. Wir sind damals nach Romanshorn gesegelt, haben die ›Xie‹ festgemacht und sind dann drei Tage gewandert: Über Sankt Gallen und das Appenzellerland hoch zum Wildkirchlifelsen und über den Schäfler zum Gipfel des Säntis hoch.«

Isabel staunte: »Wow, das hört sich richtig toll an, darauf hätte ich auch mal Lust.« Kann ich erst machen, wenn das Zellknäuel in meinem Bauch weg ist, fügte sie für sich hinzu.

»Ja, das war schon echt klasse. Aber als pubertierender Teenager konnte ich das meinen Eltern ja nicht eingestehen. Ich hab mich damals ihnen gegenüber richtig ekelhaft aufgeführt«, grinste Timo. »Im Nachhinein rechne ich ihnen hoch an, dass sie mich trotzdem die ganze Zeit mitgeschleppt haben. Ich würde die Tour jederzeit wieder machen. Der Gipfel des Säntis ist allerdings richtig hässlich verbaut.« Bei diesen Worten prostete er Isabel hoffnungsvoll zu.

Isabel ging nicht darauf ein und wich seinem Blick aus, indem sie die Stellung der Segel überprüfte. »Hol bitte das Vorsegel ein bisschen dichter, Timo«, bat sie und stellte nach einer kleinen Pause begeistert fest: »Es ist einfach phänomenal, wie gut die X-Yachten laufen. Eine X-Yacht wäre mein absolutes Traumboot! Das hab ich dir ja schon gesagt.«

»Ja, bei unserem ersten Törn«, sagte Timo und nestelte verlegen an seiner Mütze. Er schaute Isabel an und fügte hinzu: »Weißt du eigentlich, dass ich mich damals in dich verliebt habe?«

Isabel errötete. Sie hatte das vermutet, doch sie tat erstaunt: »Oh mein Gott! Nein, das wusste ich nicht!« Ihre Gedanken wanderten zu Carl. Schließlich gestand sie in das weiße Dreieck des Großsegels hinein: »Zu dieser Zeit war ich so verblendet, unfassbar für mich heute.«

»Tja, mit Carl W. Dangelmann konnte ich nicht mithalten. Gegen den Frauenflüsterer hat keiner eine Chance«, sagte Timo, und seine Worte hörten sich immer noch resigniert an.

Isabel legte eine Hand auf Timos Arm und sagte: »Bitte, vergleich dich nicht mit ihm, Timo. Das hast du nicht nötig. Aber mal ehrlich, ich bin ganz glücklich, dass wir so gut zusammenarbeiten, und auch, dass wir Freunde sind.«

Timos Gesicht färbte sich dunkelrot bis unter die Haarspitzen. Er blickte Isabel wieder an, ohne ein weiteres Wort hervorzubringen.

Für einen Moment ließ Isabel die Segel aus den Augen, wandte sich Timo zu und sagte eindringlich: »Timo, versteh mich bitte nicht falsch. Ich sag dir eines – und das hat nichts mit dir persönlich zu tun, absolut nichts: Ich habe einen Partner, der mich mag. Ich fange nie wieder was mit einem Kollegen an! Nie wieder, hörst du!« Ihr Blick streifte nun über die Wasserfläche, und sie fügte hinzu: »Die Sache mit Carl war ein einmaliger Ausrutscher, und ich hab in meinem ganzen Leben noch nichts so sehr bereut wie das.« Ein Ziehen in der Brust erinnerte sie erneut schmerzhaft an ihre Schwangerschaft.

Schon wollte Timo erwidern: »Sag niemals nie«, doch als er Isabels entschlossenen Gesichtsausdruck sah, wusste er, dass sie es ernst meinte. Er schaute sie lange an, erhob sich wortlos, hangelte sich an der Reling entlang zum Bug, setzte sich auf das Vorschiff und starrte auf die Wasserfläche.

Isabel hielt weiter Kurs und überlegte, was in seinem Kopf vorgehen mochte.

Nach ungefähr zehn Minuten kam Timo ins Cockpit zurück, setzte sich wieder Isabel gegenüber und sagte: »Schade, Isabel, aber danke. Danke für deine Ehrlichkeit.« Er nahm seine Flasche und prostete Isabel zu. »Zum Wohl!«

»Zum Wohl«, wiederholte Isabel, und beide widmeten sich erneut den Segeln.

Nach einer Weile meinte Timo: »Ob sich CaWe jemals wieder so weit erholen wird, dass er dienstfähig ist?«

Isabel zuckte nur mit den Schultern und dachte an ihre Besuche in der Klinik.

Während Timos Blick an den Schweizer Bergen hing, sagte er: »Ich bin nie klargekommen mit seinem Jähzorn und seiner Aggressivität. Vom ersten Tag an hat sich CaWe mich als Opfer ausgesucht … und ich hab die Rolle angenommen. Wenn er einen seiner psychotischen Aussetzer hatte, hat er mich wegen Nichtigkeiten vor versammelter Mannschaft übelst beschimpft, nur um mich zu demütigen und seine Macht zu demonstrieren.« Timo hielt einen Moment inne und schüttelte den Kopf. »Heute weiß ich, das war Mobbing der schlimmsten Art. Einmal hat er in seiner Wut einen Aktenordner nach mir geworfen, weißt du noch? Da warst du schon bei uns.«

Auch Isabel hatte die peinliche Szene in schlechter Erinnerung. Sie passierte bereits zu der Zeit, als Carl auch ihr gegenüber sein wahres Gesicht gezeigt hatte und sie ihn zur Rede stellen wollte. Er musste es gemerkt haben, denn mehrmals hatte er eine Aussprache geschickt verhindert, hatte sie noch mehr erniedrigt, und dann waren sein Geburtstag gekommen und die Bootsfahrt, die alles verändert hatte. Ganz in ihre Gedanken versunken, sagte Isabel: »Das war unglaublich! Ein Armutszeugnis, keiner, der die Szene miterlebt hat, wird sie jemals vergessen. Und, Timo, ich sag dir eines: Niemand wird selber groß, indem er andere kleinmacht.«

Timos Stimme klang verbittert, als er weiterredete: »Da magst du richtigliegen, Isabel. Seit CaWe da ist, ist bei uns das Arbeitsklima vergiftet, und wenn er auch noch so viel von wertschätzendem Miteinander faselt. Der Mann ist absolut unfähig, Mitarbeiter zu führen. Und sein Kontrollzwang ist unerträglich.«

»Wir wissen nicht, wie es mit ihm weitergeht. Wir haben aber jetzt die Chance, für uns die Konsequenzen zu ziehen«, sagte Isabel bestimmt, wenngleich sie noch nicht sicher war, wie die ihrigen aussehen würden.

»Das hab ich schon getan«, sagte Timo entschlossen. »Ich werde mich nie wieder so erniedrigen lassen! Vorher haue ich ihm eine rein.« Dabei holte er mit seinem Arm zu einem Schlag aus, der von einer Winsch jäh gestoppt wurde. »Aua!«, rief er mit schmerzverzerrtem Gesicht und rieb mit der Hand seinen Ellbogen.

Isabel musste grinsen und sagte kopfschüttelnd: »Typisch

Mann! Das wirst du nicht tun, denn dann bekommst du nur jede Menge Probleme an den Hals.«

»Du hast recht«, überlegte Timo und schob sein Basecap hoch. »Den Triumph gönne ich CaWe nicht. Notfalls werde ich die Stelle wechseln.«

»Stark! Timo, das ist die einzig richtige Einstellung«, ermunterte Isabel ihren Kollegen. Auch sie hatte bereits mit diesem Gedanken gespielt. Sie konnte sich nicht vorstellen, wie ihre Zusammenarbeit funktionieren sollte, wenn Carl den Dienst wieder antreten würde.

Die Jacht glitt ruhig vorwärts. Beide hingen ihren Gedanken nach, und das Geräusch der am Bootskörper entlangtrödelnden Wellen beruhigte ihre Gemüter. Auf einmal unterbrach Isabel die Stille: »Schau mal, da drüben schwimmen Blumen auf dem Wasser … Rosen, wie schön!«

Timo wandte seinen Kopf und betrachtete den bunten Blumenteppich. »Schön, ja, bezaubernd. Ich fisch dir trotzdem keine heraus.«

»Warum nicht? Es sind doch sooo viele! Woher kommen die, mitten auf dem See?«, fragte Isabel.

»Kannst du dir das wirklich nicht denken? Wir sind nahe an der Schweiz.«

»Das weiß ich, na und?«, fragte Isabel, noch immer arglos.

Timo grinste und sagte: »Die Blumen stammen von einer Seebestattung.«

Isabels Atem stockte, und die Muskeln in ihrem Nacken spannten sich an. Schon wieder wurde sie völlig unvermittelt mit dem Thema »Tod auf See« konfrontiert. Sie stotterte: »Ich dachte, Seebestattungen gibt es am Bodensee nicht, nur in der Nordsee.«

Timo war Isabels Veränderung nicht aufgefallen. Er sagte: »Bei den Eidgenossen schon. In der Schweiz sind sie zwar offiziell auch nicht erlaubt, die dortigen Kollegen ahnden sie aber auch nicht.«

Isabel erholte sich schnell von ihrem Schrecken, schaute auf das Blumenmeer und bekräftigte: »Das ist mir völlig neu.«

»In der Schweiz kannst du die Urne deines verstorbenen Angehörigen mit nach Hause nehmen und dann entscheiden, was du mit der Asche machst.« Timo machte eine Pause und fügte schmunzelnd an: »Vergräbst du die Oma im Garten unter dem Apfelbaum, stellst du sie in der Urne auf die Fensterbank oder verstreust du die Asche im See?«

Isabel hob die Augenbrauen und fragte: »Und diese Blumen haben Angehörige mit der Asche ihres Verstorbenen hier verstreut?«

»Hier oder irgendwo in der Nähe, und die Strömung hat sie hierhergetrieben«, antwortete Timo. »Verstehst du jetzt, warum ich dir keine rausholen möchte?«

»Ja klar. Ich wusste das echt nicht. Eigentlich finde ich das eine sehr passende Bestattung für jemanden, der den Bodensee geliebt hat.«

»Ich auch, genau das Richtige für alte Seebären. Aber wir beide haben hoffentlich noch viele Gelegenheiten, den schönsten aller Seen anders, und zwar lebend, zu genießen.«

Mittlerweile hatte der Wind die letzten Wolken am Himmel auseinandergerissen, die Sonne blitzte hinter den weißen Überbleibseln hervor und verwandelte die silbergraue Wasserfläche in ein blaugrünes Meer. Auch die Temperatur war nochmals hochgeklettert, und das Thermometer zeigte 22 Grad.

»Was hältst du von einer Badepause?«, fragte Timo.

Isabels Miene versteinerte und ihr Herzschlag beschleunigte sich. Sie wollte sich nichts anmerken lassen und verkündete: »Wenn du baden magst, gern. Ich habe keine Lust und bleibe lieber an Bord.«

»Was? Du hast keine Lust, echt nicht? Das Wasser ist richtig klasse«, wunderte sich Timo und dachte nicht daran, dass sich Isabel vor dem Eintauchen ins Wasser ängstigen könnte.

Isabel kam eine rettende Idee, und sie schlug vor: »Du, dann lassen wir die Segel drauf und machen ›Beidrehen zum Beiliegen‹. Das Manöver hab ich schon lange nicht mehr geübt.«

»Okay, wenn du meinst«, willigte Timo ein.

Isabel nickte und bewegte bereits die Pinne, um anzuluven. Als der Bug des Schiffs durch den Wind gedreht hatte, fierte Isabel die Großschot auf. Das Boot pendelte sich ein, und das Vorsegel blieb wie gewünscht stehen. Timo, der Isabels Tun genau verfolgt hatte, hob anerkennend seinen Daumen. »Isabel, das hast du perfekt gemacht«, lobte er und setzte hinzu: »Und du willst dich wirklich nicht abkühlen?«

»Nein, du kannst beruhigt rein. Ich bleibe an der Pinne«, sagte Isabel, löste die Schwimmleine des Rettungsrings, warf ihn über Bord und machte deutlich: »Nur zu deiner Sicherheit!«

Timo ließ die Badeleiter zu Wasser und grinste: »Ich sehe, du denkst mit.« Dann nahm er seine Mütze ab, zog sein T-Shirt über den Kopf und hechtete am Heck ins Wasser. Als er wieder auftauchte, prustete er: »Schwimmen im Bodensee ist einfach genial! Sauber, und kein lästiges Salzwasser in Augen und Nase!«

Isabel nickte und rief ihm lachend zu: »Schwimm nicht zu weit weg, sonst segle ich ohne dich zurück!«

»Wehe dir, wenn du dich das traust!«, drohte Timo, spritzte eine Handvoll Wasser zu ihr ins Cockpit hoch und tauchte erneut unter.

Isabel schaute ihm nach und dachte: Ach, Timo, wenn du wüsstest, ich traue mich ja nicht mal ins flache Wasser. Noch nicht, aber auch das wird sich bestimmt wieder ändern …

Timo drehte schwimmend einige Runden um das Boot herum und stieg danach die Badeleiter hoch. Er sagte: »Nirgends macht das Baden so viel Spaß wie vom Boot aus. Das Wasser ist einsame Spitze! Hier, du kriegst auch was ab.« Damit baute er sich vor Isabel auf, schüttelte seinen Kopf, um Isabel nass zu spritzen.

»Hey, Timo, das reicht!«, rief Isabel mit gespielter Empörung und wischte sich ein paar nasse Spritzer von der Haut. Dabei betrachtete sie Timo und dachte: Der Kerl hat ja richtige Muskeln und kein Gramm Fett am Körper.

Timo angelte sich ein Handtuch aus seiner Tasche und fragte, während er sich abtrocknete: »Kennst du eigentlich die drei schönsten Wassersportarten?«

»Nein, die kenne ich nicht«, sagte Isabel und schaute Timo ins Gesicht.

Timo rubbelte restliches Wasser aus seinen Haaren und grinste: »Die drei schönsten Sportarten sind: In Geld schwimmen, in Glück baden und in Liebe tauchen! Das Erste müssen wir uns bei den Gehältern im öffentlichen Dienst leider abschminken.«

Isabel lachte: »Macht nix. Dafür haben wir nette Kollegen, die uns zum Segeln einladen, genießen Sicherheit …«

Timo fiel ihr ins Wort und ergänzte: »Arbeitsplatzgarantie, wir können uns beurlauben lassen, wenn wir ein Kind bekommen, und so weiter und so fort.«

Isabel zuckte bei seinen Worten zusammen und zupfte an ihrem T-Shirt. Warum sagte er denn das? Sah man ihr etwa an, dass sie schwanger war? Das konnte nicht sein.

Doch Timo fuhr leichthin fort: »Mein Kumpel hat mal zu mir gesagt: gesagt: ›Die Berufswahl war schon immer eine Frage der Intelligenz!‹ Er verdient als Coach und Unternehmensberater ein Schweinegeld!«

»Ach, Geld allein macht nicht glücklich«, antwortete Isabel gedankenversunken.

»Aber es beruhigt«, setzte Timo nach und setzte sein Basecap wieder auf. Dann ließ er sich Isabel gegenüber auf die Sitzbank sinken und stellte fest: »Schwimmen macht hungrig. Jetzt hab ich ordentlich Kohldampf. Lass uns vespern. Ist doch gemütlicher, ganz ohne Fahrt.«

»Okay, hab nichts dagegen«, stimmte Isabel zu.

Timo klappte einen kleinen Tisch aus, und jeder packte aus, was er mitgebracht hatte. So ließen sie sich Brot, Wurst, Käse und Gemüsesticks schmecken. Erst als sie sich gestärkt und die Reste weggepackt hatten, gab Timo das Vorsegel frei und machte es auf der anderen Seite wieder fest. Isabel stellte beide Segel auf den neuen Kurs ein, und die »Xie« nahm wieder Fahrt auf. Nach einer Weile fragte sie: »Timo, möchtest du die Pinne übernehmen?«

»Nur wenn du keine Lust mehr hast und es dir zu viel wird«, antwortete Timo und lehnte sich zurück.

»Mir? Zu viel? Niemals! Das wirst du nicht erleben! Segeln ist für mich reinstes meditatives Tun. Da kann ich alles um mich herum vergessen!«, rief Isabel begeistert aus, und während sie sich weiter auf die Stellung der Segel konzentrierte, machte es sich Timo ihr gegenüber gemütlich.

Am Nachmittag beobachteten sie, wie sich im Alpsteingebirge dunkle Gewitterwolken auftürmten. In der Ferne war bereits leises Donnergrollen zu hören, und Isabel sagte: »Im Thurgau gewittert es. Meinst du, das Gewitter kommt hierher?«

Timo nahm die Windmesser ins Visier: »Hm, mal sehen, der Wind frischt schon etwas auf. Aber wie sagt mein Vater immer: ›Über das warme Wasser kommt's selten rüber.‹«

Isabel schaute suchend ans Ufer und stellte fest: »Hoffentlich behält dein Vater recht. Die Starkwindwarnung ist immerhin noch nicht an.«

Timo folgte ihrem Blick und sagte: »Das will nichts heißen. Manchmal schalten die Stuttgarter die Blinklichter sehr spät an. Wir beobachten das Wetter lieber selbst.«

»*Mein* Vater hat immer gesagt: ›Wenn's am schönsten ist, soll man aufhören.‹ Lass uns zurücksegeln«, sagte Isabel und gab das Kommando zur Wende.

Das Gewitter war tatsächlich nicht über den See gekommen. Als sie Friedrichshafen erreichten, stand die Sonne bereits tief. Vor der Hafeneinfahrt blickte Isabel noch einmal zurück. Im Kielwasser der »Xie« tanzten tausend Sterne auf der Wasserfläche und blitzten und blinkten mit Isabels strahlenden Augen um die Wette. Selbst die Schwäne und Enten, die sich vor dem Hafen tummelten, zogen einen goldenen Fächer aus Licht hinter sich her.

Gemeinsam versorgten sie das Boot, und Isabel radelte beschwingt nach Hause.

Thomas hatte es sich mit einem dicken Wälzer auf der Couch bequem gemacht. Begeistert erzählte Isabel: »Thomas, du hast echt was verpasst. Wir hatten so einen wundervollen Tag.« Er legte sein Buch beiseite, hörte ihr geduldig zu und sagte schließlich: »Ja nun, es freut mich, dich wieder glücklich zu sehen. Du weißt, ich halte es lieber mit Winston Churchill: No Sports!«

Später, als Isabel im Bett lag, erlebte sie noch einmal die sanften Bewegungen der Wellen, hörte tief in ihrem Herzen den See und nahm ihn mit in ihren Schlaf.

KAPITEL 18

Nachdem Isabel am Abend nach dem Segelausflug ihre Sachen ausgepackt hatte, hatte sie Lena angerufen und auch die Freundin voller Freude informiert: »Liebe Lena, ich habe meinen inneren Schweinehund, oder wer immer mir die Wasserphobie eingebrockt hat, besiegt! Ich war heute wieder auf dem Wasser, und zwar auf einem Segelboot.«

»Freut mich, es geht definitiv aufwärts, meine Liebe!«, antwortete Lena.

»Ja! Wenn das Wetter hält, mach ich morgen gleich den nächsten Schritt: Nach dem Dienst gehe ich schwimmen!«

»Prima, darin kann ich dich nur bestärken.«

»Wenn du Zeit hast, komme ich rüber nach Konstanz, und wir gehen gemeinsam ans Hörnle«, schlug Isabel spontan vor.

Lena bedauerte: »Isabel, das geht leider nicht. Ben ist krank, und mein Mutterherz schmerzt schon, wenn ich ihn während der Praxiszeit Natalia anvertrauen muss. Die ist mit ihrer Tochter Pia schon überfordert.«

»Schade, vielleicht klappt's diese Saison ja noch mal!«, antwortete Isabel, und während sie die Worte aussprach, dachte sie: Mutterherz, hat Lena gesagt. Schlägt das Herz einer Mutter etwa anders? Mit einem Mal begann ihre Brust zu spannen.

»Dich schreckt Kälte ja nicht ab. Du bist bis vor dem Unglück noch ins Wasser gegangen, selbst wenn du eine Eisschicht am Rand durchbrechen musstest«, sagte Lena und lachte.

Auch auf Isabels Gesicht zeigte sich ein Schmunzeln. Sie sagte: »Mal sehen, ob es jemals wieder so weit kommen wird.« Dabei dachte sie: Von Unglücken werde ich derzeit geradezu verfolgt. Aber von der Schwangerschaft weiß Lena ja nichts.

Es hätte zeitlich ohnehin nicht gereicht, nach Konstanz zu fahren, musste Isabel feststellen, als sie an diesem Abend die Dienststelle verließ. Markus hatte Timo zu einem Treffen aller Wasserschutzpolizeien am See mitgenommen, bei dem die Optimierung der Internationalen Seenotrettung besprochen werden sollte. Frieder war mit einem Kollegen aus Langenargen auf Streife, und Isabel musste die Stellung im Büro halten. Es war ihr schwergefallen, insbesondere, wenn sie vor dem offenen Fenster auf den wolkenlosen, tiefblauen Himmel blickte. Sie nahm sich fest vor, trotzdem die weitere Hürde zu nehmen und auch ohne Lena im Bodensee schwimmen zu gehen.

Zu Hause stellte Isabel ihr Fahrrad nur ab und rannte die Treppe zur Wohnung hinauf. Schon im Flur rief sie: »Hallo, Thomas. Ich geh nachher schwimmen. Kommst du mit?«

Erstaunt kam Thomas aus seinem Zimmer. »Du machst *was*?«, fragte er ungläubig.

»Ich geh schwimmen«, wiederholte Isabel. »Kommst du mit?«

»Ja nun, ich bin gerade mitten in einem Aufsatz«, antwortete Thomas. »Außerdem habe ich Hunger.« Er bewunderte ihren Mut und überlegte: Was mochte vorgefallen sein, dass Isabel ihre Furcht vor dem nassen Element besiegt hatte?

Nach Thomas' Worten streifte Isabel mit ihren Schuhen gleichzeitig auch ihren Optimismus ab, der in ihr gerade wieder aufgekeimt war. »Okay, ich hab verstanden. Ich mach uns schnell etwas zu essen«, seufzte sie ergeben und ging ins Bad, um sich die Hände zu waschen. Sie betrachtete ihr Spiegelbild und beschwor das Gesicht mit den immer noch dunklen Ringen unter den braunen Augen: Isabel Böhmer, du findest zu deiner früheren Stärke zurück. Du schaffst das, du bist auf einem guten Weg. Gib nicht wieder klein bei, suggerierte sie sich selbst, während sie das Essen zubereitete. Als Isabel Thomas gegenübersaß und ihre Absicht, schwimmen zu gehen, wiederholte, sagte er: »Überleg es dir noch einmal. Es ist schon spät, und es hat inzwischen mächtig abgekühlt.«

»Ich gehe! Das macht mir nichts aus«, beharrte Isabel auf ihrem Entschluss und räumte das Geschirr in die Spülmaschine.

Thomas fröstelte allein schon bei dem Gedanken an ein abendliches Bad im See und machte ihr deutlich: »Ja nun, dann musst du alleine gehen. Ich will mir das auf keinen Fall antun.«

»Okay, bis später.« Damit ließ Isabel ihn einfach am Küchentisch sitzen. Es war ohnehin besser, wenn Thomas nicht mitkommen würde. Sie zog Jeans und T-Shirt über den Bikini, packte ein Handtuch in den Rucksack und radelte zum Naturstrand vor dem Graf-Zeppelin-Haus.

Von der Seeterrasse des Restaurants drang Stimmengewirr an ihr Ohr. Auch auf dem Rasen davor hatten sich Menschen niedergelassen, um die letzten Strahlen der untergehenden Sonne zu genießen. In goldenem Orange lag die Wasserfläche vor ihr, glatt wie ein riesengroßer Spiegel. Ideale Badebedingungen, dachte Isabel, stellte ihren Rucksack ab, streifte T-Shirt und Hose ab und legte ihre Kleidung darauf. Während sie die Badeschuhe über ihre Füße zog und sich schließlich dem Ufer näherte, beschlich sie ein mulmiges Gefühl. Ihre Beine schienen mit jedem Schritt schwerer zu werden. Mit der ganzen Kraft ihres Willens setzte Isabel Fuß vor Fuß. Als eine ankommende Woge ihre Waden umspülte, durchzuckte sie ein kalter Schauer, und Gänsehaut breitete sich auf ihrer Haut aus. Doch Isabel zwang sich weiterzugehen.

Mittlerweile hatte der Abendwind aufgefrischt und strich kühl über ihren Körper. Die Blicke, die Isabel in ihrem Rücken spürte, motivierten sie, Schritt für Schritt tiefer einzutauchen. Inzwischen reichte ihr das kalte Wasser bis zu den Oberschenkeln, ihre Haut kribbelte und ihr Herz pochte heftig gegen die Rippen. Das Dröhnen breitete sich von ihrem Nacken über beide Ohren aus und besetzte schließlich ihren gesamten Kopf. Sie ging weiter. Zwei Schritte noch, dann ließ sie sich mit einem kurzen Aufschrei in den See fallen.

Im ersten Moment fürchtete Isabel zu erstarren, doch dann begannen ihre Arme und Beine wie von selbst mit Schwimmbewegungen. Schlagartig kehrte in ihrem Kopf Ruhe ein. Ihre Gedanken überschlugen sich. Sie hatte es geschafft, aus eigener Kraft! Sie hatte sich ihr Element zurückerobert. Ein unglaubliches Glücksgefühl durchflutete ihren Körper. Kräftig holte sie aus, schwamm immer weiter hinaus, und das Wasser färbte sich violett. Erst als ihre harten Brustwarzen vor Kälte schmerzten und ihre Fingerspitzen klamm wurden, drehte sie um.

Es dämmerte bereits, als Isabel zähneklappernd und am ganzen Körper schlotternd wieder das Ufer erreichte. Ihr Rucksack stand mutterseelenallein auf der Liegewiese. Um wieder warm zu werden, rubbelte sie sich kräftig ab. Die Haut an ihrem Bauch malträtierte sie geradezu und dachte dabei wieder an den Zellklumpen, der sich in ihr eingenistet hatte und von Tag zu Tag größer wurde. Ist es dir nicht zu viel geworden? Und zu kalt? Gib einfach auf, ich will ohne dich leben, forderte Isabel trotzig. Sie zog sich an und legte sich ins Gras. Sie sehnte den Beratungstermin herbei. Dann holte sie ihr Handy hervor und schickte eine Sprachnachricht an Lena: »Ich hab auch das geschafft, ich war schwimmen.«

Ob ich Lena mein Geheimnis wohl anvertraut hätte, wären wir heute stundenlang beieinander gewesen, ging es Isabel durch den Sinn, während sie die Sterne am Himmel betrachtete. Obwohl sie die Freundin schon so lange und so gut kannte, konnte sie nicht einschätzen, wie Lena reagieren würde. Davor fürchtete sie sich. Vielleicht würde sie Lena alles erzählen, wenn die ganze Sache überstanden war. In wenigen Tagen hätte sich ja ohnehin alles erledigt.

In dieser Nacht träumte Isabel zum ersten Mal seit langem einen Traum, in dem sie sich pudelwohl fühlte: Sie bewegte sich in einem großen Wasser, erlebte sich ganz frei und schwerelos. Sie tauchte unter, glitt hinab in eine unendliche Tiefe. Auch unter Wasser konnte sie sich frei bewegen, konnte atmen. Sie nahm sich nicht wahr als Fremdkörper, sie gehörte vielmehr zu diesem Element dazu, sie war eins mit ihm … Isabel erwachte, und ein nie gekanntes Gefühl des Wohlbefindens erfüllte sie. Es beseelte sie so sehr, dass sie ihm noch nachspüren konnte, während sie unter der Dusche stand und sich für den Tag rüstete.

KAPITEL 19

Krachend fiel die Türe hinter Isabel ins Schloss. Noch einmal blickte sie auf das Schild an der Hausmauer, dann auf den Zettel in ihrer Hand und runzelte die Stirn. In einem Anflug von Verzweiflung fuhr sie sich durch ihre Locken und dachte: Was mach ich denn jetzt bloß? Die fremde Frau hat mich so kühl und routiniert, so distanziert und sachlich beraten. Das, was mich innerlich aufwühlt, diesen quälenden Konflikt, den hat sie gar nicht bemerkt. Jetzt sehe ich zwar die rechtlichen Dinge klarer, aber ist mein Problem gelöst? Nein! Die Frau hat mehrmals betont, die Entscheidung liege allein bei mir. Isabel wollte schlucken, doch ihre Zunge klebte am Rachen fest und das Atmen fiel ihr schwer.

Den Beratungsschein zu bekommen war ein Leichtes gewesen, bereitwillig hatte ihn die Frau ausgestellt. Isabel faltete das Stück Papier zusammen und steckte es ein. Mechanisch setzte sie einen Fuß vor den anderen, ihr Gehirn arbeitete auf Hochtouren. Als nächsten Schritt müsste ich nun Kontakt zu einer Klinik oder einer Praxis aufnehmen, das wäre konsequent. Dieser Weg würde den wenigsten Widerstand bedeuten. Ist er auch der richtige für mich, fragte sich Isabel, drehte sich noch einmal um und starrte wieder auf das Schild. Wenn ich doch jemanden fragen könnte, Lena oder Thomas oder den lieben Gott …

Ihre Augen wanderten in den nebelgrauen Oktoberhimmel und nochmals zurück zu dem Haus, das sie gerade verlassen hatte. Jetzt hastete eine junge Frau auf den Eingang zu. Plötzlich wollte Isabel nur noch weg. Sie begann zu laufen. Immer schneller hetzte sie ziellos durch die Straßen und Gassen von Konstanz, getrieben von den widersprüchlichen Gedanken in ihrem Kopf.

Isabel hätte nicht sagen können, wie lange sie gerannt war, bis sie sich außer Atem auf eine Bank fallen ließ. Sie nahm ihre Umgebung nur verschwommen wahr und hatte keine Ahnung, wo sie gelandet war. Sie holte ein Taschentuch, putzte ihre Nase und trocknete die Tränen. Nach und nach erkannte Isabel die Umrisse von bunten Spielgeräten und einen Sandkasten. Der nächste Moment machte ihr schlagartig bewusst: Ich sitze an einem Kinderspielplatz. Einem Spielplatz, der genauso leer ist wie mein Innerstes. Kein Babygeschrei erklang, keine Kinder tummelten sich auf den Schaukeln und Klettergerüsten. Ein trostloses Bild, und schon wieder wollten Tränen hochsteigen. Isabel griff in ihre Tasche, holte erneut den Beratungsschein hervor. Die Buchstaben verschwammen vor ihren Augen.

Sie steckte den Schein wieder ein. Drei Tage lang muss ich warten, dann kurz in die Klinik gehen, und alles ist erledigt, seufzte sie. Isabels Augen suchten Halt in den Platanen, die ihre schon kahlen Arme in die Höhe streckten, als würden auch sie Hilfe von oben erwarten. Wenn ich die Schwangerschaft abbreche, könnte ich das Rad zurückdrehen und ganz neu beginnen. Es wäre so einfach. Warum nur fühle ich mich so elend bei diesem Gedanken?

Isabel schaffte es nicht mehr, ihre Tränen zurückzuhalten. Das salzige Nass lief über ihre Wangen und tropfte auf ihre Brust, die noch mehr spannte als in den Tagen zuvor. Plötzlich zupfte sie jemand am Ärmel. Sie hob den Kopf.

»Isabel! Was machst denn du hier?«, fragte Lena erstaunt und setzte sich neben sie. Ben war seiner Mutter vorausgeeilt und sofort auf den Turm am anderen Ende des Spielplatzes geklettert. Die Freundin der Mama hatte er gar nicht beachtet.

»Lena!«, stöhnte Isabel nur und warf sich schluchzend in ihre Arme. Als der Weinkrampf endlich nachgelassen hatte, fragte Lena: »Sag schon, was ist los?«

Während Lena tröstend über Isabels Rücken strich, brach der gesamte Kummer, der sich in den vergangenen Wochen in Isabel aufgestaut hatte, aus ihr heraus. Sie erzählte Lena ihre ganze Not: ihre Schwangerschaft, ihre Zweifel, ihre Ängste … alles sprudelte aus ihr heraus. Mit jedem Satz spürte Isabel eine unendliche Erleichterung in sich und es gelang ihr schließlich, sich zu beruhigen.

Lena drückte ihre Freundin fest an sich: »Du musst schlimm gelitten haben. Dummes Mädchen! Warum hast du mir denn nicht schon früher etwas gesagt?«

Isabel zuckte mit den Schultern. Im Nachhinein war ihr schleierhaft, warum sie geglaubt hatte, alles mit sich selbst ausmachen zu müssen: »Es tut so gut, dass du da bist, Lena«, flüsterte sie nur.

Inzwischen hatte auch Ben Isabel gesehen und rief: »Isabel, schau mal, was ich kann!« Isabel winkte dem Jungen zu, der hoch oben im Klettergerüst hing und sich wie ein kleines Äffchen von Seil zu Seil und von Knoten zu Knoten hangelte. Ohne den Blick von ihm zu wenden, sagte sie zu Lena: »Es ist nicht nur die Tatsache, dass ich ein Kind bekomme …«

Lena schaute sie von der Seite an und fragte: »Sondern? Du wolltest doch immer Kinder, oder nicht?«

»Ja schon! Später … irgendwann.« Isabels Worte kamen stockend über ihre Lippen, erneut putzte sie sich die Nase.

»Eine Abtreibung kam für dich nie in Betracht, oder?«, insistierte Lena.

»Bisher nicht, nein … Bisher musste ich mich mit dem Thema ja auch nur theoretisch auseinandersetzen. Aber jetzt …« In einem erneuten Anflug von Verzweiflung schaute Isabel Lena an und flüsterte, obwohl kein Lauscher in der Nähe war: »Lena, ich weiß ja nicht einmal, von wem das Kind ist. Das ist das viel größere Dilemma!«

»Das lässt sich feststellen, falls du es überhaupt klären willst«, bemerkte Lena pragmatisch.

Isabel schüttelte ihren Lockenkopf und sagte beschwörend: »Ich kann mir Thomas nicht als Vater vorstellen, und ein Leben mit Carl kommt überhaupt nicht infrage.«

»Na und, es geht auch ohne Mann! Das siehst du doch an mir.« Lena setzte alles daran, die Freundin aufzumuntern, und berührte vorsichtig ihren Bauch. Isabel griff nach der Hand, hielt sie fest und klagte: »Niemals hätte ich gedacht, dass mir das passieren könnte, in meinem ganzen Leben nie!« Sie blickte eindringlich in Lenas Gesicht und fügte an: »Meinst du, Gott straft mich so für meinen Fehltritt?«

»Hör mir bloß mit so was auf«, empörte sich Lena. »Wenn du schon mit dem lieben Gott anfängst, was glaubst du, was der zu einer Abtreibung sagen würde?«

Darauf wusste Isabel erst mal keine Antwort. Lena rüttelte an Isabels Arm, schaute sie aufmunternd an und fügte hinzu: »Hey, du, noch ist es ja nicht zu spät.«

Isabel nickte: »Du hast recht.« Sie löste sich von der Freundin, angelte den Schein aus ihrer Tasche, zeigte ihn Lena und sagte: »Ich weiß nicht mehr weiter, ich bin so verzweifelt. Es kostet so viel Kraft, mich wieder aufzurappeln, arbeiten zu gehen, den Kollegen ins Gesicht zu schauen, wieder Dinge zu unternehmen, wieder aufs Wasser und schwimmen zu gehen … Und natürlich auch Thomas … Mit ihm unter einem Dach zu wohnen, an einem Tisch zu sitzen, in einem Bett zu schlafen … Lena, ich schäme mich so sehr. Ich bereue das alles und gleichzeitig merke ich, wie ich mich immer mehr von ihm distanziere. Das würde niemals klappen mit uns als Eltern. Und alleine mit Kind? Wie soll ich das denn schaffen? Ich müsste als Mutter doch Vorbild sein, das ist auch mein Anspruch an mich selbst …«

Lena hatte ihr schweigend zugehört, jetzt fragte sie: »Bist du nicht ein viel besseres Vorbild, wenn du ein Mensch bist? Ein Mensch mit Fehlern und Schwächen?«

Isabel schaute der Freundin in die Augen: »Meinst du wirklich? Ich weiß nicht, warum ich gedacht habe, eine Abtreibung wäre die beste Lösung. Ich war nur noch verzweifelt.«

»Du willst das Kind behalten. Das fühle ich. Und dein tiefer Schmerz, das ist doch auch ein Zeichen.«

»Ich glaube, ja«, begann Isabel langsam. Sie zögerte einen Augenblick, dann zerriss sie den Schein in viele kleine Fetzen. Sie fragte: »Lena, meinst du denn, ich werde das Kind überhaupt lieben können? Bis jetzt hab ich es gefühlsmäßig vollkommen abgelehnt. Ich habe mir ständig gewünscht, es soll einfach wieder abgehen.«

»Das kommt schon noch, du wirst sehen«, tröstete Lena die Freundin. »Gewöhn dich erst einmal an den Gedanken, dass es in dir wächst und du es austragen wirst.«

Isabel legte beide Hände auf ihren Bauch und wisperte: »Ich hoffe, ich tue das Richtige und alles wird gut.«

Lena legte ihren Arm um Isabels Schultern. »Wie kommst du nur darauf, dass du es nicht schaffen kannst – mit Kind?«, fragte sie und schüttelte den Kopf. »Ausgerechnet du? Wenn das eine hinkriegt, dann bist du es, Isabel, so strukturiert und klar, wie du immer warst – zumindest bis vor ein paar Monaten.«

»Danke, Lena«, schniefte Isabel. Eine letzte Träne blitzte im schwachen Licht der Sonne, der es nach und nach gelungen war, die Nebelschleier zu durchbrechen.

Lena wischte sie mit ihrem Finger fort. »Mensch, Isabel, ich krieg es doch auch gebacken! Irgendwie funktioniert es immer.«

Endlich schaffte Isabel ein Lächeln: »Wenn du meinst … und du mir hilfst, dann wird schon alles klappen … irgendwie.« Sie atmete tief ein und fügte nach einer Pause hinzu: »Um mir selbst treu zu bleiben, ist es auf jeden Fall gesünder, nicht abzutreiben.«

»Es ist gewiss nicht immer leicht, aber ehrlich, du, ich könnte mir ein Leben ohne Ben gar nicht mehr vorstellen!« Dabei beobachtete Lena liebevoll ihren Sohn, der nun auf die beiden zutrottete.

»Ich auch nicht, und ich glaube, ich könnte mir einen Abbruch nie verzeihen.« Bei diesen Worten wurde Isabel warm ums Herz, und zum ersten Mal konnte sie sich mit der Tatsache anfreunden, dass sie ein Kind erwartete.

»Isabel, -bel, -bel, kommst du mit zur Wippe?«, fragte Ben ausgelassen, nahm Isabels Hand und wollte sie hochziehen.

»Bitte, lass Isabel sitzen, sie mag gerade mit Mama reden«, bat Lena ihren Sohn. Ben zog eine Schnute und rief: »Paaa! Ihr Verwachsenen seid sooo langweilig!«, und zog enttäuscht wieder ab.

Lena und Isabel grinsten wegen seines Versprechers. Isabel schaute Ben gedankenverloren nach und sagte: »Ich werde es Thomas sagen ... sagen müssen ... Aber nicht sofort.«

»Wie wird er reagieren«, fragte Lena, »was meinst du?«

Isabel zuckte mit den Schultern: »Keine Ahnung! Wahrscheinlich wird er nicht begeistert sein. Und seine Eltern bestimmt auch nicht!«

»Die können dir doch egal sein. Denen warst du eh noch nie gut genug!«

»Da hast du allerdings recht.«

»Wirst du Thomas alles sagen?«, fragte Lena vorsichtig.

Isabel überlegte: »Du meinst alles ... auch die Sache mit Carl?«

Lena nickte und sah die Freundin durchdringend an. Das Lächeln, das sich kurz auf Isabels Gesicht gezeigt hatte, verschwand. Sie zog die Brauen hoch: »Du meinst, auch dass er eventuell gar nicht der Vater ist? Ich weiß nicht. Ich glaub, das schaff ich nicht, zumindest nicht sofort.«

»Das ist im Moment ja auch gar nicht wichtig«, beschwichtigte Lena ihre Freundin. »Was weiß er denn überhaupt? Von dem Unglück, meine ich?«

»Nur das, was ohnehin alle wissen.«

»Das, was in den Medien rauf und runter ging?«

»Ja. Mehr hab ich ihm nicht erzählt, hat sich irgendwie nie ergeben«, sagte Isabel und fügte nach einer Pause an: »Weißt du, wir reden nicht mehr so viel und so intensiv miteinander wie am Anfang.«

Lena nickte verständnisvoll. Bei Isabel und Thomas verlief die Beziehung demnach wie bei den meisten Paaren, mit denen sie auch in ihrer Praxis konfrontiert wurde. Die Paare verloren sich, weil sie zu wenig miteinander redeten. Zu Isabel sagte sie: »Hat Thomas nie gefragt, warum du mit deinem Chef unten in der Kabine der Jacht warst und alle anderen an Deck?«

Wieder überlegte Isabel und sagte dann: »Nein. Solche Fragen stellen sich für Thomas nicht! Das Komische ist, egal, wie distanziert wir miteinander umgehen, er vertraut mir immer noch, und ich glaube auch, dass ich für ihn immer noch seine große Liebe bin. Thomas käme nie auf die Idee, dass ich ihn betrügen könnte. Und ihm ist Treue wichtig, ihm würde nie ein Seitensprung passieren. Da wenigstens bin ich mir sicher – ziemlich sicher.«

Lena verbiss sich den Kommentar, der ihr auf der Zunge lag, niemals nie zu sagen, denn wieder näherte sich Ben. Stattdessen sagte sie: »Kommt, ihr zwei, ich lade euch ein in die ›Alte Fähre‹ am Hafen.«

»Au ja, ich mag ein Eis«, jubelte Ben. Isabel schaute auf ihre Uhr und sagte: »›Alte Fähre‹? Dieser Ort ist prima. Von dort kann ich sehen, wenn sich der Katamaran nähert. Ich möchte nicht zu spät zurückfahren.«

Eine immense Last schien von Isabel abgefallen zu sein, als sie eine Stunde später am Bug des Katamarans stand, der aus dem Konstanzer Trichter Richtung Friedrichshafen brauste. Die Herbstsonne hatte auch die letzten feuchten Nebelschleier aufgesogen. Die Konturen der kahlen Berge hoben sich klar ab vor dem flirrenden Gelbgrün der Wälder und dem reinen Blau des Horizonts. Isabels Blick folgte den Kondensstreifen der Flugzeuge, die von Zürich aus in die Welt gestartet waren. Sie genoss den Fahrtwind, der ihre Locken zerzauste, und schloss die Augen. Beinahe fühlte sie sich dem Leben und ihrer Zukunft wieder gewachsen. Sie hatte neuen Mut gefasst und war zuversichtlich, wieder selbstbestimmte Entscheidungen treffen zu können. Sie öffnete die Augen und versuchte wie schon öfters, am anderen Ende des Sees Bregenz auszumachen. Es gelang ihr auch diesmal nicht. Die österreichische Stadt versteckte sich wie üblich hinter dem Rücken des gewölbten Bodensees. Einmal mehr machte sich Isabel bewusst: Das Schwäbische Meer ist so groß, dass man hier sogar die Erdkrümmung wahrnehmen kann. Es ist so weit und so tief und birgt so viele Geheimnisse, ihm können die Menschen so manches anvertrauen. Auch ich.

KAPITEL 20

Isabel fühlte sich wesentlich besser, seit sie Lena ins Vertrauen gezogen hatte. Trotzdem hatte sie es Thomas gegenüber noch nicht übers Herz gebracht. Zwar dachte sie ununterbrochen darüber nach, wann und wie der richtige Zeitpunkt aussehen könnte, verwarf aus Furcht vor Thomas' Reaktion aber jeden Einfall umgehend. Auch die Kollegen wussten von nichts. Isabel kannte schließlich die Vorschriften: Sobald sie ihre Schwangerschaft bekanntgab, würde das Mutterschutzgesetz greifen und sie in den Bürodienst verbannen.

Seit es Isabel gelungen war, ihre Angst vor Wasser und die Panik, festen Boden unter den Beinen zu verlassen, in den Griff zu bekommen, fand sie mehr denn je Erfüllung in ihrer Arbeit. Trotz ihrer Schwangerschaft schonte sie sich nicht, und gerade riskante Einsätze machten ihr Freude. Dafür überfielen sie nach wie vor, oft in den unpassendsten Momenten, Fragen, wie es ihr gelingen könnte, ein Leben mit Kind zu meistern, und das notfalls auch ohne Mann: Müsste sie ihre Unabhängigkeit aufgeben und damit alles, was sie sich selbst erarbeitet hatte? Würde sie ihre Dienstzeit in muffigen Büros verbringen, aus Angst, dass ihr auf Streife etwas zustoßen könnte und das Kind die Mutter verlieren würde? Nach ihren Berechnungen musste sie mittlerweile die zwölfte Schwangerschaftswoche erreicht haben. Die morgendliche Übelkeit und die Müdigkeit waren inzwischen fast verschwunden. Mit ihren wechselnden Gelüsten – sei es das Bedürfnis, die Zahncreme zu schlucken oder der Heißhunger nach Schokolade – hatte sie sich arrangiert. Doch andere kleine Wehwehchen mehrten sich, und ihre Brust vergrößerte sich zusehends. Sie sollte sich endlich um einen Termin bei einer Frauenärztin bemühen, sagte sie sich zum wiederholten Mal, als sie an einem goldenen Oktobertag zum sonntäglichen Dienst radelte. Ich werde Markus vorschlagen, auf Bootsstreife zu gehen, überlegte sie, vielleicht können wir diesen Tag ein bisschen entspannt auf dem See verbringen. Allerdings würde das optimale Ausflugswetter nochmals viele Wassersportler auf den See locken. Dann hätten sie schnell jede Menge zu tun.

Der Vormittag verlief ruhig. Zusammen mit Markus checkte Isabel die Vorkommnisse und Berichte der vergangenen Stunden. Anschließend genehmigten sie sich eine Kaffeepause mit den Kollegen, während der sie sich von Grillfesten mit Freunden und von einem Open-Air-Konzert am Samstag erzählten. Zu Isabel, die nichts Aufregenderes als einen Abend auf dem Sofa erlebt hatte, drangen die begeisterten Berichte nur bruchstückhaft durch. Sie schlürfte ihren Tee und ließ ihre Gedanken kreisen.

In der Mittagspause holte Markus Pizza und Salat für sie beide. Gerade tauschte er ein Salamistück mit einer Ecke von Isabels Pizza Napoli, da stürmte Timo herein und rief mit Blick auf die Pappkartons: »Hab ich's doch gerochen! Hey, Kameraden, euer gemütliches Mittagessen ist leider zu Ende, und auch auf das Mittagsschläfchen müsst ihr verzichten. Auf dem See ist ein Segelboot explodiert und gesunken!«

Markus ließ seine Pizza sinken und sagte mit vollem Mund: »Shit! Wird jemand vermisst?«

Timo nahm sich das Stück Pizza, das Isabel ihm wortlos anbot, und antwortete: »Ja, die gesamte Besatzung. Der Kollege der Rettungsleitstelle wusste allerdings nicht, wie viele Personen an Bord waren.«

»Wo ist das passiert?«, fragte Isabel nun.

»Circa Seemitte«, antwortete Timo mit vollem Mund.

Markus schluckte eilig einen letzten Bissen hinunter und drückte auf die Sprechanlage: »Alle ins Besprechungszimmer. Sofort!«

Die Türen der Dienstzimmer flogen auf und die Kollegen eilten ins Chefzimmer. Meist hatte Markus in den vergangenen Wochen die Besprechungen in der Teeküche oder in seinem und Isabels Zimmer abgehalten. Alle hatten das Büro von Carl W. Dangelmann, so gut es ging, gemieden, zumal auch seine attraktive Mitarbeiterin Cheyenne Savannah Schwämmle seit dem Sommer krank und nicht mehr zum Dienst erschienen war.

Nun betraten Markus und Isabel das imposante Chefzimmer mit gemischten Gefühlen. Der Polizeidirektor hatte vor seinem Amtsantritt beim Polizeipräsidenten durchgesetzt, dass sein Büro nach seinen Vorstellungen umgebaut und eingerichtet worden war. Auf der Seeseite war die Frontwand so weit als möglich ausgebrochen und durch Glas ersetzt worden. Moderne Möbel unterstrichen die Exklusivität des Raumes.

Der markante Duft von Carls Parfüm lag noch in der Luft und kroch Isabels Nase empor. Carl. Gedanken an ihn flammten in ihr auf. Ihr Herz begann zu pochen, und in ihrem Bauch kribbelten tausend Ameisen. Das Kribbeln fühlt sich anders an als das Prickeln, das bei der ersten Begegnung mit Carl ihren Körper geflutet und zu dem Tohuwabohu geführt hatte, registrierte Isabels Gehirn, und ihr Blick streifte über den gläsernen Schreibtisch. Staubpartikel stoben durch den Luftzug in die Höhe und verteilten sich wieder auf der Glasplatte und den Bilderrahmen, in denen mehrere Fotos von Carl seine Urlaube und teuren Autos dokumentierten. In der Kristallvase daneben steckten vertrocknete Gladiolenstängel, die verdorrten Blüten lagen verstreut darunter. Würde er jemals wieder Befehle erteilen können aus dem Chefsessel, der seit Wochen verwaist war? Welche Fortschritte konnten die Ärzte inzwischen verzeichnen? Ob sie Carl nochmals besuchen sollte?

Ein Hüsteln von Markus riss Isabel aus ihren Gedanken. Er zögerte einen Moment, bevor er sich auf den Platz am Besprechungstisch setzte, den Carl bis zum 23. August eingenommen hatte. Auch Isabel setzte sich nun und schaute auf das große Wasser hinunter. Der See zeigte sich in bester Laune und leuchtete ihr in intensivem Lichtblau entgegen. Auf der Wasserfläche schoben sich die weißen Tupfen der Segelboote gemächlich vorwärts, und Motorjachten zogen ihre schäumende Spur hinter sich her. Am gegenüberliegenden Ufer breitete sich das Panorama der Schweiz in warmen Herbstfarben aus.

Nun betraten die weiteren Diensthabenden das Büro. Markus nickte ihnen zu, und Isabel konnte zwischen den verbliebenen kurzen Härchen auf seinem Schädel kleine Schweißperlen erkennen. Sogleich schilderte er den Sachverhalt und ordnete an: »Einer hält hier die Stellung, alle anderen gehen aufs Wasser. Du, Timo, informierst die Kollegen in Langenargen. Die sollen sofort mit der *20* raus.«

Eine Angestellte aus der Verwaltung, die seit Cheyennes Fernbleiben Sekretariatsarbeiten übernommen hatte, betrat das Zimmer und reichte Markus wortlos ein Blatt Papier. Er überflog es und berichtete: »Eine Person konnte inzwischen von einem Segelboot gerettet werden, eine weitere Person wird noch vermisst.«

Nervös fuhr er sich mit einer Hand über die Kopfhaut und wischte den Schweiß ab: »Das ist mir zu heiß. Ich ordne Internationalen Seenotalarm an. Wir machen eine Suchkette, treffen uns bei Planquadrat 3470. Der Helikopter wird alarmiert. Das ist im Moment alles.«

Ein Stühlerücken begann, die Kollegen eilten hinaus, und Markus rief Isabel zu: »Wir zwei nehmen die *21*. Ich denke, den Unterwasserroboter aus Überlingen anrücken zu lassen macht erst Sinn, wenn wir das Boot orten konnten.«

Dann spurteten sie zum Auto und fuhren mit Blaulicht und Martinshorn zum Fährhafen. Bootstechniker Eugen hatte das große Polizeiboot schon startklar gemacht. Mit Blaulicht verließen sie den Hafen. Die Wasserfläche lag spiegelglatt vor ihnen, und die Einsatzboote kamen zügig vorwärts. Aus Langenargen brauste das Polizeiboot mit der Nummer 20 heran. Auch die Boote von Feuerwehr, DLRG und Wasserwacht konnten sie bereits ausmachen. Alle brausten mit Höchstgeschwindigkeit zur Einsatzstelle.

Aus Südosten näherten sich die Österreicher, aus Westen die Boote der Thurgauer Seepolizei. Christoph 45, der Hubschrauber, war noch schneller gewesen und markierte bereits weiter draußen den mutmaßlichen Einsatzort.

Markus und Isabel hielten mit den Ferngläsern vor Augen Ausschau. In der Nähe der vermuteten Unglücksstelle erspähten sie eine Segeljacht. Ohne das Fernglas zu senken, rief Markus seinem Bootsführer zu: »Das könnte das Boot sein, das die verunglückte Person an Bord genommen hat. Eugen, fahr mal nach Steuerbord, zu dem Segelboot da drüben.«

Auf der Segeljacht standen zwei Personen, ein Mann und eine Frau, und machten die Polizisten durch Winken auf sich aufmerksam. Eugen hielt mit der *21* auf sie zu, und Markus trat hinter Isabel aus dem Steuerhaus. Isabel griff nach den Bootsfendern und befestigte sie, um eine Beschädigung der Boote zu verhindern.

Der Mann schrie den Polizisten etwas zu, doch sie konnten seine Worte nicht verstehen, das Geräusch der Motoren war zu laut. Eugen manövrierte das Polizeiboot längsseits an die Segeljacht heran und stellte den Motor ab. Markus beugte sich über die Reling und fragte den Mann: »Sind Sie der verantwortliche Schiffsführer?«

Der Angesprochene nickte und berichtete: »Wir haben einen Überlebenden an Bord genommen, der Mann ist völlig fertig, stammelt dauernd etwas von seiner Frau, die verschwunden sei.«

Da setzte sich ein Mann auf, der bisher auf der Sitzbank gelegen haben musste. Graue Haarsträhnen hingen ihm in die Stirn und glänzten nass. Die goldfarbene Thermoschutzdecke, die er um den Oberkörper trug, knisterte, als er mit den Armen fuchtelte und schrie: »Dani … meine Frau … Sie müssen sie retten.« Seine Stimme überschlug sich vor Aufregung.

Isabels Körper versteifte sich. Äußerlich ruhig blickte sie den Mann an, während in ihrem Inneren die Erinnerungen an ihre eigene Katastrophe tobten.

Markus nickte gelassen und sagte zu dem Mann: »Natürlich. Wir geben unser Bestes.« Dann wandte er sich an den Skipper des Segelboots: »Wo haben Sie den Mann aufgenommen?«

»Hier, das heißt, circa eine halbe Seemeile weiter westlich«, antwortete dieser und deutete mit seinem ausgestreckten Arm in die Richtung. Nach einem Blick zu seiner Frau fuhr er fort: »Meine Frau hat das brennende Schiff gesehen und gleich einen Notruf abgesetzt. Wir haben die Segel eingeholt und sind unter Motor hingefahren. Der Mann da«, er deutete mit einer Hand auf den Schiffbrüchigen, »ist zwischen dem Zeugs geschwommen, das auf dem Wasser rumtrieb. Wir haben ihn rausgeholt.«

»Sie haben absolut richtig gehandelt, sehr gut gemacht. Gleich kommt ein Rettungsboot und übernimmt den Verletzten«, rief Markus hinüber und gab der DLRG ein Zeichen. »Haben Sie auch nach der Frau Ausschau gehalten?«, fragte er weiter.

Der Segler antwortete: »Ja, aber wir haben sie nicht entdeckt. Jetzt wollten wir in den Hafen zurück. Ist das in Ordnung?«

»Das dürfen Sie gerne, warten Sie nur noch kurz. Wir brauchen Ihre Personalien«, sagte Markus und puffte Isabel in die Seite.

Isabel notierte sich die Zulassungsnummer des Segelbootes und bat den Schiffsführer: »Ich brauche Ihre Handynummer und Ihre Namen. Wir müssen später noch ein Protokoll aufnehmen. Deshalb halten Sie sich bitte zu unserer Verfügung.«

Währenddessen näherte sich das Boot der DLRG bereits dem Heck des Segelboots. Mit Hilfe der Frau des Skippers wechselte der Gerettete von einem Boot auf das andere. Sofort drehte das DLRG-Boot ab und beschleunigte. Dabei flatterte die Glitzerdecke im Fahrtwind und schillerte sichtbar auch für die anderen Einsatzboote, die sich in einigem Abstand bewegten.

Der Eigner des Segelbootes startete den Motor und grüßte mit dem Seemannsgruß herüber. Isabel merkte ihm seine Erleichterung an, berührte mit ihrer rechten Hand ebenfalls den Rand ihrer Mütze und löste wieder die Fender.

Markus gab Eugen ein Zeichen. Der Techniker verstand ihn auch ohne Worte. Die *21* würde die Leitung der Suchkette übernehmen. Eugen drehte ab und steuerte sein Boot gen Westen. Die weiteren Einsatzboote reihten sich links und rechts ein. Markus stand nun wieder im Steuerhaus neben dem Funkgerät und dirigierte die eingesetzten Boote: »Abstand 30 Meter.«

Dann suchten alle mit gedrosselter Geschwindigkeit systematisch den See um die Unfallstelle ab.

»Wir haben Glück, dass heute kein Seegang herrscht«, rief Markus Isabel zu, die durch das Fernglas die Umgebung absuchte. Sie nickte. Da erregte ein länglicher Gegenstand auf der Wasserfläche vor ihnen ihre Aufmerksamkeit: »Mach mal langsam, Eugen, da schwimmt etwas«, rief sie dem Bootsführer zu und gab gleich darauf Entwarnung: »Ist nur ein Sitzpolster.«

»Da drüben schwimmen eine Kiste und Flaschen. Stammt alles offensichtlich von dem explodierten Boot«, mutmaßte Markus und beobachtete die leichte Dünung. »Wenn wir den Wind und die Strömung berücksichtigen, sollten wir eventuell noch weiter westlich suchen.«

Eugen änderte den Kurs und drosselte nochmals die Geschwindigkeit. Es könnte schließlich sein, dass die vermisste Person hier irgendwo im Wasser schwamm. Keinesfalls wollte er riskieren, sie zu überfahren.

Allen dreien war die Anspannung anzumerken. Isabel behielt ihre Position, trippelte aber auf der Stelle von einem Fuß auf den anderen. Markus schritt im Steuerhaus auf und ab und warf immer wieder einen Blick auf das Radar. Unvermittelt sagte er: »Ich fordere zusätzlich den ›Kormoran‹ aus Langenargen an. Das Forschungsschiff des Instituts für Seenforschung hat einen Unterwasserscanner. Mit dem können die Forscher den Seegrund absuchen.«

Eugen nickte zustimmend, und Markus setzte sofort den Funkspruch ab. Den Einsatzbooten ordnete er an: »Abstand 20 Meter.«

Bereits kurze Zeit später peilte ein großes weiß-rotes Schiff mit hoher Geschwindigkeit die vermutete Unglücksstelle an, die Markus per Funk durchgegeben hatte. »Der ›Kormoran‹ kommt!«, rief Eugen erleichtert. Isabel hob ihren Daumen, ohne das Fernglas von den Augen zu nehmen, und sagte: »Das ging aber schnell! Hoffentlich finden sie die vermisste Frau.«

Mit modernster Technik suchte der »Kormoran« zusätzlich zu den anderen eingesetzten Booten mehrere Stunden lang den See ab. Die Sonne war bereits untergegangen und erste Nebelschwaden erhoben sich aus dem Wasser, als Markus die Suche abbrechen lassen musste. Das Wrack des explodierten Bootes hatte der »Kormoran« zwar in 150 Metern Tiefe geortet, von der vermissten Frau fehlte jedoch nach wie vor jede Spur.

Bei der Besprechung am nächsten Morgen saßen alle Kollegen etwas verschlafen um den Tisch. Auch die Routiniertesten unter ihnen hatten die Ereignisse des Vortags berührt. Jedes Gesicht war von Anspannung gezeichnet. Isabel rieb sich die Augen. Das Erlebnis hatte sie in der Nacht so sehr aufgewühlt, dass sie sich schlaflos von einer Seite auf die andere drehte, immer wieder auf ihren Wecker blickte und den Morgen herbeisehnte.

Entgegen seiner sonstigen Art merkten die Kollegen Markus an, wie angespannt er war. Nervös drehte er mit seinen Fingern einen Stift, begrüßte die Versammelten nur kurz und ordnete gleich an: »Die Suche wird fortgesetzt. Das Wetter ist heute allerdings nicht mehr so optimal wie gestern. Wind aus Südwest mit drei Beaufort, in Böen bis vier. Wir holen uns heute keine internationale Verstärkung mehr. Die Boote der Wasserschutzpolizeikollegen aus Lindau, Konstanz und Überlingen sollten ausreichen. Die Überlinger kommen mit ihrem modernen Tauchroboter.« Bei seinen Worten setzte er in seinen Unterlagen einen Haken hinter die verschiedenen Punkte.

Nach und nach bröckelte die Anspannung und wich einer fast übersteigerten Leichtigkeit und Zuversicht. Auch Timos Gesicht erhellte sich, als er eine Möglichkeit sah, sich auf technische Details einzulassen. Er schob den Kaugummi in die Backe und pflichtete Markus bei: »Gut! Die Kamera gehört mit zum Besten, was es an Unterwasserkameras derzeit auf dem Markt gibt.«

»Mit eingebautem Scheinwerfer, sonst sehen die da unten in der Dunkelheit nicht viel. So haben es die Kollegen bei der Fortbildung in Überlingen jedenfalls erklärt«, warf Isabel ein.

Mit Blick auf Frieder fügte Timo an: »Ein Kollege sitzt mit Joystick im großen Boot und führt den Tauchroboter, den Robi oder den ROV, wie die Kollegen abgekürzt sagen. Die anderen sitzen gemütlich drum rum und können auf dem Bildschirm alles genau verfolgen.«

»Du Jungspund meinst wohl, der alte Frieder blickt das nicht mehr, nur weil er ein paar Jährle mehr auf dem Buckel hat«, reagierte Frieder aufgebracht.

In ungewohnt scharfem Ton sagte Markus: »Jetzt hört bloß auf! Mir ist nicht nach Späßen zumute.« Nach einem Blick in seine Unterlagen erklärte er: »Der ›Kormoran‹ kann auch nochmals kommen und mit dem Scanner wieder den Seegrund absuchen.«

Timo konnte es nicht lassen und neckte erneut seinen älteren Kollegen: »Der Unterwasserscanner, lieber Frieder, sieht ungefähr so aus wie ein Torpedo …«

Noch während Timo redete, flog ihm ein Radiergummi, den Frieder in seine Richtung geworfen hatte, entgegen. Grinsend und kauend fing Timo das Geschoss mit einer Hand ab.

»Ihr sollt aufhören, euch zu kabbeln!«, schimpfte Markus und griff nach den Papieren vor sich. Dann erhob er sich mit den Worten: »Los geht's.«

Im Aufstehen sagte Isabel: »Das Arbeitsklima ist so viel besser und lockerer hier, seit du der Chef bist, Markus.«

»Da pfeif ich drauf. Ich bin froh, wenn ich's nicht mehr sein muss«, antwortete Markus und hielt Isabel die Tür zum gemeinsamen Büro auf. Auch die Kollegen verschwanden in ihren Zimmern, um ihre Sachen zusammenzupacken.

»Schade eigentlich«, sagte Isabel und fügte hinzu: »Heute um 10 Uhr will der Verunglückte kommen. Soll ich auf der Wache bleiben und ihn befragen? Ich muss ohnehin noch das Protokoll von gestern schreiben.« Außerdem fühlte sie sich müde, die lange Anspannung am Vortag hatte ihr merklich zugesetzt.

»Ist in Ordnung. Wir sind eigentlich viel zu knapp besetzt. Aber Eugen ist ja bei mir«, sagte Markus, nun sichtlich besonnener, und machte sich fertig für den Einsatz. Augenzwinkernd mahnte er Isabel: »Halt die Ohren steif und fass den armen Mann bitte nicht zu hart an, der ist bestimmt noch fix und fertig.«

»Hey, willst du damit sagen, dass es mir an Einfühlungsvermögen mangelt?«, rief Isabel mit gespielter Entrüstung.

»Na ja, manchmal legst du schon richtig los, und man könnte meinen, du …« Ohne seinen Satz zu vollenden, schnappte Markus Gürtel, Jacke und Mütze und verließ mit einem kurzen »Tschüss« das Büro.

»Viel Erfolg euch!«, rief Isabel ihm nach. Bis ihr Besuch kommen würde, wollte sie den Tag ruhig angehen. Sie ging zum Fenster, öffnete einen Flügel und blickte hinunter auf die im Wind knatternden Flaggen. Den wenigen Fußgängern drückte der Wind die Kleider an den Leib. Die meisten waren mit ihren Vierbeinern unterwegs. Wenn es nach ihr ginge, hätte sie längst einen Hund. In der großen Wohnung wäre eine artgerechte Haltung durchaus möglich. Doch wenn sie nicht pünktlich aus dem Dienst nach Hause käme, was häufig der Fall war, müsste Thomas mit dem Hund Gassi gehen, und das bei jedem Wetter. Das hielt er für unzumutbar. Vorerst würde nun ohnehin ein anderes Thema auf ihrer Agenda stehen. Sie legte eine Hand auf den Bund ihrer Hose und öffnete den obersten Knopf. Sie würde nicht mehr länger umhinkommen, Thomas zu sagen, was mit ihr los war. Ob er etwas ahnte? Kürzlich hatte er sie seltsam angesehen, als sie, nur mit Unterwäsche bekleidet, durch die Wohnung gelaufen war. Und schon mehrmals hatte er sie gefragt, ob ihr denn überhaupt nicht mehr *hasig* zumute sei – ein Wort, das er zum ersten Mal aus Isabels Mund gehört hatte und überrascht nach der Bedeutung fragte. Amüsiert war sie mit ihrem Finger über seinen nackten Oberkörper bis zum Hosenbund gestrichen und während sie den Reißverschluss öffnete, hatte sie ihn gefragt, ob er sich das nicht denken könne. Seither vergrößerte es seinen immensen Wortschatz.

Eine Windbö schlug den Fensterflügel gegen Isabels Schulter und zerrte eine Haarsträhne aus ihrem Pferdeschwanz. Sie nahm sie, steckte sie hinters Ohr und blickte aufs Wasser. Der Herbststurm trieb braune Wellen vor sich her. Besser, ich muss heute nicht da raus. Es sieht aus, als wären die Wellen auf der Flucht, dachte Isabel, und das Lächeln, das sich bei diesem Gedanken auf ihrem Gesicht zeigen wollte, gefror im nächsten Augenblick. Flucht! Gab es etwas, vor dem sie flüchtete? Vor der neuen Aufgabe? Vor der Verantwortung? Bisher war sie den Herausforderungen ihres Lebens mutig entgegengetreten. Warum meinte sie auf einmal, sich ducken und drücken zu müssen?

Das Gespräch mit Thomas hatte sie immer noch nicht geführt, wartete nach wie vor auf den geeigneten Moment. Wann würde er kommen? In Gedanken versunken, beobachtete Isabel die Wellen. Sie brachen sich an der Mauer, einzelne Fontänen spritzten meterhoch und klatschten auf den Asphalt. Wind und Wellen werden den Kollegen die Suche massiv erschweren, dachte sie und schloss das Fenster.

Bereits kurz vor 10 Uhr meldete die Pforte Doktor Kern. Isabel zog erstaunt die Augenbrauen hoch, als der verunglückte Segler vor ihr stand. Sie hätte ihn beinahe nicht mehr erkannt. Er machte einen gefassten Eindruck, kämmte seine vom Wind zerzausten Haare, bevor er Isabel seine Visitenkarte reichte. ›Tiefbauingenieur Doktor Wulf Kern‹, verrieten die schwarzen Lettern. »Nehmen Sie bitte Platz, Herr Kern. Darf ich Ihnen einen Kaffee oder ein Wasser anbieten?«, fragte Isabel und deutete auf einen Besucherstuhl. »Etwas anderes gibt's hier leider nicht.«

»Nein danke. Ich möchte die Sache so schnell wie möglich hinter mich bringen«, sagte Doktor Kern, hob mit Daumen und Zeigefinger seine elegante Hose leicht an und setzte sich der Polizistin gegenüber. Dann schob er seine Krawatte zurecht, heftete den Blick auf die Spitzen seiner glänzenden Lederschuhe, und bevor Isabel Fragen stellen konnte, sprudelte es auch schon aus ihm heraus: »Wir, meine Frau und ich, wir wollten die Saison mit einem schönen Segeltag beenden. Ich habe an Deck etwas am Segel gerichtet. Dani, also Daniela, meine Frau, war unten in der Kajüte. Da habe ich plötzlich einen Schlag im Rücken gespürt und bin von Bord geschleudert worden. Ich dachte sofort: Sicher eine Explosion, der Gaskocher. Das Propan ist explodiert.« Er machte eine kurze Pause, studierte die Abzeichen auf Isabels Schulter und redete weiter: »Mein Boot, meine ›Dolce Vita‹, es ging ganz schnell unter … Ich habe meine Frau nicht mehr gesehen. Ich weiß nicht einmal, ob sie verletzt war oder ob sie ins Wasser gesprungen und ertrunken ist. Finden Sie Dani, bitte, finden Sie sie!«

Bei seinen letzten Worten blickte der Freizeitkapitän Isabel direkt und sehr eindringlich ins Gesicht. Um ihn zu beruhigen, sagte sie: »Meine Kollegen sind bereits wieder draußen an der Unglücksstelle. Glauben Sie mir, Herr Kern, sie tun ihr Bestes.«

Sie sah Doktor Kern durchdringend an, nahm dann einige weitere Daten auf und entließ ihn schließlich mit den Worten: »Sobald wir etwas wissen, informieren wir Sie. Bitte halten Sie sich weiter zu unserer Verfügung.«

Spätabends betrat Markus erschöpft das Dienstzimmer. Er hatte die Suche auch diesmal ohne Erfolg abbrechen müssen. »Ich kann nicht verstehen, dass wir die Frau nicht finden!«, sagte er resigniert und warf seine Mütze auf den Schreibtisch. »Die Überlinger haben mit dem Tauchroboter rund um das Wrack des Segelboots gesucht und der ›Kormoran‹ hat den Seegrund Zentimeter für Zentimeter gescannt. Keine Spur, nichts, absolut nichts.«

»Die Frau kann sich ja nicht in Luft aufgelöst haben«, sagte Isabel. »Vielleicht liegt sie noch im Boot drin!«

Markus sah seine Kollegin an und überlegte laut: »Dann müssten wir schauen, dass wir das Boot hochkriegen.« Er kratzte sich an seinen kurzen Haaren und fügte hinzu:

»Das wird schwierig. Aus 150 Metern Tiefe haben wir das noch nie gemacht.«

Isabel streckte ihm die Tüte mit Gummibärchen entgegen und erwiderte: »Dann ist es eben das erste Mal. Versuchen sollten wir es. Irgendwie hab ich ein ungutes Gefühl bei der Sache. Übrigens: Der gerettete Ehemann war da.«

»Und, wie ist er drauf? War's schlimm?«, fragte Markus.

»Überhaupt nicht. Er ist gefasst, kam im schicken Maßanzug mit Krawatte. Wirkte distanziert, als berühre ihn alles gar nicht. Aber ich kann mich natürlich auch täuschen. Vermutlich steht er einfach unter Schock. Immerhin müssen wir davon ausgehen, dass er seine Frau und sein Boot verloren hat.«

»Tja, wir können eben in keinen Menschen hineinsehen, noch nicht«, stellte Markus fest, setzte sich an den Computer und überflog auf dem Bildschirm die Nachrichten, die ihn während des Tages erreicht hatten.

»Hier ist der Bericht mit den Aussagen des Verunglückten, falls du ihn gleich lesen willst«, sagte Isabel und schob ihm eine Akte zu. »Sein Boot heißt übrigens ›*Dolce Vita*‹.«

»Ach, wie sinnig. Mit dolce vita dürfte es erst mal vorbei sein. Den Bericht nehme ich mir morgen vor. Für heute ist's genug«, seufzte Markus und unterdrückte ein Gähnen.

Isabel streckte ihm ein Blatt Papier entgegen und bat: »Hier ist die Meldung für den Polizeibericht. Bitte geh wenigstens kurz über den Text drüber. Dann kann die heute noch an die Presse verschickt werden. Du weißt ja, die Medien warten drauf. Die sind gewohnt, dass wir sie prompt bedienen.«

Widerwillig griff Markus nach dem Papier und überflog die Meldung, die Isabel verfasst hatte:

Mitten auf dem Bodensee ist am Sonntagnachmittag gegen 13.15 Uhr eine Segeljacht explodiert und anschließend gesunken. Nach unbestätigten Angaben soll ein defekter Gaskocher die Explosion verursacht haben. Der Eigner des Schiffs rettete sich durch einen Sprung ins Wasser. Er konnte von der Besatzung eines anderen Segelbootes unverletzt an Bord genommen werden. Anschließend wurde er von Rettungskräften der DLRG versorgt und an Land gebracht. Eine weitere Person wird noch vermisst. Von der zuständigen Wasserschutzpolizei Friedrichshafen wurde deshalb Internationaler Seenotalarm ausgelöst. Als Erster war der Rettungshubschrauber Christoph 45 vor Ort und lotste die Einsatzkräfte der Polizeien aus Deutschland, Österreich und der Schweiz sowie Feuerwehren, Wasserwacht und DLRG an die Unfallstelle. Trotz sofort eingeleiteter und weiträumiger Suche konnte die vermisste Person nicht gefunden werden. Das Wrack konnte vom Forschungsschiff des Instituts für Seenforschung Langenargen in 150 Metern Tiefe geortet werden. Ob es gehoben werden kann, steht noch nicht fest. Die Suche nach der vermissten Person wird auch in den nächsten Tagen fortgesetzt. Die Ermittlungen zum Hergang des Unglücks dauern an.

Markus hob nach der Lektüre den Kopf, nickte und sagte: »Die Info ist okay. So langsam hast auch du das Beamtendeutsch drauf, liebe Isabel.«

»Wohl oder übel«, antwortete Isabel und bewegte bei ihren Worten den Kopf von einer Seite auf die andere. »Darf ich das also den Kollegen des Referats Öffentlichkeit zumailen?«

»Ja, mach das! Ich will heute echt nichts mehr hören und nichts mehr sehen.« Damit verabschiedete sich Markus in den Feierabend.

KAPITEL 21

»Frau Böhmer, der Größe nach befinden Sie sich Ende der zwölften Woche Ihrer Schwangerschaft«, verkündete die Frauenärztin und strahlte über ihr von Fältchen überzogenes Gesicht. Ihre Untersuchung bestätigte, was der Test aus der Apotheke schon vor Wochen angezeigt hatte: Isabel erwartete ein Kind. Auf dem Ultraschallbild sah sie es ganz deutlich. Mit weit geöffneten Augen starrte sie die Medizinerin an, atmete ein paarmal heftig ein und aus, schloss dann ihre Augen und dachte: Wie soll es jetzt bloß weitergehen?! Natürlich bemerkte die Ärztin die Bedenken ihrer Patientin. Ihre Erfahrung zeigte ihr: Es war besser, in diesem Moment nicht weiter in sie zu dringen.

Nun saß Isabel im Bus nach Hause und holte das Foto ein weiteres Mal hervor. Sie musste Thomas endlich erzählen, was mit ihr los war, daran führte kein Weg mehr vorbei. Während die Gebäude und Schilder vor dem Fenster vorbeizogen, zerbrach sich Isabel den Kopf, wie sie ihm die Neuigkeit am schonendsten beibringen könnte. Als sie die Treppe zur Wohnung hochstieg, murmelte sie nochmals die wohlgesetzten Sätze vor sich hin, die sie im Geist vorbereitet hatte. Sie schloss die Wohnungstür auf und schleuderte ihren Rucksack auf die Garderobe. Ihr Herz klopfte schneller, sie nahm einen tiefen Atemzug, öffnete die Tür zu Thomas' Arbeitszimmer und begann: »Lieber Thomas …«

Erst jetzt registrierte sie: Sein Zimmer war leer. Ebenso die Küche. Nanu, wo war Thomas? Isabel warf einen Blick ins Wohnzimmer. Auch hier war er nicht. Sie wurde unruhig und öffnete die Tür zum Badezimmer. Da stand Thomas, gebeugt, einen Fuß auf dem Rand der Badewanne, und war gerade dabei, seine Fußnägel zu kürzen. Isabel nahm ihren ganzen Mut zusammen, vergaß alles, was sie sich zu sagen vorgenommen hatte, und sprudelte einfach los: »Thomas, ich bin schwanger!«

Im selben Moment krachte die Schere in die Emailwanne, und Thomas drehte sich langsam um. Isabel war im Türrahmen stehen geblieben, und es schien ihr, als wollten seine schwarzen Augen ihre Höhlen verlassen. Einige Sekunden verharrte er bewegungslos. Ist er starr vor Schreck, fragte sie sich und hielt den Atem an. Doch dann begann sein ganzes Gesicht zu strahlen. Er schritt auf Isabel zu, nahm sie in seine Arme und rief: »Heureka! Das ist es!«

Isabel riss ungläubig die Augen auf, und damit sie sein Gesicht besser sehen konnte, drückte sie ihn von sich weg. Sie war erst einmal sprachlos. Nie hätte sie gedacht, dass Thomas so überschwänglich reagieren würde. Sie flüsterte: »Wie? Freust du dich wirklich?«

»Natürlich! Weißt du, wie sehr ich mich freue! Ich bin überglücklich! Ich werde Vater, wir bekommen ein Kind! Das habe ich mir schon lange gewünscht.« Glückstrahlend strich Thomas über Isabels Wange. Sie konnte nicht anders und gab dem Bedürfnis nach, sich an ihn zu schmiegen.

Thomas streichelte ihren Rücken und sagte: »Du warst in letzter Zeit so seltsam, dass ich mich schon gefragt habe, was der Grund dafür sein mochte. Wenn dich nicht das Unglück so belastet hat, dann konnte es nur eine Schwangerschaft sein. Ich habe gelesen, dadurch verändern sich die meisten Frauen, ist es nicht so?«

Plötzlich rannen Tränen über Isabels Gesicht. Thomas bemerkte es und sah sie fassungslos an: »Freust du dich denn nicht? Oder weinst du Freudentränen?«

Isabel schniefte, und dann brach es wie ein Sturzbach aus ihr heraus: »Warum sollte ich mich freuen? Es gibt keinen Grund dafür. Zumindest nicht jetzt. Der Zeitpunkt, die Situation, sie überfordert mich, und ich fühle mich völlig hilflos. Thomas, wie soll es denn weitergehen? Ich bin gerade mal ein paar Monate bei der Wasserschutzpolizei. Soll ich das alles aufgeben? Außerdem weiß ich ja gar nicht, ob ich dem Kind eine gute Mutter sein kann.«

Thomas strich weiterhin über Isabels Rücken und überlegte, wie er sie trösten könnte. »Und du zweifelst auch, ob ich ein guter Vater sein werde, richtig?«

Sie brauste auf: »Ja, woher soll ich das denn wissen? Und wie willst du eigentlich ein guter Vater sein? Wie willst du eine Familie erhalten? Du schaffst es ja nicht einmal, deine Dissertation abzuschließen! Thomas, ich will nicht, dass deine Eltern auch noch mich und das Kind unterstützen müssen!«

Isabel redete sich in völlige Verzweiflung hinein. Trotzdem bemühte sich Thomas, ruhig zu bleiben. Er legte seinen Arm um ihre Schultern und sagte: »Es wird alles gut, Isabel, du wirst sehen. Nun habe ich einen Grund, schnell fertig zu werden, und dann bewerbe ich mich um eine Stelle bei meinem Professor an der Uni.«

»Das versprichst du mir schon zu lange! Daran kann ich nicht mehr glauben!«, warf ihm Isabel vor und löste sich aus seiner Umarmung. »Außerdem bezweifle ich, ob unsere Beziehung tragfähig genug ist für ein Kind.«

Thomas rückte seine Brille zurecht und fuhr sich mit seinen schmalen Fingern durch die Haare. Schließlich sagte er: »Ja nun, die gemeinsame Aufgabe einer Elternschaft kann auch unsere Liebe wieder stärken.«

»Das meinst *du*! Ich denke eher, dass mit einem Kind alles noch schwieriger werden wird. Der Alltag, unsere Beziehung ...«

»Isabel, bedenk doch: Wir bekommen die Chance, das Geschenk des Lebens weiterzugeben an die nächste Generation. Damit können wir auch unsere Werte weitergeben«, fiel ihr Thomas ins Wort. »Wir werden nicht dieselben Fehler machen, die unsere Eltern begangen haben.«

Verständnislos sah ihn Isabel an: »Thomas, du bist mir so fremd geworden ...«

Doch Thomas hörte ihr gar nicht mehr zu. Er war in seinem Element und nicht mehr zu bremsen: »Isabel, die bedingungslose Liebe, die ein Kind den Eltern schenkt, wird auch unsere Liebe stärken. Wir werden eine glückliche Familie sein, ohne Konflikte, Sorgen und Frustrationen ...« Bei diesen Worten wanderte Thomas' Blick in die Ferne.

Isabel beobachtete ihn und wandte schniefend ein: »Ach, Thomas, das ist doch völlig weltfremd.« Dabei fragte sie sich, wie zwei so unterschiedliche Menschen wie sie beide hatten jemals zueinander finden können.

Thomas nahm Isabels Einwand überhaupt nicht wahr. Er träumte schon davon, glückliche, intelligente und gut entwickelte Nachkommen großzuziehen. Er würde seinen

Kindern seine volle Aufmerksamkeit widmen, und dieses Erleben würde auch ihm helfen, sich selbst zu verwirklichen. Er wollte dieses Kind und konnte nicht nachvollziehen, warum Isabel so pessimistisch in die Zukunft blickte. Er ahnte ja nicht, dass sie noch einen anderen Grund hatte, den sie ihm bisher verschwieg.

Thomas griff in die Hosentasche und bot Isabel sein Stofftaschentuch an. Sie ließ sich auf dem Rand der Badewanne nieder und schüttelte ablehnend den Kopf. Sie nahm stattdessen ein Tuch aus der Box mit den Kosmetiktüchern und putzte sich damit die Nase. Thomas legte eine Hand auf ihre Schulter und sagte: »Du wirst schon sehen, Isabel. Es wird alles gut. Jetzt trinken wir erst einmal einen Tee, und dann lass uns einen Spaziergang machen.«

Überrascht sah Isabel ihn an. Gemeinsam spazieren zu gehen, hatte Thomas lange nicht mehr vorgeschlagen. Hatte sie ihn gebeten, mit ihr rauszugehen, hatte er stets Wichtigeres zu tun. Offensichtlich machte Thomas sich auch um sie Gedanken, und das berührte Isabel. Vielleicht hatte er recht, vielleicht war gar nicht alles so hoffnungslos, wie es ihr schien. Vielleicht sollte sie einem gemeinsamen Leben mit Thomas doch noch eine Chance geben.

KAPITEL 22

Ein paar Tage später klingelte es an der Tür der Wasserschutzpolizeistation, und da keiner der anderen verfügbar war, öffnete Frieder. Markus musste einmal mehr einen Termin im Innenministerium wahrnehmen, Isabel und Timo fuhren mit dem Auto Streife.

Ein älterer Mann, Frieder schätzte ihn auf mindestens zehn Jahre älter als er selbst, stand vor ihm, nahm seinen Hut ab und stellte sich vor: »Guten Tag. Mein Name ist Hans Zielgrad. Ich habe das gelesen vom Kern, also dass sein Boot, seine ›Dolce Vita‹, untergegangen ist und seine Frau vermisst wird.«

Frieder spitzte die Ohren. Trotz mehrtägiger Suche hatten sie die vermisste Frau bisher nicht gefunden. Er bat den Mann: »Kommen Sie doch bitte mit in mein Büro.« Mit einer einladenden Handbewegung wies er dem Mann einen Platz zu.

»Ich möchte Ihnen etwas sagen«, fuhr Hans Zielgrad fort. »Ich bin Mitglied im selben Segelklub wie das Ehepaar Kern, kenne sie allerdings auch nicht besser als alle anderen. Wissen Sie, der Wulf, also der Herr Kern, der ist nicht besonders gesellig.«

Frieder nickte, ohne den Mann zu unterbrechen. Der erzählte weiter: »Also an dem Sonntag, als das passiert ist, bin ich morgens den Steg entlang zu meinem Schiff gelaufen. Dabei komme ich immer am Boot der Kerns, der ›Dolce Vita‹, vorbei.«

Zielgrad fingerte ein Taschentuch aus seiner Hosentasche, wischte das Tröpfchen ab, das sich unter seiner Nase gebildet hatte, und fuhr fort: »Das war übrigens ein schönes Boot. Der Wulf, also der Herr Kern, hat mich gegrüßt, ausnahmsweise! Er ist sogar aufs Vorschiff gestiegen und hat mich gefragt, ob ich seiner Frau einen Guten-Morgen-Gruß zukommen lassen möchte. Das hat er all die Jahre noch nie gemacht. Dann hat er das Vorluk geöffnet und ins Vorschiff hinuntergerufen: ›Dani, da ist der nette Professor und wünscht dir einen guten Morgen!‹. Ich hab mich gewundert, habe dann auch brav gegrüßt, und der Wulf hat mir zugerufen: ›Sie lässt Ihnen auch einen guten Morgen wünschen.‹ Ich hab aber nichts gehört, und im Nachhinein kommt mir das Ganze ein bisschen komisch vor.«

Frieder hatte aufmerksam zugehört und fragte nun: »Warum kam Ihnen das komisch vor, Herr Zielgrad?«

Der Professor fuhr sich übers Kinn und räusperte sich: »Wissen Sie, der Wulf, der hat seine Frau nicht gut behandelt. Die haben oft gestritten. Das habe ich mehrmals gehört. Vor ein paar Wochen habe ich gesehen, wie er sie einmal ganz fest am Arm gepackt und zurück auf das Schiff gezogen hat, als sie es verlassen wollte. Das haben auch die Stegnachbarn mitbekommen. Der Wulf – es ist mir peinlich, dass ich Ihnen das sagen muss – der Wulf hat auch andere Frauen, junge Dinger, an Bord genommen, wenn seine Frau nicht dabei war. Dabei ist die Daniela eine ganz Nette, Hübsche – oder soll ich sagen, war?«

Hans Zielgrad stockte, überlegte und sprach weiter: »Zu einem Segelfreund soll sie gesagt haben, dass man ihren Mann fragen soll, was mit ihr sei, falls sie von einem Segelausflug einmal nicht zurückkomme.«

Hans Zielgrad sah den Polizisten vielsagend an und setzte nach einer kleinen Pause hinzu: »Das wollte ich Ihnen nur sagen, Herr – Herr Oberinspektor. Es könnte ja sein, dass Sie damit etwas anfangen können. Also der Wulf, das ist kein Guter.«

Von dem Gespräch berichtete Frieder den Kollegen bei der Besprechung am nächsten Tag und schloss mit den Worten: »Da könnte etwas faul sein an der Sache. Was meint ihr?«

Timo argwöhnte und schob seinen Kaugummi von einer Backe in die andere: »Du meinst, das war gar kein Unfall! Der Kern könnte quasi seine Frau im See entsorgt haben?«

Markus war aufgesprungen und hatte sich vor das Fenster gestellt. Jetzt drehte er sich wieder den Kollegen zu und rief: »Das sind ja ganz neue Aspekte. Dann suchen unsere Leute womöglich an ganz falscher Stelle, und wir haben die Frau deshalb noch nicht gefunden!« Erregt strich er sich über seinen Dreitagebart.

Frieder, den die Aussagen von Hans Zielgrad auch am Feierabend und in der Nacht beschäftigt hatten, nickte bedächtig mit dem Kopf und sagte: »Vielleicht war die Frau schon tot, bevor der Kern mit der ›Dolce Vita‹ ausgelaufen ist. Vielleicht hat er sie als Leiche an Bord geschafft, sie in ein Segel eingewickelt und mit der Ankerkette um den Hals an einer tiefen Stelle über Bord geschmissen!«

»Vielleicht will die Frau ihrem Mann eins auswischen für seine Seitensprünge. Sie hat ihren Mann verlassen und ist einfach verschwunden. Kern kann diese Demütigung nicht überwinden und hat durchgedreht. Vielleicht täuscht er ihren Tod auch nur vor, das wäre doch alles auch möglich, oder?«, mutmaßte Isabel und zog ihren Haargummi fester.

»Es könnte auch sein, dass die Frau freiwillig verschwunden ist«, warf Markus ein. »Vielleicht machen die beiden gemeinsame Sache und wollen mit der Versicherungssumme in der Karibik oder sonst irgendwo ein neues Leben beginnen.«

Isabel nickte zustimmend und setzte nach: »Wir haben rumgefragt: Niemand hat Daniela Kern an dem Sonntag gesehen. Weder die Segler am Steg noch jemand auf den Schiffen, die in der Nähe der ›Dolce Vita‹ gesegelt sind und die sich auf unseren Aufruf gemeldet haben.«

»Liebe Kollegen, das sind vorerst alles Mutmaßungen. Wir müssen auf jeden Fall die Kollegen der Kripo einschalten, das wird die bestimmt interessieren!«, sagte Markus und wirkte fast erleichtert, die alleinige Verantwortung abgeben zu können. »Apropos Kripo«, fügte er hinzu und kramte in seinen Unterlagen. Er holte einen Brief hervor und verkündete: »Ich hab auch eine gute Nachricht. Mein Disziplinarverfahren wird eingestellt!«

Isabel und die Kollegen atmeten erleichtert auf. Timo grinste Markus zu und hob seinen Daumen. Frieder fand als Erster seine Sprache wieder und sagte: »Kein Diszi! Da bin ich aber froh. Mit welcher Begründung?«

Markus hob das Schreiben und berichtete: »Mein Disziplinarvorgesetzter hat den Bericht des Sachverständigen gelesen und festgestellt – ich zitiere –: ›Es liegt kein Dienstvergehen vor. Weder grobe Fahrlässigkeit noch Vorsatz kann nachgewiesen werden.‹« Er ließ das Blatt sinken, schaute in die Runde und fügte schmunzelnd hinzu: »Deshalb hat er kein Interesse an der weiteren Verfolgung und stellt das Verfahren ein.«

Auch Isabel war beruhigt, doch beim Zuhören machten sich einmal mehr Gedanken an den eigenen Schiffsunfall in ihrem Gehirn breit. Ihr Herzschlag beschleunigte sich und ihre Brüste drückten mit einem Mal so fest gegen den Büstenhalter, dass sie befürchtete, sie würden platzen. Sie fasste sich an den Bauch und überlegte kurz, ob jetzt der richtige Zeitpunkt wäre, der versammelten Mannschaft ihre Schwangerschaft mitzuteilen. Schnell verwarf sie den Gedanken, denn dann könnte es ja sein, dass einer der Kollegen einen Zusammenhang witterte. Sie atmete tief ein und fragte: »Markus, du hast Carl Dangelmann wieder in der Klinik besucht. Wie geht's ihm denn inzwischen?«

Von dem Themenwechsel überrascht, antwortete Markus: »Die Überwachungsgeräte sind weg. CaWe hat wohl spontan angefangen zu atmen und ist jetzt bei Bewusstsein.«

Ein Raunen ging durch die Runde, alle Augen hingen gebannt an Markus' Lippen. Isabels Herz raste, sie wagte nicht, auszuatmen. Erst als Markus fortfuhr, ließ sie ihren Atem langsam ausströmen.

»Der Arzt hat mir erklärt, alle Vitalfunktionen seien da, trotzdem bin ich erschrocken, als ich ihn sah. Ich finde, CaWe ist noch in einem erbarmungswürdigen Zustand. Bloß gut, dass er sich selbst nicht so wahrnimmt.«

Isabel fragte spontan: »Was meinst du damit?«

Nur kurz streiften sich ihre Blicke, dann begründete Markus seine Aussage: »Na ja, ihr alle wisst ja, wie eitel CaWe war. Unser Chef ist noch lange nicht wieder der Alte!«

Timo verzog sein Gesicht zu einer Grimasse und warf sarkastisch ein: »Der Alte braucht er auch gar nicht mehr zu werden.«

Frieder unterbrach ihn: »Wahrscheinlich muss der alles wieder mühsam lernen: sitzen, sich bewegen, laufen, schlucken, essen, alles! Wie ein kleines Kind. – Das wünschst du keinem, Timo, nicht mal CaWe.«

Sichtlich bewegt fuhr sich Markus mit der Hand über den Schädel: »Frieder, genau das habe ich auch gedacht, als ich ihn gesehen habe – ein Häufchen Elend. Die Therapeuten machen alle möglichen physiotherapeutischen Behandlungen, damit es motorisch wieder besser wird. Demnächst wird er nach Gailingen verlegt.«

Isabel, die gerade überlegt hatte, ob sie noch einmal nach Allensbach fahren sollte, fragte erstaunt: »Wieso nach Gailingen?«

»Die dortige Klinik ist ein weiterer Standort für Patienten, die die Akutphase hinter sich haben. Das Haus dort ist in zwei Abteilungen gegliedert, hat man mir erklärt. Neben der Neurorehabilitation gibt's eine Spezialabteilung Psychotherapeutische Neurologie. Dort bieten sie auch Berufstherapie an, und das ist wohl einmalig.«

Jetzt überzog ein breites Grinsen Frieders Gesicht. »Falls CaWe überhaupt wiederkommt, bin ich sicher im Ruhestand. Ihr dürft gespannt sein.«

Betretenes Schweigen folgte seinen Worten. Markus durchstöberte nochmals den Stapel Papiere, der vor ihm lag, und sagte dann: »Ach ja, hier hab ich noch mal etwas nicht ganz Unwesentliches: Vom Innenministerium wird endlich jemand abgeordnet, der die kommissarische Leitung übernehmen wird. Ich weiß nicht, wann, hoffe aber, das klappt, bevor ich in Urlaub gehe.«

Er blickte ein weiteres Mal in die Runde und sagte abschließend: »Das war's für heute, liebe Kollegen. Zur Feier des Tages lade ich euch nach Dienstschluss zu einem Feierabendbier ein! Bis dann. Ich wünsche erfolgreiches Arbeiten allerseits.«

Damit streifte Markus seine Unterlagen zusammen und erhob sich. Die anderen taten es ihm gleich.

»Hoffentlich kommt so ein patentes Mädle wie du und nicht so eine eitle Schreibtischtussi oder ein junger Schnösel«, flüsterte Frieder Isabel beim Hinausgehen zu und puffte sie freundschaftlich in die Seite.

Isabel lächelte ihn an, nickte nur und dachte auf dem Weg zu ihrem Zimmer: Hoffentlich hat Frieder nichts bemerkt. Noch konnte sie ihr kleines Schwangerschaftsbäuchlein verbergen, aber der Bund ihrer Uniformhosen kniff und zwickte mittlerweile ordentlich. Bei der letzten Einkaufstour mit Lena hatte sie sich auch größere Büstenhalter zugelegt. Sie hatten gescherzt und gelacht wie früher, und für kurze Zeit war Lenas Freude auf Isabel übergesprungen. Immerhin gab es inzwischen Momente, in denen sie neugierig in sich hineinhorchte und sich eine Zukunft mit Baby nicht mehr nur in düsteren Farben ausmalte. An ihrem Schreibtisch angekommen, öffnete sie die Schublade, in der sie Privates verwahrte, griff ein Täschchen, entnahm ihm ein kleines Stück Papier und entfaltete es. Wieder begann ihr Busen zu spannen und ihr Herz schneller zu schlagen, als sie auf die weißen Linien, Punkte und den Kreis auf dem Ultraschallfoto blickte. Erst als Markus das Büro betrat, steckte sie es rasch wieder weg.

KAPITEL 23

Bingo, dachte Isabel, und ein Lächeln umspielte ihren Mund. Frieders Ausspruch von der »eitlen Schreibtischtussi« kam ihr in den Sinn, als sich Polizeioberrätin Margot Föllenböcker im feinen Chanel-Kostüm und hochhackigen Pumps den Diensthabenden vorstellte. Sie hatte nicht das Chefbüro bezogen, sondern ein kleines, bisher leerstehendes Zimmer. Nur die Besprechungen sollten im Zimmer von Polizeidirektor Carl W. Dangelmann stattfinden. Das ließ sie die Diensthabenden an ihrem ersten Arbeitstag wissen.

»Meine Dame, meine Herren, ich möchte gleich zu Beginn feststellen: Ich habe mich nicht hierher beworben«, begann Margot Föllenböcker ihre Begrüßungsrede an einem nebligen Novembermorgen. Der bittere Unterton in ihrer Stimme war nicht zu überhören, als sie fortfuhr: »Mein Chef in Stuttgart will mir eine Chance zur Höhergruppierung geben. Das ist der einzige Grund, warum ich hier in der Provinz gelandet bin. Nur so kann ich die nächsthöhere Stufe erreichen. Sie kennen sicher das Laufbahnrecht von uns Staatsdienern.« Bei diesen Worten nahm Frau Föllenböcker ihre markante Brille aus Ebenholz von der Nase und schob sie in ihre glatten schwarzen, zum Pagenkopf geschnittenen und exakt geföhnten Haare. Statt dem bestätigenden Nicken, das die Polizeioberrätin erwartet hatte, blieben die Köpfe ihrer Mitarbeiter gesenkt. Sie fuhr fort: »Nichtsdestotrotz können Sie zu mir kommen, wenn Sie fachliche Hilfe brauchen. Ansonsten hoffe ich auf gute Zusammenarbeit. Heute liegt ja noch nichts an, deshalb beende ich unser Meeting bereits wieder. Sie können wieder an Ihre Arbeit. Auf Wiedersehen.« Damit nahm die neue Chefin ihre Mappe und stolzierte aus dem Zimmer.

Die hohen Absätze braucht sie, weil sie so klein ist, dachte Isabel, kaute an ihrer Unterlippe und schielte zu Frieder hinüber. Wie sie erwartet hatte, verdrehte der seine Augen. Die Kollegen blieben stumm. Timo fand als Erster seine Sprache wieder, grinste und flüsterte Frieder zu: »Ich wusste gar nicht, dass du hellseherische Fähigkeiten hast.«

Frieder brummte: »Heidenei! Was ich vor dem Ruhestand noch so alles erleben darf! Die Dame sieht ja aus wie aus dem Schächtele!«

»Das musst du für Nichtschwaben übersetzen, oder hast du das verstanden, Timo?«, scherzte Isabel, die ganz anderes aus seinem Mund erwartet hatte, und fügte an: »Auf Streife muss Frau Föllenböcker ja nicht gehen in diesem Outfit!«

»Klar verstehe ich das, ich stamme schließlich aus Fischbach«, lachte Timo. »Frieder hat mal wieder den Nagel auf den Kopf getroffen.«

Frieder schüttelte den Kopf und sagte: »Ich verstehe nur nicht ganz, was wir hier mit der Dame anfangen sollen.«

»Jetzt gebt ihr doch eine Chance und wartet einfach mal ab«, beruhigte Isabel. »Liebe Kollegen, ich bin jedenfalls froh, dass nicht ich die Entscheidungen treffen muss, solange der Chef dienstunfähig und Markus im Urlaub ist. Obwohl ich weiß, dass ihr alle mir mit Rat und Tat zur Seite stehen würdet. Also macht's gut.«

Damit erhob sich auch Isabel und ging an ihren Schreibtisch. Seit Markus sich in den Urlaub verabschiedet hatte, arbeitete sie allein im Zimmer. Sie schnappte sich seinen Papierkorb, drehte ihn um, schob ihn unter ihren Schreibtisch, setzte sich auf ihren Bürostuhl, öffnete den Knopf an ihrem Hosenbund, legte die Beine auf der Bodenfläche des Papierkorbs ab, loggte sich an ihrem Computer ein und machte sich an die ungeliebte Schreibarbeit, die ihr in den kommenden Wochen vermehrt blühen würde.

Der erste Arbeitstag von Frau Föllenböcker verlief ohne irgendwelche Zwischenfälle. Nur einmal schaute die neue

Chefin zu Isabel herein und bat um die Berichte der vergangenen Einsätze. Isabel überreichte ihr das Paket mit den Worten: »Hier, Frau Föllenböcker, das sind sie. Fragen Sie mich einfach, wenn etwas unklar ist.« Frau Föllenböckers schwarzes Haar fiel in ihr schmales Gesicht, als sie nickte und sich wortlos verabschiedete.

KAPITEL 24

Es wird Zeit, dass ich mich an den November am See gewöhne und auch seine grauen Seiten lieben lerne, dachte Isabel, als sie vor die Tür trat und feuchte Nebelschwaden Haut und Haar umhüllten. Außerdem fühlte sie sich genervt von Thomas. Er schwärmte ständig vom Leben als kleine Familie und malte es Isabel in den schönsten Farben aus. Isabel konnte seine Fantasien nicht mehr hören, und die Wohnung kam ihr wieder einmal trotz ihrer Größe zu eng für sie beide vor. Würde er sich nicht gleichzeitig um sie bemühen, ihr gelegentlich sogar im Haushalt helfen, sie wäre längst versucht gewesen, ihm die ganze Wahrheit an den Kopf zu schmettern. Als sie eben auch noch bemerkt hatte, wie dunkle Gedanken aus ihrer Seele hochsteigen und ihre Stimmung weiter niederdrücken wollten, packte sie Jacke und Rucksack, um dem zu entfliehen. Lieber wollte sie ihren freien Vormittag nutzen, um Einkäufe zu erledigen. Sie schlang ihren Schal fester um den Hals und stieg auf ihr Fahrrad.

Hin und wieder tauchten Menschen wie Schatten aus dem Nebel auf und hasteten an Isabel vorbei. Irgendwo in der Ferne läuteten die Glocken der katholischen Kirche. Isabel hob den Kopf, um den Klang zu verorten. Nur das Dach des Turms mit den grüngelben Ziegeln ragte über den Giebeln der anderen Häuser matt aus dem Dunst heraus. Isabel schlug den Weg zur Uferstraße ein, um einen Blick auf ihren geliebten See werfen zu können. Doch wo am Abend zuvor der See noch silbern geschimmert hatte, waberte wolkiges Einheitsgrau. Es gab kein Ufer, kein Wasser, keinen Horizont. Ihre Welt war in farblose Schleier gehüllt. Beeindruckt strich Isabel eine nebelnasse Haarsträhne aus ihrem feuchten Gesicht. Sie lehnte sich an das Geländer und blieb eine Zeit lang einfach stehen, um sich mit der unwirklichen Stimmung vertraut zu machen. Die letzten Zeilen eines Gedichts züngelten durch ihre Sinne. *Seltsam, im Nebel zu wandern! Leben ist Einsamsein. Kein Mensch kennt den andern. Jeder ist allein.* Sie verweilte bei ihnen, fühlte sich eins mit dem Dichter Hermann Hesse. Erst als ein neugieriger Vierbeiner an ihrer Hose schnupperte, stieg Isabel wieder auf ihr Fahrrad, um endlich ihren Pflichten nachzukommen.

Stunden später schleppte sie einen prallen Rucksack und einen bis zum Rand gefüllten Fahrradkorb in die Wohnung hoch. Thomas hörte, dass sie die Einkäufe wegräumte, eilte aus seinem Zimmer und sagte: »Isabel, ich hätte dir doch helfen können.«

Isabel schaute ihn an und sagte eisig: »Ja, Thomas, das hättest du.« Dann setzte sie einen Topf Kartoffeln für das Mittagessen auf. Ihr Dienst begann um 13 Uhr.

»Hey, das wird heute nichts mit deinem geruhsamen Spätdienst«, verkündete Timo, als er in Isabels Büro stürzte. »Wir müssen raus aufs Wasser, und zwar schnell.«

»Was ist los?«, fragte Isabel, drückte am Computer auf »Speichern« und griff bereits nach ihrer Uniformjacke.

»Konstanz hat gerade angerufen. Ein Fischer hat einen Notruf abgesetzt. Hat offensichtlich im Nebel die Orientierung verloren.«

Isabels Blick wanderte zum Fenster hinaus. »Das glaub ich dir aufs Wort. Obwohl, von hier oben sieht's richtig klasse aus.«

Das Panorama draußen bot sich ihren Augen zweigeteilt: Der Nebel hatte sich am frühen Nachmittag gesenkt und in dicken Schichten über den See gelegt. Jetzt bedeckte er die Wasserfläche wie Schlagsahne ein Stück Zwetschgenkuchen. Der Himmel darüber hob sich klar und blau gegen das Grau ab. Isabel sagte: »Wenn ich die Suppe auf dem See sehe, möchte ich lieber nicht da draußen sein.«

»Komm jetzt, los«, drängte Timo und drehte ungeduldig seine Mütze in den Händen. Beide traten zur Eingangstür hinaus, und die graue, wabernde Masse umfing sie. Obwohl die Promenade nur wenige Meter breit war, sahen sie nicht einmal das Seegeländer, so sehr verdichtete sich der Nebel zum Ufer hin. Sie atmeten die feuchte Luft ein, und Timo sagte: »Richtig gespenstisch sieht das aus. In einem Hitchcock-Film könnte es nicht besser sein. Wie ist es erst auf dem See draußen?« Beide sahen sich fragend an. Dann entschied Timo: »Isabel, wir nehmen das große Boot. Ist besser heute, das hat Radar.« Sie drehten um, holten den Autoschlüssel und fuhren mit Blaulicht und Martinshorn zum Fährhafen.

»Hat der Fischer eigentlich keine Navigationsinstrumente an Bord?«, fragte Isabel, als sie das Boot mit der Nummer 21 bestiegen und rasch startklar machten. Erst danach realisierte Isabel zufrieden, dass sich in ihrem Inneren keinerlei Angstgefühle mehr entwickelt hatten.

»Keine Ahnung«, antwortete Timo, ohne den Blick von den Instrumenten zu nehmen.

»Wo soll der Fischer denn sein? In Ufernähe?«, fragte Isabel.

»Nein, sogar ziemlich Seemitte.« Mit diesen Worten startete Timo den Motor und schaltete das Radargerät ein. Das Schiff bohrte sich mit dem Bug durch die Nebelwand, die vor dem Hafen nochmals dichter, fast undurchdringlich schien.

»So ein Scheiß, ich sehe keine zwanzig Meter weit«, schimpfte Timo und drückte den Schalter des Nebelsignals. Tatsächlich konnten sie kaum die sprichwörtliche Hand vor den Augen erkennen.

Isabel schob die Tür auf, verließ das Steuerhaus und hielt sich mit beiden Händen an der Reling fest. Das Metall fühlte sich kalt und nass an, und ein Schaudern breitete sich in ihrem Körper aus. Auf See konnte sie das feuchte Element wesentlich weniger genießen als vom Ufer aus. Hier wirkte das Grau kein bisschen geheimnisvoll, sondern düster und bedrohlich. Angestrengt riss sie die Augen auf, doch hier draußen konnte sie nicht besser sehen als im Steuerhaus. Den See konnte sie nur riechen, und sie spürte, wie die Feuchtigkeit Gesicht und Haare nässte.

Fröstelnd betrat sie wieder das Steuerhaus. Timo fischte gerade ein Päckchen Kaugummi aus seiner Tasche, schob sich einen Streifen in den Mund und hielt Isabel die

Packung hin. Sie schüttelte den Kopf, dass ihr Pferdeschwanz im Nacken kleben blieb, und lehnte dankend ab. In letzter Zeit hatte sich beim Kaugummikauen jedes Mal so viel Luft in ihrem Bauch angesammelt, dass ihr dieser noch dicker erschienen war. Außerdem plagten sie Blähungen. Gerade steckte sie sich ein Pfefferminzbonbon in den Mund, als sie wieder nach vorn schaute und ungläubig ausrief: »Hey, Timo! Unser Bug ist verschwunden, der Nebel hat ihn aufgefressen!«

Konzentriert umklammerte Timo das Steuer, nur das Geräusch des Motors und in kurzen Abständen das Nebelsignal unterbrachen die gespenstische Stille. Isabel blieb ebenfalls aufmerksam, auch ihr Gehirn arbeitete auf Hochtouren. Laut überlegte sie: »Ich versteh das einfach nicht. Der Mann hat mit einem Handy die 110 gewählt. Er hat also ein Telefon an Bord. Er müsste sich doch mit GPS selbst navigieren können.«

»Eigentlich ja, aber wer weiß, was das für ein alter Seebär ist«, antwortete Timo, ohne ihr den Blick zuzuwenden.

»Ein Berufsfischer gerät so jedenfalls nicht in Seenot, der hätte alles Nötige an Bord. Ich vermute, das da draußen ist ein Freitzeitangler, den der Nebel überrascht hat«, stellte Isabel fest.

»Bestimmt so ein Technikverweigerer mit einem Uralthandy wie mein Opa«, spottete Timo und fügte schalkhaft hinzu: »Halt jetzt bitte mal deinen Mund, sonst kann ich mich nicht konzentrieren.«

Für eine Weile blieb Isabel still. Schließlich schoss ihr wieder das Hesse-Gedicht durch den Sinn: *Seltsam im Nebel zu wandern …* Spontan dichtete sie es um: *Seltsam im Nebel zu schippern …* Dabei blieb ihr Blick ununterbrochen auf den Bildschirm des Radargeräts geheftet. Ihre

Gedanken wanderten zu Thomas, der sicher in seinem überhitzten Zimmer am Computer hockte. Dann zum Fischer, der irgendwo da draußen ausharrte, wahrscheinlich starr vor Angst. Sie hielt die Anspannung nicht länger aus, nahm die Mütze vom Kopf, strich sich über die Stirn und sagte: »Nichts auszumachen, Timo. Und viele Störsignale! Wir sollten den Mann möglichst schnell finden bei dieser Witterung.«

»Ich fordere Verstärkung an«, stöhnte Timo mit einem Anflug von Verzweiflung. »Das Ganze wird mir zu riskant.«

»Was kann ich tun?«, fragte Isabel.

»Ruf die Wache an. Wir müssen eine Suchkette bilden. Die sollen die benachbarten Dienststellen und DLRG sowie Feuerwehr verständigen!« Isabel ergriff den Hörer des Funkgeräts und gab die Anweisung durch. Timos Gesichtsausdruck entspannte sich etwas. Isabel nahm erneut den Bildschirm ins Visier: »Ich kapier einfach nicht, warum wir den Mann nicht orten können. Was muss denn das für eine kleine Fischergondel sein?«

»Das versteh ich auch nicht«, antwortete Timo entnervt.

Kurze Zeit später erreichte sie die Durchsage, dass sich die Polizeiboote aus Überlingen und Konstanz, vier Boote der DLRG, die Feuerwehr und auch das Zollboot auf dem Wasser befänden. Timo stieß hörbar einen Schwall Luft aus. Um eventuelle Hilferufe besser hören zu können, schaltete er für kurze Zeit den Motor aus. Sie lauschten. Aus dem wattigen Nichts vernahmen sie die Nebelhörner abwechselnd. Noch ließ sich nur unzureichend bestimmen, wie weit die anderen Einsatzboote entfernt waren. Langsam glitten sie mit der *21* vorwärts. Nachdenklich stand Isabel hinter der Scheibe. Diese Orientierungslosigkeit widerstrebte ihr und verunsicherte sie zutiefst. Auf einmal sagte sie: »Timo, ich habe das Gefühl, dass sich der Nebel immer noch mehr verdichtet, vor allem direkt über der Wasseroberfläche. Seltsam.«

»Den Eindruck habe ich auch«, bestätigte Timo und kaute nervös auf seinem Kaugummi.

»Die Einsatzboote sind da«, stellte Isabel fest, als sie die kleinen und größeren Punkte auf dem Radar entdeckte. Timo prüfte die Position der Objekte und steuerte über Funk die Suchkette. Isabel heftete ihre Blicke weiter auf den Bildschirm.

Die Minuten zogen sich zäh und qualvoll. Die Suche schien aussichtslos. Isabel verspürte das Bedürfnis, die Bordtoilette aufzusuchen, getraute sich aber nicht, ihren Posten zu verlassen. Eine geschlagene Stunde später, Timo dachte bereits daran, die Suche abbrechen zu lassen, zeigte Isabel plötzlich auf den Bildschirm und rief: »Hey, hast du das gerade gesehen? Ein kurzes Aufblitzen im Radargerät. Das könnte vom Vermissten stammen.«

»Woher?«

»Planquadrat 3076, nord-nordöstlich von Romanshorn.« Isabel sprach schnell und trat dabei nervös von einem Bein auf das andere.

Timo erschrak und schob die Mütze auf seinem Kopf vor und zurück: »Verdammt! Das ist ganz in der Nähe der Fährlinie.«

»Ich ruf die Wache an. Die sollen die Fähren informieren«, rief Isabel und hob schon den Hörer des Funkgeräts. Kaum hatte sie geendet, sagte Timo: »Das müssen sofort auch die anderen Boote erfahren.«

»Du hast recht«, sagte Isabel und meldete: »Wir haben Signal auf dem Radargerät. Wir fahren hin und klären ab.«

Doch kein weiteres Zeichen erschien, das die Suche erleichtern würde. Statt der sprichwörtlichen Stecknadel im Heuhaufen suchten sie nach der Nussschale in der Nebelsuppe. Ihre Anspannung steigerte sich erneut.

Zehn endlose Minuten später kam die erlösende Nachricht von der DLRG, die meldete: »Wir haben das Boot gefunden. Ein Mann an Bord, circa 60 Jahre alt, völlig fertig. Wir nehmen ihn in den Schlepp und steuern Friedrichshafen an.«

Binnen Sekunden fiel die Anspannung wie tonnenschwere Steine von Timo und Isabel ab, beide atmeten hörbar auf. Isabel legte, einem Reflex folgend, eine Hand auf ihren Bauch und sagte: »Jetzt brauch ich eine Toilette, und zwar sofort.«

»Gibst du mir bitte noch schnell den Funk?«

Isabel reichte Timo den Hörer weiter. Während sie die Stufen hinunterstieg, hörte sie, wie er kurz und klar anordnete: »Hier Polizeiboot 21. Einsatz ist beendet. Mann unverletzt gefunden. DLRG hat übernommen. Vielen Dank für Ihren Einsatz. Gute Heimfahrt. Ende.«

Erleichtert betrat Isabel wieder die Kabine, und Timo gab ihr das Gerät zurück. Als Zeichen des Erfolgs klatschten beide ihre rechten Hände gegeneinander. Timo sagte: »Ich versteh immer noch nicht, warum wir den Mann erst so spät orten konnten.«

Isabel zuckte mit den Schultern: »Ich auch nicht. Und es ist mir schleierhaft, warum der sich mit seinem Handy und GPS nicht selbst navigieren konnte.«

»Du, also mein Opa könnte das auch nicht«, sagte Timo lächelnd und Isabel empfahl: »Na, dann wird's höchste Zeit für deine Nachhilfe!«

KAPITEL 25

Isabel sehnte den Tag herbei, an dem Markus aus seinem Urlaub zurückkommen würde. Sie gönnte ihrem Kollegen den Urlaub von Herzen. Schließlich hatte er seit dem Sommer sehr viel um die Ohren gehabt. Grade hatte sie ihren Dienst beendet, und um abzuschalten, ging sie die paar Schritte über die Fußgängerzone zum Geländer und hielt ihr Gesicht der Novembersonne entgegen. Sie hatte zwar enorm an Kraft und Intensität verloren, aber immerhin war es ihr an diesem denkwürdigen Tag gelungen, den morgendlichen Frühnebel, der sich, wie so oft, bis in die Mittagsstunden gehalten hatte, aufzusaugen und das Thermometer nochmals zweistellig hochklettern zu lassen. Trotzdem bummelten am frühen Nachmittag nur wenige Menschen die Fußgängerzone entlang. Kein Wunder, die Eisdielen und die meisten Souvenirgeschäfte hatten dichtgemacht und sich in die Winterpause verabschiedet. Isabel sog die milde Luft tief in ihre Lungen und blickte auf den See hinaus. Glänzend und spiegelglatt lag das große Wasser in seinem tiefen Becken. In der Bucht stiegen bereits wieder erste Nebelfahnen silbergrau in die Höhe. Ein Berufsfischer holte seine Netze ein. Eine Schar Enten lag träge auf dem Wasser, ihre Köpfe in die Gefieder gesteckt. Alles sah friedlich aus, und doch gelang es Isabel nicht, die äußere Ruhe in ihr Inneres zu holen.

Polizeioberrätin Föllenböcker sollte eigentlich die Truppe verstärken. Doch seit ihrer Ankunft hatte sich nichts zum Besseren verändert, im Gegenteil: Frau Föllenböcker erledigte nur Dinge, die für sie eine positive

Außenwirkung hatten. Die unangenehmen Entscheidungen schob sie vor sich her oder Isabel musste als Stellvertreterin des Dienstgruppenleiters ihren Kopf hinhalten. Mehr denn je fühlten sich Isabel und ihre Kollegen alleingelassen. Stimmung und Akzeptanz der neuen Chefin gegenüber waren auf dem Gefrierpunkt angelangt. Anfangs war Isabel gewillt, als Zeichen der Solidarität unter Frauen die Wogen zu glätten und der Neuen einen guten Start zu ermöglichen. Dann erkannte sie, dass das vergebliche Liebesmüh war, und nun waren sich alle einig: Die Neue passte schlichtweg nicht ins Team.

Frau Föllenböcker war es gelungen, Frieder gleich am dritten Tag derart zu verärgern, dass er sich weigerte, weiterhin ihren Schriftverkehr vorzubereiten. Er hatte Frau Föllenböcker einen Brief für die Dienststelle nebenan zur Unterschrift vorgelegt. Sie hatte ihn zurückgehen lassen mit dem Vermerk: ›So nicht, Herr Kahle‹, und das in dicken roten Buchstaben mit zwei Ausrufezeichen dahinter. Mit demselben Stift hatte sie das Schreiben von links unten nach rechts oben durchgestrichen.

Als Frieder an ihre Tür klopfte und fragte, was sie denn daran auszusetzen habe, hatte sie ihm vorgeworfen: »Herr Kahle, Sie haben offensichtlich Probleme mit der Gleichberechtigung.«

Frieder fragte erstaunt: »Wie kommen Sie denn darauf, Frau Föllenböcker?«

Die Polizeioberrätin holte zu einer Belehrung aus: »Herr Kahle, Ihre Sprache ist nicht gendergerecht! Es reicht nicht, von Besuchern und Beamten zu sprechen, geschweige denn zu schreiben. Ich lege Wert auf eine Sprache, die Frauen nicht diskriminiert.«

Frieder hielt das für übertrieben und wehrte sich: »Werte Frau Föllenböcker, es ist nicht meine Absicht, jemanden zu diskriminieren, das haben wir schon immer so gemacht.«

Mit einer Stimme, die eine Oktave nach oben rutschte, fuhr Frau Föllenböcker ihm über den Mund: »Auch wenn Sie das schon immer so gemacht haben, heißt das nicht, dass es für immer so bleiben muss, Herr Kahle! Ich erwarte, dass Sie auch die Besucher*innen* und die Beam*tinnen* erwähnen!«

Frieder sagte kleinlaut: »Jawoll, Frau Föllenböcker«, änderte den Brief und legte ihn ihr wieder vor. Erneut zitierte die Chefin ihn zu sich und monierte: »Herr Kahle, ich vermisse meinen Titel unter meinem Namen. Ich unterschreibe diesen Brief erst, wenn Sie den Empfängerinnen und Empfängern auch meinen Titel nennen. Die Kolleginnen und Kollegen müssen schließlich wissen, dass sie es nicht mit der Sekretärin, sondern mit der neuen Leiterin der Wasserschutzpolizeistation Friedrichshafen zu tun haben!«

»Der neuen *kommissarischen* Leiterin«, hatte Frieder gerufen, auf dem Absatz kehrtgemacht und kopfschüttelnd auch ihren Titel unter das Schreiben gesetzt. Was dann folgte, brachte in seinen Augen das Fass zum Überlaufen. Er musste zum dritten Mal antreten, und sie zeterte mit hochrotem Kopf: »Nun habe ich es schwarz auf weiß! Herr Kahle, Sie haben ganz offensichtlich ein Problem mit weiblichen Führungskräften! Frau Margot Föllenböcker ist kein Polizei*oberrat*, Frau Margot Föllenböcker ist eine Polizei*oberrätin*!«

Frieder Kahle kochte vor Wut und änderte das Schreiben ein drittes Mal. Seither war Sendepause zwischen den beiden. In der Teeküche erzählte er Isabel und Timo von dem Vorfall und schloss mit den Worten: »Ich lass mir doch von der Zicke nicht vorwerfen, dass ich Frauen diskriminiere! Oder hast du so was schon mal bemerkt, Isabel? Und das so kurz vor meinem Ruhestand. Die Frau Polizeioberrätin kann mich mal … am Aschermittwoch treffen! Das kann die mich mal!«

Was Isabel außerdem extreme Kräfte abverlangte und sie innerlich noch mehr aufwühlte und zerriss, waren Gründe privater Natur. Sie fasste sich an den Bauch und dachte seufzend: Eigentlich sollte ich mich gerade an einem Tag wie heute auf dich freuen, mein Kind. Du wirst mir bald eine kurze Auszeit aus der dienstlichen Misere verschaffen. Allein deshalb sollte ich dich lieben. Sie horchte in sich hinein, doch ihr Herz versagte ihr eine entsprechende Regung.

Isabel ging ein paar Schritte an der Promenade entlang, konnte sich jedoch noch nicht entschließen, den Heimweg anzutreten, obwohl oder vielleicht gerade weil sie wusste, dass Thomas mit dem Essen auf sie wartete. Sie atmete tief ein und dachte: Ich sollte Thomas mehr Gefühle entgegenbringen, liebevollere. Seit er von meiner Schwangerschaft weiß, umwirbt er mich regelrecht und macht mir Mut. Er erträgt sogar meine Launen, die ich auf die hormonellen Veränderungen zurückführe und die mich zeitweise selbst befremden. Stattdessen zehrt sein überfürsorgliches Verhalten zusätzlich an meinem Nervenkostüm.

Isabel holte ein weiteres Mal tief Luft und ließ den Atem lange ausströmen. Sein Drängen, endlich in der Dienststelle Bescheid zu sagen, konnte sie nachvollziehen. Schließlich ging er davon aus, dass gefährliche Einsätze seinem Kind und auch ihr schaden könnten. Seit dem Unfall zeigte er sich besorgt um sie und das zu Recht, denn sie machte nicht den Eindruck, stabil und belastbar zu sein. Dennoch waren es gerade die aufregenden Einsätze, während denen sie abschalten konnte. Wie sollte sie ihm verständlich machen, dass sie sich genau darein flüchtete, um der unbefriedigenden Situation zu Hause und im Büro zu entkommen. Die extremeren Herausforderungen halfen ihr, ihre ständigen Grübeleien, wenn schon nicht zu vergessen, so doch wenigstens zu unterdrücken. Das schlechte Gewissen war Isabels ständiger Begleiter geworden: Was, wenn in ihrem Bauch nicht das Kind von Thomas heranwuchs? Was, wenn Carl der Vater war? Sie würde Thomas ein Kuckuckskind unterjubeln. Thomas, der sich so sehr freute … Würde sie mit dieser Lüge leben können? Hatte sie das Recht, ihn und letztendlich auch ihr Kind zu belügen? Würde nicht irgendwann ohnehin alles ans Tageslicht kommen?

In dieser niedergedrückten Stimmung schloss Isabel die Wohnungstür auf. Ein Geruch von Gebratenem stieg in ihre Nase. Eigentlich sollte sie dankbar sein, dass Thomas gekocht hatte, doch sofort stieg Widerwillen in ihr auf gegen Essen, gegen Thomas, gegen dieses unehrliche, verlogene Leben …

Thomas erschien mit beschlagener Brille, hochrotem Gesicht und einem Kochlöffel in der Hand in der Küchentür. Dieser Anblick war zu viel für sie. Thomas sah schlichtweg lächerlich aus in seiner mit Tomatensoße verschmierten Schürze mit der Aufschrift ›Chefkoch‹. Er begrüßte sie mit den Worten: »Hallo, Isabel, du kommst schon? Ich bin noch nicht ganz fertig.«

Isabel gelang es, den bissigen Kommentar, der auf ihrer Zunge gelegen hatte, zu unterdrücken, sagte stattdessen nur: »Macht nichts, ich hab eh keinen Appetit.«

Sie zog sich ins Bad zurück, wusch sich die Hände, schaufelte Wasser in ihr Gesicht und wischte mit dem Handtuch über ihre Augen. Als sie innehielt und ihr Spiegelbild betrachtete, wurde ihr übel. Sie zwang sich, sich in die Augen zu sehen, und blieb so stehen, bis sie Thomas' Stimme hörte: »Isabel, komm! Es gibt dein Lieblingsessen!«

Dann riss sie sich los und ging in die Küche. Ohne den liebevoll gedeckten Tisch zu würdigen, setzte sie sich und sagte spitz: »Thomas, ich bitte dich, nimm diese lächerliche Schürze ab!«

Thomas stellte eine Schüssel mit Nudeln auf den Tisch, musterte erst seine Schürze und anschließend Isabel. »Dir geht's gerade nicht gut, oder?«, fragte er einfühlsam.

Isabel senkte den Kopf, wusste keine Antwort. Sie wusste nur, dass sie Thomas' Verwandlung zum treusorgenden Hausmann kaum mehr ertragen konnte. Seine Freude, Vater zu werden, machte ihr alles nur noch schwerer. »Was du nicht sagst! Wie kommst du nur auf so was?«, giftete sie.

Thomas legte Gabel und Messer beiseite und sagte: »Ja nun, es ist wohl im Moment alles ein bisschen zu viel für dich, Isabel. Die hormonelle Veränderung …«

Das ist es nicht, wollte Isabel ihm entgegnen, doch der Satz blieb ihr im Hals stecken. Etwas braute sich in ihrem Inneren zusammen. Etwas Schreckliches. Ein Feuer drohte sie zu verbrennen. Sie schaute Thomas nur an und merkte, wie sich Druck in ihrem Körper aufbaute, sich steigerte, ein Ventil suchte. Um sich von der Schwere zu befreien, hob sie einatmend ihre Arme, holte zu einer ausladenden Bewegung aus und ließ die Atemluft hörbar ausströmen. Als ihre Hände wieder auf dem Tisch landeten, sah Isabel, dass diese zitterten.

Thomas hatte sie beobachtet und mahnte: »Du solltest etwas essen, Isabel, unserem Kind zuliebe.«

Isabel nahm ihr Besteck und knallte es Sekunden später wieder auf den Tisch. »Und du, Thomas, solltest mich verschonen mit deinen klugen Ratschlägen!«

Sie wusste nur zu gut, wie ungerecht sie agierte. Doch tausend Teufel tobten in ihrem Inneren und trieben sie noch mehr an. Sie konnte nicht anders und schleuderte ihm nun entgegen: »Womöglich bist du, Thomas von Harnsfeld, gar nicht der Vater meines Kindes! Ich hatte ein Verhältnis mit meinem Chef. Jetzt weißt du's!«

Das Unaussprechliche war aus ihr herausgebrochen. Isabel fühlte sich entsetzlich, doch langsam spürte sie auch Erleichterung. Sie hob den Kopf und sah Thomas ins Gesicht. Thomas schluckte, wurde blass, sein Körper erstarrte. Quälende Minuten später schob er erst seinen Teller, dann seinen Stuhl zurück, stand wortlos auf und wankte aus der Küche.

Isabel schlug die Hände vor ihr Gesicht, stützte die Ellbogen auf und vergrub den Kopf in den Händen, um die aufsteigenden Tränen abzufangen.

Ohne ein weiteres Wort holte Thomas seinen Koffer, packte ein paar persönliche Sachen hinein, warf etliche Bücher in eine Tasche, nahm seinen Computer und verließ wenig später die gemeinsame Wohnung. Niemals wäre er auf die Idee gekommen, dass Isabel ihn betrügen könnte.

Völlig verzweifelt rief Isabel ihre Freundin an und bat Lena heulend, zu ihr nach Friedrichshafen zu kommen.

Glücklicherweise war Lenas Mitbewohnerin Natalia bereit, Ben zu Bett zu bringen.

Isabel erzählte der Freundin, was vorgefallen war. Während des Redens begriff sie: Nicht Thomas war der Grund für ihre Unzufriedenheit und ihr aggressives Verhalten, sondern sie selbst. Nachdem sie geendet hatte, fühlte sie sich etwas besser.

Lena hatte ihr geduldig zugehört. Jetzt nahm sie die Freundin in die Arme und sagte: »Isabel, es war mir klar, dass du Thomas deinen Fehltritt irgendwann beichten würdest. Alles andere hätte nicht zu dir gepasst.« Sie drückte Isabel nochmals an sich und schob sie dann von sich, um ihr in die Augen sehen zu können. »Hättest du mich gefragt, ich hätte dir geraten, damit besser zu warten, bis das Kind da ist. Jetzt ist es eben geschehen.«

Isabel seufzte: »Das wollte ich ja, aber ich habe es einfach nicht mehr ausgehalten. Die Wahrheit musste aus mir raus.« Sie nahm einen Schluck aus ihrer Teetasse und fügte hinzu: »Und irgendwie ist es auch gut so. Es fühlt sich richtig an.« Mit diesen Worten erhob sie sich und ging auf den Balkon hinaus, Lena folgte ihr. Draußen war es inzwischen dunkel geworden. Nebeneinander standen sie schweigend, betrachteten Tausende filigrane weiße Nadeln von Raureif, die die Äste der kahlen Bäume und Sträucher umhüllten. Der Schrei eines Waldkauzes und Hundegebell durchschnitten die Stille der klaren Nacht. Lena fröstelte, zog ihre Strickjacke enger um sich und verschränkte ihre Arme. Nach einer Weile wandte sich Isabel ihr wieder zu und sagte: »Ich weiß nur nicht, wie es weitergehen soll, Lena. Die Wohnung hier kann ich alleine nicht halten.«

Lena fragte: »Wo könnte Thomas sein? Vielleicht hat er sich inzwischen gemeldet?«

Sie gingen wieder ins Zimmer, und Isabel schaute auf ihr Smartphone: »Nein, hat er nicht. Ich denke, er ist zu seinen Eltern gefahren und dort untergekrochen.«

»Die von Harnsfelds sind bestimmt froh drüber, und Annerose darf ihr Söhnchen wieder bemuttern.« Die Ironie in Lenas Worten war nicht zu überhören.

Isabel stimmte ihr zu: »Da magst du wohl recht haben. Aber Thomas hat sich in den vergangenen Wochen ja auch verändert. Das hätte ich nie für möglich gehalten.« Sie schmiegte sich wieder an Lena und fuhr fort: »Ich fühle mich so mies. Ich war so undankbar, so ungerecht. Ich hab Thomas wehgetan, er tut mir so leid. Soll ich mich bei ihm melden?«

Lena strich tröstend über ihren Rücken und erwiderte: »Er wird es überleben. Jetzt denk mal an dich. Alles andere ist momentan zweitrangig. Schlaf erst mal drüber.«

KAPITEL 26

Isabel hastete aus ihrem Büro den Flur entlang zum Chefzimmer, klemmte sich im Gehen ihren Schreibblock unter den Oberarm und schob mit beiden Händen ihren Haargummi hoch. Sie eilte durch das verwaiste Vorzimmer, und bevor sie an der Bürotür klopfte, zog sie ihre Strickweste über ihrem Bauch glatt. Nach dem zögerlichen »Ja, bitte« von Frau Föllenböcker betrat Isabel das Büro. Margot Föllenböcker versank fast in Carls ausladendem Chefsessel, ihre Gestalt wirkte winzig.

»Guten Morgen, Frau Föllenböcker«, sagte Isabel, während ihr Blick die leeren Stühle um den Besprechungstisch streifte. Wenn ich gewusst hätte, dass ich die Erste bin, hätte ich mich nicht so beeilen müssen, dachte sie und setzte sich an das äußerste Ende des Tisches.

Margot Föllenböcker hob den Kopf, schaute auf ihre Uhr und sagte: »Guten Morgen, Frau Böhmer. Sie sind früh dran. Ich habe den Jour fixe heute zehn Minuten später angesetzt und soeben eine entsprechende Rundmail verschickt.«

Isabel war der vorwurfsvolle Unterton in ihrer Stimme nicht entgangen: »Oh, Entschuldigung, das habe ich leider nicht mehr mitbekommen.« Sie war im Begriff, wieder aufzustehen, als ihr die Chefin mit süßsaurem Lächeln zu verstehen gab: »Sie können gern dableiben, Frau Böhmer. Wie lange sind Sie denn schon hier im Dienst?«

»Seit dem Frühjahr«, antwortete Isabel. »Lassen Sie sich von mir nicht stören, Frau Föllenböcker.« Um sich nicht länger dem durchdringenden Blick von Margot Föllenböcker aussetzen zu müssen, studierte Isabel die Akte Kern, die sie mitgebracht hatte und in der Besprechung thematisieren wollte.

»Aha, also auch noch nicht lange«, stellte Frau Föllenböcker fest. »Wo haben Sie davor Dienst geleistet?«

»In Tübingen«, antwortete Isabel und drehte ihren Stift in den Händen.

»Sie haben die Universitätsstadt verlassen und sind hierher gegangen? Haben Sie freiwillig gewechselt?« Margot Föllenböcker konnte es nicht fassen.

Isabel nestelte an ihrer Strickweste und erklärte widerwillig: »Ich wollte an den Bodensee. Deshalb habe ich mich hierher beworben.«

»Wie halten Sie es hier nur aus?«, fragte die neue Chefin gereizt und schaute durch die Glasfront auf den Bodensee hinaus – genauer gesagt auf den Nebelvorhang, hinter dem sie den See vermutete. »Schrecklich! Dieser ewige Nebel. Der macht mich ganz trübsinnig.«

Isabel schielte auf ihre Uhr, fragte sich, wo die Kollegen blieben, und antwortete: »Die Einheimischen sagen, dass die Nebeltage am See in den letzten Jahren dank des Klimawandels seltener geworden sind.« Sie hatte das Bedürfnis, Frau Föllenböcker mit irgendetwas Nettem zu trösten, doch ihr wollte einfach nichts einfallen.

»Ich jedenfalls werde mich bemühen, bei erster Gelegenheit hier wieder wegzukommen«, sagte Margot Föllenböcker.

Gut für Sie und gut für uns hier, dachte Isabel und beschäftigte sich wieder mit ihren Unterlagen. Sie spürte jedoch, dass die Chefin sie musterte. Sie glaubte, ihren Ohren nicht zu trauen, denn Margot Föllenböcker fragte spitz: »Sind Sie eigentlich schwanger, Frau Böhmer?«

Isabels Herz blieb stehen, sie wollte ihre Beklemmung hinunterschlucken, doch ihr Hals war zu eng geworden. Röte breitete sich von ihrem Dekolleté über Hals und Gesicht bis zum Haaransatz aus. Selbst an den Händen begann sie zu schwitzen. Sie öffnete ihre Jacke. Sieht man mir die Schwangerschaft mittlerweile an, durchfuhr es Isabel blitzartig. Während sie noch an einer Antwort feilte, öffnete sich die Tür. Timo trat mit weiteren Kollegen im Schlepptau ein. Erleichtert atmete Isabel auf.

»Guten Morgen zusammen. Polizeihauptmeister

Kahle lässt sich entschuldigen«, sagte Timo und setzte sich neben Isabel. Frau Föllenböcker notierte es kommentarlos und blickte dann in erwartungsvolle Gesichter, als sie verkündete: »Ich werde jetzt mit unserem Jour fixe beginnen. Ich verlese Ihnen zuerst die neuen Richtlinien, die meine Behörde allen nachgeordneten Dienststellen erlassen hat.«

Wenn Polizeioberrätin Föllenböcker von *meiner Behörde* sprach, meinte sie das Innenministerium. Isabel und Timo warfen sich vielsagende Blicke zu und nahmen diese Tatsache erleichtert zur Kenntnis.

Gelangweilt verfolgten die Diensthabenden die Lesung, die geschlagene 20 Minuten dauerte. Als Frau Föllenböcker geendet hatte, sagte sie beiläufig: »Ach ja, ich habe hier noch eine Nachricht von der Kriminalpolizei. Wenn die Wetterverhältnisse es zulassen, soll morgen eine vor kurzem explodierte Segeljacht aus dem Wasser gehoben werden. Die Kriminalpolizei bittet, dass wir von der Wasserschutzpolizei an der Aktion teilnehmen.«

Mehrere Augenpaare blickten erstaunt zu Margot Föllenböcker. Die Botschaft überraschte alle, beschäftigte sie der Fall »Dolce Vita« doch nach wie vor. Sie hatten die verunglückte Frau immer noch nicht finden können. Isabel hatte die Akte Kern vor sich und ging davon aus, dass Frau Föllenböcker mehr über den Fall wissen wollte. Doch die Chefin interessierte das nicht weiter, sie erklärte, ohne in die Runde zu fragen, was darüber hinaus derzeit anliege, die Besprechung für beendet.

Alle Mitarbeiter erhoben sich, und Isabel sagte im Hinausgehen: »Ich erstelle den Einsatzplan. Wir werden mit dem großen Polizeiboot bei der Bergung zugegen sein. Werden Sie mitkommen, Frau Föllenböcker?«

Entgeistert, als hätte Isabel gefragt, ob sie sich den Rheinfall hinunterstürzen wolle, sah die Polizeioberrätin Isabel an und stammelte: »Wo denken Sie hin! Ich verlasse mich selbstverständlich auf Sie, Frau Böhmer!«

Isabel nickte und sagte: »Das können Sie. Auf Wiedersehen, Frau Föllenböcker.«

Timo wartete im Flur auf Isabel. Sofort fragte sie: »Timo, was ist los mit Frieder?«

»Der hatte einfach keine Lust zu kommen«, vertraute Timo Isabel an und grinste, »verrat ihn bloß nicht.«

»Keine Sorge. Komm, gehen wir kurz zu ihm. Er muss wissen, dass morgen die ›Dolce Vita‹ gehoben wird«, sagte Isabel, und schon standen beide in Frieders Zimmer und schlossen die Tür hinter sich.

»Frieder, ich finde es nicht in Ordnung, dass du uns im Stich gelassen hast«, sagte Isabel mit gespielter Strenge.

Frieder Kahle hatte die Demütigung durch die Polizeioberrätin noch immer nicht überwunden und schimpfte: »Ich lass mich doch von der jungen Wichtigtuerin nicht herumkommandieren! Nicht mehr auf meine alten Tage. Ich bin schon im Einsatz gewesen, als die noch in ihrem eigenen Seich lag! Und jetzt führt sie sich hier auf wie Schneewittchen. Aber wir sind nicht ihre sieben Zwerge! Und hinter den sieben Bergen sind wir Häfler schließlich auch nicht.«

»Jaja, reg dich wieder ab, Frieder«, sagte Timo. »Du hast ja recht. Die Frau gehört hinter einen Schreibtisch in einer möglichst großen Behörde und nicht zu uns an die Front!«

Sowohl Isabel als auch Frieder nickten, und Timo fügte hinzu: »CaWe war schon schlimm, aber die Föllenböcker toppt den noch, nur auf andere Art.«

CaWe war schlimm, hatte Timo gesagt, fiel Isabel auf. Geht er nicht davon aus, dass Carl wieder dienstfähig werden wird?, fragte sich Isabel. Sie sagte aber: »Hey, Männer, ich habe mal gelesen: Die Emanzipation ist erst dann vollendet, wenn auch mal eine total unfähige Frau in eine verantwortliche Position aufgerückt ist.«

»Dann sind wir jetzt so weit«, warf Frieder sarkastisch ein.

Isabel widersprach ihm nicht und sagte: »Die Föllenböcker war im Innenministerium wahrscheinlich genau richtig, aber da wurde sie ja weggelobt.«

»Du meinst, da konnte sie nicht so viel Schaden anrichten«, schmunzelte Timo. »Ich befürchte, die werden wir hier nicht so leicht wieder los. Solang die nicht die oft zitierten silbernen Löffel klaut, bleibt die.«

»Das glaub ich nicht, die fühlt sich hier nicht wohl«, wusste Isabel und dachte an das Gespräch vor dem Jour fixe.

Boshaft wetterte Frieder: »Der vermiesen wir ihren Aufenthalt bei uns mehr, als wir uns die Arbeit von ihr vermiesen lassen! Die nehmen wir mal bei richtigem Sauwetter mit auf Bootsstreife!«

»Danke für das Stichwort, Frieder. Morgen soll die ›Dolce Vita‹ gehoben werden. Willst du dabei sein?«

»Also holen sie die doch hoch! Klar bin ich dabei, und jetzt lasst mich endlich wieder in Ruhe weiterarbeiten!«, brummte Frieder.

KAPITEL 27

Ein kalter Nordwind pfiff Isabel um die Ohren, doch sie stand, warm eingepackt in einen dicken Wintermantel, neben Frieder Kahle auf der *21*. Einige Mitarbeiter des Schifffahrtsamts Friedrichshafen und der Kriminalpolizei waren ebenfalls Zeugen der Bergung und beobachteten das Geschehen aus sicherer Entfernung. Für die Hebung war extra eine Fähre mit einem Autokran an Deck bestellt worden. Dicht neben der Fähre lagen das große Polizeiboot aus Überlingen sowie mehrere kleine Einsatzboote auf der nahezu glatten Wasserfläche.

»Warum war es eigentlich so wichtig, genau diese Wetterlage abzuwarten?«, fragte Isabel ihren erfahrenen Kollegen.

Frieder beobachtete das Geschehen durch das Fernglas und erklärte: »Du weißt ja, der See ist gut 63 Kilometer lang, aber hier, an der breitesten Stelle zwischen Friedrichshafen und Romanshorn, nur ganze 14 Kilometer breit. Wenn der Wind also, so wie jetzt, aus Norden kommt, können sich keine so großen Wellen bilden wie bei Westwind. Der streicht meistens über die ganze Länge des Sees.«

»Oh ja. Ich hab schon erlebt, was sich bei strammem Westwind manchmal für Wellenberge auftürmen«, sagte Isabel und kniff ihre Augen zusammen, um besser sehen zu können.

Auf der Fähre gingen mehrere Männer erwartungsvoll auf und ab. Noch tat sich nichts, und um sich von innen aufzuwärmen, goss sich Isabel heißen Tee aus ihrer Thermosflasche ein. Sie nippte an der Tasse, und ihre Gedanken wanderten zu dem Boot und der vermissten Frau, landeten schließlich bei ihrem eigenen Unglück, bei Carl in der Klinik und bei dem Kind, das sie unter dem Herzen trug. Hätte sie ihren Zustand bereits bekanntgegeben, müsste sie jetzt im Büro sitzen und dürfte das hier nicht live miterleben. Spätestens, wenn Markus zurück war, musste sie Farbe bekennen. Isabel schielte zu Frieder hinüber. Wie würde er wohl reagieren? Wie die Kollegen?

Frieder, der schon öfters bei Bergungen von Schiffen – wenn auch nicht aus dieser Tiefe – dabei war, musste ihren Blick bemerkt haben. Er ließ das Fernglas sinken, schaute Isabel an und begann zu kommentieren: »Du willst wissen, was da drüben abgeht?«

Isabel nickte.

»Die Überlinger haben mit dem Tauchroboter ein Seil über die offene Luke an der ›Dolce Vita‹ befestigt. Ein normaler Taucher geht ja nicht runter auf 150 Meter Tiefe. Jetzt holen sie das Schiff so weit herauf, dass die Taucher, die da drüben in den kleinen Booten warten, zu dem Boot hinunterkönnen.«

Isabel schauderte allein bei dem Gedanken, bei diesen Temperaturen untertauchen zu müssen, und fragte: »Und was machen die da unten?«

»Auf Tauchhöhe sichern die Taucher dann das Boot mit Leinen und Netzen, damit keine Gegenstände in die Tiefe fallen können.«

»Was für Gegenstände? Was gibt's denn da zu sichern?«

»Ja, denk doch mal nach, Isabel! Hast du nicht selbst gesagt, dass die Frau noch im Boot drin sein könnte? Wenn dem so wäre, könnte die Frau herausfallen und wieder in die Tiefe abgleiten, wenn die das Boot aus dem Wasser heben.«

Lange Minuten vergingen, ohne dass sich drüben irgendetwas rührte. Isabel trippelte von einem Bein auf das andere, um die Durchblutung ihrer kalten Füße anzuregen. Plötzlich deutete Frieder zu den kleinen Einsatzbooten hinüber. Sie beobachteten, wie sich dort mehrere Taucher für einen Tauchgang bereitmachten.

»Oh Gott, bin ich froh, dass ich da jetzt nicht runter muss«, entfuhr es Isabel, und zähneklappernd fragte sie: »In welcher Tiefe arbeiten die Taucher eigentlich?«

»In ungefähr 25 Metern«, antwortete Frieder knapp und rieb seine Handflächen aneinander.

»Magst du nicht doch einen Schluck heißen Tee?«, fragte Isabel und reichte ihm ihre Tasse.

Angewidert antwortete Frieder: »Willst du mich vergiften? Nein, danke. Ein Obstler wär mir lieber.«

»Dann halt wenigstens mal die Tasse, damit du deine Hände wärmen kannst!«

»Lass mal gut sein, Mädle. Solange die Greiferlein nicht blaugefroren sind, kann das einen alten Seemann wie mich nicht erschüttern«, scherzte Frieder.

Isabel unterbrach ihn: »Schau mal, die Fähre bewegt sich näher an das Polizeiboot heran. Was passiert jetzt?«

Beide schauten gespannt wieder zu der Fähre hinüber.

»Die werden versuchen, das Boot längsseits aufzunehmen«, mutmaßte Frieder.

Nun bewegte sich auch der Kran. Gebannt verfolgten die beiden Polizisten, wie sich der Rumpf des Bootes langsam aus dem Wasser hob. Als es ganz draußen war, stieß Frieder einen Pfiff aus und fragte: »Isabel, siehst du das?«

»Ja, da läuft Wasser heraus«, antwortete Isabel arglos.

Frieder triumphierte: »Ja eben!«

Isabel schaute ihn erstaunt an und fragte: »Warum? Ist das etwas Besonderes?«

»Da läuft Wasser raus, und zwar aus mehreren Öffnungen!«, rief Frieder begeistert.

Isabel, noch immer ahnungslos, fragte erneut: »Und was heißt das?«

»Mädle, seit wann bist du schwer von Begriff?«, donnerte Frieder. »Dort wo das Wasser jetzt rausläuft, dort ist es zuvor reingelaufen!«

»Du meinst, das heißt ...«, stotterte Isabel mit weit geöffneten Augen.

»Das heißt«, unterbrach Frieder sie, »dass das Boot, die ›Dolce Vita‹, vorsätzlich versenkt wurde!«

»Das wird die Staatsanwaltschaft interessieren«, entfuhr es Isabel. »Mit dolce vita dürfte es für Doktor Kern eine Weile vorbei sein.«

Zwei Tage später stürmte Isabel in Frieders Büro und flehte: »Frieder, du musst mir helfen, unbedingt!«

»Warum, wo brennt der Kittel?«, fragte Frieder.

»Stell dir vor, die Föllenböcker verbarrikadiert sich in ihrem Büro und trifft einfach keine Entscheidung! Ich hab sofort nach der Bergung einen Bericht geschrieben über unsere Beobachtungen. Ich habe ihr diesen als Datei geschickt. Gestern hab ich den ganzen Tag vergeblich auf ihre Reaktion gewartet. Ich habe den Text zusätzlich ausgedruckt, habe ihr das Papier extra ins Büro gebracht und gesagt, dass der Bericht so schnell wie möglich zur Staatsanwaltschaft muss! Und die tut nichts, lässt ihn einfach liegen!«, empörte sich Isabel.

Missmutig schüttelte Frieder den Kopf und sagte. »Mädle, lass mich mit dem Zeug in Ruhe.«

Isabel trat näher an Frieders Schreibtisch. Ihr Pferdeschwanz flog von einer Seite auf die andere, als sie energisch rief: »Frieder, bitte rede du mit ihr! Bitte! Der Timo hat's auch schon versucht. Den hat sie nicht mal ins Zimmer gebeten.«

»Und ausgerechnet ich soll zu ihr, wo sie mich doch von Anfang an auf dem Kieker hat! Nein, nein, zu der bringen mich keine zehn Pferde, nicht mal dir zuliebe, Isabel!«, lehnte Frieder ab, grinste Isabel an und fügte hinzu: »Ich muss nur noch ein paar Tage hier in diesem Laden ausharren, und die krieg ich auch noch rum. Das interessiert mich alles nicht mehr.«

Verzweifelt stammelte Isabel: »Mensch, Frieder, was sollen wir bloß tun?«

Mit stoischer Ruhe verkündete er: »Gar nichts, Isabel! Bald kommt ja der Markus wieder.«

»Das ist mir zu spät. So lange will ich nicht warten«, erklärte Isabel und rauschte aus dem Zimmer ihres Kollegen. Auf dem Flur hörte sie Geräusche und hielt inne. Sie sah Margot Föllenböcker in Mütze und Mantel die Treppe hinunterhuschen. Isabel blieb stehen und hielt den Atem an. Ein Gedanke durchzuckte sie: Die geht bestimmt in den Feierabend. Isabel wartete, bis die Eingangstür ins Schloss fiel. Dann marschierte sie in ihr Büro, nahm den Telefonhörer und informierte selbst die Staatsanwaltschaft.

Kaum hatte Isabel am nächsten Tag den Dienst angetreten, klingelte ihr Telefon. Isabel erschrak, mit dem ersten Ton erkannte sie die Stimme von Frau Föllenböcker: »Frau Böhmer, kommen Sie bitte in mein Büro. Sofort.« Die Stimme klang noch etwas höher als sonst. Oje, jetzt kassiere ich einen Rüffel, weil ich mit dem Anruf bei der Staatsanwaltschaft den Dienstweg nicht eingehalten habe, schoss es Isabel durch den Kopf. Bestimmt hatte die Polizeioberrätin erfahren, dass Isabel hinter ihrem Rücken gehandelt hatte, und fühlte sich nun zu Recht übergangen. Während Isabel einen Blick in den Spiegel warf und ihre Locken neu zusammenfasste, überlegte sie, wie sie sich rechtfertigen könnte.

Klopfenden Herzens, mit flauem Gefühl im Bauch und ohne klare Gedanken im Kopf schritt Isabel zum Zimmer der Chefin. Frau Föllenböcker erhob sich sofort, als Isabel eintrat, und kam ihr entgegen – ihre rot geschminkten Lippen zu einem breiten Lächeln verzogen. Was ist denn los, wunderte sich Isabel, jetzt kenne ich mich gar nicht mehr aus.

Frau Föllenböcker baute sich vor Isabel auf. Sie reichte Isabel trotz ihrer hohen Absätze nur bis zur Nase. Dann streckte sie Isabel die Hand entgegen und sagte: »Danke für Ihr beherztes Handeln, Frau Hauptkommissarin.«

Isabel nahm die zarte Hand und sagte: »Sie überraschen mich, Frau Polizeioberrätin. Was habe ich denn getan?«

Frau Föllenböcker entzog Isabel sofort wieder ihre Hand und sagte selbstbewusst: »Der Staatsanwalt hat bei mir angerufen und sich bedankt, dass wir unsere Beobachtungen anlässlich der Bergung der Segeljacht so schnell und präzise weitergegeben haben. Der Dank gebührt Ihnen. Und ich kann Ihnen auch sagen, dass der Herr Doktor Kern gestern Abend noch verhaftet werden konnte und bereits in Untersuchungshaft sitzt.«

»Das ist allerdings eine gute Nachricht«, sagte Isabel erleichtert und schaute dabei auf den exakt gezogenen Scheitel ihrer Chefin.

Offensichtlich war das Frau Föllenböcker unangenehm. Sie machte auf ihren Absätzen kehrt, setzte sich wieder hinter ihren Schreibtisch, senkte ihre Augen auf die Unterlagen und verkündete: »Ich habe den schriftlichen Bericht, den Sie mir vor ein paar Tagen vorgelegt haben, soeben nachgereicht. Er war in Ordnung. Ich habe nur das Datum geändert und meinen Namen und Dienstgrad daruntergesetzt.« Wieder zeigte sich ein zufriedenes Lächeln in Frau Föllenböckers Gesichtszügen.

KAPITEL 28

»Mensch, wär ich doch bloß in der Wärme geblieben«, stöhnte Markus, als er braun gebrannt aus seinem Tauchurlaub zurückkehrte und die Stapel auf seinem Schreibtisch sah.

»Lieber Markus, das sieht schlimmer aus, als es ist. Die Sammlung ganz rechts ist nur zu deiner Info. Schließlich muss der kommissarische Leiter wissen, was gelaufen ist, während er sich die Sonne auf den Pelz brennen ließ«, frotzelte Isabel. »Hier hast du Nervennahrung, damit dir der Anfang nicht zu schwerfällt«, fügte sie an und schob ihrem Kollegen einen XXL-Pack Studentenfutter zu. Sie war heilfroh, dass Markus wieder im Dienst war.

Gelassen lehnte sich Markus in seinem Stuhl zurück, verschränkte die Hände im Nacken und spöttelte im selben Ton: »Oh, danke schön! Ich höre, aus der lieben Kollegin spricht der blanke Neid! Und mal im Ernst, mit in der Sonne liegen hab ich's überhaupt nicht. Wenn meine Frau und ich nicht die Unterwasserwelt erkundet haben, waren wir in der riesigen Hotelanlage sportlich aktiv oder haben mit Bus und Taxi die Landschaft erkundet.«

»Hauptsache, ihr konntet euch gut erholen. Wie war's denn?«

»Du, rundum richtig gut. Alles hat gepasst: das Wetter, die Unterkunft, das Meer, einfach alles. Ägypten kann ich dir auch Anfang Dezember noch empfehlen.«

Dürfte sich für mich vorerst erledigt haben und tauchen sowieso, dachte Isabel, während Markus weiterredete: »Es war nach vielen Jahren der erste Urlaub wieder mit meiner Frau allein. Die Kids wollten nicht mehr mit und wurden von der Oma bestens versorgt. Meine Frau und ich haben uns prima verstanden.«

Isabel lächelte: »Das freut mich für euch. Das ist nach langer Elternzeit nicht immer so.«

»An die Temperaturen hier müssen wir uns allerdings erst wieder gewöhnen. Und was geht hier ab? Wie seid ihr klargekommen ohne mich?«

Isabels Lächeln gefror: »Na ja. Wir freuen uns alle, dass du wieder da bist.«

»Wie klappt die Zusammenarbeit mit der Chefin? Ich habe noch mitbekommen, dass eine junge Kollegin abgeordnet wurde. Passt alles?«, fragte Markus unbekümmert und begann, seine Unterlagen zu sichten.

»Du wirst Polizeioberrätin Margot Föllenböcker heute kennenlernen, Markus. Aber sie ist wohl bereits wieder auf dem Absprung.«

Der Ton in Isabels Stimme ließ Markus aufhorchen.

»Wie, geht sie schon wieder? Ich dachte, sie bleibt wenigstens so lange, bis CaWe wiederkommt.«

»Sieht aus, als müssten wir ohne sie klarkommen«, grinste Isabel vielsagend. »Der oberste Staatsanwalt hat sie für ihren vorbildlichen Einsatz hier gelobt. Das Lob ist bis zu ihrem Chef vorgedrungen. Da Margot Föllenböcker ja nicht freiwillig zu uns in die Provinz gekommen ist, hat sie die Gelegenheit beim Schopf gepackt und ihren Chef aufgefordert, sie baldmöglichst wieder nach Stuttgart zurückzuholen. Angesichts ihrer besonderen Leistungen wird er ihr den Wunsch nicht lange verwehren können.«

Markus wurde hellhörig, schaute Isabel an und fragte: »Du sagst das in so seltsamem Ton, Isabel. Stimmt etwas nicht?«

Isabel zuckte mit den Schultern: »Nicht so wichtig, ich erzähl's dir vielleicht später.«

Markus überlegte und fragte dann unvermittelt: »Gibt's etwas Neues von CaWe? Warst du nochmals bei ihm?«

»Nein, das habe ich nicht geschafft ... aus verschiedenen Gründen«, stotterte Isabel, und als sie sich wieder gefangen hatte, berichtete sie: »Laut Flurfunk geht es weiter aufwärts mit ihm. Timo hat mal ein Schreiben des ärztlichen Leiters der Spezialabteilung, in der sich Carl jetzt aufhält, abgefangen. Es sollte an das Präsidium gehen. Der Arzt hat geschrieben, dass seine Fortschritte vielversprechend seien, sowohl was die verschiedenen Physiotherapien betrifft als auch die Psychotherapie mit besonderem Schwerpunkt, die sie in Gailingen anbieten.«

Markus runzelte die Stirn. »Hört sich trotzdem nicht an, als ob CaWe demnächst den Dienst wieder antreten könnte.«

»Das nicht.« Isabel überlegte, ob sie weitersprechen sollte: »Carl leidet an einer Amnesie, er kann sich an vieles nicht mehr erinnern. Aber, wie gesagt, die Entwicklungen sind aussichtsreich.«

»Dann müssen wir wohl noch einige Monate ohne Chef überbrücken. Wenigstens ist bei uns über die Wintermonate nicht so viel los. Irgendwann müssen die anderen Kollegen ja auch ihren Jahresurlaub nehmen können.«

Isabel erhob sich und ging zum Garderobenschrank. Sie öffnete ihren Rucksack und holte einen Umschlag heraus. Sie hatte sich durchgerungen, Markus gleich am ersten Tag auch ihre persönlichen Neuigkeiten zu unterbreiten. Sie kannte die Konsequenzen, wollte aber nicht riskieren, die Bekanntgabe noch länger hinauszuschieben.

»Nicht auch das noch«, rutschte es Markus über die Lippen, als er die Bescheinigung gelesen hatte, die Isabel ihm vorlegte. Rasch verbesserte er sich: »Entschuldigung, Isabel. Ich freu mich natürlich für dich, ich freu mich für euch.«

»Ich kann mich nicht wirklich freuen, Markus. Es gibt kein *wir* mehr. Thomas ist ausgezogen«, bekannte Isabel, und dabei musste sie alle Kraft zusammennehmen, um äußerlich ruhig zu bleiben.

»Ach herrje. Jetzt aber für heute genug der Überraschungen«, antwortete Markus und schaute Isabel ins Gesicht. Er zählte eins und eins zusammen, überlegte erst, als er bereits angesetzt hatte zu reden, wie er seine Kollegin fragen könnte, ohne ihr zu nahe zu treten. »Isabel, du weißt, ich mag dich … und du musst es mir nicht sagen …«, druckste er herum.

»Was denn? Nun sag schon«, unterbrach ihn Isabel.

Markus rang nach den richtigen Worten, brachte stockend hervor: »Glaub mir, ich will dir nicht zu nahe treten, Isabel, und es geht mich auch nichts an, aber … ist es theoretisch möglich, dass CaWe … dass er … der Vater ist?«

»Theoretisch ist das möglich, ja, aber ich weiß es nicht.« Isabels Blick wanderte zum Fenster hinaus über den See und zu den Schweizer Bergen. Nachdenklich fügte sie hinzu: »Ehrlich gesagt, habe ich mir noch gar nicht überlegt, wie ich den Kollegen begegnen werde. Es wird böses Getuschel geben, wenn sie es erfahren. Schließlich hat der gesamte Trupp meine Affäre mitbekommen. In Kürze wird die Gerüchteküche ganz schön brodeln.«

»Kann ich etwas für dich tun?«, fragte Markus mitfühlend.

»Ja, das kannst du, Markus! Du kannst sogar zwei Dinge tun für mich«, sagte Isabel resolut und wieder im Vollbesitz ihrer Sinne. Jetzt war sie es, die Markus fest in die Augen schaute: »Erstens: Lass uns nicht mehr darüber reden! Und zweitens: Plane mich weiterhin ganz normal im Dienstplan ein und verdamme mich nicht zum Innendienst.«

Markus stutzte. Mit allem hatte er gerechnet, nur nicht mit Isabels zweitem Wunsch. »Genau das kann ich nicht, Isabel«, sagte er. »Das darf ich nicht, und das weißt du auch. Der Schutz einer werdenden Mutter steht an erster Stelle, der schließt jeglichen Einsatz im Außendienst aus.«

KAPITEL 29

Schnell verbreitete sich die Nachricht von der Schwangerschaft der stellvertretenden Dienstgruppenleiterin der Wasserschutzpolizei in den Amtsstuben der Polizeien und Ämter rund um den See. Sprach jemand Isabel darauf an, versuchte sie, freundlich zu sein und sich nichts anmerken zu lassen. Tatsächlich belasteten sie jedoch die Neugier und die teilweise offene Häme. Dazu kam, dass sie sich keinem Menschen außer Lena anvertrauen wollte und schicksalhafterweise auch nicht mehr konnte. Jeden Tag, wenn sie müde nach Hause kam, war die Wohnung leer. Zum ersten Mal seit langer Zeit vermisste sie Thomas. Nach seiner Flucht hatte sie kein Lebenszeichen von ihm erhalten. Auf mehrere SMS und Nachrichten über WhatsApp hatte er nicht geantwortet, und auch Telefongespräche nahm er nicht an.

Auch dem Bürodienst konnte Isabel wenig Freude abgewinnen. Als ihre Laune auf einem Tiefpunkt angekommen war, machte sie ihrem Unmut Luft: »Verstehst du jetzt, warum ich meine Schwangerschaft nicht gleich beim ersten Anzeichen herausposaunt habe?«, pflaumte sie Markus an. »Genau das habe ich nämlich befürchtet! Solange ihr draußen auf Streife seid, muss ich hier drinnen sitzen und darf mich die nächsten Monate nur noch mit so 'nem Quatsch wie der Quaggamuschel beschäftigen!« Missmutig knallte Isabel das Bündel Papiere auf ihren Schreibtisch, das Markus ihr gerade ausgehändigt hatte.

»Das ist kein Quatsch, das ist ein brisantes Thema. Und außerdem war es auf dem See draußen auch nicht gerade vergnügungssteuerpflichtig. Sei froh, dass du hier drin arbeiten darfst. Der Wind pfiff saukalt. Meine Finger sind beinahe an die Fernbedienung angefroren«, versuchte Markus, seine Kollegin zu besänftigen. Doch genau das Gegenteil war der Fall. Isabel kam nun erst so richtig in Fahrt: »Fernbedienung? Demnach hattet ihr den Tauchroboter aus Überlingen dabei?«

Markus ließ sich nicht aus der Ruhe bringen und antwortete: »Ja. Die Rohre der Bodenseewasserversorgung in Sipplingen liegen in 60 Metern Tiefe. An die Entnahmestelle geht kein Taucher runter, wenn es nicht unbedingt sein muss.«

Kleinlaut lenkte Isabel ein: »Was war denn nun los? Ich hab nur mitbekommen, dass der Wasserdruck zu gering war und die Chefs Angst hatten vor einer Sabotage wie vor einigen Jahren.«

»Diesmal war es harmlos, obwohl, wie man's nimmt …«, fügte Markus augenzwinkernd hinzu, »diesmal war's …, rate mal, da kommst du nie und nimmer nicht drauf.«

»Ja, wer denn nun?«, fragte Isabel ungeduldig.

Markus verkündete: »Deine kleine Freundin, die Quaggamuschel!«

Isabel fühlte sich ertappt: »Echt? Diese kleinen Dinger? Was können die denn anrichten?«

»Die haben sich zu Tausenden an Ansaugrohren und Filtern angesiedelt und so die Trinkwasserleitungen verstopft«, antwortete Markus, und ein kleiner Triumph schwang in seiner Stimme mit.

Isabel begann, die Unterlagen durchzusehen, und sagte: »Ein Mitarbeiter des Instituts für Seenforschung in Langenargen hat mir vor kurzem erzählt, dass in den letzten

Jahren viele fremde Tierarten eingeschleppt worden sind. Die würden das gesamte Ökosystem des Sees verändern, wenn nicht sogar bedrohen.«

Markus hob den Kopf: »Klar, die fressen den heimischen Fischen die Nahrung weg. Das ist echt ein großes Problem. Die früher für den See so typischen Felchen werden immer weniger. Dafür haben sich die Stichlinge explosionsartig vermehrt, aber die sind ungenießbar. Die fressen dazu auch noch die Eier und Larven der anderen Fische.«

»Wie schrecklich«, warf Isabel ein.

»Und die vielen Kormorane, die es inzwischen hier gibt, wollen auch satt werden. Deshalb klagen die Fischer ja so. Die fangen immer weniger Fische. Das liegt nicht nur daran, dass der Bodensee zu sauber ist. Das ist er schon, seit wir überall Kläranlagen haben.« Markus spielte mit einem Bleistift und dachte an einen Freund, der vom kargen Fang kaum noch seine Familie ernähren konnte.

»Apropos sauber«, sagte Isabel, »die Forscher aus Langenargen haben auch die Verschmutzung des Sees mit Mikroplastik analysiert.«

Markus, dem Umweltschutz sehr am Herzen lag, fragte interessiert: »Und mit welchem Ergebnis?«

»Mit sehr positivem! Der Anteil der Plastikteilchen liegt im Bodensee wesentlich niedriger als anderswo.«

»Ich merke schon, du hast jetzt viel Zeit zum Lesen«, schmunzelte Markus.

»Ja, die hab ich allerdings«, antwortete Isabel, und aus ihrer Stimme war ein Funken Sarkasmus herauszuhören. Sie ergänzte: »Nicht so positiv ist allerdings, dass die Forscher auch in den Bodenseefischen Mikroplastik gefunden haben.«

»Muss ich mir jetzt meinen Saibling versagen?«, jammerte Markus mit gespielter Tragik. »Den esse ich doch so gern.«

Isabel hob ihre Augenbrauen und sagte: »Lieber Kollege, ich würde dir raten, statt Saibling lieber Karpfen zu essen. Karpfen lassen sich bei der Nahrungsaufnahme mehr Zeit und sind wählerischer als beispielsweise Raubfische wie Saibling oder Forelle.«

Markus verzog seinen Mund: »Äh, Karpfen! Igittigitt. Da hab ich einmal so einen alten Kerl erwischt, der hat richtig modrig geschmeckt. Seither hab ich keinen Appetit mehr darauf.«

»Dann bleib bei deinem teuren Saibling! Oder von mir aus bei den Felchen«, grinste Isabel. »Die Bodenseefische sind trotz allem noch gesünder als alle anderen!«

Markus griff in seine Tüte mit Nüssen: »Momentan muss ich mich damit zufriedengeben.« Er steckte sich eine Handvoll in den Mund, reichte die Packung über den Schreibtisch und forderte Isabel auf: »Hier, nimm. Essen ist auch gut gegen Frust.«

»Danke, ich merke es. Hab schon ganz schön zugenommen«, schmunzelte Isabel und fuhr sich mit der Hand über die Wölbung auf ihrem Bauch. »Aber zurück zu eurem Einsatz und der Wasserentnahme. Manche Leute befürchten ja, dass die Stuttgarter und all die anderen Schwaben, die mit Wasser aus dem Bodensee versorgt werden, den See irgendwann einmal leer trinken. Stimmt das?«

»Ach, das ist totaler Quatsch. Die Verantwortlichen haben Folgendes berechnet: Es werden für mehr als vier Millionen Menschen zwar rund 130 Millionen Kubikmeter im Jahr gefördert …«

»Was? So viel?«, unterbrach ihn Isabel staunend.

»Ja! 4000 Liter pro Sekunde! Aber das sind weniger als ein Prozent der Wassermenge des Sees. Diese Angst ist also völlig unbegründet«, sagte Markus. »Etwas anderes ist da wesentlich bedeutender.«

»Was denn?«, fragte Isabel, wieder neugierig geworden.

»Na, der Klimawandel und die steigende Wassertemperatur.«

»Die genießen wir beim Schwimmen ja eher«, lachte Isabel. »Aber ich weiß schon, das Wasser mischt sich nicht mehr genügend durch.«

Nun flog die Tür auf, und Timo stürzte ins Zimmer: »Leider muss ich euer Plauderstündchen unterbrechen. Ich habe eine interessante Neuigkeit!«

»Schieß los, Timo«, forderte Markus ihn auf.

»Erst mal zu deiner Info, Markus: Du erinnerst dich sicher an den Fall mit der Jacht, die im Herbst angeblich explodiert ist, und der vermissten Frau. Die haben wir bis heute nicht gefunden, das Boot wurde inzwischen gehoben.«

»Das habe ich mitbekommen. Und auch, dass der Eigner das Schiff vorsätzlich geflutet hat, weil alle Ventile geöffnet waren«, ließ Markus die Kollegen wissen.

»Dann weißt du wahrscheinlich auch, dank Isabel sitzt der seither in Untersuchungshaft«, fügte Timo hinzu. »Aber nun kommt's, haltet euch fest, Freunde: Die Experten haben am Boot auch keinerlei Spuren einer Explosion festgestellt!«

»Was? Echt nicht?«, fragte Isabel, und ihre Augen hingen an Timos Lippen.

»Keine Explosion, die Brandsachverständigen haben nur Spuren eines Brandes entdeckt. Ein Experte sagte aus, den Indizien nach könnte es sein, dass der Brand erst gelegt wurde, als im Boot bereits Wasser stand.« Timos Blick wanderte zu Isabel, und er fuhr fort: »Der Doktor Kern ist so gerissen! Stellt euch vor, er hat der Staatsanwaltschaft in der Verhandlung prompt eine neue Version aufgetischt.«

»Dreckskerl! Und die lautet?«, fragte Isabel und schüttelte ihren Kopf so heftig, dass ihr Pferdeschwanz abwechselnd von der rechten auf die linke Gesichtshälfte klatschte.

Timo zog seine Mundwinkel verächtlich nach unten und berichtete: »Der Kern behauptet jetzt, seine Frau sei mit dem Benzinkocher in den Händen und lichterloh brennendem Kleid aus der Kajüte gekommen und habe geschrien: ›Wulf, der Kocher brennt!‹«

»Interessant!«, entfuhr es Isabel. »Und dann hat er den Kocher über Bord geworfen und ihr die Kleider vom Leib gerissen?«

»Nein, hat er nicht. Er habe geschrien: ›Daniela, spring ins Wasser.‹ Seine Frau habe gezögert, und deshalb habe er ihr einen Schubs gegeben. Sie sei dann an das Heck geschwommen und habe sich an der Leiter festgehalten. Er sei sofort runter in die Kajüte und habe das Boot fluten wollen, um den Brand zu löschen.«

Timo machte eine Pause und sah von Isabel zu Markus. Da keiner ihn unterbrechen wollte, fuhr er fort: »Deshalb habe er alle Ventile geöffnet – auch das Loch, das für ein Echolot vorgesehen war. Da sei aber der Schraubstopfen ganz herausgesprungen und so sei ganz schnell ganz viel Wasser ins Schiff geschossen und das Boot sei gesunken. Dann sei er ebenfalls von Bord gesprungen. Seine Frau habe er nicht mehr gesehen.«

»Das Boot fluten? Um einen Brand zu löschen? War das nicht ein Schiff mit einem feuerfesten Stahlrumpf und dazu noch im tiefen Wasser? Wie kommt der denn auf so eine Idee«, wunderte sich Markus.

»Nicht gerade naheliegend«, stimmte Timo zu. »Als erfahrener Segler hätte ich das Schiff brennen lassen, um wenigstens den teuren Bootskörper zu retten.«

Isabel überlegte laut: »Wenn es innen im Boot brennt, geht der doch nicht mehr runter zum Stopfen des Echolots! Also, wenn das kein G'schmäckle hat, wie wir Schwaben sagen, dann weiß ich auch nicht.«

»Und warum hat er zuerst eine ganz andere Geschichte erzählt?«, fragte Markus.

»Das hat er ganz cool begründet«, wusste Timo. »Er hat angegeben, dass er sich in der ganzen Angelegenheit eine passive Rolle habe geben wollen.«

»An der Sache ist etwas faul! Der Kerl hat Dreck am Stecken, das ist so was von sonnenklar«, sagte Timo und fuhr sich mit der Hand über seine blonden Stoppelhaare.

Markus tat es ihm nach, und während er seine Kopfhaut massierte, fügte er an: »Aber wir müssen es ihm beweisen können, und das ist schwierig ohne harte Indizien, ohne Augenzeugen und ohne Leiche. Das sind alles Vermutungen bisher.«

KAPITEL 30

Schon als Isabel zu Hause die Tür öffnete, stieg ihr ein vertrauter Geruch in die Nase. Sie atmete tief ein, und ihre Augen wanderten zur Garderobe. Doch keine Schuhe und kein Mantel ließen darauf schließen, dass Thomas zurückgekommen war. Isabel warf ihren Rucksack auf das Schränkchen, streifte ihre warmen Stiefeletten ab, hängte ihre Winterjacke an einen Bügel und ließ den Blick schweifen. Alles schien unverändert, seit sie einige Stunden zuvor die Wohnung verlassen hatte. Und trotzdem … Isabels Nasenflügel bebten, der Geruch kitzelte weiterhin ihre Nase, stieg in ihr Gehirn. Sie schlüpfte in ihre Hausschuhe, löste ihre Haare und öffnete die Tür zum Wohnzimmer: niemand zu sehen. Sie öffnete die Tür zu Thomas' Arbeitszimmer. Sie hatte es nicht mehr betreten, seit er gegangen war. Abgestandene kalte Luft schlug ihr entgegen. Staubpartikel tanzten im Luftzug, Bücher und Magazine lagen ungeordnet auf dem Schreibtisch. Über der Stuhllehne hing immer noch die Wolljacke, die Thomas liebte. Isabel zog die Tür wieder zu. Hatte sie sich getäuscht? Sie öffnete die Tür zum Balkon, trat hinaus. Der Wind spielte mit dem Strauß Tannengrün auf dem Tisch, den Lena ihr geschenkt hatte. Die Stühle standen ordentlich gestapelt daneben. Mit der Gewissheit, alles sei wie immer, ging Isabel wieder hinein. Sie schob die Tür zur Küche auf, und da saß er am Küchentisch, den Kopf in die Hände gestützt: Thomas. Isabels Puls beschleunigte sich. Sie wollte etwas sagen, doch die Worte blieben ihr im Hals stecken.

Langsam hob Thomas seinen schmalen Kopf, rückte seine Brille zurecht, stand auf, kam auf Isabel zu und umfasste ihre Hände. »Isabel! Ich mag dich und ich mag das Kind«, sagte er, dann vergrub er sein Gesicht in ihren Locken.

Isabels Lippen formten nur ein einziges Wort: »Thomas!« Sie war zu überrascht, als dass sie hätte mehr sagen können. Sie spürte seinen warmen Atem an ihrem Ohr, seinen vertrauten Körper, dem ihren ganz nahe. Sie entzog ihm ihre Hände, hob beide Arme, wollte ihn umarmen, schaffte es nicht, ließ ihre Hände auf seinen Armen ruhen und versenkte sich in seine dunklen Augen.

Die Gedanken in ihrem Kopf fuhren Karussell: Thomas war zurückgekommen. Er wollte sie trotz allem. Und er wollte das Kind. Oftmals, wenn sie die leere Wohnung betreten hatte, hatte er ihr gefehlt. An manchen langen, einsamen Abenden hatte sie ihn vermisst, das gestand sie sich ein. Aber wie stellte er sich die Zukunft vor? Schweigend standen sie da, und erst als Isabel schwindelig wurde, löste sie sich von ihm und setzte sich. Seine Nähe und Wärme taten ihr gut. Langsam konnte sie klarer denken und fragte: »Wissen deine Eltern, dass du hier bist?«

»Ja nun, das kann ich dir nicht sagen.« Mit diesen Worten setzte sich Thomas ihr gegenüber.

»Was heißt, das kannst du mir nicht sagen?«

»Ich weiß es nicht. Ich habe seit Wochen nichts von ihnen gehört.«

»Wie? Du warst nicht bei ihnen? Wo warst du dann?«, fragte Isabel erstaunt. Niemals wäre sie auf den Gedanken gekommen, dass Thomas irgendwo anders als bei seiner Mutter Zuflucht gesucht hatte. Sie sah Annerose vor sich, wie sie ihren bedauernswerten Sohn in die Arme schloss, weil ihn seine böse Freundin betrogen hatte. Aber sie hatte ja immer schon gewusst, dass diese Isabel nicht die Richtige für ihn war …

Einen Moment überlegte Thomas, dann begann er: »Ja nun, an dem Tag, als ich hier Hals über Kopf geflohen bin, fuhr ich natürlich zu ihnen. Sie nahmen mich auf mit offenen Armen, das kannst du dir denken, Isabel. Noch in der Nacht hatten wir einen schlimmen Streit, und ich habe das Haus am Morgen verlassen, ohne meine Eltern nochmals zu sehen und ohne auf Wiedersehen zu sagen.«

»Das hast du gemacht?«, fragte Isabel überrascht und konnte es nicht fassen. Das war absolut untypisch für Thomas. Sie fragte weiter: »Weswegen habt ihr gestritten? Ich meine … ging es um mich? Um uns?«

Thomas zuckte die Achseln: »Das ist jetzt völlig ohne Belang.«

»Für mich nicht«, protestierte Isabel. »Und wo warst du nun die letzten Wochen?«

Thomas runzelte die Stirn: »Ja nun, ich … ich wollte für mich sein. Allein.«

»Und wo warst du … allein?« Isabel wunderte sich immer mehr und drehte angespannt eine Locke um ihren Finger.

»Ich bin gewandert.«

Nun hielt es Isabel nicht mehr auf ihrem Stuhl. Sie sprang auf und hielt sich an der Stuhllehne fest. »Du bist *gewandert*?« Das passte alles so gar nicht zu dem Bild, das Isabel sich von Thomas gemacht hatte.

»Ja, Isabel. Ich bin viele Tage gewandert.«

»Nur mit Rucksack?«, fragte sie.

»Ja, nur mit Rucksack. Und den Rucksack habe ich selbst getragen.«

»Du? Thomas, verzeih, aber das passt doch gar nicht zu dir!« Isabel setzte sich wieder.

Thomas schaute Isabel durchdringend an, und aus seinem Mund kam ein tiefer Seufzer: »Ich musste einfach weg.«

»Warst du etwa auf dem Jakobsweg?«, fragte Isabel nun und dachte für sich: Das hätte besser ich machen sollen. Dann würde mir die katholische Kirche vielleicht meine Sünden vergeben.

Der leichte Spott in Isabels Frage blieb Thomas nicht verborgen. Gelassen antwortete er: »Ja nun, eigentlich wollte ich wirklich auf den »Camino Frances«. Zu dieser Jahreszeit wäre nur die »Via de la Plata« in Spanien begehbar gewesen, und die ist für einen Untrainierten zu schwierig. Du kennst mich ja.«

Ein Lächeln umspielte Isabels Mund, als sie sagte: »Deshalb bin ich ja so erstaunt, Thomas. Du und wandern? Das hast du doch freiwillig noch nie gemacht.«

Thomas zögerte mit seiner Antwort und schob seine Brille zurecht: »Ich wollte einfach mal in Ruhe nachdenken und zu mir selbst kommen.«

»Und wo warst du letztendlich?«, fragte Isabel.

»Ich habe mich für Mallorca entschieden. Für die Serra de Tramuntana. Die Insel war auch besser zu erreichen.« Nach einer kurzen Pause fügte Thomas an: »Wie gesagt, ich habe viel nachgedacht.«

In der Hoffnung, ihre Gedanken ordnen zu können, fuhr sich Isabel nun durch die Haare. Sie erhob sich erneut, wandte sich zum Küchenfenster und schaute in die Dämmerung hinaus. Fühlte sich so Wiedersehensfreude an?

Sie wusste es nicht und fragte unsicher: »Und … weshalb kommst du zurück?«

»Magst du dich nicht wieder setzen, Isabel? Es wäre schön, wenn wir in Ruhe das Gespräch führen könnten.«

»Ja, natürlich. Komm, lass uns ins Wohnzimmer gehen, oder willst du lieber hierbleiben?« Isabel ging zur Spüle und ließ sich ein Glas Wasser einlaufen. »Magst du etwas trinken? Soll ich dir deinen Tee machen?«

»Danke. Ich möchte gerade nichts weiter, als mit dir zu reden.«

Isabel setzte sich wieder Thomas gegenüber an den Küchentisch. Er schaute ihr in die Augen und sagte: »Etwas muss dir gefehlt haben in unserer Beziehung. Das ist mir inzwischen klar geworden. Du warst immer so voller Lebenslust. Wie konnte ich nur glauben, dass dir eine rein intellektuelle Sphäre, dass dir meine geistige Welt genügt? Diese Schwere und Tiefe der Gedanken muss dich erdrückt und niedergezogen haben …«

»Du hast mich ja nicht einmal mehr teilhaben lassen an deiner Welt. Du allein hast in ihr gelebt und oftmals alles Weltliche und Körperliche hintangestellt«, unterbrach ihn Isabel.

»Ich habe mich im Laufe der Zeit viel zu wenig um dich bemüht. Ich konnte dich gar nicht mehr sehen, weil ich so in meiner Welt gefangen war«, bekannte Thomas. »Doch ich erkenne jetzt, dass ich so – und ohne dich – nicht leben will, das wird sich ändern, und im Grunde hat die Veränderung bereits begonnen.«

»Das soll meinen Fehltritt nicht entschuldigen. Glaub mir, Thomas, ich mache mir selbst die größten Vorwürfe.« Isabel schaute ihn durchdringend an. »Auch ich hatte mich verloren, wusste einfach nicht mehr, was ich wollte. Und dann war da der Reiz des Neuen …« Sie stockte, die Details wollte sie ihm und auch sich selbst ersparen. Aus Verlegenheit stand sie auf, füllte ein weiteres Glas mit Wasser und leerte es in einem Zug. Dann fügte sie mit fester Stimme hinzu: »Aber das ist vorbei.«

Thomas erhob sich ebenfalls, ließ sich nun doch ein Glas Wasser einlaufen, nahm einen Schluck, blickte Isabel tief in die Augen und fuhr zögerlich fort: »Ich habe, wie ich schon sagte, viel nachgedacht, auch über das Kind. Und ich habe mich gefragt: Warum soll nur die biologische Elternschaft relevant sein und einzig maßgeblich? Die Biologie wird überbewertet. Die Genetik ist zwar ein Teil des Lebens, aber das wahre Wesen eines Menschen kommt später, nach der Geburt, hinzu. Das Verhalten eines Menschen ist eine Mischung aus Biologie und Erziehung. Die Existenz geht der Essenz voraus. So sieht es Jean-Paul Sartre, der französische Philosoph, von dem ich dir schon mehrmals erzählt habe.«

Thomas hielt inne. Er bemerkte Isabels erhobene Augenbrauen und die Steilfalte, die sich über ihre Stirn zum Haaransatz zog. Er wollte sie nicht langweilen. Er wollte sie mitnehmen auf seine Gedankenreise, wollte Isabel sein Denken und das namhafter Philosophen begreiflich machen. Im Bemühen, verständlich zu bleiben, erklärte er weiter: »Die Genetik sagt doch nichts über das Wesen eines Menschen und die Beziehung zu seinen Mitmenschen aus. Genetik? Das ist nur eine biologische Masse, ein Zellklumpen! Genetik kann auch krankhaft sein. Wenn defektes Erbgut übertragen wird, kann das ebenso gut auch ein Fluch sein. Für viele Paare ist es in solch einem Fall gerade wichtig zu wissen, dass sie nicht die biologischen Eltern sind. Zum Beispiel, wenn sie Träger von irgendwelchen Erbkrankheiten sind.«

Thomas redete sich richtig in Fahrt und setzte sich wieder. Isabel verstand ihn nun zwar, doch während sie sein Gesicht musterte, fragte sie sich: Hatte sich Thomas auf seiner Wanderung alles nur schöngeredet, um damit klarzukommen, dass er möglicherweise nicht der Vater war? Sollte sie ihm diese Frage stellen? Noch bevor sie eine Entscheidung treffen konnte, griff Thomas nach ihrem Arm und fuhr fort: »Isabel, wird man nicht zu einem Elternteil, indem man Verantwortung für ein Kind übernimmt, ihm elterliche, bedingungslose Liebe schenkt?«

Isabel runzelte die Stirn, und während sie weiter an einer Antwort bastelte, sprudelte es weiter aus Thomas heraus: »Ist es nicht unerheblich, welche Hautfarbe, welches Geschlecht, welche Nationalität ein Kind hat? Der existenzialistische Grundgedanke ist das, was eine Eltern-Kind-Beziehung ausmacht. Vater – das ist man doch eher durch das Beschützen eines Kindes. Durch die Liebe, die man ihm schenkt, und nicht durch die Biologie!«

Zweifelnd bewegte Isabel ihren Kopf von rechts nach links und warf ein: »Meinst du das wirklich?«

Thomas ließ sich nicht beirren. Er drückte ihren Arm und fuhr mit derselben Begeisterung fort: »Ja doch, Isabel! Die Erziehung ist prägend für das Leben, sie legt das Fundament und macht das Wesen des Menschen aus. Aus philosophischer Perspektive ist dies die einzig logische Argumentation und überzeugende Annahme.«

Erwartungsvoll schaute er in Isabels Augen. Isabel fühlte wohlige Wärme in ihrem Körper aufsteigen. Sie wusste nach wie vor nicht, was sie Thomas antworten sollte. Dafür kam ihr mit einem Mal der kleine Raum zu eng vor. Sie entwand sich seinem Blick und stand mit einem tiefen Seufzer auf: »Ach, Thomas …«

Dann verließ sie die Küche, ging durchs Wohnzimmer auf den Balkon und sog die kalte Luft ein.

Hatte Thomas gemerkt, dass jetzt sie es war, die allein sein wollte? Er war ihr nicht gefolgt. Ganz in Gedanken blickte Isabel in den lila-orange-blauen Abendhimmel, der zwischen den kahlen Ästen der Buche durchschimmerte. Ihr Gehirn arbeitete fieberhaft: Konnte es wahr sein? Keine Vorwürfe, keine Eifersucht aus Thomas' Mund? Nie hätte sie das für möglich gehalten. Wie klar er sich auf einmal positionierte. Redete er sich nicht nur alles schön? Isabel fröstelte und rieb sich mit den Händen die Oberarme. Wie Thomas sie wieder teilhaben ließ an seinen Gedankengängen. Er hatte sich richtig bemüht, dass sie kapieren konnte, wie er tickte. Es war fast wie zu Beginn ihrer Beziehung …

Unterhalb des Balkons raschelte es, und Isabel beugte sich über die Brüstung. Die Katze der Nachbarn schlich auf Beutefang durch den Garten. Während Isabel das Tier beobachtete, drangen tausend Fragen weiter auf sie ein: Wäre es doch denkbar, dass sie das Kind mit Thomas zusammen großziehen würde, auch für den Fall, dass nicht er, sondern Carl Dangelmann der biologische Erzeuger war? Noch konnte sie sich nicht so richtig mit dem Gedanken anfreunden und überlegte weiter: Würde das funktionieren, so wie Thomas sich die Zukunft ausgedacht hatte? Könnte er ab dem Moment, wo er für sie und für das Kind da war, der Vater sein? Er und kein anderer? Ist es wirklich unwichtig, wer der Erzeuger ist? Warum nimmt man Genetik und Biologie so wichtig? Warum soll eine Adoptivmutter weniger Mutter sein als die leibliche? Genauso ein Adoptivvater? Isabel dachte an Bekannte, die Kinder adoptiert hatten und sie wie ihre eigenen großzogen.

Nun verschränkte Isabel ihre Arme vor der Brust. Ihre Gedanken spannen weiter: Außerdem könnte ein Säugling ja in der Klinik vertauscht worden sein, ohne dass die Eltern es wussten. Wie war das denn bei unseren früheren Nachbarn, deren Sohn vertauscht worden war? Sie haben das Kind geliebt, von ganzem Herzen. Erst ab dem Moment, als alle Beteiligten von dem Irrtum wussten, hat sich die Beziehung radikal verändert. Doch eigentlich hätte dieses Wissen über biologische Unterschiede nichts ändern dürfen, was bedeutete das denn schon?

Isabel seufzte und machte sich bewusst: Wissen trägt wahrlich nichts bei zum Glück, denn die Liebe entzieht sich dem Verstand. Es kann vielmehr unglücklich machen, alles zu wissen. Bestimmt könnte ihr Thomas aus seiner philosophischen Perspektive weitere aufbauende Gedanken darlegen. Jetzt war Isabel ganz bei ihm, und es wurde ihr warm ums Herz. Sie legte beide Hände auf ihren Bauch, nahm nochmals einen tiefen Atemzug, drehte sich entschlossen um und ging zurück in die Wohnung. Ein gemeinsames Leben, eine gemeinsame Familie mit Thomas – zumindest den Versuch würde es wert sein.

KAPITEL 31

»Lena, du hättest am Ultraschallgerät sehen sollen, wie das kleine Herz pochte. Ich hab einen richtig leuchtenden Punkt gesehen auf dem Bildschirm«, posaunte Isabel in ihr Smartphone. Sie stand an der Friedrichshafener Uferpromenade und blickte auf das schäumende Meer der Wellen, die nacheinander anrollten und sich mit lautem Getöse an der Mauer brachen.

»Isabel, ich kann dich ganz schlecht verstehen, es ist so laut. Geh doch mal weiter weg vom See«, bat Lena.

»Okay, mach ich«, schrie Isabel und marschierte, getrieben vom Rückenwind, zur Bushaltestelle. Noch einmal sagte sie: »Ich hab gesehen, wie das kleine Herz schlägt. Das Aufleuchten bei jedem Schlag hat mich an die Blinklichter der Starkwindwarnung erinnert, die sich hier gerade mal wieder drehen.«

»Das Herzchen schlug wahrscheinlich noch viel schneller, nicht wahr. Ich weiß noch, wie fasziniert ich damals war, als ich die erste Aufnahme von Ben sah«, pflichtete Lena ihr bei.

Während der gesamten Busfahrt schwärmte Isabel ihrer Freundin vom Besuch bei der Frauenärztin vor. Sie schloss mit den Worten: »Ich will dir so bald wie möglich das erste Foto von meinem Kind zeigen. Wir müssen uns unbedingt ganz schnell sehen.«

Nicht weniger begeistert legte Isabel, kaum daheim angekommen, die Aufnahme Thomas auf den Schreibtisch: »Schau mal, Thomas, das da wuselt in meinem Bauch drinnen. Ich hab heute bei der Untersuchung gesehen, wie sich die Ärmchen im Fruchtwasser bewegt haben.«

Thomas starrte auf die dunkle, mit weißen Strichen und Punkten unterbrochene Fläche. Er beugte seinen Oberkörper über das Bildchen, schob seine Brille näher an die Augen, und nachdem er es eingehend studiert hatte, sagte er: »Aha! Wenn du das sagst. Ich kann kaum etwas erkennen.«

Isabel trat aufgeregt von einem Bein auf das andere und zeigte mit ihrem Finger auf einen kleinen hellen Fleck: »So ging es mir am Anfang auch. Der Punkt da, das ist das Herzchen. Ich hab gesehen und sogar gehört, wie es schlägt. Fast doppelt so schnell wie meines! Und die Ärztin hat mir auch schon das Köpfchen mit den zwei Gehirnhälften gezeigt. Ohne ihre Hilfe hätte auch ich so gut wie nichts erkannt.«

Thomas wandte sich ihr zu: »Ja nun, dann bin ich beruhigt. Verläuft die Entwicklung denn normal?«, wollte er wissen.

»Ja, Größe und Gewicht, alles bestens«, sagte Isabel, nahm seine Hand und legte sie auf ihren gewölbten Bauch. »Wir können ganz beruhigt Weihnachten feiern.«

Das Fest der Liebe verbrachte Thomas nicht wie üblich bei seinen Eltern, sondern gemeinsam mit Isabel. Annerose hatte beleidigt aufgelegt, als er ihr seine Entscheidung am Telefon erklären wollte. Überhaupt hatten die täglichen Telefonanrufe seiner Mutter aufgehört, seit Thomas zu Isabel zurückgekommen war.

Rechtzeitig zum Ende des Friedrichshafener Weihnachtsmarkts stattete der Winter dem Bodensee einen Besuch ab. Weiß überzuckert präsentierten sich die Buden den Besuchern, diese zeigten sich in bester Kauflaune. Isabel und Thomas erstanden Tannenzweige, und Isabel schmückte sie mit hübschen Kleinigkeiten, die sie beim Räumen ihres Elternhauses an sich genommen hatte. Viele brennende Kerzen zauberten eine behagliche Stimmung, und so saßen sie an Heiligabend zu zweit bei Punsch und Plätzchen und schmiedeten Zukunftspläne.

Als Isabel ihr Geschenk auspackte, bekam sie große Augen. Sie griff nach den zwei Tickets, die oben auf dem Päckchen lagen: »Oh, Thomas! Eine Silvester-Kreuzfahrt mit einem Schiff der Weißen Flotte auf dem Bodensee!«, rief sie freudig überrascht.

Thomas hatte sie beobachtet und sagte: »Für das Auf-dem-See-Feeling, das du so vermisst, nachdem sie dich im Dienst nicht mehr mit dem Boot fahren lassen. Wofür ich übrigens sehr dankbar bin.« Bei seinen letzten Worten strich er über Isabels Babybauch, der sich nun schon deutlich unter ihrem Wollkleid abzeichnete.

»Du hast demnach gemerkt, wie sehr ich das vermisse?« Isabel war gerührt und fiel Thomas vor Freude um den Hals. Dann wandte sie ein: »Aber was ist mit dir? Du hast es doch gar nicht so mit Schiffen? Es ist sicherlich kalt in der Nacht! Womöglich stürmt es sogar? Willst du wirklich die halbe Nacht dort verbringen?«

»Mit dir schon, Isabel! Dir zuliebe mache ich es mit«, flüsterte Thomas an ihrem Ohr und bekräftigte: »Für dich nehme ich das in Kauf.«

Später machten sie es sich nebeneinander auf der Couch bequem. Plötzlich fuhr Isabels Hand an ihren Bauch und sie rief: »Hoppla, was war denn das? Ich glaube, da hat gerade jemand von innen gegen meine Bauchdecke geboxt.«

Thomas ließ sein Buch sinken, legte seine Hand auf Isabels Wölbung und sagte nach einer Weile enttäuscht:

»Ich hab nichts gespürt. Zu spät. Die Turnstunde war leider schon vorbei.«

Bereits am frühen Morgen des ersten Weihnachtsfeiertags hatte Isabel das Bedürfnis, Lena von der wunderbaren Überraschung zu erzählen, die Thomas ihr bereitet hatte. Immer noch voller Begeisterung, rief sie die Freundin an. War es Zufall oder glückliche Fügung, dass Lenas Praxisteam dieselbe Idee für ihre Chefin gehabt hatte? Sie würden es nicht erfahren, doch die Tatsache steigerte die Vorfreude bei beiden. Ben besuchte über den Jahreswechsel seinen Vater und so fieberten die Freundinnen der Silvesternacht entgegen. Auch der Wettergott hatte ein Einsehen: Bei klirrender Kälte, klarem Sternenhimmel und ruhiger See bestiegen sie am letzten Abend des Jahres zu dritt die festlich geschmückte und lichterbekränzte »MS Schwaben«. Isabel nahm Thomas' Hand und zog ihn die Gangway hinauf. Eine gut gelaunte Crew empfing die Gäste. Musiker verschiedener Bands stimmten teils noch ihre Instrumente, teils drangen schon rhythmische Klänge an ihre Ohren.

Gemeinsam saßen sie nun am weiß gedeckten Tisch und ließen sich den Fisch vom Vorspeisenbüfett schmecken. Nach kurzer Zeit war es Thomas gelungen, die beiden Frauen in ein philosophisches Gespräch zu verwickeln. Gerade diskutierten sie angeregt das Thema Kinderwunsch, als Isabel sagte: »Im Prinzip gibt es schon genügend Menschen auf der Erde. Während wir hier sitzen, werden Tausende Kinder geboren, und viele von ihnen werden keine Zukunft in Wohlstand und Sicherheit erleben, sondern in Armut, Hunger und Elend aufwachsen.« Sie holte tief Luft und fragte direkt: »Ist es da nicht eher human, kein Kind in die Welt zu setzen?« Trotz ihrer fortschreitenden

Schwangerschaft bedrückten sie zeitweise noch zwiespältige Gefühle. Dazu kam, dass Isabel sich viel Zeit zum Lesen und Nachdenken nahm. Außerdem musste sie jahreszeitlich- und schwangerschaftsbedingt ihre sportlichen Aktivitäten drastisch einschränken.

Thomas ließ seine Gabel sinken und widersprach ihr: »Jean-Jaques Rousseau ist da ganz anderer Meinung: Er sieht Kinder als Hoffnungsträger und sagt, nur durch Kinder kann die Menschheit erneuert und unsere Zukunft verbessert werden.«

Lena wandte ein: »Na ja, diese Art von Optimismus passt vielleicht in die Zeit der Aufklärung. Ich denke eher, dass die Zukunft schwieriger wird angesichts der bald acht Milliarden Menschen, die sich die knapper werdenden Ressourcen unseres Planeten teilen müssen. Es wird mehr und mehr Konflikte geben, und die Katastrophen werden durch die Erderwärmung noch schlimmer.« Lena fand zunehmend Gefallen an der Diskussion, und da Thomas und Isabel gerade kauten, fuhr sie fort: »Nicht zu vergessen, dass das bewohnbare Land dadurch, dass sich Wasser und Wüsten ausbreiten, jetzt schon täglich abnimmt.«

Isabel war froh, sich einmal nicht allein mit Thomas auseinandersetzen zu müssen, denn manchmal empfand sie die philosophischen Diskurse als ganz schön anstrengend. Gerade hatte sie schweigend das am Ufer vorbeiziehende Lichtermeer bewundert. Es fiel ihr schwer, den Blick abzuwenden, doch sie schaltete sich wieder in das Gespräch ein: »Ich glaube, mein Baby schlägt gerade Purzelbäume. Dem scheint das sanfte Schaukeln auf einem Schiff zu gefallen.« Dabei strich sie mit einer Hand über ihren Babybauch. Sie horchte in sich hinein und stellte fest: »Also meine Zukunft und meine persönliche Freiheit wird zuerst einmal gnadenlos eingeschränkt durch den Wurm. Ich werde nicht mehr tun und lassen können, was ich möchte, und meine berufliche Karriere bekommt auch einen Knick.«

Lena schaute die Freundin an, runzelte die Stirn und sagte: »In meiner Praxis bekomme ich immer wieder mit, dass viele Eltern egoistisch sind. Sie sehen ihre Kinder quasi als narzisstische Gehhilfe und erhoffen von ihrem Nachwuchs vor allem Bestätigung und Liebe.«

»Willst du damit sagen, dass ich egoistisch bin?«, wandte Isabel entrüstet ein. »Zwischen Egoismus und dem Wunsch nach Selbstverwirklichung gibt es meiner Meinung nach schon einen großen Unterschied. Zumal es kein Wunschkind ist! Ich habe mich zwar aus freiem Willen gegen eine Abtreibung entschieden, aber für mich ist das, was mir widerfährt, immer noch eine Willkür der Natur!«

»Hey, Isabel, krieg dich wieder ein. Das wollte ich damit nicht sagen«, rechtfertigte sich Lena. »Natürlich befinden wir Frauen uns da echt in einem Dilemma. Wir sind es schließlich, die in erster Linie die Verantwortung tragen.«

Thomas enthielt sich eines Kommentars. Angeregt diskutierten sie weiter, wogen das Für und Wider einer Elternschaft ab, bis Isabel mahnte: »Lasst uns vor lauter Philosophieren nicht das Essen vergessen. Das Ragout war lecker, doch jetzt hab ich Lust auf den Nachtisch. Kommt ihr mit ans Büfett?« Sie erhob sich und stützte sich dabei an der Tischkante ab, um leichter aufstehen zu können.

Während sie die süßen Köstlichkeiten genossen, griff Thomas das vorherige Thema wieder auf: »Sokrates hat übrigens Philosophierende mit Gebärenden verglichen.«

»Den Vergleich finde ich passend«, scherzte Isabel, hob ihren Dessertlöffel und winkte Lena zu. »Ich kann bestätigen, dass Thomas manchmal tagelang in den Wehen liegt mit seinen Theorien.«

Lena schüttelte vehement den Kopf, schluckte rasch ihren Bissen hinunter und echauffierte sich: »Also so ein Vergleich kann nur einem Mann einfallen. Sokrates hat nie ein Kind gebären müssen.« Sie legte eine Hand auf Isabels Arm und fügte an: »Immerhin können wir ihm zugutehalten: Beide, Philosophen und werdende Mütter, haben den Mut für Neues.«

Isabel strich erneut über ihren Bauch und verkündete seufzend: »Wenn ich noch die Wahl hätte, würde ich auf die schmerzhafte Erfahrung der Geburt gerne verzichten. Leider ist es dafür zu spät.«

»Wenn wir so weitermachen, ist es bald auch zu spät für den Mitternachtssekt.« Lena angelte sich zwei Gläser vom Tablett der Kellnerin, die gerade vorbeikam, und bestellte Saft für Isabel. Ein Tusch der Kapelle kündigte Mitternacht an. Gemeinsam zählten sie im Sekundentakt zurück: »Zehn, neun, acht …« Als der Countdown bei 0 angelangt war, ertönte eine Fanfare, und Lena sagte: »Auf das neue Jahr. Möge es für uns nur Gutes bereithalten. Prosit.«

»Besonders auf den Mai, denn mit dem Frühling kommt unser Kind«, fügte Thomas hinzu und küsste Isabel auf den Mund. Sie schaute ihm in die Augen, und um die Stimmung nicht zu trüben, behielt sie ihre sorgenvollen Gedanken für sich.

Unter den Klängen der Ouvertüre der »Feuerwerksmusik« von Georg Friedrich Händel traten sie ins Freie. Die Gäste erwartete ein atemberaubendes Schauspiel: Die Ufer des Bodensees waren hell erleuchtet, und zu den gelben Lichtern gesellten sich bunte Feuerwerkskörper, die rund um den See in den dunklen Himmel stoben. Zahllose Raketen spiegelten sich auf der Wasserfläche und verwandelten das Schwäbische Meer in einen blinkenden und glitzernden Spiegel.

Lange nach Mitternacht legte die »MS Schwaben« wieder in Friedrichshafen an, und eine gut gelaunte Gästeschar drängelte der Gangway entgegen. Plötzlich hob ein älterer Mann die Arme, schimpfte und schubste den sichtlich angeheiterten Burschen, der neben ihm torkelte. Offensichtlich hatte er sich von dem jungen Mann bedrängt gefühlt. Der Gestoßene taumelte auf Isabel zu. Noch bevor sie schützend die Arme vor ihren Bauch heben konnte, warf Thomas sich ihm entgegen. Durch den Aufprall fielen beide Männer zu Boden. »Thomas!«, rief Isabel erschrocken. Die Menschen, die die Szene verfolgt hatten, schrien durcheinander. Sie schoben und drängten von allen Seiten. Binnen weniger Sekunden entstand ein Tumult. Schnell fasste Isabel ihre Sinne zusammen und mit polizeilicher Schärfe in der Stimme rief sie: »Halt. Stehenbleiben. Bleiben Sie stehen. Alle!«

Mehrere Stewards bahnten sich bereits einen Weg durch die Menge und halfen Thomas und dem Betrunkenen auf die Beine. Thomas suchte nach seiner Brille. Ein Bügel fehlte, und es gelang ihm nicht, sie aufzusetzen. Er fasste an seine Nase und erschrak, als er feststellte, dass sie blutete. Auch unter seinem Haaransatz rann ein dünnes Rinnsal hervor. Die Schiffsbegleiter nahmen ihn beiseite, Isabel und Lena folgten ihnen.

Nachdem der erste Schrecken überwunden war, stellte sich heraus, dass Thomas sich nur leicht verletzt hatte und keine weitere medizinische Hilfe benötigte. Während er sich den Staub von seinem Jackett klopfte, machte sich Isabel Vorwürfe: Ihr wollte Thomas mit seinem Geschenk eine Freude bereiten. Nur ihr zuliebe hatte er die Silvesterfahrt gebucht. Nun hatte er Schaden genommen.

Mehrere Zeugen und alle Beteiligten mussten ihre Personalien angeben. Die meisten Gäste, einschließlich Lena, hatten schon ihre Heimfahrt angetreten, der junge Mann schien wieder nüchtern, als auch Isabel und Thomas endlich das Schiff verlassen konnten.

Nun saß sie neben ihm auf dem Beifahrersitz, legte ihre Hand auf seinen Arm und sagte: »Tut mir leid, Thomas, dass das neue Jahr für dich gleich schmerzvoll begonnen hat.«

»Ja nun, der Jahreswechsel war suboptimal, aber halb so schlimm. Ich habe die Gespräche mit euch und das Essen genossen. Und ich bin nicht seekrank geworden.« Nach einer kleinen Pause fügte er hinzu: »Das neue Jahr wird für uns trotzdem ein gutes Jahr werden.«

KAPITEL 32

»Unser Frieder hat's geschafft. Nach 45 Dienstjahren darf er in den Ruhestand gehen! Danke, dass du uns davor noch einen ausgibst, alter Freund. Ich hoffe, dass ich dich so nennen darf. Lieber Frieder, mir bist du in den vergangenen Jahren nämlich viel mehr gewesen als ein Kollege. Lasst uns alle anstoßen auf dein Wohl. Prost.« Mit diesen Worten erhob Markus sein Glas auf den scheidenden Kollegen.

Frieder Kahle hatte zu seinem Abschied in die »Schussen« eingeladen. Die Location kannten alle, sahen sie die ausgediente Motorfähre doch bei jedem Einsatz mit dem großen Polizeiboot. Allerdings lag die »Schussen« längst neben dem Hafenbecken auf dem Trockenen. Ehrenamtliche Helfer eines Friedrichshafener Segel- und Motorbootklubs hatten sie trockengelegt, restauriert und zu einem Restaurant und Vereinsheim umgebaut.

Alle Kollegen waren gekommen und prosteten Frieder zu – bis auf Margot Föllenböcker, die sich wegen Unpässlichkeit entschuldigen ließ.

»Was auch immer der Frau Polizeioberrätin nicht passt, es geht mir so was von am Allerwertesten vorbei«, posaunte Frieder übermütig. »Ich hätt's ja nicht für möglich gehalten, dass ich das mal sagen würde, aber ich hoffe und wünsche euch, liebe Kollegen, dass CaWe bald wiederkommt. Wenigstens konnten wir uns auf seine Zornesausbrüche verlassen.«

Augenblicklich entstand am Tisch eine betretene Stille. Mit den Gedanken an CaWe kamen bei allen die Gewissensbisse wieder hoch, die lockeren Worte blieben ihnen im Hals stecken. Die Kollegen vermieden einen direkten Augenkontakt, griffen zu ihren Krügen und versuchten, die Schuldgefühle hinunterzuspülen.

Ausgerechnet Timo, der in der Vergangenheit erhebliche Probleme mit der Mitarbeiterführung des Chefs gehabt hatte, ergriff als Erster wieder das Wort und brach damit das Eis. »Sich im Zimmer zu verbarrikadieren und nichts zu tun, das ist fast noch schlimmer als rumzutoben. Es soll ja weiter aufwärts gehen mit dem Herrn Polizeidirektor. Er habe schon wieder die ersten Kommandos von sich gegeben und halte die Schwestern auf Trab.«

»Wenn die Frauen gut aussehen, hat er bestimmt schon angefangen zu flirten«, mutmaßte Frieder, und Markus fügte schmunzelnd hinzu: »Bei ihm würde das auf jeden Fall die Genesung beschleunigen.«

Isabel zwang sich zu einem Lächeln und schwieg. Sie kämpfte gegen einen aufkommenden Hustenreiz. Frieder lächelte sie an und sagte: »Das Schlucken funktioniert bei ihm wohl auch schon wieder einigermaßen.«

Markus trank von seinem Weizenbier, wischte sich den Schaum vom Mund und sagte: »Ich bin echt gespannt, wann er wieder bei uns auf der Matte steht. Aber nun zu dir, Frieder. Mit dir verlieren wir ein echtes Original …«

Umgehend unterbrach ihn Frieder: »Keine Abschiedsreden! Ich hab mich doch deutlich ausgedrückt, oder etwa nicht?«

Markus bekannte: »Es ist nun mal Tatsache: Keiner von uns kennt die hiesigen Gegebenheiten so wie du, lieber Frieder.«

»Na ja, ich bin ja nicht aus der Welt, ihr könnt mich jederzeit fragen«, sagte Frieder geschmeichelt. Er fuhr sich mit einer Hand über die Augen und dachte: Bloß jetzt nicht sentimental werden. Rasch schluckte er den Kloß in seinem Hals hinunter und wechselte das Thema: »Wisst ihr eigentlich, dass die ›Schussen‹, in der wir hier beisammensitzen, bis vor 40 Jahren als Trajektschiff genutzt wurde?«

»Als was?«, fragte Timo erstaunt.

»Als Trajektschiff, du Kulturbanause! Du weißt wahrscheinlich gar nicht, was das ist«, feixte Frieder.

Erstaunt schaute Isabel ihn über den Rand ihres Saftglases an und sprang ihrem Kollegen bei: »Ich hab das Wort auch noch nie gehört.«

Froh, ein anderes Thema als seine Pensionierung gefunden zu haben, setzte Frieder nach einem ausgiebigen Schluck zur Erklärung an: »Liebe Kollegen, ein Trajektschiff ist eine Eisenbahnfähre. Die funktionierte im Prinzip wie eine schwimmende Eisenbahn. Auf dem Schiff gab's Bahngleise drauf, und das hatte den Vorteil, dass die Waren in den ankommenden Waggons nicht mehr umgeladen werden mussten. Die Waggons konnten vom Zug quasi aufs Schiff raufgezogen werden.«

»Was ist denn damals transportiert worden?«, fragte Markus interessiert.

Frieder überlegte: »Hm, ich denke mal, auf jeden Fall die Post. Bestimmt auch Getreide, Hopfen und eben alles, womit sie in früheren Zeiten gehandelt haben. Wenn du es genau wissen willst, musst du ins Stadtarchiv gehen.«

»Das machen wir gemeinsam, da wollte ich schon lange einmal hin. Das könntest du doch organisieren«, schlug Markus vor.

»Ja, das kann ich gern machen, wenn ihr wollt. Ein Kumpel von mir war übrigens einer der letzten Kapitäne auf der Eisenbahnfähre«, warf Frieder ein. »Das Beladen soll gar nicht so einfach gewesen sein. Damit die Fähre nicht kippte, musste sie immer im Gleichgewicht gehalten werden.«

Augenblicklich hielten die Kollegen erschrocken inne. Ohne es zu wollen, hatte Frieder wieder den wunden Punkt getroffen – auch bei Isabel. Ihre Wangen hatten bei den Worten »kippen« und »Gleichgewicht« jegliche Farbe verloren. Frieder bemerkte es erst, als er zu Isabel hinüberblickte. Er sprach nicht weiter, sondern nahm einen Schluck aus seinem Glas. Die anderen taten es ihm gleich. Wieder war es Markus, der das Schweigen brach:

»Wahrscheinlich mussten die auch den Wasserstand zu den unterschiedlichen Jahreszeiten berücksichtigen.«

Erleichtert antwortete Frieder: »Klar, wenn der, wie meist im Winter, niedrig war, mussten die ja von oben nach unten rangieren. Wären sie mit den Waggons zu schnell auf die Fähre gefahren, wären diese vorne wieder raus und in den See gestürzt.«

»Ist das denn mal passiert?«, wollte Timo wissen.

»Nicht nur einmal, ein paarmal sogar«, erwiderte Frieder. »Die Waggons mussten dann mit einem Kran wieder aus dem Wasser gehoben werden.«

»Und manche sind auch unten geblieben und leisten den Granaten und dem vielen anderen Gerümpel, das im Lauf der Zeit hier versunken ist, Gesellschaft. Ihr glaubt ja gar nicht, was alles auf dem Seegrund ruht«, warf Markus ein.

»Ich hab vor kurzem erst gelesen, im See sollen über hundert Schiffswracks liegen.« Isabel bemühte sich, wieder an der Unterhaltung teilzunehmen. In Gedanken hatte sie die kurze Zeit der Zusammenarbeit mit Frieder Revue passieren lassen. Ihr »Bärenführer« würde ihr fehlen.

»Ja, es ist schon unglaublich, was wir beim Tauchen immer wieder zutage fördern, besonders, seit wir den Tauchroboter haben«, pflichtete Markus bei.

»Nur die hundert Leichen, die auch im See ruhen sollen, die findet ihr nicht!« Es war Timo, der diesen Einwand loswerden wollte.

»Vielleicht bringt die Seenforschung in den nächsten Jahren Licht in manches Dunkel. Dank dem ›Kormoran‹ kann der Seegrund nun systematisch abgesucht und vermessen werden«, sagte Markus und fand anschließend zu

Frieders Thema zurück: »Wie lange hat man diesen Trajektverkehr am See praktiziert?«

Frieder überlegte: »Bestimmt mehr als hundert Jahre. Das Verladen der Waggons war einfach schneller, als mit Pferdewagen um den See herumzufahren.«

»Und zuvor haben Lastensegler und Dampfschiffe die Waren transportiert, und die Waggons mussten ja auch immer umgeladen werden«, überlegte Markus laut.

Isabel fragte: »Warum wurde der Trajektverkehr eingestellt?«

Frieders Augen ruhten auf Isabels Bauch, als er antwortete: »Letztendlich war er zu teuer. Es wurden ja auch immer mehr Bahnlinien um den See herum gebaut.«

»Und wann fuhr die letzte Trajektfähre?«, hakte Isabel nach.

»Hm«, Frieder überlegte und strich sich mit der Hand über sein Kinn. »Das war unterschiedlich! Es gab mehrere Routen über den See, sogar von Lindau nach Romanshorn und von Bregenz nach Konstanz.«

»Echt, also auch länderübergreifende Linien?«, fragte nun Timo, der nebenher das Stichwort längst mit seinem Handy gegoogelt hatte.

Frieder nickte zwar, doch noch ganz in Gedanken sagte er: »Soviel ich weiß, war diese Linie hier, von Friedrichshafen nach Romanshorn, am längsten in Betrieb. Ich hab die in meiner Jugendzeit noch mitbekommen. Hm, ich glaub, die Linie ist erst im Jahr 1976 eingestellt worden. Das wollten die Eidgenossen so.«

»Apropos Eidgenossen. Danke für den Hinweis, Frieder«, sagte Markus. »Das Kloster Sankt Gallen hat im Mittelalter Wein über den Bodensee transportiert. Die Schiffer durften von dem Wein trinken, so viel sie wollten. Da hat es auch noch keine Promillegrenze gegeben. In den Chroniken des Klosters könnt ihr nachlesen, dass wegen Trunkenheit viele Schiffsunfälle passiert sind.«

»Komasaufen gab's also im Mittelalter schon«, meldete sich Timo und blickte von seinem Handy auf. »Hey, das klingt echt spannend! Frieder, du musst unbedingt eine Führung organisieren, du hast jetzt ja Zeit dazu. Ich möchte das genauer wissen.«

Frieder nickte, und Markus fragte: »Was hast du denn sonst vor in deinem Ruhestand? Wie wir dich kennen, wird es bestimmt eher ein Unruhestand werden!«

»Wahrscheinlich alte Schiffe restaurieren. Ihr wisst ja, ich interessiere mich für alte Schiffe – und junge Frauen. Da hab ich nie einen Hehl draus gemacht«, schmunzelte Frieder und warf Isabel einen verschwörerischen Blick zu. »Isabel, hast du mitgezählt? Wie viele nackige Leute haben wir uns den Sommer über auf ihren Jachten näher angeguckt?«

Isabel grinste und rollte theatralisch mit ihren Augen: »Sehr viele, Frieder!«

Er fügte hinzu: »Im Gegensatz zu CaWe hab ich mich mit Gucken begnügt.«

Frieder bemerkte nicht, wie sich Isabels Gesichtsausdruck bei seinen Worten wieder erneut verändert hatte, und fuhr fort: »Aber mal im Ernst: Vielleicht heuere ich beim ›Lädinenverein‹ in Immenstaad an – als Kapitän auf der Lädine.«

»Back to the roots also«, warf Timo ein, der Isabels Veränderung bemerkt hatte. Er gab Frieder einen freundschaftlichen Stoß in die Seite und sagte: »Segeln mit der Lädine würde mich auch mal interessieren. Die Lädine ist sehr geschichtsträchtig.«

»Ja, du junger Kerl, was weißt denn du schon«, neckte Frieder und dozierte unbeirrt weiter. »Diese Lastensegler waren fast 2.000 Jahre lang auf dem Bodensee unterwegs. Sie gelten als eines der ältesten Verkehrsmittel überhaupt. Die Überreste, die vor Immenstaad entdeckt wurden, stammen aus dem Mittelalter. Die Lädine wurde dann originalgetreu nachgebaut. Sie ist, soviel ich weiß, heute das einzige Schiff dieser Art.«

Markus, der aufmerksam zugehört hatte, warf nun ein: »Die Taufe auf den Namen ›St. Jodok‹ war damals ein riesiges Fest. Lieber Frieder, wenn du dort Kapitän bist, machen wir mit dir im Sommer eine Ausfahrt.«

»Das machen wir! Wer ist dabei?«, fragte Frieder in die Runde.

Alle hoben die Hand, nur Isabel zögerte. Ihre Hand strich über ihren Bauch und schmunzelnd sagte sie: »Wenn ich wieder allein bin, komme ich gerne mit.«

»Hey, das ist ein Wort! Zum Wohl noch mal. Wir lassen den Frieder heute nicht so glimpflich davonkommen«, animierte Timo die anderen, erhob seinen Krug, und alle taten es ihm nach.

Frieder lebte sichtlich auf, weil er den jungen Kollegen etwas erzählen konnte: »Ihr Jungen, ihr wisst vieles nicht, was ich schon alles erlebt habe.« Er schaute auf den dunklen Hafen hinaus, aus dem zu dieser Jahreszeit keine Masten von Segelschiffen ragten. Sie lagen im Winterlager auf dem Trockenen. »Das waren Zeiten, als wir hier am See noch richtige Winter hatten. Nur ein einziges Mal, das war 1963 bei der *Seegfrörne*, ist der See komplett zugefroren. Im Untersee war das öfter der Fall. Dann mussten wir raus – auf Schlittschuhstreife!«

»Wie? Mit Schlittschuhen auf Streife?« Timo konnte es

nicht glauben. Er lehnte sich zurück und wartete gespannt auf Frieders Bericht.

»Ja klar. Wir haben mit Schlittschuhen an den Füßen auf dem See Eisstreife gemacht!« Wieder genoss Frieder die Aufmerksamkeit der Kollegen und lief noch mal zu Hochform auf: »Die zugefrorene Fläche war eine willkommene Abwechslung für die Menschen und hat viele aufs Eis gelockt. Wenn das Eis nicht mehr tragfähig war, war das gefährlich, da sind oft Menschen eingebrochen. Manche haben sich auch mit ihren Mopeds aufs Eis gewagt, und das war verboten!« Das lange Reden hatte Frieder durstig gemacht, und er nahm wieder einen kräftigen Schluck.

»Frieder, ich stell mir gerade dich auf Schlittschuhen vor«, lachte Timo und prostete ihm zu. »Schade, dass es diese Schlittschuhstreifen mittlerweile nicht mehr gibt! Ich wäre sofort dabei.«

»Frecher Kerl, du«, gespielt empörte sich Frieder, erzählte aber gleich weiter: »Wenn wir mit dem Boot raus sind, hatten wir immer Eisrettungsgeräte an Bord, Leitern und so, und unter das Schlauchboot mussten wir Kunststoffschalen schieben. Geübt haben wir das immer vor dem Eriskircher Ried in der Flachwasserzone. Heutzutage setzen die Kollegen am Untersee moderne Kufen ein.« Er stockte und resümierte schließlich: »Ja, das waren halt noch Zeiten.«

KAPITEL 33

Die Tage zogen dahin in getakteter Eintönigkeit. Als Isabel die Dienststelle verließ, legte sich schon der Schleier des abendlichen Friedens über den See und tauchte ihn und die immer noch verschneiten Thurgauer Berge am Ufer gegenüber in die zarten Pastellfarben der Wintermonate. Sie schlang ihren Schal um Kopf und Hals, knöpfte mit klammen Fingern ihren Mantel zu, denn der kalte Ostwind, der seit Tagen über das Land am See fegte, ließ sie frösteln. Sie sehnte den Frühling herbei, doch der ließ auf sich warten.

Meist gelang es Isabel, Berufliches und Privates gut zu trennen. Im Fall Kern war das anders. Sie traten mit ihren Ermittlungen auf der Stelle. Was die Polizei und die Staatsanwaltschaft auch anführte, Kern und sein Verteidiger warteten sofort mit einer mehr oder weniger schlüssigen Erklärung auf.

Noch auf dem Nachhauseweg und selbst als Isabel mit Thomas beim Abendbrot saß, dominierte der Fall hartnäckig ihr Denken. Was sie bisher tunlichst vermieden hatte, jetzt spürte sie das dringende Bedürfnis, Thomas davon zu erzählen. Sie schluckte den letzten Rest ihrer Gemüsesuppe hinunter, legte den Löffel beiseite und sagte: »Thomas, kannst du dir denken, was in einem Menschen vor geht, der seinen Partner umbringt, den er einmal geliebt hat?«

Thomas brach sich ein Stück Brot ab, und während er bedächtig kaute, überlegte er. Nach einer Weile setzte er zu seiner Antwort an: »Ja nun, denken kann ich mir vieles.«

Ich hätte es wissen können, dachte Isabel, denn bereits bei diesen ersten Worten wurde ihr klar, dass Thomas die Gelegenheit nützen und zu einem philosophischen Diskurs ausholen würde. Sie behielt recht, schon legte er los: »Aus philosophischer Sicht wird der Mensch ja primär durch seinen Verstand und seinen freien Willen charakterisiert. Daraus ergeben sich dann freie Handlungen, für die wiederum das handelnde Subjekt Verantwortung trägt. Warum möchtest du das wissen, Isabel?«, fragte er.

Isabel versuchte zurückzurudern und blickte ihn an: »Ach, ich weiß nicht, ob du das überhaupt mitbekommen hast, Thomas. Wir beide durchlebten, als das passiert ist, gerade eine schwierige Zeit. Ist auch gar nicht so wichtig, vergiss es.«

»Was ist denn damals geschehen?«, fragte Thomas, nun neugierig geworden.

Isabel schob ihren Teller von sich und erzählte: »Vor ein paar Monaten ist ein Segelboot mitten auf dem See gesunken. Das ging damals auch durch die Presse. Der Eigentümer hat überlebt, seine Frau wird seitdem vermisst. Der Mann hat uns und der Staatsanwaltschaft bei mehreren Befragungen verschiedene Versionen über den Hergang des Unglücks aufgetischt. Wir vermuten, dass der Mann seine Frau mitsamt dem Boot im See entsorgt hat, um alle Spuren zu vernichten. Aber wir können es ihm nicht beweisen.«

Thomas schüttelte den Kopf und schaute Isabel verständnislos an. »Mit so etwas Abscheulichem musst du dich herumschlagen? In deinem Zustand! Ich finde das ungeheuerlich. Warum machen das nicht deine Kollegen?«

»Fang du nicht auch noch damit an, Thomas! Es reicht, wenn die mich schon dauernd bevormunden«, empörte sich Isabel. »Ich bleib da dran, weil ich es so will! Ich bin nicht krank, sapperlot! Und ich kann mehr, als nur Kaffee kochen und die Tür öffnen!« Sie stand auf und goss sich ein Glas Wasser ein.

»Das weiß ich doch«, sagte Thomas und bemühte sich, wieder sachlich zu diskutieren. »Die bloße Vermutung reicht also nicht aus, um den Mann der Tat zu überführen?«

Auch Isabel hatte sich beruhigt und antwortete: »Richtig. In Tübingen hatte ich ständig mit Fällen von häuslicher Gewalt zu tun. Ich weiß, dass Frauen dort am schlimmsten bedroht sind, wo sie eigentlich am sichersten sein sollten.« Sie schüttelte den Kopf: »Aber ich frage mich, wie jemand so weit gehen und seinen Partner umbringen kann.«

Mit einer Geste bat Thomas Isabel, sich wieder zu ihm zu setzen. Er versuchte, gelassen zu argumentieren: »Ja nun, global betrachtet sterben auf diesem Planeten immer noch die meisten Frauen durch die Gewalt des Mannes, mit dem sie zusammen sind, den sie vielleicht sogar geheiratet haben.«

Isabel nahm wieder Platz und forderte genauso leidenschaftlich wie zuvor: »Das weiß ich, und das ist eine überaus traurige Tatsache! Da muss sich in der Gesellschaft schleunigst etwas ändern. Das Thema müsste in der Öffentlichkeit viel mehr thematisiert werden.«

Thomas belegte eine weitere Scheibe Brot mit dem Corned Beef, das er so liebte und das Isabel für ihn eingekauft hatte. Da ihm diese verbalen Auseinandersetzungen wichtiger waren als zu essen, biss er nicht sofort hinein, sondern ließ sie auf dem Teller liegen. Er runzelte seine Stirn und fuhr fort: »Es darf nicht sein, dass die Hälfte der Weltbevölkerung diskriminiert wird. Es darf nicht sein, dass die andere Hälfte Besitzansprüche stellen kann an einen

Körper, der ihr nicht gehört. Es darf nicht sein, dass die Unterordnung eines Subjekts durch patriarchale Strukturen nach wie vor aufrechterhalten wird. So wird es zum Objekt degradiert. Es darf nicht sein, dass einem Subjekt Gewalt angetan oder Schaden zugefügt wird, sei es physisch, psychisch oder sexuell. Da werde selbst ich zum Feministen.« Jeden seiner Sätze unterstrich er, indem er mit einer Faust auf den Tisch klopfte.

Überrascht beobachtete Isabel sein ungewöhnliches Verhalten. Äußerst selten ließ Thomas sich zu derartigen Gefühlsausbrüchen hinreißen. In ihrem Kopf schwirrten die Gedanken durcheinander: Diese Einstellung sollten mehr Männer haben. Eigentlich verstehen Thomas und ich uns doch gut, sind uns oft einig, obwohl er ganz anders strukturiert ist als ich. Warum fühlt es sich dennoch manchmal alles so seelenlos und leer an? Warum merkt er nicht, dass mir Nähe und Geborgenheit fehlen? Ich weiß, er macht das nicht absichtlich, er sieht es einfach nicht, weil ihm selbst nichts fehlt.

Thomas räusperte sich. »Hast du mich verstanden, Isabel? Kannst du meine Meinung teilen?« Durchdringend schaute er Isabel an und wartete auf ihre Antwort.

»Ja, ja, natürlich«, sagte sie und lockerte den Bund ihrer Hose, um es sich bequemer zu machen. »Ich frage mich, warum lassen sich das so viele Frauen gefallen? Wenn wir Frauen Gleichberechtigung fordern, heißt das ja nicht, dass wir im Gegenzug zukünftig die Männer unterdrücken wollen. Wir wollen uns nur auf Augenhöhe begegnen.«

»Ja nun, Augenhöhe … davor haben viele Männer Angst.« Nun biss Thomas doch in sein Brot, um Zeit zu gewinnen für die passende Antwort. »Es scheint, als verstünden Männer nicht, dass Liebe nur etwas bedeutet, wenn der andere sie freiwillig schenkt. Niemals kann Liebe bestehen, wo sie erzwungen wird oder wo jemand gewaltsam versucht, sie herbeizuführen.«

Isabel nickte. Plötzlich schoss ein Gedanke durch ihr Gehirn: Carl. Zu spät hatte sie selbst damals bemerkt, wie schnell Carl seine Gewaltfantasien in die Tat umsetzen konnte – sowohl psychisch als auch physisch. Viel zu spät und nur dank Lenas Unterstützung hatte sie es geschafft, sich auch mental aus seiner Abhängigkeit zu befreien.

Thomas führte unterdessen seinen Monolog fort, und Isabel bemühte sich, seinen Ausführungen zu folgen: »Die Emanzipation der Frau und die damit einhergehende Freiheit bedeutet auch für den Mann eine Befreiung. Emanzipation bedeutet für Männer, das viel zu enge Korsett an gesellschaftlichen, kulturellen und nicht zuletzt moralischen Ansprüchen an sie zu durchbrechen. Nur wenn jeder Mensch – nicht jede Frau, nicht jeder Mann, nein: jeder Mensch – sein Wesen frei entwickeln darf und im Zuge dessen aus Freiheit eigene Werte für sich und die Gesellschaft wählt, kann Liebe entstehen. Für mich ist das die einzige Möglichkeit.«

Versonnen blickte Thomas bei seinen letzten Worten auf Isabels Babybauch und fügte an: »Da sind wir dann als Erzieher gefragt. Diese Erkenntnis sollten Kinder schon mit der Muttermilch aufsaugen, damit sie ihnen in Fleisch und Blut übergeht.«

Isabel hing an seinen Lippen und sagte: »Ach, Thomas. Ich wünschte, mehr Männer würden diese Einstellung teilen und hätten deinen geistigen Horizont.«

Thomas lächelte sie an, rückte mit seiner typischen Handbewegung seine Brille zurecht und gab ihr einen

Kuss. Dann räumten sie gemeinsam die Reste ihrer Mahlzeit weg.

Später, sie lagen nebeneinander im Bett, griff Isabel Thomas' Hand, legte sie auf ihren Bauch und flüsterte: »Merkst du, das kleine Wesen schlägt lieber Purzelbäume, als zu schlafen.«

»Auch ich komme nicht zur Ruhe. Ergänzend zu unserem Thema von vorhin möchte ich anfügen: Zunächst ist doch jeder Mensch, für sich betrachtet, einsam mit seiner Wahrnehmung, seinen Gedanken und Gefühlen, denn dies alles sind höchst subjektive Erfahrungen. Liebe ist dagegen durch das Band zu einem anderen Menschen, das sich der bewussten Wahrnehmung oder rationaler Gedanken entzieht, die einzige Möglichkeit, frei von Oberflächlichkeit und Zwängen zu sein. In der liebevollen Begegnung mit dem anderen erkennen wir uns selbst und begreifen uns als freie Wesen. Liebe macht frei, Liebe ist Freiheit.«

Noch eine Weile lag Isabel wach, Thomas' leidenschaftliches Plädoyer für die Liebe hallte in ihr nach. Sie fragte sich, ob es noch Liebe war, was sie beide zusammenhielt, ob insbesondere ihr Band zu Thomas stark und belastbar genug war, um ein Leben lang zu halten. Sie fand keine Antwort, die sie zufrieden einschlafen ließ. Ebenso wenig wie auf ihre Frage, warum jemand einen Menschen, den er einst geliebt hatte, umbringen konnte. Möglicherweise könnte eine Psychologin erklären, warum Liebe und Hass so nahe beieinanderlagen. Morgen würde sie Lena anrufen.

KAPITEL 34

»Ich spring schon nicht von Bord, Markus. Lass mich bitte mitfahren, bitte«, bat Isabel inständig. Wie sie befürchtet hatte, hatte Markus sie mit Rücksicht auf ihre Schwangerschaft ausschließlich für den Bürodienst eingeplant. Weder beim Sport noch beim Schießtraining, nirgends durfte sie mehr mitmachen. Am meisten vermisste Isabel jedoch die Streifenfahrten auf dem Bodensee. Seit der Neujahrsnacht war sie auch nicht mehr auf dem See unterwegs gewesen. »Nimm mich bitte mit, wenn du mit der *21* auf Kontrollfahrt gehst. Was soll denn heute schon passieren auf dem See? Laut dem deutschen Wetterdienst bleibt es so ruhig wie die vergangenen Tage.« Sie merkte, dass Markus' Widerstand bröckelte, und setzte nach: »Die Föllenböcker wird es nicht erfahren. Die hat sich heute bereits verabschiedet, wahrscheinlich ins Nagelstudio!«

Als Markus nicht auf Isabels Spitze einging, fügte sie hinzu: »Der kann ich sowieso nichts recht machen.« Isabel kam inzwischen mit der Interimschefin genauso wenig zurecht wie ihre männlichen Kollegen. Nichts hatte sich zum Besseren gewendet. Polizeioberrätin Föllenböcker ließ alle spüren, dass ihre *Verbannung in die Provinz* gegen ihren Willen geschehen war. Unzufrieden und mit der Arbeit in der Praxis – ob auf der Straße oder auf dem Wasser – völlig überfordert, musste die Truppe täglich ihren Frust ertragen. Insgeheim waren die Häfler mehr denn je überzeugt, dass die Stuttgarter Kolleginnen und Kollegen im Ministerium froh waren, die Föllenböcker loszuhaben, wenigstens für eine Weile.

Markus beschäftigte noch etwas anderes. Er wollte Isabel mit einer Spezialaufgabe betrauen, und wenn er ihr nun entgegenkommen und ihren Wunsch erfüllen würde, könnte sie ihm den seinen nicht abschlagen. »Meinetwegen, dann komm halt mit!«, stieß Markus aus und sah seine Kollegin an. »Mensch, Isabel, wenn du dir etwas in den Kopf gesetzt hast, kannst du noch hartnäckiger sein als meine Frau und meine Kinder!«

Isabel stieß einen Freudenschrei aus, sprang sofort auf, schlüpfte in ihre Winterjacke und stülpte sich die Wollmütze über die Locken. Dank ihrer Schwangerschaft musste Isabel keine Uniform mehr tragen. Mittlerweile hätten die Hosen auch nicht mehr gepasst.

Markus und Isabel füllten zwei Thermosflaschen mit Tee und Kaffee und marschierten nebeneinander über die Promenade in Richtung Fährhafen. Nur wenige Menschen nutzten den für die Wetterverhältnisse am Bodensee mit minus zwei Grad Celsius kalten Wintertag zu einem Einkaufsbummel oder für einen Spaziergang. Dafür hatte sich vor dem Zeppelinmuseum eine Gruppe von Touristen versammelt, die darauf warteten, eingelassen zu werden.

Bereits in ihrer ersten Zeit hatte Isabel gelernt, dass sämtliche Boote der Wasserschutzpolizei für den Notfall jederzeit und rund um die Uhr einsatzbereit sein mussten. Auch außerhalb der Hauptsaison waren schließlich Fischer, Paddler und Surfer auf dem See draußen. Die wären im eisigen Wasser sofort in höchster Lebensgefahr, wenn eine vier Grad kalte Welle über sie schwappte oder sonst etwas passierte. Deshalb mussten die Boote regelmäßig bewegt und die Technik kontrolliert und gewartet werden.

Mit klammen Fingern half Isabel ihrem Kollegen, das große Polizeiboot startklar zu machen. Dann rieb sie ihre kalten Hände aneinander. Markus sah es und foppte: »Da siehste mal. Während du im geheizten Büro sitzen darfst, müssen sich deine Kollegen draußen einen abfrieren!«

»Ich gebe ja zu, im Sommer würde mir der Innendienst wahrscheinlich noch viel schwerer fallen«, antwortete Isabel und blies warme Atemluft zwischen ihre Handflächen.

Markus startete den Motor. Trotz der Kälte sprang er sofort an, und auch alle Instrumente funktionierten, ebenso die Heizung.

Der See gehörte ihnen, als sie den Hafen verließen. Isabels Blick schweifte über die geliebte Landschaft, und ein verzücktes Lächeln ließ ihr Gesicht erstrahlen. Kein anderes Boot war weit und breit zu sehen. Die Wasserfläche glitzerte silbern, und dort, wo ein kleines Windfeld für Bewegung sorgte, eisblau. Der Säntis grüßte herüber in seinem schneeweißen Gewand, das schroffer Fels an manchen Stellen aufgerissen hatte. Selbst der Sendemast auf dem Gipfel war in der klaren Luft deutlich zu erkennen. Auch die Kette der Schweizer und der österreichischen Alpen rundum war schneebedeckt. Es sieht aus, als hätten manche Zacken den blauen Himmel aufgespießt, dachte Isabel. Die gesamte Landschaft strömte so viel Licht und Klarheit aus, dass sie sich auf die beiden Polizisten übertrug. Isabel stöhnte: »Der See! Und die Berge dazu! Mein Gott, so viel Schönheit rund um mich! Alles so surreal schön, dass es fast schon wehtut.«

Obwohl Markus schon so lange am See Dienst tat, ließ auch er sich immer wieder aufs Neue von der Stimmung an sonnigen Wintertagen faszinieren. Im Steuerhaus hatte sich mittlerweile mollige Wärme ausgebreitet. Nachdem beide sich aufgewärmt hatten, schaltete Markus den Motor aus. Mitten auf dem See traten beide auf das Vorschiff und lauschten in die Stille. Markus flüsterte: »Winter auf dem See. Die Ruhe und der Frieden hier draußen sind wirklich unbeschreiblich. Du kannst die Faszination auch keinem erklären, der die Winterzeit hier nicht selbst erlebt hat.«

Isabel kramte ihr Handy aus der Tasche und schoss mehrere Fotos, um die Umgebung in Bildern festzuhalten. Sie bekannte: »Ich weiß ja auch erst jetzt, wie zauberhaft der Bodensee im Winter sein kann. Alles Leben scheint stillzustehen. Bisher hab ich, wie die meisten Menschen, geglaubt, dass hier von November bis März nur Nebel herrscht. Doch ich habe schon so viele schöne Wintertage erlebt.«

»Tja, das ist echt ein Vorteil des Klimawandels: Es gibt längst nicht mehr so viele Nebeltage am See wie früher«, antwortete Markus.

Isabel blickte sich um und bekannte: »Ach Markus, ich gebe zu: Inzwischen ist der See für mich zur Heimat geworden. Ich will hier nicht mehr weg.«

Markus legte einen Arm um Isabels Schultern und sagte: »So geht es den meisten, liebe Isabel. Komm, lass uns wieder ins Steuerhaus reingehen.«

Isabel nahm ihre Mütze ab und schüttelte ihre Locken. Dann goss sie für sich Tee und für Markus Kaffee ein. Während er die Instrumente kontrollierte, brachte Isabel mit einem Finger den letzten Rest der Eisblumen an einer Fensterscheibe zum Schmelzen und blickte hinaus. »Da hast du recht. Die grauen Tage der vergangenen Monate konntest du an einer Hand abzählen. Und selbst Nebel kann beseelen, hat schon manchen Dichter inspiriert. Kennst du das Gedicht von Hermann Hesse? Es heißt: ›Im Nebel‹.

Seltsam im Nebel zu wandern …«

»Du, mit Gedichten kenne ich mich gar nicht aus. Über Motoren kannst du mich alles fragen, nur nicht über Literatur.«

Wie verschieden die Menschen doch sind, dachte Isabel, und ihre Gedanken wanderten zu Thomas, den Maschinen überhaupt nicht interessierten. Sie griff ihr Smartphone, dann besann sie sich: Nein, ich werde Thomas kein Foto schicken. Er würde sich nur Sorgen machen. Sie tippte mehrere Aufnahmen an und schickte sie an Lena mit dem Zusatz: ›Habe mich einmal mehr verliebt …‹

Nachdem Markus auch Funkgerät und Radar überprüft hatte, beschloss er: »Wir fahren jetzt mal nach Kressbronn in den Hafen von ›Meichle & Mohr‹. Die haben dort in letzter Zeit einiges geändert, und bei einem schnellen Einsatz müssen wir wissen, wie es dort aussieht.« Nach einem Blick auf Isabel fügte er schmunzelnd an: »Sobald du dich sattgesehen hast.«

Isabel drehte sich ihm zu, schüttelte den Kopf und sagte lächelnd: »Dann kommen wir dort heute nicht mehr an, denn sattsehen kann ich mich noch lange nicht!«

Markus sah, wie belebend die Bootsfahrt für Isabel war, und brachte es nicht übers Herz, sie bereits auf dem See mit dem Auftrag zu behelligen, den er für sie vorgesehen hatte. Erst als die *21* wieder vertäut im Hafen lag und sie zur Dienststelle zurückmarschierten, eröffnete er ihr, was er von ihr wollte.

KAPITEL 35

Vollkommen gerädert stieg Isabel aus dem Bett und wusste einmal mehr: Aufgaben, die man vor sich herschob, wurden dadurch weder leichter noch kleiner. Und sie erledigten sich auch nicht von selbst. Sie hatte gehofft, wenn sie eine Nacht über ihrer Mission schlafen würde, fiele ihr der Gang leichter. Sie hatte sich getäuscht. Ihre spezielle Aufgabe hatte sich zu einem riesigen Berg aufgetürmt, doch sie würde ihn überwinden müssen, und das am besten sofort. Ihr Magen krümmte sich zusammen. Hunger verspürte sie keinen. Bei einer Tasse Tee überlegte sie, ob sie ein wenig Make-up und den roten Lippenstift auftragen sollte, den er so an ihr gemocht hatte. Schnell verwarf sie den Gedanken. Sie zog Stiefel, Winterjacke, Mütze und Handschuhe an und griff nach der Aktentasche, die sie am Abend zuvor neben der Garderobe deponiert hatte. Sie würde nicht das Fahrrad nehmen und auch nicht den Bus, sie würde laufen. Laufen – und auch nicht die kürzeste Strecke, sondern so weit als möglich am Ufer entlang. Die kalte, klare Winterluft würde helfen, ihre Gedanken zu ordnen.

Zügig schritt sie voran und schaute ihrer Atemluft nach, die in weißen Wölkchen vor ihrem Gesicht schwebte. Die Morgensonne glänzte matt hinter Wolkenschleiern hervor und tauchte Berge, See und Himmel in orangefarbenes Licht. Raureif hatte die Schilfhalme in eine bizarre Winterlandschaft verwandelt. Spinnweben spannten sich von Halm zu Halm und glitzerten im Morgenlicht. Eiskristalle, die bereits von der Sonne beschienen wurden, tauten. Licht spiegelte sich regenbogenfarben in den einzelnen Tropfen, bevor sie auf die gefrorene Erde plumpsten. Es schien, als habe sich die Natur über Nacht zurückerobert, was ihr gehörte. Keine Ente schnatterte, kein Vogel zwitscherte, kein Motorengeräusch zerriss die Stille. Der See und alles um ihn herum lagen in tiefem Winterschlaf. Isabel liebte diese Stimmung. Staunend blieb sie stehen und schob sich eine Haarsträhne unter ihre Mütze. Sie fühlte sich feucht an, und in der Nähe des Mundes war sie gefroren. Isabel hielt ihr Gesicht der Sonne entgegen und sog die kalte Luft ein. Langsam legte sich die kribbelnde Anspannung in ihrem Inneren und Ruhe breitete sich aus. Sie würde Carl nun gelassen entgegentreten können. Es würde vorerst genügen, wenn es zumindest den Anschein hätte. Sie packte die Aktentasche fester, und im Weitergehen malte sie sich das Wiedersehen aus.

Isabel täuschte sich. Es kam alles ganz anders.

Als Isabel auf den modernen Bau zuschritt und die Klingel drückte, übermannte sie die Erinnerung an ihren ersten Besuch. Noch nicht einmal neun Monate lagen dazwischen, es kam ihr vor wie ein halbes Leben. Damals hatte Carl ihr die Tür geöffnet, und die erotische Spannung zwischen ihnen hatte in jeder Faser ihrer beiden Körper so stark geknistert, dass sie schon auf dem Teppich im Eingangsbereich übereinander hergefallen waren wie zwei ausgehungerte Tiere.

Jetzt klopfte Isabels Herz mindestens so schnell wie damals, allerdings vor Aufregung. Was würde sie erwarten? Wie hatte Carl sich verändert? Wie sah er aus? Das letzte Mal hatte sie ihn in der Klinik in Allensbach gesehen, als er noch im künstlichen Koma lag. Vor weiteren Besuchen hatte sie sich gescheut. Schließlich hatte sie die feste Absicht, die Sache vollends abzuschließen.

Nervös trat Isabel von einem Bein auf das andere, presste die Lippen aufeinander, warf den Kopf zurück und nestelte nochmals an ihrer Aktentasche. Dann drückte sie erneut den Klingelknopf. Die Wartezeit kam ihr endlos vor – oder waren nur Sekunden vergangen, bis sich die Tür öffnete und Carl Dangelmann vor ihr stand? Er trug einen dunklen Jogginganzug, den sie von einem früheren Besuch kannte. Er blickte Isabel aus seinen meerblauen Augen an. Wo ist das freche, herausfordernde Blitzen geblieben, schoss es Isabel durch den Sinn. Der Glanz? Die Fältchen sind weniger, sein Gesicht ist voller geworden. Das Grübchen am Kinn ist längst nicht mehr so dunkel. Die Haut aschfahl statt solariumgebräunt.

Carl W. Dangelmann streckte ihr seine Hand entgegen und sagte freundlich: »Guten Morgen.«

Die Hand lag weich und schlaff in der ihrigen. Was war aus seinem energiestrotzenden, fast die Schmerzgrenze erreichenden Händedruck geworden? Die Stimme! Der Klang hatte sich kaum geändert. Immer noch schwang der samtene Schmelz mit. Doch sein Gruß hörte sich an, als habe er zu einer fremden Person gesprochen. Keine Regung in Carl W. Dangelmanns Gesicht zeigte Isabel, dass er seine Besucherin erkannte. Carl, ich bin's, Isabel, wollte sie rufen, doch sie dachte nur: Er muss mich doch erkennen. Warum erkennt er mich denn nicht? War das die Amnesie, von der Markus gesprochen hatte? Wie hatte der Kollege gesagt: Teile seines Gedächtnisses regenerieren sich nur sehr langsam. An bestimmte Situationen und Dinge der Vergangenheit kann sich CaWe immer noch nicht erinnern. Da er insgesamt allerdings sehr gute Fortschritte gemacht hat, haben ihn die Ärzte vor wenigen Tagen aus der stationären Rehabilitation entlassen. Einige

Therapien würden nun ambulant weitergeführt werden. Außerdem könnte ein stufenweiser Wiedereinstieg in den Dienst förderlich sein, und der Polizeidirektor sollte damit möglichst bald beginnen.

Amnesie. Isabel hatte die Diagnose und ihre Auswirkungen auch im Internet recherchiert. An dieses Wissen erinnerte sie sich nun, als sie Carl W. Dangelmann gegenüberstand. Unschlüssig, was sie sagen sollte, wechselte sie von einem Bein auf das andere und formte zögernd ihre Worte: »Guten Morgen, Herr Dangelmann.«

Nach seinem Namen machte Isabel eine Pause und blickte Carl Dangelmann fest ins Gesicht. Keine Reaktion zeigte ihr, dass er sie erkannte. Verunsichert schlug sie die Augen nieder und fuhr fort: »Ich bringe Ihnen die Unterlagen aus dem Büro, um die Sie gebeten haben.«

»Ach, Sie kommen von der Dienststelle?«, tönte die Stimme aus seinem Mund. »Sie tragen keine Uniform, deshalb habe ich Sie nicht als Polizistin erkannt.«

»Ich … ich arbeite derzeit im Innendienst«, stotterte Isabel, und dabei fuhr eine Hand auf ihren Bauch. Sie überlegte, ob sie ihren Namen hinzufügen sollte. Der Höflichkeit halber sollte sie es tun, doch sie unterließ es.

»Kommen Sie bitte einen Moment herein«, bat der Polizeidirektor, und mit einer einladenden Geste trat er einen Schritt zurück, um die Besucherin einzulassen. Nun stand Isabel in der großen Diele vor dem riesigen Meerwasseraquarium, und ihr Herz schlug so heftig gegen die Rippen, dass sie befürchtete, Carl Dangelmann könnte es hören. Mit zitternden Händen nahm sie die Unterlagen aus der Aktentasche und reichte sie ihrem Chef. Seine Finger umfassten die Blätter so vorsichtig, als befürchte er, mit einer unbedachten Bewegung ein Küken zu zerdrücken. Er sagte: »Ich habe hier auch einen Brief für meinen Stellvertreter. Darf ich Ihnen diesen mitgeben, Frau …?«

Isabel nickte, und Carl Dangelmann eilte die weiße Treppe in den Wohnraum hinunter. Ihre Blicke folgten seiner Gestalt. Weniger schwungvoll, aber immer noch leichtfüßig, wie er die Stufen nimmt, dachte Isabel. Wenn ich nur wüsste, was in ihm vorgeht.

Sie wandte sich wieder dem Aquarium zu. Wer hatte es wohl gepflegt während der langen Zeit, die Carl in den Kliniken verbracht hatte? Die unaufgeregten Bewegungen der Fische halfen ihr, sich etwas zu beruhigen. Carls vollendete Höflichkeit irritierte sie jedoch mehr und mehr. Wo war sein aufgeblähtes Ego geblieben? Oder hatte er dank der Psychotherapien sein wahres Selbst gefunden, fragte sie sich und schaute einem bunten Papageienfisch hinterher.

Gerade schob sich ein blau-gelbes Exemplar vor die Scheibe des Wasserbeckens. Der Kaiserfisch! Carls Liebling. Auch Isabel bewunderte den gleichmäßigen Flossenschlag. Da hörte sie seine Schritte, ihr Herzschlag beschleunigte sich.

Als Carl Dangelmann neben ihr stand, sagte er: »Das ist ein Arabischer Kaiserfisch. Wir Aquaristen nennen ihn ›Pomacanthus maculosus‹.«

»Ich weiß«, kam es leise über Isabels Lippen.

Der Polizeidirektor hatte ihre Worte nicht gehört. Seine Blicke folgten fasziniert dem kleinen Fisch. »Ich verdanke ihm viel. Er hat mich zurück ins Leben geholt.«

Isabel schaute ihn überrascht an und dachte: Von der Seite hat sich sein Gesicht kaum verändert. Die Wangenknochen und das Kinn treten nicht mehr so markant hervor. Die grauen Locken reichen nun nicht mehr in den Nacken. Sie fragte: »Der Kaiserfisch? Wie das?«

Ohne sein Gesicht von dem Fisch abzuwenden, sagte Carl Dangelmann: »Ich weiß, es klingt unwahrscheinlich, er hing über meinem Bett und hat mich begrüßt, als ich die Augen aufschlug.« Nun schaute er Isabel von der Seite an und fragte: »Sie wissen, ich hatte einen Unfall und musste lange Zeit in Kliniken zubringen?«

Isabel nickte betreten, wollte rufen: Mensch, Carl, klar weiß ich das! Ich war doch bei dir, unterließ es aber tunlichst.

Carl Dangelmann wandte sich wieder seinem Aquarium zu. Der Fisch schwamm auf Augenhöhe, schaute seinen Besitzer an. Carl Dangelmann führte auf Höhe des Fisches seinen Finger an die Scheibe. Das Tier öffnete und schloss seinen Mund, und es sah aus, als wolle es sprechen oder die Fingerkuppe seines Herrn lecken. Mit zärtlichem Unterton in der Stimme fuhr Dangelmann fort: »Als ich das erste Mal die Augen öffnete, hab ich meinen Kaiser sofort erkannt. Er begrüßte mich und schien mir zu sagen: Steh auf, komm nach Hause. Er hat mir das Leben gerettet.«

Wortlos betrachtete Isabel die vertraute Zweisamkeit der beiden. Vor ihrem inneren Auge stand sie wieder in der Klinik vor Carl Dangelmanns Bett, mit dem Poster in der Hand. Da hörte sie ihn sagen: »Ich habe keine Ahnung, warum ausgerechnet dieses Plakat über meinem Bett hing. Eine Pflegerin hat gesagt, meine Frau habe es mitgebracht.« Dangelmann schüttelte den Kopf und wandte sich Isabel zu: »Sie muss sich getäuscht haben, ich habe keine Frau mehr. Ich weiß nicht, wer das gewesen sein soll – eine meiner Ex-Gattinnen bestimmt nicht.«

Isabels Augen weiteten sich erschrocken bei seinen Worten. Das Kind in ihrem Bauch zappelte und strampelte.

Carl Dangelmann wandte sich wieder seinen Fischen zu. Isabel wollte rufen: Carl, das war ich! Und es kann sein, dass ich dein Kind erwarte! Was sagst du dazu?

Schockiert über ihre eigenen Gedanken, legte Isabel eine Hand auf ihren Mund, ihr Körper straffte sich. Es war vorüber. Carl hatte nichts bemerkt von dem Aufruhr in ihrem Inneren. Alles war vorüber und vorbei und erledigt und abgeschlossen und ausgestanden und zu Ende. Ein für alle Mal.

Isabel räusperte sich und presste aus zusammengekniffenen Lippen hervor: »Herr Dangelmann, ich verabschiede mich und … und wünsche Ihnen weiterhin gute Genesung!«

Carl Dangelmann erwiderte, ohne sich von seinem Kaiserfisch abzuwenden, mit leiser Stimme: »Danke, Frau … das wird schon wieder. Auf Wiedersehen.«

Überstürzt verließ Isabel das Haus und das Grundstück. Sie wollte alles möglichst schnell hinter sich lassen. Erst auf der Straße hielt sie inne und schaute zurück.

Isabel war froh, dass sie zu Fuß gekommen war. Ein langer Marsch würde ihr helfen, ihre Gefühle zu verarbeiten und ihre Gedanken zu sortieren. Beim Gehen merkte sie, wie das lodernde Feuer ihrer Emotionen zu einem kleinen Flämmchen schrumpfte. Bald würde es ihr gelingen, es vollends erlöschen zu lassen.

Sie fand ein Café, das nicht im Winterschlaf ruhte, bestellte heiße Schokolade, holte ihr Handy aus der Tasche und rief Lena an.

KAPITEL 36

»Was ist? Warum schauen Sie mich alle an, als wäre ich ein Gespenst? Ich weiß, ich sollte mal wieder einen Frisörladen aufsuchen«, wunderte sich Carl W. Dangelmann. Mit bedächtigen Schritten betrat er sein Büro und blickte in die erstaunten Gesichter seiner Mitarbeiter, die sich um den Besprechungstisch versammelt hatten.

Mit gemischten Gefühlen hatten alle dem Tag entgegengesehen, an dem der Polizeidirektor den Versuch des beruflichen Wiedereinstiegs starten wollte. In wenigen Tagen sollte er zum ersten Mal wieder in der Dienststelle erscheinen. Nun war er schon früher gekommen.

In Vertretung von Polizeioberrätin Föllenböcker, die sich krankgemeldet hatte, hatte Markus Proll beim morgendlichen Jour fixe gerade die Teilnehmer begrüßt, als der Polizeidirektor zur Tür hereinspazierte.

Isabels Gesicht verlor augenblicklich die Farbe, und in ihrem Inneren begann es zu rumoren angesichts dieser unvorhergesehenen Konfrontation. Ihren beschleunigten Herzschlag musste auch das Kleine gespürt haben, denn es strampelte heftig gegen die Bauchdecke. Isabel strich über ihren Bauch, um es zu beruhigen. Würde Carl sie immer noch nicht erkennen? Schnell senkte sie den Kopf, damit niemand ihre Gedanken erraten konnte. Sie bemerkte das Zittern ihrer Hand, griff nach einem Stift und kritzelte auf dem Block, der vor ihr lag, herum.

Einem Reflex folgend, erhob sich Markus vom Stuhl des Vorsitzenden, und erst als der Polizeidirektor neben ihm stand, stellte er sich die Frage, wer denn ab sofort den

Chefsessel und damit die Verantwortung zu übernehmen hatte. Für Carl W. Dangelmann schien die Sache klar zu sein. Er litt noch immer an einer Amnesie. Dank täglicher Übungen lernte er ständig dazu, aber seine Erinnerung war bisher nicht vollständig zurückgekehrt. Der Wiedereinstieg ins Berufsleben sollte vorerst nur stundenweise erfolgen. Das ging aus dem Schreiben hervor, das Markus bei der Besprechung hatte verlesen wollen. Schnell ließ er das Blatt sinken und wischte sich die Schweißperlen ab, die sich auf seiner Stirn gebildet hatten.

Die versammelten Kollegen spürten die Spannung zwischen den beiden Männern, die sich noch immer Auge in Auge gegenüberstanden. Schließlich packte Markus seine Unterlagen zusammen und ließ sich auf dem freien Platz neben Isabel nieder, der vor dem Unglück seiner gewesen war. In stillem Einvernehmen lächelte Isabel Markus zu. Dann beschäftigte sie sich wieder mit dem Kunstwerk auf dem Blatt Papier vor ihr, das schon deutlich als Segelboot zu erkennen war.

Als sei es die selbstverständlichste Sache der Welt, nahm Carl W. Dangelmann auf dem Stuhl Platz, der bis vor wenigen Monaten der seine gewesen war. Er räusperte sich und begann: »Meine Dame, meine Herren, ab heute werde ich wieder die Leitung der Wasserschutzpolizeistation Friedrichshafen übernehmen. Ich freue mich auf die Aufgabe und werde alles daransetzen, um so schnell wie möglich wieder komplett Fuß zu fassen. Leider weigern sich meine Ärzte noch, mir volle Diensttauglichkeit zuzuerkennen. Ich bin sicher, das ist nur eine Frage der Zeit, denn ich fühle mich zu hundert Prozent einsatzfähig.«

Die Worte hörten sich an, als habe er sie gerade auswendig gelernt. Erwartungsvoll schaute der Polizeidirektor in die Runde, doch seine Mitarbeiter zogen es vor, ihre Unterlagen zu studieren. Timo drehte hingebungsvoll einen Stift in seinen Fingern, und nur die schnellen Bewegungen seines Unterkiefers zeigten, dass er seine Anspannung kaugummikauend zu verarbeiten suchte.

Nachdem sich keiner zu Wort meldete, heftete sich Carl Dangelmanns Blick auf Markus. In ungewohnt freundlichem Ton bat er: »Erster Polizeihauptkommissar Proll, bitte informieren Sie mich und die Kollegen, was anliegt.«

Während Markus die Vorkommnisse verlas, musterte Dangelmann einen Kollegen nach dem anderen. Isabel spürte seine Blicke auf sich und hielt demonstrativ ihren Kopf gesenkt, um seinen Augen nicht zu begegnen. Carl Dangelmann widmete sich ungewöhnlich lange ihrem Scheitel, zu lange. Ein ungutes Gefühl beschlich sie.

Als Markus geendet hatte, wünschte der Polizeidirektor allen einen erfolgreichen Arbeitstag und bat seinen Stellvertreter, noch zu bleiben.

Zurück in ihrem Zimmer, knallte Isabel ihren Schreibblock auf den Tisch, drückte geräuschvoll den Atem aus ihrem Leib und öffnete das Fenster. Ein Hauch von Frühling wehte herein. Sie nahm einen kräftigen Atemzug und während sie auf die noch verschneiten Berggipfel am Schweizer Ufer blickte, zerbrach sie sich den Kopf, wie es weitergehen würde.

KAPITEL 37

Carl W. Dangelmann sollte Recht behalten. Mit neugewonnener Energie kämpfte er sich langsam, aber beharrlich zurück in sein Leben. Für vieles brauchte er noch die Unterstützung der Mitarbeiter, doch von Stunde zu Stunde lernte er dazu.

Isabel hatte in diesen Tagen wenig Kontakt mit dem Polizeidirektor, war sie doch aufgrund ihrer Schwangerschaft nicht im Schichtbetrieb tätig. Immer noch beschäftigte sie der Fall Kern. Gerade war sie von einer erneuten Gerichtsverhandlung zurückgekommen. Wieder war es nicht gelungen, den Mann des Mordes an seiner Ehefrau überführen zu können. Unzufrieden mit sich und der Welt, stand Isabel in der Teeküche und wartete, bis sich der Wasserkocher ausschaltete. Ihre Finger klopften ungeduldig auf die Tischplatte. Da betraten Markus und Timo den Raum. Sie waren vom Streifendienst zurückgekehrt und wollten sich Kaffee holen. Timo sah Isabels Gesichtsausdruck und scherzte: »Hallo, Isabel. Welche Laus ist denn dir über die Leber gelaufen?«

Da brach es aus Isabel heraus: »Hallo, ihr zwei. Ach, heute war wieder Gerichtsverhandlung im Fall Kern. Das ist alles so unbefriedigend, sag ich euch! Ihr wisst ja, nach der Bergung haben die Kollegen der Kripo mit verschiedenen Fachleuten die ›Dolce Vita‹ mehrmals genau inspiziert. Dabei haben sie keinen Anker an Bord gefunden.«

»Nein, das hab ich nicht mitbekommen«, sagte Timo. »Aber das stärkt ja unseren Verdacht, dass Kern seine

Frau mit dem Anker beschwert hat und sie anschließend über Bord gehen ließ!«

Isabel brauste auf: »Ja, eben. Der Kerl ist so was von raffiniert. Stellt euch vor, der hat heute versucht, dem Richter klarzumachen, dass man am Bodensee gar keinen Anker braucht!«

»Aha, das ist ja ganz was Neues. Warum muss dann jeder, der das Bodenseeschifferpatent erwerben will, bei der Prüfung wissen, dass ein Anker zur Ausrüstung gehört?«, warf Markus ein. Als Vertreter der Wasserschutzpolizei nahm er regelmäßig diese strengen Prüfungen ab.

»Der Kern hat echt behauptet, der Bodensee sei so tief, da könne man ohnehin nur an ganz wenigen Stellen ankern.«

»Womit er recht hat!«, unterbrach Timo Isabels Ausführungen.

»Ja, und eben diese Stellen habe er mit der ›Dolce Vita‹ ohnehin nie angefahren. Schließlich sei er Segler und wolle nicht baden. Das hat er mit einer Unverfrorenheit verkündet, hey, da bleibt euch die Spucke weg.« Isabel hatte sich so in Rage geredet, dass ihre Wangen glühten.

»Jemandem einen Mord nachzuweisen ohne Leiche, ohne Zeugen, nur mit ein paar Indizien, ist schwierig. Sitzt er denn noch in Untersuchungshaft?«, fragte Markus.

»Ja. Wenigstens das. Ihm wird ja auch Versicherungsbetrug vorgeworfen. Aber bestimmt nicht mehr lange«, sagte Isabel und fuhr sich mit der Hand an den kneifenden Hosenbund. Sie nahm ihre Teetasse und fügte im Hinausgehen hinzu: »Es waren jede Menge Presseleute im Saal. Der Fall ist von überregionalem Interesse. Bin mal gespannt, was wir morgen hören und lesen werden.«

Als Isabel am nächsten Morgen ihr Büro betrat, fand sie Markus über eine Zeitung gebeugt vor. »Hast du schon die neuesten Nachrichten?«, fragte sie und gesellte sich neben ihn. Markus nickte und gemeinsam überflogen sie die Zeilen:

Wieder kein Urteil im Mordprozess ohne Leiche. Könnte hier das perfekte Verbrechen gelungen sein?

»Ich wollte an diesem Sonntag mit meiner Frau die Segelsaison beenden. Es war windstill, und Daniela wollte in der Kajüte Kaffee kochen. Plötzlich kam sie hochgestürmt, ihre Jacke brannte. Ich schrie: ›Spring ins Wasser!‹, und eilte hinunter, um das Feuer zu löschen. Es gelang mir nicht. Um das Boot zu fluten, öffnete ich alle Ventile und Öffnungen und sprang dann selbst über Bord.« So schilderte Doktor Kern zum wiederholten Mal das tragische Geschehen auf seiner Segeljacht, die im September letzten Jahres gesunken war. Seither wird seine Frau vermisst.
Der Staatsanwalt nimmt weit mehr Dramatik an und wirft Kern vor, weil sich seine Frau nicht scheiden lassen wollte, habe er sie getötet. Um seine Tat zu verschleiern und um Geld von der Bootsversicherung zu kassieren, habe er seine Jacht zum Sinken gebracht. Der Nachweis dürfte schwierig sein, denn noch immer konnte nicht in Erfahrung gebracht werden, wann, wie, wo und womit der Angeklagte seine Frau getötet haben könnte.
Das Boot konnte in einer spektakulären Aktion aus 150 Metern Tiefe geborgen werden (wir berichteten). Kern selbst wurde damals von einem anderen Segler

gerettet. Seine Frau konnte bis heute nicht gefunden werden. Mehrere Tage lang wurden 100 000 Quadratmeter Boden rings um die Untergangsstelle abgesucht – ohne Erfolg.
Am jüngsten Verhandlungstag warf der Staatsanwalt dem Angeklagten vor, seine Frau, mit einem Anker beschwert, versenkt zu haben. Denn bei der Untersuchung des Bootes habe man keinen Anker gefunden. Mit einer Gegentheorie versuchte der Angeklagte, das Gericht zu überzeugen, dass ein Anker am Bodensee nicht nötig sei. Das klang zwar wenig überzeugend, reichte aber aus, um einen Urteilsspruch erneut zu vertagen.

»Wenn ich das lese, bekomme ich sofort wieder eine Mordswut! Du hättest den Kern bei der Verhandlung sehen sollen. Wie ein Eisblock saß der da und grinste«, schimpfte Isabel. Markus erwiderte gelassen: »Liebe Isabel, es nützt nichts, wenn du dich aufregst. Damit schadest du nur dir und deinem Baby. Die Staatsanwaltschaft kann viel vermuten, solange sie ihm nichts beweisen können, sehen die alt aus. Du weißt so gut wie ich: Wenn eine Tat nicht hinreichend bestimmt werden kann, gilt im Strafrecht der Grundsatz: In dubio pro reo, und dann kommt der Mann frei, du wirst sehen. Da mach ich mit dir jede Wette. Er wäre nicht der Erste.«

Da klingelte Isabels Telefon. Carl W. Dangelmann wollte sie sprechen. Sie fuhr zusammen, legte eine Hand an ihre Lippen und fragte bang: »Was kann der Polizeidirektor von mir wollen?«

»Das wirst du gleich sehen«, antwortete Markus. »Hier, nimm den Artikel gleich mit. CaWe will eventuell wissen, was da gestern verhandelt wurde.« Dabei drückte er Isabel die Zeitung in die Hand.

»Ich befürchte jedes Mal, wenn ich ihn sehe, die Lücken in seinem Gedächtnis schließen sich und die Erinnerung kommt zurück«, sagte Isabel, zog eine dicke Strickjacke über ihre Bluse und band ihre Locken neu zusammen.

Markus wollte sie beruhigen und sagte: »Meine Frau hat gemeint, dass bei vielen Betroffenen gar nicht wieder alles ins Bewusstsein kommt, was unmittelbar vor der Hirnschädigung war.« Zusätzlich schob er Isabel seine Tüte mit Nüssen zu.

»Dir lässt die Sache also auch keine Ruhe.« Jetzt lächelte Isabel, griff hinein und sagte: »Ich habe auch recherchiert. Patienten, die sich nicht an Vergangenes erinnern können, leiden an einer sogenannten retrograden Amnesie. Der Zeitraum, den sie sich nicht ins Gedächtnis rufen können, kann sich von wenigen Minuten bis über mehrere Monate erstrecken. Bei Carl ist offensichtlich Letzteres der Fall, und inzwischen bin ich darüber sehr erleichtert.« Sie fasste an ihren Bauch und fügte hinzu: »Trotzdem bin ich jedes Mal aufgeregt, und das Kleine spürt das offensichtlich. Es strampelt schon wieder wie wild.«

Mit klopfendem Herzen verließ sie das Zimmer, und bevor sie das Büro des Chefs betrat, nahm sie einen tiefen Atemzug. Carl W. Dangelmann saß vor der Glasfront hinter seinem gläsernen Schreibtisch und sagte: »Treten Sie näher. Wie war gleich Ihr Name?«

Isabel errötete, und während ihre Augen über den See und das Alpenpanorama wanderten, sagte sie: »Böhmer, Isabel Böhmer.«

Carl Dangelmann blickte auf: »Böhmer? Böhmer, sagten Sie?« Er nagte an seiner Unterlippe und überlegte. Isabel bemerkte, wie es hinter seiner bleichen Stirn arbeitete. Unverwandt schaute er in ihr Gesicht. Schließlich fragte er: »Sie arbeiten noch nicht lange bei uns, oder?«

»Seit dem vergangenen Frühjahr«, antwortete Isabel, und im selben Moment erfasste sie, dass die Erinnerung in Carls Kopf bruchstückweise zurückkam. Sie begann zu schwitzen, das Kleine trommelte gegen ihre Bauchdecke. Die Zeitung in ihren Händen raschelte, als Isabel reflexartig das Papier vor ihren Bauch drückte.

Dangelmann verfolgte ihre Bewegung mit den Augen: »Sie bekommen ein Baby?«

»Ja, bald. Es dauert nicht mehr lange.«

Isabel fühlte sich unbehaglich, als Carl Dangelmann ihr jetzt in die Augen blickte: »Wer ist denn der glückliche Vater, wenn ich fragen darf?«

Isabel erschauderte. So eine Frage steht keinem Chef zu, nicht mal einem Carl W. Dangelmann, dachte sie empört. Trotzdem kamen ihre Worte stockend über ihre Lippen: »Das … das tut nichts zur Sache … überhaupt nichts. Ich bin … nicht verheiratet.«

Mit zitternder Hand reichte sie ihm nun die Zeitung: »Bestimmt wollen Sie sich über den Verlauf der Verhandlung im Fall Kern informieren, Herr Polizeidirektor. Hier ist ein Bericht.«

Carl W. Dangelmann nahm das Papier freundlich lächelnd entgegen und sagte: »Danke, sehr aufmerksam von Ihnen, Frau Böhmer. Ich danke Ihnen auch dafür, dass Sie mir diesen Fall so gut aufgearbeitet haben.« Dabei zeigte der Polizeidirektor auf die Akte, die Isabel ihm bereits über die Hauspost hatte zukommen lassen.

»Sehr gerne«, antwortete Isabel verblüfft. In den Monaten vor dem Unglück hatte sie nie erlebt, dass sich der Chef bei ihr jemals bedankt hatte. Ebenso wenig bei einem anderen seiner Mitarbeiter. Immer hatte er die Arbeit seiner Untergebenen als selbstverständlich hingenommen, und selbst, wenn sie exzellent ausgefallen war, immer etwas gefunden, was ihm verbesserungswürdig erschien. Nur nach außen hin hatte er den Fleiß seiner Leute gewürdigt.

Die begleitende Psychotherapie hat offenbar ein Wunder bewirkt, dachte Isabel. Vielleicht konnte Carl Dangelmann seinen ausgeprägten Narzissmus dadurch besiegen.

Der Polizeidirektor nickte seiner Mitarbeiterin nochmals freundlich zu und vertiefte sich dann in den Artikel.

Isabel verabschiedete sich und verließ hastig das Büro. Der prüfende Blick, mit dem ihr Vorgesetzter sie bei seiner Frage, wie lange sie schon hier sei, gemustert hatte, brannte sich in Isabels Gedächtnis ein. Sämtliche Alarmglocken begannen in ihrem Kopf zu schrillen. Für sie bestand kein Zweifel: Carls Gedächtnis funktionierte von Tag zu Tag besser, die Erinnerung kam sukzessive zurück.

Isabel wusste nun, sie musste handeln. Keinen einzigen Tag durfte sie länger in der Dienststelle bleiben. Sie trat in ihr Büro, fand Markus' Platz verwaist vor. Er war wieder im Außendienst und würde erst zum Ende seiner Schicht zurückkommen. Ohne lange zu überlegen, packte Isabel die wenigen privaten Dinge zusammen, die sich im Büro angesammelt hatten, meldete sich am Computer ab, schlüpfte in ihren Mantel und verließ, ohne sich von jemandem zu verabschieden, die Dienststelle durch die Hintertür. Überrascht blieb sie stehen. An vorderster Stelle des dienstlichen Fuhrparks stand ein Fahrzeug, das Isabel noch nie gesehen hatte. Der massive chromglänzende SUV, der da wie selbstverständlich zwischen den Einsatzfahrzeugen parkte, konnte nur Carl Dangelmann gehören.

Bereits am nächsten Morgen rief Carl W. Dangelmann seinen Stellvertreter zu sich: »Wo hat eigentlich unsere Frau Böhmer gearbeitet, bevor sie zu uns gekommen ist?«, wollte er ohne Umschweife wissen.

»Sie war in Tübingen. Wenn ich mich richtig erinnere, bei der Sitte«, antwortete Markus erstaunt und fragte sich im selben Augenblick, warum CaWe sich dafür interessierte.

Der Polizeidirektor sagte nachdenklich: »Tübingen? Hm, dann kann das nicht sein.«

»Was denn? Was kann nicht sein?«, fragte Markus, nun hellhörig geworden.

»Als ich sie gestern gesehen habe ... einen Moment lang dachte ich, ich müsste sie kennen ... ich hätte schon einmal anderswo mit ihr zu tun gehabt.«

»Ja, das hätte durchaus sein können. Die Welt ist klein, und Sie kommen viel herum.« Markus ging endgültig ein Licht auf, und er nahm sich vor, Isabel sofort über das Gespräch zu informieren.

Als er in sein Zimmer zurückkam, wunderte er sich, dass Isabel den Dienst noch nicht angetreten hatte. Er trat an seinen Platz und sah ein Blatt Papier auf seinem Schreibtisch liegen. Er überflog die Zeilen. Es bescheinigte Frau

Isabel Böhmer Arbeitsunfähigkeit bis zum Eintritt des Mutterschutzes. Aufatmend reichte Markus Proll den Zettel an die Personalabteilung weiter und wählte Isabels private Handynummer.

KAPITEL 38

»Thomas, weißt du eigentlich, dass die Häfler zu diesem Strandabschnitt hier ›Negerbad‹ sagen?« Isabel sagte die Worte eher beiläufig und lehnte sich in ihrem Stuhl zurück. Sie öffnete die Jacke, um ihre runde Körpermitte den warmen Sonnenstrahlen zu präsentieren, und lauschte dem Vogelkonzert in den Bäumen. Die Frühlingsluft hatte Kirschblütenduft in ihre Nase getragen, als sie zwei Stunden zuvor in ihrer Liege auf dem Balkon lag. Auf einmal hatte sie das Bedürfnis gespürt, sich zu bewegen, und es war ihr gelungen, Thomas von seinem PC wegzulocken und zu einem Ausflug zu überreden. Nach einer Wanderung durch blühende Obstplantagen schlug Isabel vor: »Lass uns noch zum Freizeitgelände Manzell fahren. Wir könnten dort etwas trinken, falls das Café schon geöffnet hat. Es ist so schön, am Naturstrand in der Sonne zu sitzen.«

Thomas wäre zwar lieber in die Wohnung zurückgekehrt, aber er wollte Isabel ihren Wunsch nicht abschlagen. Nun saßen sie an einem Tischchen, zwei Kaffeetassen und die Manzeller Bucht vor sich.

»›Negerbad‹? Also nein. Woher willst du das denn wissen?«, fragte Thomas überrascht und versenkte einen weiteren Würfel Zucker in seinem Cappuccino.

»Das habe ich gehört, als sich kürzlich zwei ältere Männer unterhalten haben«, antwortete Isabel. »Wie alte Nazis oder AfD-ler haben die beiden nicht ausgesehen. Deshalb habe ich nachgefragt.«

»Du hast die fremden Männer einfach angesprochen? So etwas macht man doch nicht«, tadelte Thomas, während er hingebungsvoll in seiner Tasse rührte.

»*Man* macht das vielleicht nicht, *ich* schon«, sagte Isabel und zwinkerte ihm gut gelaunt zu.

»Obwohl – wenn ich es mir überlege: Im Prinzip hast du richtig gehandelt. So einen diskriminierenden Begriff sollte auch *man* nicht unwidersprochen stehen lassen«, lobte Thomas, legte seinen Löffel auf die Untertasse und fragte: »Wie haben die Einheimischen reagiert?«

Isabel beugte sich mühsam vor und massierte ihre geschwollenen Fußknöchel. Dann streckte sie ihre Beine aus und stöhnte. »Die haben nur mit den Schultern gezuckt und gesagt, das sei eben so. Das Bad habe schon immer so geheißen. Für die beiden galt das Wort nicht als diskriminierend!«

»Die haben wohl noch nie von Poststrukturalismus gehört«, sagte Thomas entrüstet und nahm einen Schluck aus seiner Tasse.

Die beiden bestimmt nicht, und ich auch nicht, dachte Isabel. Und ich verspüre an diesem herrlichen Tag überhaupt keine Lust auf einen philosophischen Diskurs. Sie richtete sich auf, holte ihr Smartphone aus der Tasche und sagte: »Da frag ich gleich mal den Frieder. Der weiß dazu bestimmt mehr.« Schon begann sie, ihrem früheren Kollegen eine Nachricht zu tippen.

Thomas rückte seine Brille zurecht, zückte ebenfalls sein Handy und tippte auf dem Display herum. »Das ist ja unglaublich!«, rief er plötzlich empört.

»Was denn?«, fragte Isabel.

»Stell dir mal vor, der Kartendienst kennt den Begriff ›Negerbad‹!«

»Wie? Hast du etwa bei Google Maps das Wort ›Negerbad‹ eingegeben?«

»Ja, genau das habe ich getan. Denk dir, die Navigationsplattform kennt es, denn sofort kam das Strandbad Manzell. An dem Wort muss also etwas dran sein.« Er wandte sich mit seinem Handy Isabel zu und sagte: »Schau mal, die Karte zeigt tatsächlich das Seeufer hier. Offiziell heißt es jetzt allerdings ›Freizeitgelände Manzell‹.«

»So stand es auch auf dem Schild da vorne. Das hört sich ja schon etwas sperrig an«, sagte Isabel und ließ ihre Blicke über die Wiese wandern. Das junge Gras strahlte in frischem Lindgrün mit Tupfen von gelb-weißen Gänseblümchen. »Dabei ist das hier pure Labsal für die Seele.«

Wieder lehnte sich Isabel in ihrem Stuhl zurück. Doch gleich darauf weckte ein kurzer Ton aus ihrem Handy ihre Aufmerksamkeit. »Ah, der Frieder hat schon geantwortet.« Tippen mag er also immer noch nicht, dachte Isabel und öffnete seine Sprachnachricht. Frieders Bassstimme klang aus dem Gerät noch tiefer: »Hallo, Isabel. Du willst wissen, warum das Negerbad ›Negerbad‹ heißt? Da gibt's verschiedene Theorien. Die einen sagen, die Bezeichnung stamme aus dem Zweiten Weltkrieg. Da war Friedrichshafen von den Franzosen besetzt. Und an dem Strandabschnitt hätten die dunkelhäutigen Soldaten baden dürfen. Ich sag dir, das kann nicht stimmen, denn das Wort hat mein Großvater auch schon vor dem Krieg verwendet.«

Damit endete die erste Nachricht. Isabel schaute Thomas an und öffnete eine weitere. Erneut lauschten sie Frieders Stimme: »Hallo, Isabel, zum ›Negerbad‹ fällt mir gerade noch mal was ein: Ich hab mich vor einiger Zeit mal mit einem Naturschützer getroffen, der den Strandabschnitt nebenan pflegt. Der hat gesagt, die Bezeichnung komme von dem dunklen Sediment, das sich im Schilfgürtel abgelagert hat.«

Thomas und Isabel hoben gleichzeitig die Köpfe und schauten zum Schilf hinüber. Die dunklen Ablagerungen waren deutlich erkennbar. Sie lauschten weiter Frieders Stimme: »Als ich jung war, mussten wir Kinder, wenn wir ins Wasser wollten, durch das Schilf waten. Damals war der Schilfgürtel noch geschlossen. Und wer wieder raus wollte, der musste wieder durch den Schlamm zurück. Dabei haben wir schwarzbraune Beine bekommen. Wahrscheinlich waren wir manchmal von oben bis unten schmutzig-braun. Wenn dann unsere Mutter gesagt hat: ›Du siehst aus wie ein Neger‹, war das normal und überhaupt nicht diskriminierend. ›Neger‹ war der gängige Begriff für dunkelhäutige Menschen. Warum interessiert dich das?«

»Ja nun, wir wissen jetzt so viel wie vorher«, resümierte Thomas und trank einen Schluck Cappuccino. »Ich werde der Sache gelegentlich auf den Grund gehen und wissenschaftlich nachforschen.« Er beobachtete zwei Menschen in Neoprenanzügen, die gerade mit ihren Stand-Up-Paddle-Boards zum Ufer marschierten. Isabel kniff ihre Augen zusammen und nahm die beiden ebenfalls ins Visier. Die Wasserfläche lag ruhig und silbern vor ihnen. Behände stiegen sie auf und kamen mit ihren Paddeln gut voran. Isabel folgte ihnen mit ihren Blicken, seufzte und strich über ihren dicken Bauch: »Mit denen würde ich jetzt gerne tauschen!«

Thomas wandte sich ihr zu, strich eine Haarsträhne aus ihrem Gesicht und sagte: »Du warst letzte Saison schon ein paarmal so unterwegs und bist ganz begeistert zurückgekommen.«

»Ja, Thomas! Es ist ein tolles Gefühl, wenn du aus eigener Kraft so übers Wasser gleitest«, schwärmte Isabel und strich über ihren Bauch: »Ich freu mich schon, wenn ich wieder auf ein Brett kann.«

Thomas schaute den beiden kleiner werdenden Figuren nach und stellte fest: »Die Bewegungen sehen im Grunde genommen nicht sehr diffizil aus.«

»Du, es ist schwieriger, als es scheint. Wenn Wellen kommen, braucht man ganz schön Körperspannung, um nicht runterzufallen. Aber heute sieht's nicht nach Seegang aus«, wandte Isabel ein, und ihre Blicke folgten sehnsüchtig den Paddlern.

Leise gurgelnd dümpelte eine Welle nach der anderen ans sandige Ufer. Thomas beobachtete Isabel und sagte: »Isabel, wenn du unser Kind geboren hast und du wieder fit bist, wäre es doch schön, wenn wir das gemeinsam machen könnten. Das würde dich doch bestimmt freuen.«

»Stand-Up-Paddeln! Au ja, das wäre toll!«, jubelte Isabel und fügte begeistert hinzu: »Das Baby nehme ich im Tuch vor die Brust! Die richtig temperierte Nahrung hab ich ja immer dabei!«

Thomas schaute zum Kiosk hinüber und überlegte: Ich müsste das irgendwann vorher probieren. Er zögerte noch einen Moment, holte tief Atem und sagte: »Ja nun, dann werde ich das auch einmal versuchen. Am besten gleich. Ich hab gesehen, der Kiosk da drüben verleiht Boards.«

Isabel wandte ihm ihr Gesicht zu und fragte ungläubig: »Du willst dich auf so ein Brett stellen und auf den See rausfahren? Das ist nicht dein Ernst, Thomas, oder?«

Thomas nickte und erwiderte: »Doch, Isabel. Ich probiere das aus, und zwar jetzt. Das Wasser ist gerade ruhig. Außerdem sind noch nicht viele Menschen hier am Strand wie im Sommer, die mir zuschauen und mich auslachen können.«

»Thomas, ich glaub, das ist echt nichts für dich. Besser, du lässt das«, wandte Isabel ein.

»Nein, ich werde das jetzt versuchen«, beharrte Thomas.

»Bitte, lass es. Oder melde dich, wenn es wärmer ist, zu einem Kurs an, bei dem du es lernen kannst«, riet Isabel. Sie sah, wie Thomas die Stand-Up-Paddler beobachtete, und fügte hinzu: »Das Wasser ist kalt. Es hat noch keine 15 Grad.«

Isabel ahnte, dass Thomas von sich aus niemals auf diese Idee gekommen wäre. Sie wollte Thomas umstimmen und bat: »Trink lieber noch einen Kaffee und bleib hier bei mir.«

Thomas schüttelte den Kopf, trank einen letzten Schluck, erhob sich und ging hinüber zum Kiosk.

Isabel blieb sitzen, und während Thomas mit dem Vermieter der Boards verhandelte, beobachtete sie einen Schwan. Mit kräftigen Flügelschlägen versuchte das Tier, sich aus dem Wasser zu erheben. Seine schwarzen Füße ruderten über die Oberfläche, dass das Wasser spritzte. Armer Kerl, dachte Isabel, du bist auch ganz schön schwer, ich fühle mit dir. Hält dich dein Gewicht, wie mich mein Bauch, auch davon ab, dich unbeschwert in die Lüfte zu schwingen, um dein Ziel zu erreichen? Kannst du auch nicht das tun, was du gerade am liebsten tun möchtest?

Über mehrere Meter schwebte der Schwan nun schon

flügelschlagend über die Wasserfläche, doch er kam nicht hoch. Schließlich gab er auf und plumpste schwerfällig zurück auf das Wasser. Nun war er wieder in seinem Element, hob majestätisch Kopf und Kragen und glitt elegant seinem Ziel schwimmend entgegen. Willst du mir zeigen, Schwan, dass es mehrere Wege gibt, um ein Ziel zu erreichen, sinnierte Isabel und folgte ihm mit ihren Augen. Ich bin gerade dabei, das zu lernen. Engel der Lüfte, so wirst du in der Mystik bezeichnet. Du seist der beste Begleiter für jemanden, der auf der Suche nach sich selbst und der wahren Liebe ist, habe ich gelesen. Bleibe bei mir und verhilf mir mit deiner Energie zu einem neuen Lebensgefühl.

»Autoschlüssel und Handy lasse ich besser bei dir«, sagte Thomas, der wieder über die Wiese gekommen war, und riss Isabel aus ihren Fantasien. Unter einem Arm trug er ein Board, in der Hand hielt er ein Paddel und lächelte Isabel an.

»Bist du wirklich sicher, dass du raus willst? Du hast nicht mal einen Neoprenanzug«, fragte Isabel noch einmal und dachte: Sein Lächeln wirkt etwas gezwungen.

Thomas krempelte seine Hosenbeine hoch und entblößte seine winterbleichen Waden. Dann zog er die Schuhe aus, legte sorgsam seine Socken darauf und sagte: »Liebe Isabel, es war doch im letzten Sommer ein großer Wunsch von dir, dass ich mich auch sportlich betätige.« Mit Blick auf Isabels Babybauch fügte er hinzu: »Bald bist du wieder fit, und ich werde froh sein, wenn ich nicht mehr ganz ungeübt bin und schon ein bisschen mithalten kann mit dir.«

»Ach, Thomas, es geht doch gar nicht darum, dass du bei irgendetwas mithalten können musst mit mir«, versuchte Isabel nochmals, ihn umzustimmen.

Er nahm Brett und Paddel und marschierte zum Ufer. Isabels Blicke folgten seiner schlanken Gestalt. Ein ungutes Gefühl beschlich sie, und wieder einmal haderte sie mit ihrem Schicksal. Wie gerne würde ich mit dir tauschen, anstatt mit dickem Bauch hier am Strand sitzen zu müssen, dachte sie.

Thomas testete mit seinem großen Zeh vorsichtig die Wassertemperatur, schaute zu Isabel zurück und schüttelte sich. Dann drehte er sich wieder dem Wasser zu und tastete sich Schritt für Schritt vor, bis ihm das Wasser fast bis zum Knie reichte. Jetzt setzte er einen Fuß auf das Brett, rutschte ab, konnte sich fangen, probierte es erneut. Isabel hielt die Luft an. Nie hätte sie es für möglich gehalten, dass sich Thomas für Sport, schon gar nicht für Wassersport, interessieren könnte. Das machte er nur ihretwegen.

Isabel beobachtete gespannt seine Bewegungen. Jetzt gelang es ihm, oben zu bleiben. Er kniete mit beiden Beinen auf dem Board, nahm das Paddel, tauchte es einmal links und einmal rechts ins Wasser. Das Board bewegte sich mehr zur Seite als vorwärts. Jetzt versuchte Thomas, sich aufzurichten. Es klappte: Breitbeinig stand er aufrecht, zog das Paddel abwechselnd durch das Wasser. Sein Oberkörper neigte sich nach vorne, um das Gleichgewicht halten zu können. Bei jeder Welle, und war sie noch so klein, schwankte sein Board, und Thomas schwankte mit. Er ließ sich auf die Knie fallen, rappelte sich erneut auf, und mit der nächsten Welle führte er das Spiel ein weiteres Mal vor. Schon ein paar Meter hatte er auf diese Weise mühsam geschafft.

Isabel konnte fast nicht mit ansehen, wie Thomas sich abplagte, musste ihm allerdings zugestehen, er bemühte sich redlich. Sie nahm ihre Hände, ließ sie auf ihrem Bauch ruhen und wandte ihren Blick einem Entenpaar zu, das im flachen Wasser nach Nahrung tauchte. Sie begann zu summen: »Alle meine Entchen, schwimmen auf dem See, Köpfchen in das Wasser, Schwänzchen in die Höh'…«

Wie oft hatte sie das Kinderlied mit ihrer Mutter gesungen? Doch wenn sie jetzt die Enten beobachtete, stellte sie fest: Der Text stimmte gar nicht. Die Entchen steckten nicht nur ihre Köpfchen in das Wasser, sondern den ganzen Körper bis zur Mitte. Und dann paddelten und ruderten sie wie wild mit den Füßchen, bis Köpfchen und Oberkörper wieder auftauchten. Isabel schmunzelte. Als Kind hatte sie sich über so etwas nie Gedanken gemacht. Dass sie nun mehr hinterfragte als früher, war nicht nur dem Erwachsenwerden, sondern auch dem Zusammenleben mit Thomas geschuldet. Ihre Blicke wanderten wieder zu ihm auf das Wasser hinaus. Wackelig, aber aufrecht balancierte er auf seiner Unterlage und war bereits ein gutes Stück vorangekommen. Er stellt sich mittlerweile gar nicht mehr so ungeschickt an, dachte Isabel und horchte auf. Ein Geräusch störte die friedliche Stille. Ein Motorengeräusch, unverkennbar. Es kam näher, wurde lauter. Isabel wandte ihren Kopf in die Richtung, aus der es kam. Ein Sportboot brauste heran. »Du kannst die nahende Saison auch nicht erwarten, was?«, raunte sie dem Fahrer zu, der übermütig seine Kreise zog und dabei eine weißschäumende Spur nach sich zog. Er beschleunigte, bis sich der Bug aus dem Wasser hob und das Boot ins Gleiten kam. Dann nahm er die Geschwindigkeit wieder zurück, um gleich darauf sein Tempo erneut zu steigern. So drehte er Bogen um Bogen und näherte sich in einer Achterschleife dem paddelnden Thomas. Isabel hielt den Atem an und beschwor den Fahrer leise: »Komm bloß Thomas nicht zu nahe.« Doch es war zu spät. Thomas schwankte und ließ sich auf die Knie fallen. Mit der nächsten Welle geriet sein Board heftig ins Wanken, neigte sich auf eine Seite, er verlor das Gleichgewicht und kippte kopfüber ins Wasser.

Isabel sprang auf, hielt ihren Bauch und hastete mit ungelenken Schritten ans Ufer. Sie schrie: »Thomas!« Und noch einmal, diesmal lauter: »Thomas!«

Sein Kopf war inzwischen wieder aufgetaucht, das Brett hatte sich ein paar Meter von ihm entfernt. Das Paddel? Wo war das Paddel? Isabel konnte es nicht entdecken. Sie winkte, lief am Ufer auf und ab und schrie weiter: »Thomas!«

Der Motorbootfahrer war einfach weitergefahren, hatte gar nicht bemerkt, dass Thomas seinetwegen vom Board gefallen war.

Thomas tauchte wieder auf, kämpfte sich zum Brett, erreichte es und versuchte hinaufzuklettern. Doch das Brett rutschte unter ihm weg. Er probierte es wieder und wieder.

Isabel hielt sich erschrocken eine Hand vor den Mund und rief: »Thomas, halte es fest! Steig drauf! Du schaffst das!«

Sie wusste, die Entfernung war zu groß, als dass Thomas sie verstehen könnte. Gerade war sein Körper wieder untergetaucht. Isabel konnte ihn nicht mehr sehen. Hatte er sich verletzt? Wurde er vom Board getroffen? Oder vom Paddel? Jetzt tauchte sein dunkler Haarschopf wieder auf. Er probierte erneut, sich mit beiden Armen auf das Brett hochzuziehen. Mit jedem Versuch hob er den Oberkörper weniger weit aus dem Wasser. Offensichtlich schwanden seine Kräfte. Isabel überlegte fieberhaft, wie sie

Thomas helfen könnte, er würde nicht mehr lange durchhalten. Das Wasser war zu kalt. Im Gegensatz zu Thomas war sie eine ausgezeichnete Schwimmerin. Schon wollte sie ihre Kleidung abstreifen, um Thomas zu Hilfe zu kommen, da besann sie sich eines Besseren. Sie würde sich und das Kind nur auch noch in Gefahr bringen, würde sie in das eiskalte Wasser steigen. In ihrem Zustand fehlte ihr womöglich die nötige Kraft, um Thomas und sich selbst sicher an Land zu bringen. Isabel schaute sich um, konnte aber keinen Menschen entdecken. Sie eilte zu ihrem Platz zurück und wählte die 112.

Ihre Augen suchten wieder Thomas. Seine Arme umfassten nun das Brett. Er nützte es als Schwimmhilfe, drückte es vor sich her Richtung Ufer, kam aber nur langsam voran.

Immer wieder verlor Isabel ihn aus den Augen. Sie lief erneut am Ufer auf und ab, ihr Herz hämmerte. Das Kind stieß gegen die Bauchdecke. Gedanken an die schrecklichen Minuten, die sie selbst im und unter Wasser um ihr Leben kämpfte, jagten durch ihren Kopf. Schweiß brach aus allen Poren. Sie schrie in panischer Angst: »Thomas!«

Schlagartig wurde Isabel bewusst: Nie zuvor hatte Thomas Sport etwas bedeutet. Oh Gott, nur mir zuliebe hat er sich überhaupt aufs Wasser gewagt. Mir wollte er zeigen, dass er willens war zu lernen, was mir Spaß macht …

Abrupt blieb sie stehen, sagte sich: Das muss ein Ende haben! Es ist meine Aufgabe, Thomas davon abzuhalten, sein Lebensziel darin zu sehen, mir zu gefallen und sich dabei in Lebensgefahr zu begeben. Thomas muss wieder er selbst sein dürfen. Wenn das hier gut ausgeht, soll Thomas wieder sein gewohntes Leben führen dürfen.

Wieder hörte Isabel ein Motorengeräusch. Kam der leichtsinnige Sportbootfahrer wieder? Suchend blickte sie sich um. Nein. Ein rotes Boot der DLRG näherte sich Thomas. Isabel atmete auf. Sie beobachtete, wie zwei in gelb und rot gekleidete Menschen Thomas an Bord hievten und das Board in den Schlepp nahmen. Unendlich erleichtert ließ sie sich in einen Stuhl fallen und verfolgte mit den Augen das kleine Boot, das sich rasch dem Hafen in Friedrichshafen näherte. Minutenlang war Isabel nicht in der Lage, sich zu bewegen. Als sie wieder klar denken konnte, wählte sie die Nummer des Einsatzleiters der Lebensrettungsgesellschaft. Sie kannte ihn von früheren Einsätzen. Er wusste bereits, dass seine Ehrenamtlichen einen Mann aus dem Wasser gerettet hatten, der von einem SUP gefallen war. Er sei unterkühlt geborgen worden. Sein Puls sei verlangsamt gewesen, aber ansonsten war er ansprechbar. Zur Sicherheit habe ihn ein Rettungswagen in das Klinikum Friedrichshafen gefahren.

Isabel bedankte sich mit den Worten: »Wie gut, dass Sie so schnell zur Stelle waren. Sie haben Thomas das Leben gerettet.«

Da erklärte der Einsatzleiter: »Es war purer Zufall, Frau Böhmer, dass die Ortsgruppe in der Nähe gerade eine Übung veranstaltet hat. Als der Anruf kam, konnten wir sofort losfahren.«

»Ein wirklicher Glücksfall!«, betonte Isabel.

Thomas schlief, als Isabel kurze Zeit später an sein Bett trat. Sie strich eine Haarsträhne aus seinem Gesicht und fühlte die Temperatur seiner Wangen. Dann setzte sie sich auf die Bettkante, nahm seine Hand und umfasste sie mit beiden Händen. Tränen traten in ihre Augen. Vor wenigen Monaten hatte sie am Bett von Carl gesessen. Nun lag Thomas da. Es scheint, als ob ich allen Männern nur

Unglück bringe, dachte sie verzweifelt und ließ ihren Tränen freien Lauf. Zweimal ist es gutgegangen. Jetzt werde ich Verantwortung übernehmen und die Konsequenzen ziehen. Ich darf nicht zulassen, dass Thomas sich wegen mir so verbiegt. Wieder geisterten die Gedichtzeilen durch ihr Gehirn: *Mit Haut und Haar … Du wendetest mich um … Da ließ ich von mir ab …* Carl hatte sie, ihr ganzes Selbst, verschlungen mit Haut und Haar. Machte sie jetzt bei Thomas etwa genau denselben Fehler? Sie drückte seine Hand fester und schwor sich: Sobald Thomas wieder bei Kräften ist, werde ich ein Gespräch mit ihm führen. Es ist meine Aufgabe, ihn aus diesen Qualen der Aufopferung zu entlassen.

Als Thomas die Augen aufschlug, gelang Isabel bereits ein Lächeln, und sie lockerte ihren Griff. »Hallo, Thomas? Was machst du denn für Sachen?«, fragte sie, weil ihr spontan nichts anderes einfiel.

Seine Mundwinkel hoben sich. Er flüsterte: »Es wird alles gut, Isabel.« Dann schlief er entkräftet wieder ein.

Schon am nächsten Tag konnte Thomas das Krankenhaus verlassen. Isabel holte ihn mit seinem Auto ab. Sie hatte seinen Lieblingskuchen gebacken, und als Thomas diesen sah, schloss er sie in die Arme. Isabel drückte seinen Körper an sich, soweit es ihr Bauch zuließ, und sagte: »Ich bin unendlich froh, Thomas, dass du wieder hier bist und dir nicht mehr passiert ist. Wir haben so viel Glück gehabt.«

Dann rückte sie von ihm ab, goss zwei Tassen Tee ein und verteilte Kuchenstücke. Sie setzten sich einander gegenüber, und als sie gegessen hatten, begann Isabel: »Lieber Thomas, ich habe nachgedacht. Du bist so ein toller Typ, so ein anständiger Mann, du bist einfach ein guter Mensch. Du bist es wert, dass du dein Leben führen kannst, wie *du* es willst.« Dabei schaute sie ihm direkt in die Augen.

Thomas lächelte sie an: »Danke, dass du mir das sagst, Isabel. Das tut gut. Mein Leben ist genau so, wie ich es haben will. Schöner noch, ich werde Vater!«

Isabel zögerte: »Auch deshalb will ich mit dir reden, Thomas. Ich habe sehr wohl gemerkt, wie du dich verändert hast in den vergangenen Monaten. Du hast alles für mich und mein Wohlergehen getan. Du hast meine Launen klaglos ertragen und hast mir Geborgenheit geschenkt. Du hast viel gearbeitet, hast sogar eigenes Geld verdient. Du hast dazugelernt, du kannst jetzt Wäsche waschen, kochen und dich selbst versorgen. Du weißt jetzt, wie wenig ein Mensch braucht, um zu überleben. Du warst in der Natur draußen, bist tagelang gewandert, hast viel nachgedacht über dich und dein Leben. Wir haben lange Spaziergänge gemacht, du hast dich auf Skier gestellt und zuletzt auf ein Stand-Up-Paddle-Board, was dich beinahe das Leben gekostet hätte …«

»Ja nun …«, sagte Thomas und dachte: Irgendwie hat Isabel recht, nur – worauf will sie hinaus?

»Bitte lass mich ausreden. Jetzt bin ich mal dran«, unterbrach ihn Isabel und legte eine Hand auf seinen Arm. »Das hast du alles gemacht, aber es hat dich nicht glücklich gemacht.«

»Das stimmt nicht, ich …«, unterbrach Thomas erneut.

»Es hat dich nicht glücklich gemacht, weil es nicht deins ist«, sagte Isabel mit Nachdruck. »Das ist mir in den bangen Minuten, bis die Kollegen von der DLRG dich gerettet haben und ich dich in Sicherheit wusste, klar geworden. Thomas, ich will nicht, dass du dich meinetwegen so verbiegst oder gar in Gefahr bringst. Das könnte ich mir nie verzeihen.« Sie schaute ihn eindringlich an und fuhr fort: »Auch wenn wir als Paar nicht zusammenbleiben, du bist und bleibst mein bester Freund, Thomas. Ich weiß, dass ich mich auf dich hundertprozentig verlassen kann. Ich weiß, du wirst mich und das Kind niemals im Stich lassen, ganz egal, was passiert. Du bist mir zu wertvoll, als dass ich das alles aufs Spiel setze. Und deshalb dürfen wir so nicht weitermachen. Unter keinen Umständen, nicht mal unter diesen«, fügte sie hinzu und legte ihre Hände auf ihren Bauch.

Thomas sah sie vollkommen überrascht und entgeistert an: »Ja nun …«, war das Einzige, was er im ersten Moment über die Lippen brachte. Dann senkte er den Kopf, eine dunkle Locke fiel ihm ins Gesicht. Er strich sie mit seiner schmalen Hand zurück, hob den Kopf wieder, rückte seine Brille zurecht und sagte: »Und wie … wie stellst du dir die Zukunft vor, Isabel? Unsere Zukunft?«

»Ich möchte auf jeden Fall, dass wir gute Freunde bleiben. Die Wohnung ist fürs Erste groß genug. Bis ich eine neue Bleibe für das Kind und mich gefunden habe, würde ich gern hierbleiben. Natürlich nur, wenn das für dich in Ordnung ist, Thomas. Es wird sich nicht viel ändern.«

Thomas sah sie flehentlich an: »Ja nun, wenn du wirklich meinst?« Er erhob sich, blickte aus dem Fenster, drehte sich wieder Isabel zu und fügte an: »Ich verstehe dich zwar nicht, aber klar kannst du hierbleiben. Einen Wunsch habe ich, für später.« Thomas machte eine Pause, schaute auf Isabels Leib und fügte an: »Ich möchte das Kind regelmäßig sehen dürfen. Ich möchte teilhaben an seiner Entwicklung. Ganz unabhängig davon, ob ich letztendlich der genetische Vater bin oder nicht.«

Gerührt nahm Isabel seine Hand und legte sie auf ihren Bauch. Sie schaute Thomas mit festem Blick in die Augen und sagte: »Lieber Thomas. Dieses Kind kann keinen besseren Vater bekommen als dich. Es wird dein Kind sein, unabhängig davon, ob wir beide zusammenleben oder nicht.«

KAPITEL 39

Außer Atem kam Isabel am Fährhafen an. Bereits der kurze schnelle Marsch von der Bushaltestelle bis zum See hatte ihren Kreislauf in Wallung gebracht. Sie nahm ihre Mütze ab, knöpfte ihre Jacke auf, um den Hitzestau darunter abzubauen und besser Luft zu bekommen. Eine orkanartige Bö riss ihr die Jacke beinahe vom Leib.

Isabel hatte schon befürchtet, die Katamaranfähre nicht mehr rechtzeitig zu erreichen. Doch »Fridolin«, der Katamaran, der sie eigentlich nach Konstanz bringen sollte, lag gut vertäut an seinem Liegeplatz und tanzte im Takt der Wellen. Mehrere Menschen standen vor dem Schiff, doch keiner bestieg es.

Noch immer nach Luft japsend, studierte Isabel die Anzeigetafel. Der Katamaran würde wegen Sturm vorerst nicht ablegen. Der Betrieb wurde aus Sicherheitsgründen kurzfristig eingestellt. Isabel wandte sich enttäuscht ab und fragte sich: Was mach ich denn nun? Mit dem Katamaran zu Lena nach Konstanz zu fahren, daraus wird momentan nichts.

Isabel kämpfte sich gegen den Wind zur Mole vor und klammerte ihre Hände um das Geländer. Die Kälte des Metalls kroch über ihre Arme in ihren überhitzten Körper. Der Bodensee zeigte heute ein ganz und gar unfreundliches Gesicht.

Isabel kniff die Augen zusammen und betrachtete die braungrauen, brodelnden Wassermassen. Wellenberge mit schäumenden Kronen schoben sich zum Ufer heran, klatschten an die Mauer und fielen krachend in sich zusammen. Isabel hopste zur Seite, und trotzdem erwischte ein Schwall ihre Hosenbeine. Sie spürte das Nass an den Waden, fröstelte und schüttelte das Wasser, so gut es ging, ab.

Ihr Blick strich über die trübe, aufgewühlte Brühe. Die Sturmwarnleuchten drehten sich mit 90 Blitzen in der Minute. Weit draußen konnte sie das Blaulicht eines Polizeibootes ausmachen, den Ausmaßen nach war es die 21. Wer von den Kollegen ist wohl gerade im Einsatz, um die Bootfahrer zu warnen, fragte sie sich, denn bei Windböen mit acht Beaufort und mehr sollte sich kein Schiff auf dem Wasser befinden. Ich möchte nicht tauschen mit den Kameraden. Obwohl Isabel dieses Brausen und Toben mochte, verfolgte sie die immensen Kräfte der Natur am liebsten respektvoll vom Hafen aus und auf festem, sicherem Grund.

Isabel blickte in die grauschwarzen Wolkengirlanden, die über dem Wasser hingen. Die tiefschwarzen Wolken am Himmel darüber sehen aus wie ein riesiger Haifisch, der mit seinem geöffneten Schlund gerade den Sonnenball verschluckt, fantasierte sie und beobachtete berückt, wie er verschwand. Schon im nächsten Augenblick kreierte der Wind aus dem Fisch einen schwarzen schwanzlosen Jaguar.

Während ihre Augen dem Schauspiel am Himmel weiter folgten, überlegte Isabel, ob sie den Schnellbus nehmen sollte. Der hieß zwar Schnellbus, benötigte auf der Straße von Friedrichshafen über Fischbach, Hagnau, Meersburg und der Fähre nach Konstanz aber wesentlich mehr Zeit als der Katamaran. Außerdem könnte es sein, dass auch die Fähre von Meersburg nach Konstanz ihren Betrieb wegen des Orkans kurzfristig eingestellt hatte. Unschlüssig spielte Isabel an den Knöpfen ihrer Jacke. Sie drehte sich um und marschierte, getrieben vom Wind in ihrem Rücken, in die Fußgängerzone. Ein einzelner Passant stemmte sich gegen den Sturm und kam ihr mit gesenktem Kopf entgegen, mit einer Hand seinen Hut festhaltend.

Längst hatten die Ladengeschäfte ihre Warenständer ins Innere geschoben. Auch in den Blumentrögen wütete der Wind. Die Stängel der gerade erblühten Tulpen und Narzissen knickten ab. Pflanzen, die, frisch eingepflanzt, noch nicht Wurzeln schlagen konnten, trieb er mitsamt ihren Wurzelballen durch die Straßen.

An einer windgeschützten Stelle packte Isabel ihr Handy aus und tippte eine Nachricht an Lena: »Liebe Lena, leider kein Aprilscherz: Der Katamaran fährt momentan nicht, zu gefährlich wegen Sturm und Wellengang. Ich warte mal ab. Falls heute keine Fahrt mehr möglich ist, treffen wir uns eben erst morgen. Ginge das bei dir wegen Ben? GLG Isabel«

Ein lauter Knall ließ Isabel plötzlich zusammenfahren. Eine Windbö hatte den Werbeaufsteller eines Ladengeschäfts umgerissen. Scheppernd war er zu Boden gefallen.

Isabel verstaute ihr Smartphone und zog den Haargummi fester um ihren Pferdeschwanz. Da realisierte sie, dass sie vor dem Schaufenster eines Frisörgeschäfts stand. ›Alte Zöpfe gehören abgeschnitten‹, las sie. Warum nicht, fragte sie sich, drückte kurz entschlossen die Türklinke und trat ein. Ein junger Mann wies ihr einen Platz zu. Isabel löste ihre Haare, lockerte sie mit den Fingern und forderte: »Einmal schneiden bitte, kurz!«

Ungläubig ließ der Friseur seine Finger durch Isabels Locken gleiten und fragte: »Sind Sie sicher? Wenn die schönen Locken erst weg sind, sind sie weg.«

Isabel nickte. Skeptisch fragte er noch mal: »Sie sind wirklich ganz sicher? Es dauert sehr lange, bis Ihre Haare diese Länge wieder erreicht haben.«

Wieder nickte Isabel dem Frisör im Spiegel aufmunternd zu. »Eigentlich jammerschade«, murmelte dieser, presste die Lippen zusammen und setzte seine Schere an. Bevor er sein Werk endgültig begann, fügte er hinzu: »Wir verlängern Haare auch wieder. Das ist allerdings nicht ganz billig.«

Nun gibt es kein Zurück mehr, dachte Isabel und verfolgte ein wenig wehmütig, wie eine Haarsträhne nach der anderen zu Boden fiel. Nach kurzer Zeit lag der ganze Fußboden um sie herum voller goldbrauner Locken.

Noch ungewohnt, aber praktischer als die lange Mähne, dachte Isabel, als sie sich eine Stunde später im Spiegel anlächelte und ihren kurzen Haarschopf schüttelte. Außerdem werde ich, wenn der Sommer kommt, weniger schwitzen.

Isabel bezahlte, schloss die Ladentür hinter sich und setzte sofort ihre Mütze auf. Der frostige Wind hatte etwas nachgelassen, doch ihr Nacken fühlte sich ungewohnt kühl an. Schützend stellte sie den Kragen ihrer Jacke hoch. Isabel näherte sich wieder dem Fährhafen.

Schon von weitem sah sie, dass »Fridolin« nach wie vor an seinem Liegeplatz lag. Als sie sich ihm näherte, hörte sie die sehnlich erwartete Durchsage. Die Passagiere durften an Bord, und kurz darauf legte »Fridolin« tatsächlich ab. Eine ruppige Fahrt durch das immer noch aufgewühlte Wasser startete. Die fordert von Kapitän und Crew gewiss Durchhaltevermögen, dachte Isabel. Wenigstens müssen sie heute nicht auf Freizeitskipper achtgeben. Diese Boote bleiben in den Häfen. Sie drückte sich in einen der Sessel und verließ ihren Platz nur ein einziges Mal, um die Toilette aufzusuchen.

Mitten auf dem See ließ der Sturm mit einem Mal nach, und die Wolken rissen auseinander. Die bleichen Passagiere atmeten auf. Aus dem Konstanzer Trichter schimmerte ihnen bereits helles Licht entgegen. Weißlicher Nebel legte sich nun auf das Wasser. Doch der Schein trog: Statt der erhofften Entspannung baute sich aus dem Konstanzer Trichter heraus ein Gewitter auf. Mit rasender Geschwindigkeit schob sich ein Graupelschauer heran. Fasziniert und mit klopfendem Herzen beobachtete Isabel das Naturschauspiel. Sie hatte so etwas, genauso wenig wie die meisten anderen Fahrgäste, noch nie gesehen: Was aus der Ferne wie weißer Nebel ausgesehen hatte, entpuppte sich als Schneegestöber. Wasser, Ufer und Horizont verschmolzen miteinander. Binnen Sekunden flogen Eiskristalle waagrecht über das Wasser, taubeneigroße Hagelkörner prasselten geräuschvoll auf die Glasscheiben.

Nahezu unbeeindruckt pflügte »Fridolin« weiter. Von Wind und Wellen spürten die Fahrgäste im Inneren kaum etwas, und als der Katamaran im Konstanzer Hafen anlegte, war der ganze Spuk bereits wieder vorbei, als hätte sich der Wettergott einen Aprilscherz erlaubt. Mit der Menge wartete sie, aussteigen zu dürfen, und erinnerte sich an einen Ausspruch ihres Vaters. Er hatte manchmal zur kleinen Isabel gesagt: »Der April ist wie du: Er hat älle Ofirm – so wie du.« Dabei hatte Isabel, im Gegensatz zu ihrer kleinen Schwester Katharina, gar keine *Ofirm, gar keinen Blödsinn im Kopf*. Sie war immer ein braves Mädchen gewesen, das sich weder schlechte Gewohnheiten erlaubte noch unfolgsam war. Wie wird Katharina wohl reagieren, wenn sie erfährt, dass ich schwanger bin und sie bald Tante wird, fragte sich Isabel. Ich würde es ihr ja sagen, leider weiß ich nicht einmal, wo sie sich gerade rumtreibt.

Isabel stieg die Gangway hinunter und blickte staunend in den nun wolkenfreien hellblauen Himmel. April, April, tut was er will. Sie konnte es nicht fassen und schritt mit dem schwangeren Frauen eigenen wiegenden Gang die Hafenstraße entlang.

Kurzatmig geworden, blieb sie schon nach ein paar Hundert Metern stehen und schaute über das Hafenbecken zur äußeren Mole. Dort schaukelte ein einsames kleines Fischerboot. Zwischen zwei hölzernen Dalben vertäut, ruckelte es unruhig auf den Wellen. Mit offenen Augen träumte Isabel vor sich hin: Manchmal fühle ich mich wie dieses kleine Boot da drüben, an dem von allen Seiten gezerrt wird: Einsam, allein, haltlos, verlassen … Ein Spielball der Elemente, eine Nussschale im endlosen Ozean des Lebens …

Da eilte ihr Lena entgegen und wischte ihre trüben Gedanken mit einer innigen Umarmung fort. »Isabel, ich hätte dich fast nicht erkannt. Du siehst so anders aus. Wo sind deine Haare?«, begrüßte sie ihre Freundin.

»Abgeschnitten! Wer zu neuen Ufern aufbrechen will, der muss das Alte hinter sich lassen. Deshalb hab ich gedacht: Weg mit den alten Zöpfen.«

»Wie konntest du nur?«, empörte sich Lena. »Deine Locken waren so herrlich.«

»Schluss damit. Du trägst deine Haare ja noch viel kürzer. Meine reichen immer noch über die Ohren«, stellte Isabel mit Blick auf Lenas blonde Kurzhaarfrisur fest.

Gemeinsam bummelten sie durch die Gassen der Altstadt, besorgten ein paar Babysachen und setzten sich danach in die, laut Lenas Urteil, weltbeste aller Chocolaterien. Bei einer Tasse duftendem Kakao mit doppelter Portion Sahne fragte Lena, wie das Gespräch mit Thomas verlaufen sei. Isabel erzählte, Lena hörte geduldig zu und meinte schließlich: »Das hätte ich dem verwöhnten Muttersöhnchen nicht zugetraut. Bewundernswert, absolut bewundernswert, diese Haltung des Herrn Thomas von Harnsfeld. Chapeau!«

»Glaubst du mir nun, dass Thomas sich wirklich verändert hat? Ich gebe zu, er hat es mir damit schon leichtgemacht«, gestand Isabel, löffelte genussvoll das Sahnehäubchen aus ihrer Tasse und redete nachdenklich weiter: »Hoffentlich halten wir das durch. Ich glaube, Thomas würde mich sofort heiraten, wenn ich einwillige. Er hofft weiterhin und wartet wahrscheinlich einfach mal die Geburt ab. Aber nur zusammenzubleiben, weil es praktischer ist, das ist mir einfach zu wenig.«

Lena nickte und legte ihre Hand auf Isabels Arm: »Mensch, du, mir fällt gerade ein: Natalia ist wieder heiß verliebt. Diesmal scheint es ihrem Lover wirklich ernst zu sein. Er hat ihre Tochter Pia schon erlebt und nicht gleich das Weite gesucht.« Lena grinste und fügte hinzu: »Das will etwas heißen. Pia ist in letzter Zeit dermaßen anstrengend und zickig, auch gegenüber Ben. Manchmal wird mir das echt zu viel.«

»Was willst du damit sagen, Lena? Was hat das mit mir zu tun?«, fragte Isabel, nippte an ihrem Kakao und fuhr fort: »Ich will bestimmt keinen neuen Mann, zumindest derzeit nicht.«

Ein vielsagendes Schmunzeln umspielte Lenas Lippen: »Der Kerl wäre auch absolut nichts für dich. Ich will damit nur sagen, wenn der Typ nicht vorher kapituliert, ist es eine Frage der Zeit, bis Natalia mit ihm zusammenzieht. Dann kannst du bei mir einziehen!«

»Echt?« In Isabels Augen keimte ein Hoffnungsschimmer auf.

»Na klar! Ursprünglich wollte ich, wenn Natalia weggeht, gar nicht mehr vermieten. Bei dir wäre das natürlich etwas anderes. Wir beide haben das Zusammenleben ja bereits geprobt.«

»Unsere gemeinsame Zeit in Tübingen war nicht die schlechteste. Wir haben bestens harmoniert – damals allerdings zu zweit!«, erinnerte sich Isabel und lächelte. »Zukünftig wären wir zu viert!«

Lenas Begeisterung steigerte sich, je länger sie diese Option durchspielten. Sie schwärmte: »Wenn unsere Rabauken abends schlafen, können wir bei Prosecco gemütlich zusammensitzen. Wir werden die alten Geschichten aufblasen wie bunte Luftballons und sie über den Kinderbettchen schweben lassen, bis sie in unseren Lachsalven zerplatzen.«

Isabel ließ sich anstecken und hielt sich den Bauch vor Lachen. Gerade hatte sich das Kleine wieder heftig bewegt in seiner engen Fruchtblase. Isabel strich sich über ihre bebende Halbkugel, wartete, bis das Strampeln aufhörte, und schaute Lena verschwörerisch an: »Darf ich dir ein Geheimnis verraten? Ben wird quasi einen kleinen Bruder bekommen. Die Frauenärztin hat mir nach der letzten Ultraschalluntersuchung gesagt: ›Ich habe das entscheidende Stück gesehen. Sie bekommen einen Jungen.‹«

»Umso besser«, antwortete Lena.

Das Lächeln verschwand aus Isabels Gesicht. Ihre Hände ruhten weiter auf ihrem Bauch, und sie fügte nachdenklich hinzu: »Noch ist es ja nicht so weit.«

Als habe Lena ihre Gedanken gelesen, fragte sie: »Du denkst an die bevorstehende Geburt, hab ich recht?«

Isabel nickte.

»Soll ich mal mitkommen in den Geburtsvorbereitungskurs?«, fragte Lena weiter.

»Au ja, Lena, das wäre ganz prima. Es würde mir viel Angst nehmen vor dem, was da auf mich zukommt«, sagte Isabel. »Vor dem nächsten Termin graut mir jetzt schon. Wir wollen den Kreißsaal besichtigen.«

»Ein schreckliches Wort. Ich weiß gar nicht, warum der Raum so heißt.«

»Das kann ich dir sagen, Lena. Thomas hat es mir neulich genau erklärt.«

»Aha! Der kluge angehende Professor hat sich als werdender Vater natürlich kundig gemacht«, foppte Lena.

Isabel konnte nun wieder lächeln. Sie setzte sich aufrecht in Szene, rückte ihre imaginäre Brille zurecht und begann zu reden, als wäre sie Thomas: »Ja nun, das Wort kreißen kommt vom mittelhochdeutschen Wort krizen und bedeutet so viel wie kreischen, gebären oder in den Wehen liegen.«

Die beiden Freundinnen schüttelten sich vor Vergnügen, bis Lena sagte: »Isabel, ich komm auf jeden Fall mit. Du kannst übrigens beruhigt sein. In Wehen liegst du nicht in einem Saal, sondern in einem Gebärzimmer. So heißt der Kreißsaal bei den Eidgenossen drüben übrigens auch.«

Isabel rührte in ihrer Tasse. Plötzlich legte sie den Löffel ab, sah in Lenas Gesicht und sagte: »Könntest du mir denn auch bei der Geburt beistehen? Selbst wenn Thomas auf die Idee käme und sich anbieten würde: Es wäre mir viel lieber, du wärst bei mir.«

»Ehrensache, Isabel! Ich mach das möglich, zu jeder Tages- oder Nachtzeit. Du kannst dich auf mich verlassen!«, sagte Lena und legte nun ebenfalls ihre Hand auf Isabels Bauch. Dann nahm sie einen letzten Schluck Kakao und fügte grinsend an: »Wenn Thomas dich begleiten würde, müsste er wahrscheinlich sogar noch vor dir ärztlich versorgt werden.«

KAPITEL 40

Isabel und Thomas teilten die geräumige Wohnung in zwei private Bereiche. Ohne verbale Auseinandersetzungen hatten sie die Trennung gemeistert. So konnte sie bleiben, und vieles fühlte sich in der Wohngemeinschaft mit Thomas besser an, als wenn beide allein leben würden. Manches Mal dachte Isabel zwar sorgenvoll an die Zukunft, doch es gab immer öfter Momente, in denen sie sich auf ihr Baby freuen konnte und sich das Leben mit Kind und sogar mit Thomas, so wie es sich jetzt gestaltete, in lichten Farben ausmalte.

In der Zeit ihres Mutterschutzes richtete Isabel in ihrem Schlafzimmer liebevoll eine Kinderecke ein. Sie kochte, erledigte die Wäsche und versorgte den Haushalt, während Thomas seine Doktorarbeit fertigstellen konnte.

Häufig unternahmen sie jetzt gemeinsame Spaziergänge. Von einem Honorar, das ihm eine Fachzeitschrift für einen philosophischen Essay überwiesen hatte, kaufte sich Thomas sogar ein Fahrrad. Abends saßen sie oft zusammen im Wohnzimmer. Meist gelang es Isabel, Thomas zuzuhören, ohne dass sich in ihrem Inneren aggressive Gedanken aufbauten. Wurden ihr seine geisteswissenschaftlichen Monologe zu viel, zog sie sich in ihr Zimmer zurück.

Außer gelegentlichem Sodbrennen und Kurzatmigkeit beim Treppensteigen litt sie an keinerlei schwangerschaftsbedingten Beschwerden. Der Kleine entwickelte sich gut und schien sich mit seiner immer enger werdenden Behausung arrangiert zu haben. Isabel fühlte sich auch in den letzten Wochen ihrer Schwangerschaft fit und beweglich genug, um zwischen den blühenden Obstplantagen zu radeln. Sie atmete den betörenden Duft der Apfelblüten ein, genoss überall in der Natur das erwachende neue Leben und traf nun Vorbereitungen für die Geburt.

Thomas fieberte der Ankunft des Kindes fast noch mehr entgegen als sie selbst. Und doch umarmte er sie erleichtert, als Isabel ihm offenbarte, Lena werde bei der Geburt dabei sein.

Fast täglich überraschte Thomas Isabel mit neuen Namensvorschlägen für das Kind. Meist waren es Namen bedeutender Männer und Frauen aus der Antike, mit denen die Welt oder auch nur er Positives verband. Isabel hatte Thomas bisher über das Geschlecht ihres Kindes im Ungewissen gelassen. Gerade stand sie am Bügeltisch, als Thomas wieder einmal aus seinem Zimmer kam und fragte: »Isabel, was hältst du von Demeter? Oder Athena? Beides sind Göttinnen aus der griechischen Mythologie.«

Isabel stellte das Bügeleisen ab und fragte belustigt: »Warum muss es eine griechische Gottheit sein, lieber Thomas, und keine germanische?«

Thomas bemerkte Isabels Scherz gar nicht. Er schob seine Brille nach oben und überlegte: »Ja nun, wie wäre es mit Hertha? Hertha, die Mutter Erde. Auch nicht schlecht, oder?« Er zog sich gleich wieder zurück, um im Internet Genaueres über diesen Namen herauszufinden. Nur wenige Minuten später kam er mit einem neuen Vorschlag zurück: »Wie gefällt dir Konstanze? Der Name passt zur Region, und im Mittelalter trugen viele adlige Frauen diesen Namen.«

Isabel schaute von ihrer Arbeit auf. Offensichtlich ging Thomas immer noch davon aus, dass das Kind einmal den adligen Familiennamen von Harnsfeld tragen würde. Sie schmunzelte: »Warum suchst du eigentlich immer nach Namen für Mädchen? Ich fühle mich eher wie die werdende Mutter eines Sohnes.«

Thomas stutzte: »Ich weiß nicht. Ja nun, wenn das so ist«, stammelte er und machte auf dem Absatz kehrt. Kurz darauf, Isabel hatte sich auf die Couch gelegt, um ihre Beine zu entlasten, erschien Thomas im Wohnzimmer und verkündete: »Einer meiner Vorfahren hieß Rupert Theodor.«

Isabel gab ihm keine Antwort, sondern sah ihn nur an und schüttelte grinsend den Kopf. Kleinlaut fügte er hinzu: »Ein anderer Wendelin von Harnsfeld.«

Lena sollte mit ihrer Prognose recht behalten: Anfang Mai, kurz vor dem errechneten Geburtstermin, las Isabel nach einer unruhigen Nacht am Morgen ihre Nachricht auf dem Handy: »Natalia ist ausgezogen!« Zwei Smileys folgten.

Isabel war so baff, dass sie nicht wusste, ob sie sich überhaupt freuen sollte. Deshalb schickte sie nur ein Smiley zurück, das Erstaunen ausdrücken sollte. Sie ging ins Bad, da klingelte schon ihr Handy. Es war Lena: »Das ist deine Chance, liebe Isabel. Gestern hat Natalia ihre Sachen gepackt und sich mit Pia bei ihrem neuen Partner einquartiert. Komm bald!«

»Lena, das kommt so überraschend. Mir wäre viel lieber, wir könnten mit dem Umzug bis nach der Geburt warten«, sagte Isabel. »Ich habe das Gefühl, meinem Kleinen wird es langsam zu eng, er drängt an die frische Luft.«

»Sicher ist der Zeitpunkt blöd, Isabel. Aber du hast ja mitbekommen, Pia ist manchmal mega nervig. Wenn das Natalias neuem Lover zu viel wird, kann es sein, dass die beiden wieder hier auf der Matte stehen«, gab Lena zu bedenken.

Isabel streichelte die Beule, die sich auf ihrem Bauch zeigte, und sagte: »Gerade strampelt er wieder. Lass mich nachdenken. Ich melde mich wieder.«

»Ist gut. Ich bin in der Sprechstunde, und in ein paar Minuten kommt ein Patient. Voraussichtlich erreichst du mich in einer Stunde wieder.«

Isabel ging auf den Balkon und setzte sich in einen Stuhl. Während sie sich in das junge Grün der Buchenblätter vertiefte, wog sie Für und Wider eines Umzugs ab. Zur vereinbarten Zeit rief sie Lena an. »Die Aktion wird zwar anstrengend, aber wir ziehen das durch«, sagte sie. »Thomas ist an der Uni. Wenn er kommt, werde ich ihn fragen, ob er mir hilft.«

Im ersten Moment reagierte Thomas enttäuscht, als Isabel ihm die Neuigkeit verkündete. In Gedanken hatte er sich bereits ausgemalt, wie er das kleine Wesen im Arm halten und wiegen würde. Sichtlich betrübt sagte er: »Isabel, denk doch an die Strapazen, die auf euch beide zukommen. Ist es nicht besser, du lässt dir mit dem Umzug Zeit, bis das Kind auf der Welt ist?«

Isabel nickte: »Das hab ich zuerst auch gedacht, Thomas. Aber wir zwei schaffen das schon.« Dabei strich sie über die Wölbung auf ihrer Körpermitte.

»Ja nun, wenn du meinst«, seufzte Thomas ergeben. »Selbstverständlich werde ich beim Umzug helfen. Wir nehmen meinen alten Mercedes, da passt sogar die Wiege rein«, fügte er hinzu.

»Danke! Du bist ein Schatz!«, entfuhr es Isabel spontan.

Ein Schimmer Hoffnung keimte in Thomas auf. Seine Augen leuchteten, und er sagte: »Ja nun, als guter Freund darf ich euch hoffentlich jederzeit besuchen.«

Isabel begann, Kisten und Kartons zu packen. Dabei ignorierte sie das Ziehen, das sie abwechselnd in Rücken und Bauch plagte. Bei jedem Bücken schien sich das Kind in ihrem Bauch mit Händchen und Füßchen gegen die Bauchdecke zu stemmen und sich so gegen das Eingesperrtsein zu wehren. Immer mal wieder musste Isabel eine Pause einlegen und sich auf die Couch schleppen.

Bereits am nächsten Abend belud sie mit Thomas das Fahrzeug, und sie transportierten die erste Fuhre nach

Konstanz. Thomas wie auch Lena hatten Isabel verboten, Schweres zu heben oder gar die Treppe hochzuschleppen, und sie hatte versprochen, unten am Auto zu warten. Doch es fiel Isabel schwer, tatenlos zuzusehen, wie die beiden Freunde schufteten, und sie half mit. Das rächte sich prompt. Während sie einen Karton die Stufen hinaufwuchtete, spürte sie auf einmal einen Stich im Unterleib. Sie schrie auf und sackte auf der Treppe zusammen. Ihre Augen weiteten sich vor Angst, als eine heftige Wehe ihren Leib durchschnitt. Reflexartig presste sie ihre Hände dagegen und nahm im selben Moment wahr, wie warmes Wasser zwischen ihren Beinen hinunterrann.

Lena erschrak, als sie die Freundin liegen sah, und schimpfte: »Isabel, was machst du denn für Sachen? Das hast du nun davon. Die Fruchtblase ist geplatzt!«

Sie fasste Isabel um die Schultern und half ihr, sich aufzusetzen.

»Ich fürchte, es geht los«, hauchte Isabel und stöhnte.

Thomas war Lena im Treppenhaus gefolgt, und sein Gesicht verlor augenblicklich jegliche Farbe. Taumelnd lehnte er sich an die Wand, schob in einem Anflug von Ratlosigkeit seine Brille nach oben und glotzte die Frauen hilflos an. Lena fuhr ihn an: »Steh nicht so blöd herum. Mach schnell, ruf einen Krankenwagen.«

Umständlich fischte Thomas sein Smartphone aus der Tasche, tippte mit zitternden Fingern die Notrufnummer und stammelte wenige Worte in das Telefon.

Lena hielt Isabels Hand, als wenig später ein Sanitäter die Liege aus dem Rettungswagen in die Entbindungsstation der Klinik steuerte. Nach einer kurzen Untersuchung stellte die Hebamme fest, dass sich der Muttermund bereits geöffnet hatte. Fünf lange Stunden vergingen, in denen Lena der Freundin abwechselnd die Stirn kühlte, die Hand hielt und sie beim Atmen unterstützte, dann hatte Isabel es geschafft. Die Hebamme wischte das verschmierte Gesichtchen des schreienden Babys ab und wickelte es in ein Tuch. Mit den Worten: »Es ist ein Junge« legte sie das Bündel lächelnd an Isabels Brust.

Isabel drückte das kleine Wesen an sich und hauchte nur: »Willkommen!« Tränen der Erschöpfung und der Freude rannen über das Gesicht der jungen Mutter.

Lena saß auf der Bettkante und beobachtete schweigend Mutter und Kind.

Nach einer Weile spürte Isabel einen Druck in der Brust. Als habe der Kleine auf dieses Signal gewartet, drehte er sein Köpfchen und fing an, mit dem Mund zu suchen. Isabel schob ihren Kittel beiseite, und als das warme Gesichtchen ihre Haut berührte, durchströmte sie ein nie dagewesenes Glücksgefühl. Der kleine Mund umfasste ihre Brustwarze und begann so kräftig zu saugen, dass es Isabel schmerzte. »Hey, nicht so gierig, kleiner Mann«, flüsterte sie. Sie strich über sein Köpfchen, und da öffnete er kurz seine meerblauen Augen. Isabel schaute Lena an, die Freundin lächelte und genoss weiter das friedvolle Bild.

Während der Kleine nuckelte, flüsterte Isabel ihm zu: »Jetzt kümmere ich mich erst mal um dich, kleiner Tiger! Ich werde all meine Kräfte einsetzen, um dir eine gute Mutter zu sein.« Sie hob den Kopf, und zu Lena gewandt, fügte sie hinzu: »Für einen anderen Mann gibt es fürs Erste keinen Platz in meinem Leben!«

Lena legte ihre Hand auf das Bündel in Isabels Arm und sagte: »Wart's ab. Irgendwo läuft der Richtige herum auf dieser Erde und kommt mal ganz unerwartet.«

Da hörten sie ein zaghaftes Klopfen an der Tür und wandten die Köpfe. Langsam öffnete sie sich einen Spaltbreit und Thomas' Lockenschopf schob sich herein.

»Wenn es so sein soll, dann ist's mir auch recht«, flüsterte Isabel und zwinkerte ihrer Freundin zu.

KAPITEL 41

45-jähriger Mann mit Auto
von Fähre gestürzt und ertrunken

Ein Pkw ist am späten Freitagabend in den Bodensee gestürzt und gesunken. Der Vorfall ereignete sich auf der Fähre von Konstanz-Staad nach Meersburg. Wie die Polizei mitteilte, befand sich der 45-jährige Fahrer in seinem neuen SUV auf der Rückfahrt von einem Arztbesuch in Allensbach. Der schwere Wagen stand ganz vorne auf der Fähre. Nachdem eine Angestellte das Geld für die Fahrt kassiert hatte, kam das Auto aus ungeklärter Ursache wieder ins Rollen. Vermutlich war der Fahrer verwirrt und verwechselte Brems- und Gaspedal. Von einem Suizid wird nicht ausgegangen. Ein Zeuge sah noch wie kurz vor den Seilen, mit denen die Ausfahrt gesichert ist, die Bremslichter aufleuchteten. Dann machte das Fahrzeug einen Satz nach vorne, durchbrach die Seile und stürzte in den See. Sofort stoppte der Schiffsführer die Moto-

ren, leitete das Mensch-über-Bord-Manöver ein und alarmierte die Rettungskräfte. Obwohl Feuerwehr, DLRG, die Wasserschutzpolizei mit Berufstauchern und Tauchroboter schnell zur Stelle waren und mit der Suche nach dem Fahrer des Wagens begannen, musste diese in der Nacht erfolglos abgebrochen werden. Am frühen Samstagmorgen wurde die Suche fortgeführt und auf die Umgebung der Unglücksstelle ausgeweitet. Gegen 10 Uhr konnte der Mann in 100 Metern Tiefe nur noch tot in seinem SUV gefunden werden. Sein Leichnam sowie der Pkw wurden mittlerweile geborgen. Nach unbestätigten Angaben soll es sich bei dem Verunglückten um den Leiter der Wasserschutzpolizeistation Friedrichshafen handeln.

DANKE

Mein größter Dank geht einmal mehr an Heinz Unglert. Er hat mir Einblicke in die Arbeit der Wasserschutzpolizei gegeben und geduldig alle meine Fragen beantwortet.

Meiner Familie danke ich für die stetige Hilfe in Wort und Tat: Julia hat ihr umfangreiches ethisches Wissen mit mir geteilt. Die Ideen von Roman und Piva haben das Manuskript bereichert. Georg hat mir den Rücken freigehalten und damit das Schreiben erst ermöglicht.

Weiter danke ich meinen Freunden: Dagmar Brummer und Elisabeth Isbary für ihre fachkundigen Antworten auf meine laienhaften medizinischen Fragen. Sigrid Blenke, Margret Bux, Ludwig Gebhard, Cordula Ludwig-Martin, Hannelore und Siegfried Nussbaum, Bianca Oser sowie Klaus Völker für ihre Anregungen und Tipps.

Die Recherchen in der ungewöhnlichen Coronazeit hat mir Franziska Mayer, Public Relations der Kliniken Schmieder, mit ihrer Hilfsbereitschaft ebenso erleichtert wie Christopher Pape, Pressereferent der Stadtwerke Konstanz.

Nicht zuletzt, sondern vor allem geht ein herzliches Dankeschön an meine Lektorin Claudia Senghaas, die mich professionell unterstützt hat und immer motivierende Worte für mich bereithielt.

Weitere Titel finden Sie auf den folgenden Seiten und im Internet:

WWW.GMEINER-VERLAG.DE